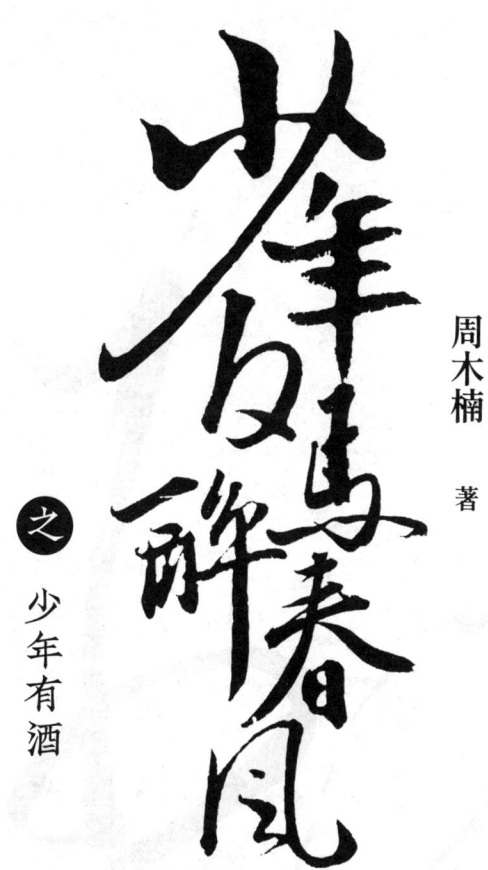

周木楠 著

之 少年有酒

中国广播影视出版社

- 第十一章·一念秋水 234
- 第十二章·学堂大考 256
- 第十三章·少年携手 282
- 第十四章·生死杀局 310
- 第十五章·不动明王 335

- 第十六章·剑歌再起 355
- 第十七章·先生门下 369
- 第十八章·剑仙对决 389
- 第十九章·折柳相送 409
- 番外·枪起风陵 423

目录

- 第一章 · 酿酒少年　001
- 第二章 · 长街有煞　015
- 第三章 · 少年相会　038
- 第四章 · 公子抢亲　066
- 第五章 · 血染婚宴　086
- 第六章 · 西楚剑歌　106
- 第七章 · 风起乾东　138
- 第八章 · 学堂来使　160
- 第九章 · 师徒相别　186
- 第十章 · 奔赴天启　212

第一章 · 酿酒少年

乾东城。

八月,满城桂花香。

街边卖桂花糕的小贩正笑盈盈地打开蒸笼,芬芳的糕香味伴随着那甜甜的桂花香,瞬间就诱得那玩闹的小童们一个个地凑了上来,正当小贩准备伸手去接铜板的时候,忽然听不远处传来一声呼喊:

"小公子来啦!"

小贩立刻缩回了手,合上蒸笼,领着那跟前的小童迅速地往后退了五步的距离。只听一阵清脆的马蹄声传来,众人扬头,便见一匹火红色的小马驹飞奔而来,马驹虽然还未长大,但一看就是良驹之后,速度比起寻常成年马匹来丝毫不逊色,而坐在小马驹之上的,也不过是一个刚过九龄的少年。那少年穿着一身军塾里的小软甲,却没有好好地穿着,腰带松松垮垮地系着,头盔穿了根绳系在肩膀上,头发也不束起,随意地散成一片。

"驾!驾!烈风,你再跑慢些,我被抓住了,晚上就吃红烧马肉!"少年朗声道。那火红色的小马驹像是听懂了他的话,跑得更卖力了几分。少年路过那卖桂花糕的小摊,竟忽然扭了一下头:"罗大哥!"

小贩笑了笑,丢起那块刚刚顺手取下的桂花糕:"小公子,接好了!"

少年一把接过桂花糕,踏马如疾风而去,他放到嘴边狠狠地咬了一口:"太甜啦!"

少年踏马离去后没多久,一群轻甲武士也赶了过来,大概十多个人,一个个满头是汗,面红耳赤,为首之人停住了马,摘下了头盔,怒骂道:"这小狗崽子!"

"头儿,头儿,可别气疯了乱说话!"手下人急忙上前劝道,"你骂公子是狗崽子,岂不是骂……"

"陈副将,小公子又不上课,偷偷溜出来了?"被少年称为罗大哥的小贩笑着打招呼。

乾东城民风淳朴,治安甚好,在镇西侯百里洛陈的治理下,尽管军威不减,但军人对民众从来都很平和,民众对军人也很是爱戴,相互之间很是亲近,故而这街边的小贩都敢和这副将搭讪。

陈副将狠狠地甩了一下头发上的汗,随即怒道:"你说侯爷赐他什么不好,偏偏赐他这烈风神驹,我们怎么抓!怎么抓!罗成,你方才见到他了?他去哪了?"

"小公子往那个方向跑了。"罗成指了指西边。

"走,往东面追!"陈副将戴上了头盔,一甩缰绳,"小公子这性子,都是被侯爷还有你们这些狗腿子给惯的!"

罗成望着那队轻甲武士离去,笑了笑:"那有什么办法,侯爷对我们好,我们自然也得报答侯爷啊。"

"你、你、你,往落成巷走。你、你、你,从十字街堵他,剩下的人,跟我去希玉街逮他!我就不信我今天抓不住他!"陈副将高声喝道。

"抓到了以后呢?"属下问道。

"那还用说,当然是完完好好连哄带骗地送回侯府去!"陈副将泄气道,"侯爷就这一个小独孙,难不成还军法伺候了?"

十几骑瞬间散开,陈副将忍不住长叹了一声。镇西侯百里洛陈十六岁从军,戎马一生,从一介百夫长,升至镇西侯爷,年轻时在战场之上是杀一个人就往腰上绑一个人头的狠角,当了将军后是挥一挥手就活埋几千人的凶将,可偏偏晚年得了这个独孙,溺爱疼惜得像个宝贝,以至于养成了这桀骜不驯的性子,三天两头从军塾旷学，来这城里和平民百姓、三教九流混作一团，俨然成了乾东城——

"小霸王！"一个穿着布衣的少年看到那烈风火骑袭来，惊喜地喊出了口。

"吁。"那小公子勒马而立，垂首望着那布衣少年，"小余儿，这是要上哪儿？"

"去给我母亲买点米。"布衣少年答道。

"来，穿上我这衣服。"小公子跳下了马，将那身软甲套在了布衣少年的身上，随后将一枚银锭放在了他的手中，"你母亲的病可好些了？"

布衣少年急忙推辞："上次多亏了你，大夫来看了几次，已经好多了。不需要再给银子了。"

"拿着，给你母亲再买几服药，炖只老母鸡吃。不过你得帮我个忙，穿上这身软甲，骑上烈马，在这城里兜上几圈，越久越好！"小公子将烈风马牵了过来，布衣少年一愣一愣地就被扶上了马，他有些害怕地说道："可我……不会骑马……"

"莫怕，抓紧缰绳！"小公子将绳子递到了他的手里，"烈风通人性，不会把你摔下来的，你只要闭上眼，握紧缰绳就好了。"话刚说完，小公子就一巴掌拍在了马屁股上，那烈风马长嘶一声，便带着惨叫连连的小余儿冲了出去。

小公子拍了拍手，满意地笑了笑，随即便走进了边上的一座小酒楼，高声道："化羽姐姐，给我来杯好酒压压惊先！"

"一个九岁小儿，不学好，学大人喝什么酒？"只见一个穿着一身白衫，美艳动人的姑娘闻声走了出来，轻抬手往小公子脑袋上扇去。

小公子笑了笑："今天早上我在爷爷的屋里偷偷喝了杯天启城里皇帝赐来的桂花琼，现在嘴巴里还有余味，我得趁着余味没有散，赶紧再多喝几杯，不然可就浪费了。"

"就你说话一套一套的。可今日不行，今日掌柜的有贵客，正在里面商谈着什么大事，一整天都不迎客。"化羽耸了耸肩。

小公子皱了皱眉："贵客？"

"是我师父。"忽然一个带着几分稚气的声音响起。

小公子扭过头,这才看到大门附近的角落里坐着一个小书童,背着一个不小的书箱,正认认真真地翻阅着手中的一本书。小公子好奇道:"你师父是谁?"

小书童合上了书,从椅子上跳了下来,一步一步地走了过来,嘴里念念有词:"我本谪仙人,乘风落人间。手持白玉杖,醉梦登高楼。"

小公子一脸困惑:"你在念什么?"

"说了你也不懂。"小书童装作老夫子的模样摇了摇头,随后从怀里掏出一个玉瓶递给了小公子,"我师父突然来访,扰了你的兴致。你方才说桂花琼,我师父也送了我一口,我舍不得喝,便给你吧。"

小公子心想这小书童虽然说话古怪,但人倒大方,便接了下来,他问道:"你也爱喝酒?"

"小白连浮三十杯,指尖浩气响春雷。酒是好东西。"小书童摇头晃脑地说道。

小公子笑道:"看来你更爱读书。"

小书童忽然正色,打断了他:"我只爱读书。"

"有意思,小书童你叫什么名字?"小公子没来由地对面前这个小书童产生了好感,虽然他们有一点很不同,小公子最烦的就是坐着读书,但是他喜欢的是小书童所说的"只爱"二字。

"我叫谢宣。"小书童忽然作揖,"通报姓名是大事。请问……"

"小公子,陈副将来了!"化羽姑娘忽然喊道。

小公子转过头,便见那陈副将的马头已经出现在了街尾,他拍了拍书童的肩膀:"明日若未走,来镇西侯府找我!"说完他纵身一跃,翻上了对面的屋檐,虽然他对练功这事很怠慢,但轻功什么的,还是下了几分功夫的。

小公子踏着屋檐跑,陈副将骑着马满城追。

满城百姓该吃饭吃饭,该做活做活,似乎早已习惯了这位乾东小霸王隔三岔五便闹一次的鸡飞狗跳。只是在长街的角落里,一顶黑色的轿子忽然停了下来,里面的人轻轻地掀起了帷幕,望着那屋檐上的小公子，低声道："这个少年……"

小公子转了几个圈，终于绕开了陈副将，自己也气喘吁吁满头是汗，他忽然瞧见附近一处院落，里面的桂花开得格外好，不由得来了兴致，纵身一跃用尽最后力气朝着那院落掠去，可刚踏上对面的屋檐，却像是撞上了一堵虚无的墙。

"咚"的一声，脑门被结结实实地撞了一下，小公子头一晕，整个人便朝着墙下直坠而去。

等到他醒来的时候，已经是黄昏了。

日暮夕阳，暖黄色的日光将院落照成一片金黄，院落里那棵巨大无比的桂花树下摆着一张小木桌，一位白袍长须、仙气临人的老人正席地而坐，一手举着酒杯，一手捻着那飘落而下的桂花，望着刚刚醒来的小公子，笑了笑："醒了？"

"我……死了？"小公子困惑道，"你是神仙？这里是……"

"这里是乾东城，你的家。你在这睡了许久该回府了，不然你的父母该担心了。"老人指了指院子角落处的那扇小门，"推开那道门，你就认得路了。"

"哦，哦。"小公子站了起来，仍然觉得脑袋有些晕乎乎的。

老人笑道："寻常人来不了我这里，你来说明与我有些缘分，在你走之前，我有个请求，你愿不愿意拜我为师？"

小公子不解："拜你为师？你教我什么？"

老人伸手捻过一朵桂花，随后往后一掸，桂花瞬间散成粉末，他再往上一弹，那些粉末，竟瞬间惊落满树桂花。

"武功？"小公子惑道。

老人不语，只是浅笑。

小公子转过身耸了耸肩："没兴趣。"

老人依然面带微笑："那缘分便只到这里了。"

小公子正往门边走去，忽然吸了吸鼻子，那满园桂花香之中，他忽然闻到了另一种味道。

"桃花！"小公子惊诧地转过头，望着那小木桌上的一盏酒，他三步并作两步地奔了过去。老人会意，立刻给他倒了一杯。小公子接过酒杯一饮而尽，随即缓缓闭上了眼。

　　如今已是金秋，桂花满城，可那个瞬间，他仿佛回到了四月，春风徐徐，满树桃花灿烂而开！

　　他再度睁开眼，眼神中满是欣喜："这酒哪里买的？"

　　老人拿起酒杯，往下一倒，满杯酒水落下，忽然化作了一朵桃花，落在了他的手中，他旋转着那朵桃花，幽幽地说道："我自己酿的。"

　　小公子立刻长跪在地："我拜先生为师！请先生教我酿酒！"

　　老人笑了笑，伸手将手中的桃花朝上一丢，那落尽桂花的古树再度逢春，可再度盛开的，却是满树桃花！芳香满园，盛景奇观，他伸手扶起了地上的小公子，轻声道："好。"

　　柴桑城属润州所辖，是整个西南道最富庶的城池，这里豪商云集，雅士汇聚，所以路过西南道的贵人，只要有暇，都会来这座城转一转。世人有言，青州九城只能占天下财气八分，还有一分给了帝都天启城，然后剩下的一分一半给了其他城池，一半则留给了柴桑城。而柴桑城最有钱的，非金钱坊顾家莫属。

　　所以他选了这里开他的酒肆。

　　这条街叫龙首街，很繁华，它离顾家很近。

　　他开的酒肆不仅要繁华，更要路过的人都是有钱之人，这样才买得起他的酒。

　　因为他的酒很贵，一盏二十两银子。

　　自从那一日遇到师父，他已经学了七年的酿酒术，如今奔赴几百里，从乾东城赶来柴桑城，当然是对自己酿的酒有很大的自信。

　　可今日，是他开张的第十三日，仍然没有人上门。第一日，有人来问过他的酒，嫌贵走了；第二日，有个白衣书生喝了一杯，赞不绝口，说明日再来；第三日，白衣书生再也没有来，其他的顾客也没有出现，连问价的都没了。甚至，一整条长街都空寂无人了，但是奇怪的是，那对门卖肉的屠夫，隔壁绣鞋的老太，从不说话的卖油郎，不远处的小西施，依然每日砍肉、绣花、倒油、做包子，似乎没有顾客，也影响不了他们的生活。

　　他坐在门口的台阶上晒着太阳，一边嗑着瓜子，一边懊恼地自言自语:"我好歹以前也是乾东城小霸王,何苦来这个倒霉地方受苦受难?"他终于忍不住,一把丢下瓜子,走到了对面的肉铺,看着屠夫挥舞的巨大屠刀,面不改色:"大哥进来喝一杯?"

屠夫冷冷地望了他一眼,像看一个白痴。

"不收你钱,就当交个朋友。"他用出了自己在乾东城屡试不爽的套路,他自信只要这人喝了他的第一杯免费的酒,就会想喝第二杯,第二百杯!那时候自己赚的可是大钱了。

屠夫用一声清脆的筒骨断裂声回应了他。

他只能跑到了那卖油郎的铺子,卖油郎倒是一脸笑眯眯,虽然说的话很不客气:"滚开,别挡住我看小西施。"

"你有没有听过一句话,酒壮怂人胆,你看多久也只是看,喝了我的酒,你就敢做了。"酒肆的小老板循循善诱。

"滚。"卖油郎依然一脸笑眯眯。

"得嘞。"小老板立刻站了起来,心中怒骂道:这要是在乾东城,我一把火烧了你这油铺!他正无奈地回到酒肆的时候,一阵突兀的马蹄声打断了他的思绪,他一转头,只见一辆马车冲在最前面,身后还有八位骑马穿着软甲的侍从跟随着。前几日刚下过雨,地上还皆是水洼,马车速度不慢,踏起一地水花,朝前奔来。小老板急忙往后退了几步,害怕那溅起的泥水染湿了他的衣衫。

"吁。"车夫一拉缰绳,在酒肆门口停了下来,他看了看酒肆的招牌,低声念道,"东归?"

小老板一笑,急忙走上前:"看你们似是从很远的地方回来?'东归'这名字好啊,很配你们,进来喝一杯?"

车夫依然皱着眉头看着那招牌,似乎没有听到对方的话,或者根本不想在意老板的话,他转过头,掀开幕帘,对着里面的人轻声说了些什么。里面的人沉默了一会儿回了一句话,车夫急忙下车,撑开了伞。

然后一双鞋就踏出了马车,那双鞋一尘不染,上面用银丝文着一只白鹤。

小老板自然识货,一笑:"贵客?"

随后一身锦衣华服的男子出现在了他的眼前,男子大概是三十

岁,身形高大,面容和善,只是左边的那一抹眉毛,却是白色的。他望向酒肆的老板,微微一愣,随即恍然,笑了笑,问道:"小二?"

小老板的脸顿时冷了下来。

这当然不是他第一次听到这句话。

"我是老板。"他的语气并不那么和善了,他一直努力摆出一副热情迎客的样子,可乾东城小霸王毕竟还是小霸王。

白眉男望向面前的这位看着不过十六七岁的小老板,点了点头:"小老板看着年龄不大,做的生意还是挺大的。"

"生意大不大,不看酒肆门面大不大,而是看酒好不好!"小老板一身青衫,面容俊秀,光看容貌的确像是该在那私塾里苦读诗书准备考取功名的少年郎,可是这举手投足的气势,以及那总是略带着傲气的眼神,倒的确有种做大生意的派头,"喝一杯,不好喝——就回家换个舌头吧。"

"大胆!"车夫怒道。

白眉男挥手止住了他,随后转身对着那些侍从道:"反正都到了这里了,大家进来喝一杯。"

除了车夫没有动以外,八位侍从都下马踏了进来,他们似乎真的赶了很远的路,软甲之上尽是泥渍,如今一齐踏入了酒肆,靴上的软泥都留在了地板上。老板皱了皱眉,白眉男注意到了这个细节,笑了笑:"酒钱加倍。"随即他转头,看到了墙上的菜谱。

说是菜谱不合适,因为只有酒,没有菜。

桑落、新丰、茱萸、松醪、长安、屠苏、元正、桂花、杜康、松花、声闻、般若,一共十二盏酒,一盏二十两。

一名侍从冷笑,伸手轻轻敲了敲桌子:"你知道柴桑城最好的酒馆'兰玉轩'里的月落白卖多少钱?"

"一盏十八两,"小老板一脸傲然,语气中竟是理所应当,"我这酒只比它的好喝一点,所以我卖二十两。"

侍从哑然,没料到面前这老板如此大言不惭,正欲开口骂上几句,却被白眉男伸手拦住了,白眉男依然一脸平和,他点了点头:"那我就各来一盏。"说完后他还从怀里掏出一张银票放在了桌上,面额写得很清晰——五百两。

"稍候。"老板也不收那银票,转过身,朝着后厨走去。

那方才说话的侍从对白眉男低声道:"敢情这酒肆就这老板一个人,后厨、小二、客人都没有。"

"不,还有一个客人。"白眉男眼睛微微一瞥,看向了店铺的最角落。

那里趴着一个人,此刻还是清晨,就仿佛已经醉得不省人事了,他穿着一身白衣,虽然是一件不太干净的白衣。桌子上还靠着一杆长枪,一杆银白色的长枪。

侍从微微皱眉,望向白眉男。

白眉男手轻轻地敲着桌子,低声道:"什么样的新面孔,能在龙首街开店?"

不一会儿,小老板就从后面走了回来,陆陆续续地将十二盏酒放在了长桌上,每个酒壶上都刻着精致的酒名。

白眉男拍了拍身旁凳子:"老板,我们一人一盏,喝完还多了一盏,不妨坐下来一起喝?"

小老板只微微犹豫了片刻,就坐了下来:"那就不推辞了。"

白眉男将一盏长安酒推到了小老板的面前,老板面露惋惜之色:"长安酒味道绵长,最适阴冷之日来饮,客官今日不饮,可惜了。"

白眉男笑了笑,收回了长安酒,又将那元正推了过去,老板依然一脸惋惜:"元正酒澄澈甘香,适合远行之人,你们一路奔波而来,喝一杯正好。"

白眉男摇头,笑容变得真挚了几分:"老板真是爱酒之人。这些酒,莫不是老板自己酿的?"

小老板看那十二盏酒,每一盏都喜欢得厉害,终于还是接过元正酒给自己倒了一杯:"那是当然,我七岁那年,第一次喝酒,从此就醉心此道,九岁开始我拜过八个师父学酿酒,如今酿酒八载,我的酒,虽然还算不上极品,但是也足以胜过寻常酒无数了。"

白眉男点了点头,虽然面前这个老板怎么看都不像是一个酒楼老板,可一谈到酒,眼神中的那股炽烈便一览无余,看来是真的好酒之人。白眉男给自己倒了一杯长安酒,若有所思地喝了一口。

只是一口。

那透心的寒意在瞬间消散，一股暖流从腹中涌起，弥漫了全身，他闭上眼，感觉整个人的气息瞬间安稳了下来。他奔波几百里，是为杀人而来，一路之上不管如何平定心绪，那根弦依然是越拨越紧，可此刻终于像是有人在上面轻轻地弹了一下，弦声惊起的同时，也渐渐地缓了下来。

他睁开了眼睛，长舒了一口气，点头道："好酒，当赏。"

随着这一句落下，那些侍从也都放下了杯盏，纷纷低声夸赞起来，就连方才嘲笑小老板的那位侍从都面露赞叹之色。

小老板眼睛一亮，对那白眉男说道："哎哟，看来贵客懂酒。"

"我此生喝过的酒中，这一盏，可排前五。"白眉男诚恳道。

小老板听完这话，没有喜色却也没有不满，只是追问道："那你说什么是第一？"

"天启城，雕楼小筑，秋露白。"白眉男缓缓道。

小老板一愣，随即整个人都跳了起来，他惊道："果然是贵客了，你竟然去过天启城，还喝过秋露白？快和我说说秋露白！"

"这么多年，我去过很多地方，天启城去了三次，那是集世间繁华于一处的城池，可我最能记住的，还是那一杯秋露白。好酒能品一味，然而雕楼小筑的秋露白，却能品三味。老板若是有机会，也该去尝一尝。这酒的滋味说不出来，只能品出来。"白眉男说道。

小老板叹了口气："我家里人不让我去天启，我去哪儿都行，去天启不行。"

"老板是柴桑城人吗？"白眉男问道。

"不是。只是我家里有这一间铺子空着，看我年纪也不小了，就派我来经营经营。"小老板答道。

"龙首街上的一间酒楼，还一直空着？老板的家中，很有钱啊。"白眉男意味深长地说道。

小老板将自己杯中的酒一饮而尽，看他年纪不过十六七岁，但饮酒的架势却颇为豪迈了，是酒徒的架势。"好酒，真是好酒啊。"他闭上了眼睛，一副沉醉其中的样子，却很狡猾地避开了上一个问题。

白眉男也喝了一口酒,没有追问下去,只是换了个问题:"你叫什么名字?"

"我叫白东君。"小老板回道。

白眉男淡淡地应了一声:"是个好名字。在这里开店可遇上了什么麻烦?我在柴桑城里还算说得上话。"

白东君一拍桌子:"那就真的是贵客了!我就纳闷了,我这地契是千真万确,我在这里开酒肆也是诚意经营。可才来没几日,就有人来捣乱,让我从这里滚!你说气不气?"

"然后呢?你一个人怕是应付不过来吧,还是小老板其实是个深藏不露的武林高手?"白眉男问道,他的每一句话都看似随意,却满是探寻。

角落里那个醉酒的男子忽然打了个寒战,像是被冷风吹醒了,他挠了挠头发,抬起头,随即晃晃悠悠地站了起来,伸手拿过靠在桌子上的那杆长枪,使劲地在地上蹾了蹾。

这一蹾之下,似乎整个酒肆都颤了一颤。

白东君笑道:"我的酒肆,可不止我一个人。"

那醉酒的枪客打了个酒嗝,揉了揉眼睛,厉声道:"又有谁敢来闹事?"

八名侍从立刻拔出了腰间的长刀。

白眉男眯起眼睛,细细地打量着面前的这个枪客,他面色苍白,头发凌乱地披散在背后,用一根绳子随意地绑了一下,典型的江湖浪客的装扮。可细看那面容,应该和小老板差不多年纪,不过是个少年。只是刚刚那一枪蹾地的气势,怕是功力极不寻常。

"你是咒我吗?来我店里的就是闹事的?"枪客头上被使劲地拍了一巴掌,只见白东君已经走了过去,一掌打在了他的脑袋上,他似乎还不解气,又踹了他一脚,"我等了十三日,终于等来一桌贵客。你要把他们给我打跑吗?你个赔钱货!"

枪客又打了个酒嗝,神志似乎清醒了些,他望见那一桌上摆满了十二盏酒,眼睛一亮,一步跨了出去:"既然是贵客,分我一杯喝喝吧。"他身形极快,一步已经跃到了桌旁,伸手欲端最近的那盏酒,离得最近的那名侍从正准备挥刀,却见一人已经从另一边

掠出，拦在了他的身前，那人伸出一只手，紧紧地按住了枪客的手。

枪客抬头，对上了那一抹白色的眉毛，心头忽然一凉。

白眉男笑了笑："我这酒还得给人带去，小兄弟若是想喝，我那五百两银票中还多了几盏的钱，不妨就送给小兄弟了。"

枪客甩了甩头，似乎终于酒醒了，他收回了手，轻轻揉了揉，重新走回了角落里，继续把头埋在了臂弯里，呼呼大睡起来。

"我真该去庙里拜一拜，来柴桑城就一直倒霉，还偏偏遇上了你这个赔钱货！"白东君仍然不解气地踹了他一脚，可枪客的身子却轻轻地歪了歪，巧妙地避了开去。

白眉男依然和善地笑着，似乎并不介意，随即便转头对着侍从们说道："喝完了，走吧。"

"是。"侍从们收回了刀，转身走了出去。

其中一名侍从起得最慢，似乎依然品着那酒中滋味，身旁的另一人轻轻地推了他一下："学正，发什么呆啊。"

被唤作学正的侍从晃了晃脑袋："真的是好酒啊。"他对着白东君咧嘴笑了笑，随后便也起身走了出去。

白眉男拿过了桌上剩下的两盏酒，也跟着走了出去。

"贵客若有空，可要常来啊。"白东君难得遇到一位懂酒的客人，而且对方还喝过自己久仰的秋露白，自然忍不住招揽一下。

可是白眉男却忽然像是变了一个人，非但没有回他的话，就连头都没有回一下，车夫在门边撑开了伞，白眉男将一盏酒递给了他，带着另一盏走进了马车内。

"那马车里还有一个人。"枪客重新把头抬了起来，低声说道。

白东君点了点头："他刚说还多一盏酒可以给我喝的时候，我就算出来了。"

"不必算，我们习武之人会望气，这辆马车的气就不对。"枪客说道。

白东君撇了撇嘴："欺负我武功不好？"

白眉男上了车，车夫拿起那盏酒，对着嘴一饮而尽，随后看了白东君一眼，将手中的酒杯随意地丢在了地上，然后猛地一扬鞭，冲着前方扬长而去。

白东君看到此景，顿时怒从心起，他几步冲到门外，拾起酒杯的碎片就朝着那车夫掷去，当下仍不解气，破口大骂道："我的酒给这样的粗人喝了，真是暴殄天物！"

　　那车夫却也不回头，只是一甩马鞭，竟将那碎片重新打了回来，直奔白东君而来，白东君一愣，还没回过神来，那碎片已经被一人握在了手中。枪客嘴上叼着一根牙签，手上掂着那块碎片，喃喃道："这贵客，还不如不来呢。"

　　马车之内，白眉男拿出一个白玉所制的酒杯，倒了一杯递给了身边的人："不是什么特别的人，是一个酿酒的，年纪不大，最多不过十七，说是家里祖上留下的铺子，他被派来经营一下。不是柴桑人。我也试过了，武功很低。"

　　"可是刚刚，我听到了。"身旁的人缓缓开口，声音轻盈温柔，竟是一个年轻女子。

　　"是他的护卫，武功不错，但也算不得太强，至少这一条街上，就有人比他要强。"白眉男继续说道。

　　"外乡人怎么会有龙首街的铺子？他叫什么？"

　　"白东君。"

　　"白东君？没听说过这个名字，岭南白家，和这西北道隔着千里，也不会来蹚这浑水。那就只能算他倒霉了吧。"女子一边说着一边拿起酒杯，轻轻地啜了一口，随后眼睛一亮，赞叹道，"好酒。"

　　"的确是好酒。所以我猜测他与此事无关。因为能酿出这样好酒的人，心思必定不在其他地方。这酒醇厚上差了几分，可是玲珑剔透，不是心思单纯的少年郎，酿不出来。"白眉男回道。

　　女子将酒杯放下，上面留下一个魅惑的朱唇印，她望着杯盏上的酒名：桑落。

　　"桑落，桑落，柴桑陨落。好名字啊。"女子盈盈一笑。

　　马车停了下来。

　　车夫掀开了幕帘："顾府到了。"

　　东归酒肆之中，送走了这一波贵客后再次变得门庭冷落，白东君一屁股坐在台阶上，叹了口气："你说我们是不是遇到了什么柴桑城的特别节日，这个节日里人们都不能出门买东西，但是卖东

西的人还是要出来迎客,并且依然喜气洋洋,好像什么事都没有发生一样?"

枪客和白东君一起坐在台阶上,一会儿挠挠头,一会儿抓抓虱子:"哪有这么奇怪的节日?你是觉得柴桑城里的人脑子不好吗?"

"那你怎么解释这个现象?"白东君指着对门。

那卖肉的屠夫手起刀落,仿佛有切不完的肉,砍不完的骨头。

那绣鞋的老太针上开花,花鞋上的鸟儿仿佛下一刻就要飞起来了。

"大概是你命不好。"枪客抬起头,不耐烦地回道。

"对啊,我命不好。"白东君怒道,"命不好才会沦落到和你这个不洗澡的浪客坐在这里一起晒太阳!"

第二章 · 长街有煞

一匹马，一壶酒，一袭春风，一醉方休。浪客四海为家，漂泊落拓，衣服总是不换，头发总是不束的，这澡……自然也是很少洗的。那一日，枪客抱着一杆枪摇摇晃晃地走在长街上，枪首挂着一个酒葫芦，里面空荡荡的，似乎已经被喝空了。白东君并没有嫌弃他的落拓，看到那枪首上的酒葫芦很是欣赏，便邀他进来喝酒，也多亏了这一邀。这名枪客虽然穷酸落拓，但是枪法真的很好，接下来那些上门来捣乱的人，都被他一枪给打跑了。从此以后枪客就住了下来，每日免费喝酒，只需要护卫酒肆的安宁。

"这得亏是在柴桑城，要是在乾东城，那些个地痞无赖，看我怎么收拾他们！"白东君想起那些无赖就生气。

枪客冷哼了一声："他们也不会去乾东城，这里也终究是柴桑城。"

"你算一算，你从来的那一天，到今天，喝的酒，该给我多少银子了？"白东君恼怒道。

枪客一拍桌子："要不是我，你早就被赶跑了，这酒肆还能开？喝你点酒怎么了！我不喝，还不是就那么放着！对了，今天吃什么？"

话题急速变换，白东君却很有默契地接了下去："今儿有钱了，不吃馒头，我去买

点肉！"白东君愤怒地从台阶上站了起来，从柜台里掏出几两银子走到了对面的肉铺前："老板，来半斤肉，不要骨头。"

那屠夫望向白东君，就像看着一个白痴。

白东君有点心虚地掂了掂手里的银子："这些钱……应该够了吧？"

屠夫沉声道："放下吧。"

白东君急忙将银子放在了台子上。

屠夫拎起一块后肘，砍刀一挥，在肘子上划出了一道深而长的口子，他再一挥，砍刀紧贴着里面的筒骨划了进去。"啪"的一声，一块厚重的肘子肉摔在了地上，和骨头清晰地分离了开来。

"老板厉害啊。"白东君一边赞叹着，一边伸手想去拿那肘子肉。

"等等！"屠夫厉声喝道，只见他提起屠刀，将屠刀轻轻落下，然后屠刀就以看不分明的速度极快地在那大骨头上滑动起来，随着屠刀的滑动，一片一片原本粘在骨头上的肉落了下来。

那个瞬间，白东君仿佛有一个错觉，在随着屠刀的滑动下，那根长长的骨头上，似乎开出了一朵又一朵的花。

然而只是一个瞬间之后，屠夫就已经将这些肉用油纸包好，给他递了过来，屠夫看见白东君惊诧的目光，还显出几分得意："拿去吧。"

白东君接过油纸包，转身跑回了自己的酒肆，冲着那枪客说道："对面那屠夫，这砍肉的手法真神了。"

"怎么？"枪客已经坐在台阶上，一脸懒洋洋的表情。

白东君把刚才看到的事一五一十地说了，随后感叹了一句："柴桑城真是卧虎藏龙啊，所谓熟能生巧，这屠夫得杀过上千头猪才有这能耐吧。"

"呸！"枪客一脸鄙视地看着他，"杀过上千个人还差不多！那骨上开花的功夫，怎么可能是一个普通人能有的？更何况你看看这肘子肉。"

"这肘子肉怎么了？"白东君更加困惑了。

"我说你这有钱人家的公子哥，也太没有生活常识了。这肘子肉，肉可以用来红烧、做酱肉，这骨头用来炖汤。一般店家都会给你把肉剔出来，把骨头给你砍成几段熬汤，这骨头上的肉必然得留着，若是都剔得干干净净了，那么炖出来的汤，哪还有半点滋味。哪个屠夫会做这样的蠢事？还有，剔肉的确是门手艺，但那是有专门的小刀的，哪个屠夫拿着砍骨刀剔肉，疯了吗？"枪客说道。

"原来是武功啊，那就没什么意思了。"白东君一脸失落，似乎一样东西和武功产生了联系，在他这里就没了趣味。

枪客怒道："你究竟听明白我的意思没？"

白东君还是皱着眉头："啊？什么意思？"

"意思就是，我们，"枪客拉过白东君，低声道，"入狼窝了！"

"狼窝？"白东君惑道，"你是说这一条街……"

"既然这个屠夫出了问题，既然这一整条街最近都如此奇怪，那么就表示如今这条街上，都不是普通人。"枪客沉声道，"我混了这么多年江湖，这点嗅觉还是有的。"

白东君冷笑："那你倒是嗅一嗅，这是为啥？"

"和顾府有关，方才那些人，看那样子便是去顾府的。"枪客说道。

白东君恍然大悟："他们要去抢顾府的钱！"

"我呸！"枪客手扶额，一脸无奈，"顾府势力震慑整个西南道，黑白两路都对他毕恭毕敬，你却只看到钱。"

"那是为了什么？"白东君出了乾东城，对这世间之事几乎一无所知。

"为了人。"枪客望向长街尽头不远处的那处大宅，"你有没有听过一首诗？"

"什么诗？"

"风华难测清歌雅，灼墨多言凌云狂。柳月绝代墨尘丑，卿相有才留无名。"枪客缓缓念道。

白东君琢磨了一下，摇头："也不押韵，不是什么好诗。"

"这首诗是百晓堂发的公子榜，不在于押韵，在于贴切。这首诗写的是北离的八位绝世的少年英才，城府极深的风华公子，风雅精致的清歌公子，一口三舌的灼墨公子，狂傲放荡的凌云公子，容颜绝代的柳月公子，其貌不扬的墨尘公子，才华绝世的卿相公子，以及空缺暂留的无名公子。"枪客解释道。

白东君细想了一下："你想做那无名公子吗？"

"我不是公子，公子应是儒雅翩翩，堪登大堂的，可我只想做个浪客，买一匹马提上酒，然后纵马扬鞭，一醉春风。"枪客闭上了眼睛，仿佛瞬间就要醉去了，但他立刻睁开了眼，"你打断了我的话，我要说的是这诗里的另一位公子。"

"谁？"

"凌云公子——顾剑门，狂傲放荡，曾经是天启城小恶霸，比你这乾东城小霸王要威风多了，后来奉兄之命回了柴桑城，如今便在那座宅子里。"枪客用枪指了指那座大宅。

"我只知道顾家有钱，却还有这等人物？凌云公子，天启恶霸，走，邀他来喝酒！"白东君顿时心生好奇，起身便要走。

"是得去见一见他，但不是请他喝酒，而是去打探一下，为什么这一条街会变成这样？"枪客幽幽地说。

忽然间，天下起了雨。

两个人关上了酒肆的门，各撑了一把伞便走进了雨中，枪客带着白东君朝着相反的方向走了出去，绕了许久才终于停了下来，他缓缓道："到了。"

白东君一愣："怎么就到了？"

"这是顾府的后院，你以为从正门进，我们能走进去？我敢保证，如果我们走的方向是顾府，那我们走不出那条街。"枪客冷笑。

白东君立刻恍然："佩服佩服。"

枪客晃了晃手里的长枪："我在江湖晃荡了这么多年，如果这些心思都没有，早就被埋在下面了。我们就从这里翻墙过去……等等，有人！"枪客立刻拿起长枪，护住白东君往后退了一步。

在不远处的楼阁上，果然立着两个白衣女子。她们穿着一身白衣，背对他们而立，身上散发着森森鬼气，她们没有撑伞，但那些雨水却打不到她们的白衣上。她们手轻轻地张着，仿佛手里扯着看不见的丝线。

而在二人相距的空间里，忽然出现了一个黑衣男子。那男子不知何时出现，手里拿着一把油纸伞，冲着顾家后院的高墙行去，但他并未和想象中一样翻墙而入，而是慢慢地消失在了雨中。

白东君和枪客相视一眼，同时低呼一声："鬼啊！"

微微的寒意随着这一场阴柔细腻的雨悄然降落在了这座精致的城池，泥土的芬芳随着细雨不断地敲打逐渐在这座城池弥漫开来，水汽氤氲而上。柴桑城像是变成了一个美丽而慵懒的女子，让人只望一眼，便能醉心其中。但是这样的天气，不应该喝酒，更不应该独饮。秋意袭人，易伤身。

楼阁厅内的男子却一杯一杯地喝着酒，他靠着柱子躺在地上，举起酒杯对着那雨水幽幽地说道："这样的天气，如果去风起池边，会看到细雨朦胧的池水，恍若有仙境的感觉。而若去凤凰街上行走，会有撑着油纸伞的姑娘从你的身边走过，两边的亭楼中会有穿着艳丽的女子朝你丢下红色的手绢招揽你上楼，也会有若有若无的琴声从不知何处传来。这便是我少年时最爱的柴桑城啊。"

"公子……"身后的人低低地唤了一声，他穿着一身军甲，左手按着腰间的佩剑，是一个戒备着的军人。可那个被他唤作公子的人却只是穿着黑色的长袍，松松垮垮的，像是刚刚沐浴起身的贵人。他席地坐在那里，面前摆着一张小桌，上面摆着一壶酒和两个酒杯，但是却只有他一个人独自饮着，不慌不忙，似乎对面的客人还在赶来这里的路上。

但是那个客人，怕是永远都不会来了。

"兄长，没能最后见上一面啊。"那人将杯中的酒一饮而尽，把酒杯用力地扣在了矮桌上，"枉我顾剑门被称作凌云公子，眼看兄长惨死，不能杀敌，却只能醉饮，李苏离，你说这是不是笑话，笑话啊！"

李苏离叹了口气，正想开口安慰，可忽然他觉得心中一冷，一股寒气没来由地从背后升起。空气仿佛瞬间凝固了，周围的环境一下子安静了起来。

直到，有雨滴敲打着竹纸伞的声音突然响起。

嗒……嗒……嗒……

李苏离一惊,拔出了手中的剑,转头望向大厅外的方向。

一个一席黑色长袍的男人突然出现在了那里,庭院里并没有门,李苏离也没有听到任何人落地的声音,那个男人就像是鬼魅一般凭空出现。竹纸伞挡住了男人的脸,李苏离看不清他的神色,男人慢慢地朝着这边走来,每一步的落下都有水花溅起,但是他的脚步声却很轻,几乎没有一点声音。只有雨水敲打着伞面的声音,清晰可闻。

男人一步一步终于走近了,顾剑门举起了酒杯,恍若没有看到一般,轻轻啜了一口。李苏离终于忍不住冲到了门口,男人的脸终于在油纸伞下显露了出来,是一张白得几乎没有血色的脸,看不清楚大概的年纪,眼神淡淡的,表情也淡淡的,只是当他看向李苏离的时候,李苏离觉得这个人突然变成了一把很锋利的剑。只是一个瞬间,男人突然微微地冲着他笑了一下,那种压迫感便消失了,整个人儒雅温和得像贵族公子一般。

李苏离从来没有过这样的感觉,他突然有些惊恐,他挥剑指着男人,怒吼道:"站住!"

男人很听话地在离厅门三门之遥的地方站住了,抬头微微笑着,目光穿过李苏离,看向了坐在那里慢慢饮着酒的顾剑门。雨越下越大,用力地敲打着那把竹纸伞。

"是来自暗河的贵客吧。苏离,不要造次,放先生进来。"顾剑门将酒杯放在了桌上,站了起来。他的腰间别着一把剑,细细长长的,像是一件装饰品。

男人摇了摇头,依旧浅浅地笑着:"不必了,我站在这里说话便可。"

"屋里没有雨,还暖和些,先生是信不过我顾剑门吗?"顾剑门走了过去,两人目光相对。

"如果北离还有一个值得我们暗河相信的人的话,那么便一定是公子了,"男人微微侧身,"只是,在成为朋友之前,我还不想踏入公子的地方。"

"你已经踏入了。"顾剑门看着他,语气有些锐利。

男人笑了笑，没有回答，气氛变得安静。

顾剑门打量着面前的男人，发现这个男人的锋芒仿佛已经被全部收敛起来了，全身上下都没有一丝杀气。他问道："暗河，也需要有朋友吗？"

男人微微颔首："当然，在这个世界上，即便是杀手，也需要有朋友才能活下去啊。暗河选中了公子，认为公子能帮我们做到一些事，而我们也能为公子做一些事——一些很重要的事。"

顾剑门抬头看着窗外的雨帘，不知道为什么有一种悲伤在心中弥漫起来，他叹了一口气："朋友，在你口中就变成了这般的利益关系？"

"难道不是吗？"男人问道，"公子本应该有很多朋友，可他们此刻在哪里呢？"

顾剑门摇了摇头，说道："可那些朋友没有来，我却很庆幸，至少他们不会再因此而死。"

"可是你的敌人并不这么想，就像你的兄长，他本就没有争雄之心，他为了家族的安稳甘愿放弃权势，可他依然死了，死在了八别城，离自己的故乡还有三百里的地方。你的敌人容不下你，也容不下你的兄长，公子不愿你的朋友为你而死，可他们的刀已经拿起来了。"男子缓缓道。

"兄长大我二十三岁，我出生没多久父母双亡，兄长便是我的父亲。此仇我誓死必报，但不需要靠着暗河来报！"

男人手微微地转动着竹伞，那个水花绕着雨伞开始慢慢地旋转："对公子，我们也没有隐瞒的必要。暗河除了杀人以外，同样在整个北离有着重要的布局，可你的敌人在秘密进行着某种活动，这些活动影响到了我们的布局甚至生存。家长们不允许这样的事情发生，所以我们必须拔刀，对准那些人。"

"所以，你们选中了我？"顾剑门不再看他，抬起了头，连绵的雨丝像是被人倾洒下来似的。

"是暗河选中了公子。"男人的声音很坚定。

顾剑门不再说话，左手缓缓地触向了腰间悬挂着的长剑。

男人的眼神也移到了那柄长剑上："名剑'月雪'，据说这是一

把左手才能使用的长剑，拔剑出鞘，能斩断天空中的雪霰。"

顾剑门没有言语，缓缓地拔着剑，清亮的声音回荡在厅堂之中。李苏离感受到这股不寻常的气氛，急忙退到了一边。

男人一笑，手依旧轻轻旋转着伞柄，只是速度越来越快："公子是想看一看我们的诚意吗？"

顾剑门拔出了剑，指着男人，身上散发出来的戾气胀满了宽松的长袍，衣袖不安地舞动着。

男人的手忽然停止了，那些围绕着竹伞旋转的雨水在那个瞬间"哗"地落了下来，也就在那个瞬间，那一把竹伞突然"砰"的一声爆裂了，像是一朵花在瞬间绽放一般，所有的伞骨也断裂了，露出了里面金属色的细剑，十七根伞骨炸了开来，十七把细剑散射出来，向两边飞射出去，男人手中握着的伞柄露出了尖锐的剑身，他一跃而起，举着剑朝着顾剑门直刺过来。

可他的直刺被顾剑门隔开了，他往右边一闪，躲开了顾剑门的反击。顾剑门提剑追了上去，又是一记挥砍。男人弯下身来，他的节奏已经被顾剑门完全压制住了，他手中的长剑施展不开，只得不停地闪躲。外面的雨倾盆如注，雨水敲打着屋檐，发出剧烈的声响，可男人此刻，却只听到了自己急促的呼吸声。

"公子是要杀了我吗？！"男人低喝道。

顾剑门左手使剑，右手挥拳，气势如雷，完全没有了此前的慵懒模样，而像是战场上的猛兽，所有的尖牙都已经露了出来。他冷笑了一声："不是要给我看你的诚意吗？那么便拿出你的诚意来！"

男人将手中的剑旋转起来，那把被他叫作"暮雨"的剑突然变得无比柔软，缠住了顾剑门的"月雪"。顾剑门感觉到剑上的力量在瞬间便失去了寄托，心中一惊，急忙挥拳。男人在此刻也收回了自己的剑，点足后掠。

"公子究竟是何意思？"男人喘着粗气，问道。

顾剑门站在那里，左手持剑，突然闭上了双眼，飞舞的双袖突然安静了下来，仿佛身上的雷霆之势一下子丧失了。但是在一旁观战的李苏离却知道，顾剑门这是在积聚自己的气势，接下来的他，将变得更加可怕。

顾剑门眼神中流过一丝惊诧，随即恍然大悟："难怪你说，你是代表整个暗河的意志。你是暗河大家长的直属杀手团首领。"

"公子再见了。"苏暮雨转身向着外面走去，只是在即将走出大厅的时候他忽然停住了脚步，"你的兄长顾洛离少年时出仕青州，曾经请人为他算命，他的命书中说，'可为国而死，死于沙场，马革裹尸；可为家而死，死于孤宅，寒骨难收；可为己而活，然亲人俱死，独善其身'。曾有人为公子算过命吗？"

"我的命书上说，一生壮志，空负凌云，死而不得其所。"顾剑门笑道。

"公子说笑了。"苏暮雨转头，走进了雨帘之中。

李苏离看着那个背影，很想知道苏暮雨是如何离开的，就像是他如何来的一样。可是他的背影却慢慢融化在了雨帘之中，就那样渐渐地消失了。李苏离使劲擦了擦眼睛，他是军人出身，从不信鬼力乱神，看到眼前之景自然惊骇无比。

顾剑门似乎看穿了他的想法，说道："暗河三家，慕家便擅长这些诡道秘术，这个苏暮雨能来到这里，一个人做不到，墙外必还有慕家的人在为他护阵。至于诡道秘术，这些事你想不通的，便不用去想了。"

"公子！"李苏离回过神来，急忙问道，"他刚说的事……"

顾剑门挥了挥手，止住了他，示意他不必说下去，他将自己的剑收起，重新抚了抚长袍："我们的敌人是凶人，可来做交易的却是恶鬼啊。"

白东君和枪客在外面看了许久也没看出什么名堂，但直觉告诉枪客他们应该离开了，他拉了拉白东君的袖子，正准备离开，却见那方才消失的黑衣男子重新出现在了那里，只是他的伞已经不见了，腰间却围着十几柄利刃。

"走！"枪客猛地一拉白东君的衣袖，可一转头，却看到那两个白衣女子静静地站在那里，如同鬼魅。

"你们都看到了什么？"一个清冷的声音响起，是那个忽然出现的黑衣人。

枪客摇头："什么都没看到。"

"首领,他们在这里许久了。"一名白衣女子忽然开口了。

枪客忽然大喊:"我们什么都没看到!"

"走吧。离开这里,最好离开这座城。"黑衣男子轻叹道。

白衣女子皱眉:"首领?"

黑衣男子挥了挥衣袖:"还不快走?"

"多谢!"枪客拉起白东君,头也不回地朝着来的方向跑去。

日落黄昏之时,这场忽然到来的秋雨终于停了。

顾府之内,穿着宽松长袍的主人走到了亭前,望着屋檐上滴滴答答落下来的积水,仿佛出了神。

他的脚边,还插着那一柄暗河留下的长剑。

"公子,晏家小姐今日已经到了。"李苏离轻声道。

顾剑门回过神来,幽幽地问道:"美吗?小时候可是个滚泥球的野孩子。"

李苏离苦笑了一下:"美倒是极美的。"

"那先把她睡了,倒也不亏。"顾剑门的手轻轻地在那柄剑上旋转着。

李苏离自然知道顾剑门的脾气,睡美人什么的不过是一些自嘲的话罢了,他此刻在意的,只是顾剑门身旁的这一柄剑。

只要他将这柄剑从这里丢出去,那么孤立无援的他们将会拥有一支强兵援助,但同时,自己也会永远地成为别人的提线木偶,即便能够打败敌人,自己也无法重拾往日的荣光。

"空负凌云志,何有万丈才?"顾剑门的手离开了剑柄,转过身,"他们若来求见,不见。"

"那个……"李苏离面露尴尬,"听说晏家小姐进了府邸,就直接入了客院,并没有要来见面的打算。"

顾剑门哑然失笑:"跟小时候一样,脾气不好。"

"公子,我们还有机会吗?"李苏离寒声道。

顾剑门没有回答,只是望着那久违的日光,笑了笑:"有没有机会,得看你有多大的死心。"

顾府后院,灯笼一盏盏被点起。

白眉男笑着看向身边的女子:"小姐,毕竟是未来的夫君,不去见一见吗？"

女子冷冷地瞥了他一眼："我才不会见他，他也不会见我。何必自找不痛快？"

"那小姐早些歇息吧，一会儿我让他们把饭菜送过来。"白眉男转身走了出去，门口那些侍卫正在等候着。

"奎正、乐正，你们两个，去把那酒肆给解决了吧。"白眉男叹了口气，"是个不错的少年郎，可惜来错了地方。"

"是。"两名侍从点了点头，转身便走。

"等等。"白眉男皱着眉头，仔细看了一下，等候在门外的侍从只剩下了七个，"学正去哪里了？"

"不知道，入府没多久就说要去小解，至今也没见到人。"一名侍从答道。

白眉男的瞳孔微微收缩："你们两个人先走，其他人，若是学正回来了，通报我。"

"是！"

夜色终于降临。

两盏美酒，一盘肘子肉。

枪客虽然邋遢，但是做饭的手艺很不错，他和白东君两人相对而坐，一口酒，一口肉，正压着惊。枪客的手现在都还在颤抖着，他想起那两个白衣女子和那个执伞的黑衣男就忍不住打寒战："方才那些人，如果想杀我们，我们已经死了。"

白东君脸色稍微好些，他傲然道："要杀我可得看他够不够胆！"

枪客忽然正色，拿起酒杯敲了敲桌子："喂，白东君，我不知道你到底是什么身份，无非就是什么世家贵族，豪门子弟，但你要知道，入了江湖，并不是所有人都会管你的身份。杀了你的人，埋了你的尸体，你的家人甚至都不会知道你死了。听我一句，明日离开这里，你再送我三坛酒、一匹马，我送你到家。"

白东君也拿酒杯敲了敲桌子："如果我死，他们会知道的。他们会用尽一切方法查出杀我的人，然后将那个人碎尸万段，如果你知道我的家人都是谁的话。还有，我才不走，我走的那天，必

然整个柴桑城的人都得知道我这东归酒肆,酒味可胜月落白,是这城中第一!"

枪客不再多言,喝下一口酒,咂了咂嘴:"这是什么酒?之前没喝过?"

"我新酿的,还没取名字。味道如何?"白东君问道。

枪客耸了耸肩:"好不好喝,我一个人说了不算,至少还得找两个客人来。"

话音刚落,他们就听到了两声脚步声。

白东君猛地抬头,枪客一把握紧了放在桌边的长枪。

"哦,是你们啊。"白东君整个人瞬间舒缓下来,他虽然记不清对方的容貌,可那一身软甲他还是记得的,正是白天来的那位白眉男的侍从。他快步走上前,"刚好我们在品新酒,你们也来喝一杯。"

一声拔刀声骤起。

站在前面的那名侍从猛地拔出了腰间的长刀,冲着向自己走来的白东君一刀挥去。白东君一愣,猛地往后撤了一步,可已经来不及了,长刀就要刺入他的咽喉。

脚下的地板似乎微微地颤动了一下。

那名侍从就已经退了回去,握刀的手不断地颤抖着,他恨恨地望向前方:"好枪法。"

他的对面,枪客右手持着枪,左手还拿着刚刚饮空的酒杯,他微微地眯了眯眼:"东君,生死片刻间,我救了你一命,这酒的名字就由我取吧。不妨就叫'须臾'如何?"

白东君细细想了一下,似乎完全忘记了刚才自己才从鬼门关里走出来,拍手道:"生死不过须臾间,好名字啊。"

"奎正,如何?"另一名叫作乐正的侍从上前问道。

奎正将刀收了回去,右手使劲甩了甩:"没有大碍,不过点子扎手,需要小心些了。"随后他持刀对着枪客沉声道:"以你的武功,不是无名之辈,报上名来。"

"巧了,还真是无名辈。我从小未见过父母,吃百家饭长大,睡破寺庙而活,未曾有过姓氏,更无人给过姓名。不过生来空空,去也空空，也是不错，我给自己取姓司空，也愿化作长风，一去不归。"枪客将枪重重地一蹾地，"所以我叫司空长风。"

"竟然真是无名之辈。"奎正无视他的一长段豪气干云的介绍，只是冷笑，"你本来可能名扬江湖，只后悔自己来错了地方吧。"

司空长风猛地提起枪，随即一头砸下，将那两名侍从逼得连连后退。司空长风长枪猛挥，打得虎虎生风，那两名侍从根本未来得及拔刀，刚才的豪言壮语立刻成了笑话，司空长风一边得意，一边也是困惑。

今日他和那白眉男间接地有过一次交锋，那白眉男的武功在自己之上不少，对方也能估摸出自己的能力，怎会派这么两个不济的侍从过来？正在思索间，两名侍从忽然纵身一跃，闪至两边，右手按在刀柄处，冲着司空长风一跃而来。司空长风一愣，正欲回枪，却听到清脆的两声几乎重合的声响，两名侍从冷笑一声。

"拔刀术？"司空长风以几乎不可能的速度猛地抡回长枪，将那一整个酒肆的长风抡在枪尖。

"破。"司空长风低喝一声。

枪回。

两名侍从手中只剩下了两个刀柄。

枪再起！

司空长风持枪掠起，一枪挥出，却被一把刀挡了回来。

一把屠刀，剔骨斩肉，骨上开花。

司空长风收了长枪，笑道："原来这才是正主。"

对门的屠夫大哥，正提着他那柄醒目的砍骨刀，站在门口冷冷地望着屋里的人。

两名侍从退到一边，低声道："就拜托前辈了。"

"看来这一整条街上的人，和白日里那个白眉男都是一伙的，你们在这里是想杀其他想去顾府的人。而你们来杀我，只是因为我们在这里开酒馆？"白东君走上前说道。

屠夫望了白东君一眼，点了点头："是。"

"儿戏了吧，我们素昧平生，下午我还去你的店铺里买了肉，可你现在却提着刀来杀我。生命是很珍贵的东西，每个人都只有一

次,我们并没有权利随意剥夺别人的生命。"白东君很耐心地和他解释。他从小纨绔,桀骜不驯,七岁就被称乾东城小霸王,但却始终记得父亲和他说的话:"世间最珍贵的,便是世间人的性命。"

屠夫没有再看白东君,只是望向了司空长风,惑道:"白痴?"

司空长风耸了耸肩:"大概是吧,竟然想和你们这样的人讲道理。但他请我喝过不少酒,我这人有恩必还,不过我比他聪明,我只问一个问题,如果我们现在从这里立刻离开,你们能不能放过我们?"

屠夫的话依然简略得不能再简略:"不能。"

"那就不废话了,打吧!"司空长风持枪上前,一把将白东君往后一拉,随后借着冲势直奔屠夫而去,长枪若蛟龙般腾出,气势惊人。但屠夫连眼皮都没有抬一下,只是举起砍刀,轻轻一抬,就将长枪挡住了。

"我知道你的名字。"司空长风厉声道,"生遭官法,死见阎罗。你是金口阎罗言千岁。"

"是。"言千岁依然淡淡地回答,手中砍刀猛挥。

他的体形很庞大,他的砍刀很骇人,但是这把巨大的刀在他的手上,却像是一根绣花针一般精巧轻盈。

这刀法之精湛,的确是到了一个难测的境界。

司空长风的长枪气势很猛,但却后继无力,连续十三枪无功而返之后,司空长风已经有些气喘吁吁了。

"你的枪法不全。"言千岁虽然姓"言",可是却好像很不爱说话,每一句话就尽量地简略。

司空长风苦笑。

"是偷学来的。"言千岁眼睛一亮,对上了司空长风的眼睛。

司空长风心中一惊,握着长枪的手一抖,言千岁的砍刀已经突破了他的枪势,划破了他的衣襟。司空长风持枪猛撤,退到了白东君的身边:"打不过,跑吧。"

白东君耸了耸肩:"趁你刚刚打架的时候,我去看了下后门。"

"你是想趁我在这里缠住他们,自己打算偷偷溜走吧?"司空长风没好气地说道。

白东君正色道："我怎么会是那样的人呢？"

"所以后门怎么了？"司空长风回问道。

"那里坐着一个老太太，正慢悠悠地缝着绣花鞋。"白东君叹了口气。

司空长风挠了挠头："这还真是难办啊。"

屠夫右手拿着刀，左手比了一个请的姿势："再来。"

司空长风拿起长枪，低声道："我还有一招，最后的一招，这一招之后，他一定会死，但我也不一定能活下来。如果我能活下来，你就往门口的方向跑，我带你冲出去。"

"如果活不下来呢？"白东君问道。

"那我们就都死在这里。"

"你有几成把握？"

"一成。"

"一成？一成的把握，你有脸说得这么信誓旦旦？"

"那你有什么更好的方式吗？"

白东君一振衣袖："我一个人千里迢迢跑来开酒肆，也不是没有准备的！"

"你会武功？"司空长风惑道。

白东君"呸"了一声："我要是会武功我就不出来了，我就是不想练武才从家里跑出来的！"

"死吧。"金口阎罗言千岁终于没有了耐心，再次开口了。

阎王叫你三更死，谁敢留人到五更。

"不死。"一个人忽然打断了他。

言千岁神色一变，他抬起了头，发现房梁上不知何时已经坐着一个人了，似乎来了有一段时间了，可他却始终没有发觉。那人从房梁上跃了下来，稳稳地落在了地上，他穿着一身软甲，和言千岁身后的两个侍卫一模一样。

奎正忍不住喊道："学正？"

"真是难听的名字啊，被叫了那么多天终于可以摆脱了。"那人解下了一身软甲，露出了里面的一身黑衣，他咧嘴笑了笑，"我姓雷。"

言千岁眉毛一挑:"哪个雷?雷家堡的雷?"

"可以这么说,虽然雷家堡似乎并不喜欢我这个不听话的弟子。"那人依然咧嘴笑着,露着一口白牙,"但我还是认这个家的。"

言千岁一愣,对面这人的一句话让他想起了一个人。这个人出自雷家堡分家,却是这一代最优秀的弟子之一,后来不顾家族反对去了天启城,从此音讯全无。江湖上关于这个人流传着八个字:惊雷暗涌,睡梦杀人。

雷家堡本代弟子第一人——雷梦杀。他还有另一个名字,即百晓堂公子榜的灼墨公子。

风华难测清歌雅,灼墨多言凌云狂。

柳月绝代墨尘丑,卿相有才留无名。

他和顾府里如今被软禁的顾剑门,是天下皆知的好友。

言千岁冷笑:"雷梦杀,久仰。"

"久仰什么久仰,你是金口阎罗,我是灼墨多言。你不爱说话,我却能一张嘴把人说死,我们不是一路人,何须客套说久仰?反正你也打不过我,不如大道朝天,各走一边,折柳而送,各自别过?"

言千岁正欲开口,却见雷梦杀立刻伸手止住了他:"别说了,你不开口我也知道不行。你是阎罗,不杀人难道是来收租的?我也不想拦你生意,可你是冲着那座宅子的人来的,我是他的朋友,虽然我知道他这个人最怕连累朋友,但所谓朋友,不就是这个时候出现的吗?"雷梦杀轻轻挥了挥手,"二位小友请退后,这里的事,便交给我了。"

白东君皱眉望向司空长风:"这就是你说的北离八公子?"

司空长风点头:"对,灼墨多言。"

白东君点头:"真的是……话很多。可他为什么帮我们?"

"你知道那些人为什么一定要杀我们吗?"司空长风反问他。

白东君轻轻地摇了摇头。

"所以江湖上的事,哪有这么多的道理。有人要杀你,就杀回去,有人要救你,就安安静静地看着。逮着机会,就跑!"司空长风最后那半句话说得一字一顿。

言千岁手中砍刀轻轻一旋:"有幸。"

雷梦杀伸出一指:"你嘴上说着有幸,心里可不是这么想的。你一定想的是怎么这么倒霉,遇上了传闻中的雷门第一少年英才——北离八公子中最难对付的灼墨公子,今天出门怕是忘了查黄历,去年上坟忘了告乃翁。然而世间之事便是如此难以预料,遇上我,是你的……"

"闭嘴!"言千岁抡起砍刀,怒喝道!

言千岁向前踏了一步,只这一步,司空长风和白东君就往后退了三步,一阵无由而来的劲风吹起了雷梦杀的长袍,雷梦杀面不改色,只是轻轻吐出了一口浊气,然后猛地纵身跃出。言千岁瞬间挥刃。

雷梦杀没有带兵器,当然他也不可能带兵器,因为他来自封刀挂剑的霹雳堂雷家。他伸出一指轻轻地点了一下言千岁的砍刀。

轻描淡写的,仿若只是蜻蜓着水。

之后言千岁的刀便再也没有前进一步。

"只凭一根手指就挡住了这千钧砍刀,霹雳堂雷家果然名不虚传。"司空长风低声赞叹道。

雷梦杀笑了笑,一脸轻松。

言千岁的额头上却慢慢地冒出了汗,他可一点也不轻松,他想收回自己的砍刀,那刀却像是粘在了雷梦杀的手中一样,怎么抽都抽不回来,他沉声道:"雷门,惊神指!"

"雷门惊神指,一指三唱,这一唱,叫不离。"雷梦杀忽然收回了指,言千岁力道无法收住,拿着刀猛地向后退去。

"第二唱,叫不归。"雷梦杀食指中指并拢,再对言千岁伸出一指。

纵然第一阵已落了下风,但言千岁毕竟也是江湖上有名的高手,立刻稳住了心神,砍刀一挥,舞出一朵刀花,刀花绽放,一朵变十朵,十朵变百花。

花又生花,花开百朵。

司空长风几乎看花了眼,他吞了口口水,心中暗惊,若是方才言千岁就对自己使出了这样的功夫,怕是早就已经横在地上了,

他苦笑了一下："我收回我方才的话,我就算用了刚才那招,他也死不了,但我一定会死。白东君……你怎么一点也不惊讶?"他回过头才发现,白东君一脸平静,可明明下午他看对方剔了一根骨头就大为惊叹。

白东君一脸无辜："这武功很稀奇吗?下午我以为他是个屠夫,所以才那么惊讶,可现在知道他是个习武的。习武的,会这么点本事不奇怪吧?"

司空长风微微皱眉："敢情你真的是一个高手?"

面对言千岁的花开百朵,雷梦杀则要镇定得多,他那第二指已出。

破花而出。

砍刀的刃口在瞬间崩裂了。

言千岁大喝一声,举起那碎了刃口的砍刀劈斩而下,分明是玉石俱焚的架势。

"第三唱,唱惊神。"雷梦杀嘴角露出一丝冷笑,淡然地伸出第三指。

白东君望着司空长风："我只问一个问题,你们江湖人,都是这样一边打架,还要为自己一边作解说的吗?"

可司空长风没理会白东君的话,只是惊叹地望着雷梦杀的那一指。

雷门惊神指,因为出手极快,能撕裂长风,那声音仿若鬼神夜哭,所以被称为惊神指。这第三指是绝杀之指,若雷梦杀出手了,那么言千岁必定活不过这一指。两名侍从感受到了这股威势,偷偷地退到了门边,冲着夜空放出了一朵令箭。

忽然雷梦杀的笑容忽然褪去了,他神色一凛,收回了那第三指,猛地向后退了一步,他长袖一拂,一排银针整整齐齐地铺在了地板之上。

雷梦杀抬起头,幽幽地说道："好久不见了,针婆婆。"

门口不知何时已经坐着一个满头花白的老婆婆,她手中还拿着一只绣花鞋,正低着头认认真真地一针一线地缝着,仿佛屋内发生的这一切都和她没有任何关系。只是听到雷梦杀的话,她还是抬起了头，慈眉善目，像是一个和蔼可亲的老奶奶："原来是你这个臭小子啊。"

言千岁收了刀，恭恭敬敬地退到一边："婆婆。"

白东君伸出胳膊肘碰了碰司空长风："刚刚来了个阎王，这个是谁？孟婆吗？"

"孟婆你大爷，你没听到他们叫她针婆婆吗？"司空长风没好气地说道。

白东君惑道："针婆婆就是她的名字？"

"针挑烛火，百尺无活。你不混江湖，不懂针婆婆的厉害，反正两个阎王加起来也打不过她一个就对了。"司空长风望向雷梦杀，这个灼墨公子，能同时对付这两个高手吗？

针婆婆嘴上说着话，手上却没停："小子，我们两个合手，你的胜算不大。这条断魂街上也不止我们两个人，如果识相，看在你家里人的面子上，你走，我们不杀你，这两个人留下。"

"为什么一定要杀他们？他们还这么年轻，还有很多未来可以值得期待！多好的少年郎啊，酿的酒又那么好喝，杀了太可惜了。"雷梦杀问道。

"哪有那么多为什么，阎王说了他们要死，他们就得死。"针婆婆停下了手中的针线，满意地拿起了那双鞋，左看右看。

雷梦杀耸了耸肩："如果我说不呢？阎王金口断生死，我却能一口三舌弄是非，他说一句死，我说三句不死。他说了算，我说了算？"

针婆婆忽然站了起来，从怀里掏出了两双鞋，连同新绣好的那一双，一起甩进了屋内："给你们缝好了，穿上吧。"

"这是什么鞋？"司空长风不解。

针婆婆淡淡地吐出了两个字："寿鞋。"

"噤！"雷梦杀突然高喝一声。

司空长风感受到了那种危险的来临，一把拉过白东君拦在了自己的身后，长枪一挥，护住了两个人的要害。针婆婆长袖一挥，十余根银针飞散出去。

雷梦杀连着出了九指，随后一甩，银针碎了一地，他笑道："几

年前婆婆就玩这些,现在有没有什么新鲜一点的?"

"你又拿出什么新鲜的东西了?来来去去不过那么三指。"针婆婆双手在袖中一拢,猛地一抬,近百根银针若天女散花般倾落而下,如果是常人,这一击之下,必然就被打成了筛子。

可是雷梦杀却依然淡定自若:"你要新鲜的,我就给你新鲜的。我这一次,就用一指。"他的手放在袖中,随即食指轻轻一弹,一个物件脱手而出,碰到了空中的银针,瞬间炸裂,将那些银针击得粉碎,四散出去。

针婆婆面露惊讶:"雷门火药,晴天霹雳。"

雷梦杀满意地收了手,那些银针纷纷碎裂,突然出现了"砰砰砰"的声音,随即有一种浓郁的酒香在酒肆中弥漫开来。

司空长风吸了吸鼻子,不安地扭头望了一眼。

白东君一把推开了司空长风,然后就看到了自己放在角落里的那些酒缸被那些银针给打穿了,美酒正源源不断地往外面涌着。

针婆婆和言千岁有种截然相反的特点,言千岁能把一把大砍刀玩得就像一根绣花针一样轻盈,而针婆婆的一根细针,却有砍刀的千钧势。

"你大胆!"白东君转头望向针婆婆,怒喝一声。

这一声怒喝很有气势,就连一贯气定神闲的针婆婆都愣了一下,但她很快就回过了神,她冷笑地回道:"大胆?"

"你知不知道你毁掉了这个世间最美好的东西?"白东君依然气势汹汹。

针婆婆眉头微皱:"那些酒?"

"那些……世间最美好的酒。"白东君一字一顿地说道,"你要为此付出代价。"

雷梦杀收了手,带着困惑望了司空长风一眼,司空长风回了他一个更困惑的眼神。这个场内武功最弱的小少年,为何口气却是最大的?

白东君忽然低喝一声:"小白!"

这里只有他一个人姓白,但他自然不是在叫自己。

地板在这个时候猛地震动起来,仿佛地下有什么东西正想要穿破那木地板冲出来!

"你这小子,在地窖里养了什么?"司空长风惊问道。

"小白!"白东君再喝一声。

只听"砰"的一声,地板整个都陷了下去,雷梦杀和司空长风退到了角落里,针婆婆和言千岁退到了门外,他们都流露出了惊骇。只有白东君依然神色淡定,他张开双手,那个从地下冲出的东西将他整个人都抬了起来。

众人终于看清了面前的东西。

那是一条莹白如玉的巨蛇,身长几近十丈,它抬起身,几乎就撑满了整个客栈,它似乎对关在下面太久有些不满,身子不安地扭动了许久才平息下来,它扭动的同时,那些桌椅都被卷成了碎片,最后它长长地吐出了一口浊气才安静下来。它随即俯下身,幽幽地吐着蛇信,平静地俯视着下面的那些人。

白东君站在巨蛇的头上,认真地对针婆婆重复道:"该付出代价了。"

第三章 · 少年相会

针婆婆惊骇地退了一步："这条蛇是……"

蛇五百年化蛟，蛟千年化龙。在传说中，蛇会越长越大，直到化蛟成龙的那一日，但这只是传说，寻常之蛇，若有丈许，已经算是罕见。而这条蛇，已有将近十丈之长，额头更似有犄角之状，莫非已是近乎蛟的巨蛇了？

"通体莹白，长有十丈，头有犄角。这是白琉璃！"雷梦杀惊呼道，"温家家主温临所饲养的白琉璃！你不叫白东君，你姓温，温东君！"

"好难听的名字。"白东君不满地皱了皱眉头，"小白和我从小一起长大，外公今年在我生辰时已经送给我了，现在是我的了！还有，我不姓温，我母亲才姓温，我姓百里，我叫百里东君！"

针婆婆和言千岁对视了一眼，心中的惊骇升起，那种惊骇已经远远超出了他们见到这条巨蛇白琉璃的程度了。

白琉璃、外公温临、母亲姓温、我姓百里，这些字联系起来，加上眼前这个少年的年纪，已经足以拼凑出他的身份了。难怪他面对言千岁的骨上开花，也觉得习武之人会这样的功夫十分寻常，难怪他敢对针婆婆说她要付出代价这样的话，难怪他敢一个人跑来这龙首街开酒肆。

"镇西侯府的小公子！"言千岁低呼道。

"小白，给我好好地教训教训他们！"百里东君轻轻拍了拍那条白琉璃的脑袋。

白琉璃似乎一下子就听懂了他的话，长尾一扫，将整扇门扫得粉碎，针婆婆连同言千岁眼疾手快，迅速地避开了，但那两名侍从就运气没那么好了，被一尾巴打了出去，倒在地上哀号着爬不起来。

"打得几天下不来床就行了，不要伤人性命。"百里东君补充道。

言千岁对着针婆婆低声道："镇西侯怎么也会掺和到其中来？我们现在该如何做？"

"镇西侯怎么会派一个不会武功的孙子来管西南道的事？这事情有问题，先把他制住，然后再想接下来的事，镇西侯又怎么样？山高皇帝远，西南道的事，西南道自己管！"针婆婆手一挥，一片长街，灯火阑珊而上，每间屋子里都传出了不安的声响。

"不好。"雷梦杀低喝一声，"她要喊出整条街的人来帮忙了，那样我们就插翅难飞了。"

"打她！小白，这老太婆弄翻了我的酒，还觉得没什么大不了的，暴殄天物，本来我可是打算都给你喝的啊！你说这恨不恨？"百里东君高呼道。

白琉璃似乎听懂了后半句话，它回过神，忽然俯身，将那流淌在地上的酒水吸入了嘴中，它弹了弹身，一身白甲瞬间露出了红光，随即长尾一扫，逼得针婆婆和言千岁连连避闪。针婆婆挥出银针三十，连白琉璃的皮都伤不到分毫，言千岁砍刀劈了一次又一次，可劈到那极为光滑的蛇身上，就被卸得没有半点力道了。

"打蛇没用，直接打他。"言千岁气喘吁吁地说道。

百里东君瞬间扭转颓势，也一时来了兴头，他高呼道："小白，给我再狠狠地打！"他没有留意到的是，一根极细、极小、肉眼无法看清的银针已经不知何时破空而出，直奔他的咽喉而去，只是在只差一寸的时候，两指忽然出现，将那银针夹在了手中。百里东君惊骇地转过头，对上了雷梦杀的笑容，雷梦杀将银针丢在

了地上:"小兄弟,再不走,就来不及了。"

百里东君回过神来,点了点头,他拍了拍小白的脑袋:"我们走!"

"还有我!"司空长风拿着长枪在下面大喊。

"带上他!"百里东君话音刚落,白琉璃就一个俯身疾落而下,百里东君伸出手一把将司空长风拉了上来,三个人一条巨蛇,直奔长街出口而去。

长街两边的店铺大门全都猛地打开,那些平日里安然淡定的店家们全都变成了一脸的凶神恶煞,但是那白琉璃行得极快,穿行在长街之上,所有试图靠近的人都被逼得连连退后,直到行到长街尽头,白琉璃竟忽然放慢了速度。

"怎么了?"司空长风不解。

百里东君皱眉道:"寻常的人白琉璃不会放在眼里,它一定是感受到了危险才会停下来,可是多可怕的人,才会让白琉璃感受到危险?"

长街尽头站着一个一身锦衣华袍的人,他身形高大,背对他们而立,却有种慑人的气势,他缓缓转过身,摸了摸自己的那抹白色眉毛,望着正冲自己行来的白琉璃,微微一笑:"今天还真是有很多的惊喜。"

百里东君望着这个有些熟悉的身影,微微一愣:"是白天那人。"

"白眉肖历,总算来了个像样的人物。"雷梦杀长吸了一口气,一身黑衣瞬间鼓胀起来。

只是忽然,不知从何处传来了一阵箫声。

那带着几分凄清的箫声在这微凉的秋夜里响起,满是一种如泣如诉的悲凉,但悲凉之中,长街之上那股剑拔弩张的杀气却也瞬间消散了许多,长街上那些追逐的杀手们都停下了脚步,细细地琢磨起这股箫声。

在此时吹箫的自然不会是普通人,而高明的武者会将内劲渗进箫声之中,能引人入魔,他们不敢轻怠,只是琢磨了片刻之后,他们才慢慢意识到,这箫声,真的只是箫声罢了。只是那股真真切切的凄清,暂时磨去了他们的杀性。

040

白眉肖历忽然伸出手，看着一朵玫瑰花瓣落在了自己的手中，他抬起头，发现许多细碎的花瓣飘落在长街之上。

雷梦杀笑道："那家伙也来了，我还以为只有我会来。"

"那家伙是哪个家伙？"百里东君不解。

雷梦杀没继续解释，只是道："让白琉璃快点冲过去，有那家伙在，再加上我，我不信肖历轻举妄动！"

"你救了我，我信你，白琉璃，走！"百里东君高声道，"赢了这一阵，我请你喝我新酿的须臾酒！"

那白琉璃蛇再次暴起，带着三人瞬间从肖历的身边掠过，那肖历果然连眼皮都没有抬一下，任由他们就这样直穿而去。

肖历握着手中的花瓣，若有所思地说道："公子清歌？"

"清歌公子，北离八公子之中的'雅公子'，据说每次出现在众人面前，不是有雅乐相奏，就是有花瓣落雨，今日一见，世上竟真的……有这么做作的人？"司空长风站在白琉璃的身上，回头望了望，忍不住感慨。

百里东君神思中微微有些担忧："就这么让他一个人留在那里，没有问题吗？"

雷梦杀笑道："清歌公子洛轩虽然总喜欢这些花花场面，但可是有真本事的，那些人，留不住他。"

"我们现在去哪里？"百里东君问道。

"城外三里，奚若寺。"雷梦杀双手拢在袖中，"我们也该聊一聊你们的事了。"

百里东君惑道："我们的事？"

肖历右手双指轻旋，将那落地的片片花瓣从地上掀起，在指尖一转，仰起头，望着那不知何时出现在屋檐上吹着竹箫的白衣公子，笑道："北离八公子中的三位来到了这座柴桑城，真是令人感到……不安啊。"他双指一弹，那些花瓣，凝成一道羽箭，冲着清歌公子急袭而去。公子清歌却纹丝未动，依旧优雅地吹着竹箫，只是在那花箭袭近其身的时候，那箫音却猛地急促了一声，白衣长袍微微泛起，那花箭瞬间再度洒落成雨。

"就算是北离八公子，也妄图用三人之力，阻西南道之新势

吗?!"肖历猛地怒喝,真气暴涨,一瞬间急掠而上,一拳冲着清歌公子砸去。清歌公子足尖一点,轻轻掠后,原本脚下的那片屋檐被肖历砸得粉碎。可清歌公子手中的竹箫却依然吹着那一首舒缓悠扬的曲子,他似乎完全不把面前的肖历放在眼里,身子一旋,白袍从肖历身边掠过。肖历一愣,大喝:"拦住他!"

长街之上,言千岁举起了他的屠刀,针婆婆飞起了她的银针!

清歌公子轻轻地在那千斤刀上踏了一脚,踏得整个言千岁身子往下坠了一坠,又轻轻一掠,白袍腰上那块玉带轻轻地弹了一下,击落了那数百银针。叮叮当当的声音好不清脆,似乎是在为那首曲子伴音。清歌公子站在长街尽头,一首曲子终于吹完,他放下了手中的竹箫,背对着肖历等人,淡淡地问道:"以三人之力不够,那么七人之力呢?"

肖历愣了一下,七人之力?难道……他一惊,问道:"为何?!"

但清歌公子并没有打算回答他,纵身一跃,起身而去。

"白眉,需及时通报小姐才是。"言千岁上前说道。

针婆婆摇头:"也需要通报主公,主公还需要多久能到?"

肖历轻叹:"主公一路上被人拖住,我一直想不明白是谁有这样的能耐,现在终于知道了。北离七公子竟然全部出手,只是……因为顾剑门这个人吗?"

奚若寺。

雷梦杀一脸无奈地望着面前的这两个人:"所以说,你真的就是脑子犯浑,偷了家里的一张地契,跑了几百里来开酒肆卖酒?"

百里东君摇头澄清:"我是酿酒的。这样说才准确。"

雷梦杀又对司空长风说道:"那你就真的是无父无母,江湖浪人,只不过恰好来到了柴桑城,恰好这里有个地方喝酒不要钱,可以白吃白喝所以就住下来了?"

司空长风挠了挠头:"你这么说倒是也没错,就是措辞能不能稍微……委婉些?"

雷梦杀以手抚额:"天呐,我是不是脑子抽了?我还以为你们是天启城里派来支援,留下的两枚棋子,还以为你们这几日也算是掌握了无数的情报了，结果你们就真的是……过路的？所以我何必浪费自己的时间，浪费自己好不容易伪装出来的身份，跑来救你们？我要疯，别拦我，我要疯。"

百里东君和司空长风面面相觑，原来传说中的灼墨公子多言，竟然就真的是说他只是个话痨……百里东君忍不住宽慰道："雷大哥你也不要太难过了，如果这里需要帮忙……我也可以帮……"

"帮什么，帮什么，你知道你爷爷是谁吗？镇西侯百里洛陈，杀神百里洛陈！一言不合就把对面一万大军埋了的那种！我敢用他孙子去做丢命的事情？你可别害我，雷家堡虽然不要我这个弟子了，但我也不能害得它被满门抄斩啊。"雷梦杀连连摇头。

"那我呢？"司空长风蹾了蹾手里的长枪。

雷梦杀看了他许久，忽然说道："你快死了，的确是个好人选。"

司空长风一愣，握着枪的手微微颤了一下。

雷梦杀继续抱头抓狂："可惜枪法实在太烂了！"

这个雷梦杀看着年纪似乎也年近三十了，武功也算得上惊才绝艳，但整个说话作风却比面前这两个小少年还更幼稚。百里东君微微有些无奈："那你说……怎么办？"

"有人！"司空长风一惊，抱起长枪，往前站了一步。

只听到一声箫声在院外响起，司空长风再往前走了一步，那箫声却已经在他身边了。

好快的身法。

雷梦杀倒是不慌不忙，擦了擦并不存在的眼泪，轻声道："你来啦。"

箫声骤停，那一身白衣的儒雅公子已经走进了院内，穿过了拿着长枪虎视眈眈的司空长风，直接站在了雷梦杀的面前，正是那适才替他们阻拦白眉肖历的清歌公子。

"大老远就听到你的声音了，你倒是一点也不担心被人找过来。"清歌公子摇头道，似乎对面前这位多言公子的行为已经习以为常。

雷梦杀长叹一声："我暴露了自己，救了两个……过路的。"

"在下百里东君。"百里东君急忙打招呼。

"我叫司空长风。"司空长风也收起长枪说道。

"名字都很好。"清歌公子点点头,随即问百里东君,"你姓百里?"

"他爷爷是百里洛陈。"雷梦杀没好气地接道。

清歌公子眼睛一亮:"镇西侯府的独孙?"

"你知道我?"百里东君一愣。

清歌公子笑了笑:"我有个好友,是乾东城人,小侯爷你……在乾东城可是赫赫有名啊。"

看着清歌公子意味深长的笑容,百里东君立刻心领神会,挠了挠头:"好说好说。其实没有没有,别听他们造谣,别啥都信啊……"

"废话不多说了。"雷梦杀忽然开口,打断了他们的话。

三个人心中都感到一阵莫名其妙的疑惑,心想这里废话说得最多的不就是你吗?

雷梦杀无视了其他二人的眼神,只是问清歌公子:"洛轩,你怎么也来了?"

清歌公子洛轩眉毛一挑:"不仅仅是我来了,他们也来了。"

雷梦杀一惊:"他们都来了?在哪呢?"

"除了我赶来接应你,剩下的人去做更重要的事情了,当然还有那个绝对不会离开天启城的家伙,他负责在其后布局。"洛轩答道。

雷梦杀耸肩:"我还以为这件事只有我一个人愿意干,西南道的这件事涉及的门派、家族太多了,你们插手……"

"我们插手,家族当然不会同意,除了你这个被雷家堡放逐的弟子外,我们几个的确没有办法堂而皇之地参与这件事。但是兄弟归兄弟,家族归家族,我们只为兄弟而来。天启城里的那位说了,顾剑门不能死,这是我们的底线。"清歌公子洛轩长得儒雅俊秀,可说起最后那句话的时候,却凛然有一股杀意。

"天启城里的那一位是谁?"百里东君忍不住问道。

雷梦杀冷哼了一声:"自然是那位神龙见首不见尾的风华公子了。"

"这位风华公子替我们约了一位客人,客人好像已经到了。"

洛轩扭头往寺外望了一眼。

那里不知何时已经站着一个穿着红衣的女子，女子长得极美，却面无表情，冷漠得就像是秋夜，让人无来由地感到一阵寒冷。

"好美的女子。"司空长风低声说了一句。

百里东君点头："确实美，但……有点像鬼。"

雷梦杀一眼就看出了面前这女子的身份，吓得一把将那二人拦在身后，低声道："你们是从我这里学了多嘴的坏毛病吗？知道这姑娘是谁吗？开口就敢随便调戏！"

洛轩上前行礼，缓声道："晏小姐。"

那晏小姐点了点头："清歌公子、灼墨公子，幸会。"

"也不算初次相见了。"雷梦杀笑道，"护送小姐这一路上，我们见过很多次。"

司空长风恍然大悟："她是白天在轿子里的那个人！"

晏小姐望了他们一眼，冷冷地说道："你们就是肖历说的酒肆中的那两个少年？你们竟然还没死，按照肖历的脾气，应该立刻派人去杀你们才对。"

"我把他们救下来了，我从晏小姐你们启程就一直藏在你的护卫之中，我是学正。"雷梦杀说道。

晏小姐摇了摇头："不记得了。"

雷梦杀腿一软，尴尬地笑了笑："晏小姐还真是跟传说中一样，高傲、冷漠……只是晏小姐，为什么会来这里？我本来以为，我们会是敌人。"

洛轩点了点头："风华只和我说在这里会有一个关键的人物等我们，只是我怎么也想不到，这个人会是晏小姐。"

百里东君和司空长风听得云里雾里，百里东君挠了挠头："不好意思，我现在听得有点不太明白。"

雷梦杀叹道："你知道你的酒肆为什么会被砸吗？"

想到刚刚那一屋子的美酒被打了个稀烂，百里东君顿时升起一股怒火："为什么？！"

"因为西南道有两大家，一家是金钱坊顾家，一家是木玉行晏家，两大家时而和而共治，时而水火不容。这些年，西南道的黑白

两路不是站顾家,就是挺晏家,一直争斗不断,直到半月前,顾家大当家顾洛离遭人暗杀而亡。顾家剩下能做主的还有两位长老,顾三爷和顾五爷,是顾洛离的两位叔父,他还有一个弟弟,就是凌云公子顾剑门。而顾洛离身死不过三日,顾三爷和顾五爷就给他定了一门亲事,亲家是晏家千金晏琉璃,也就是你们面前这位姑娘。"雷梦杀解释道。

司空长风皱眉想了一下:"此事是晏家谋划,和顾家三爷、五爷联手,害死顾洛离,然后通过结亲一事,控制失去了大当家的金钱坊顾家。"

"少年郎对这世间污秽人心了解得挺深啊。"雷梦杀拍了拍他的肩膀,"正是。顾三爷和顾五爷空有地位,却无实权,这几年在顾府一直都是赋闲状态,他们想要通过晏家掌控顾家,即便失去西南道第一的位置。"

百里东君转头望向晏琉璃:"难怪整条街上的人都变得那么奇怪,顾府附近都已经被晏家控制了。"

"除了你手中的那张地契,其他的晏家都弄到手了。"晏琉璃说道,"本来以为只是找不到人了,可你偏偏在这个时候出现了。这很蹊跷。"

"的确很蹊跷,但是你们晏家应该没有想到,这张地契在镇西侯府中,来这里开酒肆的是他的独孙吧。"雷梦杀笑道。

晏琉璃一愣:"你是百里家的人?"

百里东君尴尬地笑了笑:"我的爷爷,真的这么有名?"

"不仅你的爷爷,当然哈,你的爷爷,杀神老侯爷是最有名的。你的父亲,你的母亲,你的舅舅,你的外公,还有现在在屋顶上晒太阳的那条白蛇,都很有名。"雷梦杀拍了拍百里东君的肩膀。

"哪种有名?"百里东君第一次离开父母远游,在他们那一片,爷爷和父母可都是受人爱戴的,可从没想过出了乾东城,依然每个人都知道他们的名字。

"就像你在乾东城的那种有名。"这一次回答的却是清歌公子,他说完顿了顿,随后又加了四个字,"闻风丧胆。"

百里东君尴尬地笑了笑:"还是别聊我了,我有个问题,既然晏家要胜过顾家，做这西南道第一，而你们要来帮顾剑门，所以你们应该是敌人才对。晏家小姐的手下刚刚和你们杀了一场，怎么她自己又跑来和你们密会？"

雷梦杀双手抱拳："好问题。"

清歌公子洛轩转了一下手中的竹箫："我也想问。"

晏小姐平静地望着他们，缓缓地吐出了几个字："因为……我爱他。"

晏小姐的一句"我爱他"，让场中众人都吃了一惊。他们方才还在说权力争斗，江湖恩怨，可晏小姐的一句"我爱他"，忽然让这件大事的轨迹转向了另一处地方。

"你……爱谁？"雷梦杀犹豫了片刻后问道。

"你竟然真的爱顾剑门？难道你们晏家杀了顾洛离只是为了促成现在的这个局，为了让你能够嫁给顾剑门？你……疯了？"没等到晏琉璃说话，雷梦杀就说出了自己猜测的答案，"你……"

"你闭嘴。"晏琉璃狠狠地瞪了一眼雷梦杀。

"你爱的是顾洛离。"洛轩说道，"顾家大当家顾洛离。"

晏琉璃看了洛轩一眼，没有否认，但她那一眼中带着的几分怨仇却被洛轩敏锐地捕捉到了。洛轩笑了笑："看来我猜对了。"

"金钱坊顾家，木玉行晏家，两家时而水火不容，时而又相辅相成，在我小时候，两家还算得上世交，我与顾大哥从小一起长大，我仰慕他、敬重他，而这种仰慕、这种敬重就像一粒种子，几年之后，我长大了，种子也长大了，那种仰慕和敬重，就成了爱。"晏琉璃的眼神随着她的叙述，变得慢慢有些缥缈起来，"可是那个时候，顾家和晏家却因为西南道第一的位置而争夺不断，以至于现在，我的兄长杀了顾大哥！"

众人听到了晏琉璃话里的那股恨意，忍不住心中便是一寒，即便最话痨的雷梦杀都很识趣地没有接话，唯有百里东君开口了："那你为什么还来赴这场婚礼？"

"没有人知道我喜欢顾大哥，兄长想要借我的婚姻，控制整个顾家。他杀我的爱人，用我做棋子设局，那么我便暂且遂他的意吧。"晏琉璃冷笑。

"你先入局,为的却是破局。"雷梦杀沉声道。

"是,婚礼那天他会到,西南道所有说得上话的大家族长、名门掌门们都会来,那一天,我不会嫁给顾剑门,而我的兄长,他会死。"晏琉璃最后三个字说得一字一顿。

"所以你要和我们联手?"雷梦杀问道。

"按照兄长的计划,我会嫁入顾家,但顾家新当家的二公子顾剑门会很快就病死,我作为遗孀接管顾家。如果你们不帮我,那么顾剑门很快就会死。"晏琉璃笑道,"这是个你们不得不做的交易。"

"那么,需要我们做什么?"雷梦杀问道。

"你们其他的朋友不久之后会送一个东西过来,带着这个东西,到三日之后我的婚礼上来。"晏琉璃笑了笑,"然后,做好杀人的准备。"

"什么东西?"雷梦杀惑道。

"你很快就会知道了,你只需记住一件事,我与你们是一起的。这场婚礼背后的下棋者不是我的兄长,而是我。"晏琉璃转身,缓缓地向院外走去。

趴在屋檐上晒太阳的白琉璃旋了旋身子,随即挂了下来,一颗硕大的蛇脑袋出现在了众人面前,白琉璃吐了吐蛇信,望向百里东君,似乎在问要不要把这个没什么礼貌的女人给直接吃了。

"你们都叫琉璃,就不吃她了吧。"百里东君上前拍了拍白琉璃的脑袋,"回去睡觉吧。"

白琉璃张了张嘴,吐出一口浊气,一个旋身,重新趴回了屋檐之上。

"真是个莫名其妙的女人。"一直在旁观的司空长风抱着长枪,望着那逐渐远去的身影,幽幽地说了一句。

"一个失去了自己的挚爱,还被家族利用,心中只剩下怨恨的女人,你期望她能够给人带来什么好感?"雷梦杀耸了耸肩,"她要杀的可是自己的兄长!"

"对了。"已经快走到院外的晏琉璃忽然转过身,吓得雷梦杀和司空长风一个激灵,"我有种直觉,兄长的背后还站着别的人,虽然我从来没有见过他们,但是在这些人的帮助下,兄长才能够杀死顾大哥。"说完这最后一句话，晏琉璃终于转身走出了寺庙。

"局中有局，局外却还有高人。"雷梦杀扶额，"头疼啊。"

"带着那个东西去她婚礼上，去做什么？"百里东君困惑地问道。

洛轩笑了笑，伸出两个手指："两个字，抢婚。"

"抢婚，谁抢？"百里东君皱眉。

"我和洛轩，与顾剑门同为北离八公子，乃是兄弟之交，我们当然不能去抢他的亲。这传出来，北离八公子就得改名叫北离八破鞋了，至于这位司空兄弟……"雷梦杀面露不忍。

司空长风一甩长枪："我怎么了？"

"江湖浪客，要抢西南道第一世家的千金，这是小说话本里爱写的故事，放在西南道，会被人乱刀砍死吧。"雷梦杀带着不怀好意的笑容望向百里东君，"所以……"

"我？"百里东君一愣。

"你是镇西侯的独孙，论家世，你比金钱坊顾家和木玉行晏家加起来还要大；论相貌，你比凌云公子顾剑门也不差，怎么就不能去抢婚？"雷梦杀反问道。

百里东君摇头："可我已经有喜欢的人了！"

"哦？"雷梦杀眉毛一挑。

"哦？"司空长风的长枪又是一甩。

"哦？"洛轩轻轻旋转着手中的那朵金茶花。

"我十二岁就遇见她了，她是我见过最美的女子。"百里东君的脸微微一红。

"有多美？"雷梦杀问道。

"绰约仙子，迎风而立，是绝世之美！"百里东君答道。

"和方才的姑娘相比如何？"雷梦杀又问道。

"金银如何和美玉相比？"百里东君反问道。

"那她叫什么名字？"雷梦杀继续问道。

"我不知道，她说等我名扬天下的那一日，自会来找我。"百里东君回道。

"哦。"雷梦杀恍然大悟，"所以你偷偷跑出来，你想成名，你

想靠着自己的酿酒术名扬天下!"

"是。"百里东君直接回道。

"但是酿酒能在柴桑城出多大的名啊,你若是从顾剑门手里抢了晏家大小姐的亲事,那可是整个西南道都认识你了!你觉得晏家小姐那样儿,会真的和你成亲?等她报了仇,还会想着结婚这件事?"雷梦杀望向百里东君,眼神咄咄逼人。

百里东君愣了愣:"也是……"

"成了名还不用结婚,整个西南道只剩下你的传说……"雷梦杀的眼神循循善诱。

洛轩笑着望向目瞪口呆的司空长风:"所以你知道,为什么说'灼墨多言'吧。"

"因为他不仅仅话多,还能把黑的说成白的。他可是靠着一张嘴,就拐了心剑传人的家伙啊。"

落雪纷飞,桃花盛开。

两种无法共存的盛景却在这同一处院落里尽显芳华。

世间只有一处院落可有如此神奇。

但是再美丽的景色看多了,也就不过如此,十二岁的少年躺在那桃花树上,手轻轻一晃,一个白玉制成的酒杯从手中摔落,头轻轻一歪,似已醉去了。

那酒杯从树上摔落,被那树下白衣长须的老人长袖一甩,散做了一片桃花。

"世间最厉害的幻术师,古先生名不虚传。"一声赞叹响起,两名穿着黑衣斗篷的人落在了院落之中。

被唤作古先生的老师却头都没有抬一下,只是伸手轻抚面前石桌上的古琴,叹道:"我这个小徒儿是被你们打伤的?"

"我们只不过想邀请他去一个地方,你的这位徒儿先天绝脉,不练武,却酿酒,可惜了。"黑衣来客的嗓子有些喑哑。

"徒儿,觉得可惜不?"古先生笑着问道。

那少年却也没回话,只是重重地打了一个酒嗝,伸了个懒腰,惊落了一树桃花。

"看来也没那么可惜。"古先生拨弄了一下琴弦，发出了一声清脆的声响，"我与你们宗主算是旧友，走吧，我不杀你们。"

"古先生好大的口气，您是世间最厉害的幻术师，可是杀人这件事，做不得假。"黑衣来客手慢慢地移到了腰间，"怕是我们比您更擅长一些。"

"孟浪！"古先生眉毛一挑，手猛地一拂琴弦，琴音乍起，黑衣来客腰间的那一柄细刃竟自己跃出了鞘外，黑衣来客一惊，正欲伸手握剑，却看到一只手抢先握住了剑柄，他猛地抬头，看到那古先生竟已站在了他的身后。

"什么是真，什么是假？世间幻术，再过于虚幻，可有的，总是真的。"古先生拔出了那柄细刃，猛地架在了黑衣来客的脖子上，"如何？"

忽然一阵笛声传来。

满树桃花纷纷而落。

院落的门再次被叩响。

古先生微微一笑，退回到古琴边，将那细刃轻轻一折，化作一手桃花，随风而散。

黑衣来客浑身冷汗淋漓，心想这哪里是幻术，分别是妖术才是。

古先生望向树上的少年："徒儿，怎么样？师父这一手幻术下的武功，可还行？可愿意学？"

"不学，不学。"少年眼睛都没睁一下，只是轻轻摆手。

"古先生，有客至，可愿相迎？"门外有一女子轻声唤道，声音若银铃风动，甚是好听。

"迎。"古先生轻轻一甩手，大门便蓦然而开。

一辆精致华贵的马车停在门外，通体白色的骏马慢慢地踏了进来，坐在前面赶车的青衣侍女容貌英气逼人，带着些傲然的架势，似乎眼前盛景在她面前也是寻常所见，而那悠悠扬扬的笛声却是从轿中传来。

古先生眼神中闪过一丝惊诧："哦？以为是一个贵客，没想到是这么贵的一位客。"

"先生客气了。"青衣侍女开口说道，"手下之人不听管教，私

自行事，得罪了先生，还望海涵，请饶他们一命。"

"我不杀人很久了。"古先生笑了笑，轻抚古琴，琴声不再似刚才那般有杀伐之气，反而悠扬婉转，似乎与那笛声相应，"只是我在这里清修，着实不希望再有人打扰。"

"五年之内，我们不会有人再来乾东城。"青衣女子说道，"不知先生可否同意？"

"五年。"古先生一边抚琴一边回道，"也不知我是否还能活过这五年啊。"

笛声忽止。

两名黑衣来客忽然双膝跪拜，以头磕地，身子竟微微有些发抖，似乎有些害怕。

马车的帷幕忽然被掀开了。

一位身穿白色轻纱的女子从上面踏了下来。

那一瞬间，院落里的桃花似乎暗淡了一些，兴许是知晓了自己再如何盛开也比不过女子的容颜。

雪却下得更大了几分，大概是望见了那凝脂般的玉肌，以为是来自另一个国度的仙子。

一双美目若清水般流动，轻轻一瞟，望了那桃花树上的少年一眼。

少年不知何时忽然睁开了眼，被那一瞟，整个人都从树上摔了下去。

少年不再有醉后仙人般的懒散模样，整个人都身子一震，眼神清澈，愣愣地望着面前的女子："你……你是谁？"

女子笑了笑："那么少年郎，你又是谁呢？"

"你不认识我？我的父亲叫百里成风，母亲叫温珞玉，爷爷是镇西侯爷，整座城都认识我啊。"少年郎不解。

"那么又如何呢？他们不是你，我问的是，你是谁？"女子莞尔。

"我叫百里东君。"少年郎回答道，那女子的莞尔一笑令他有些痴了。

"'东君珂佩响珊珊，青驭多时下九关。方信玉霄千万里，春风犹未到人间。'真是个好名字。你听过这首诗吗？"女子问道。

"东君珂佩响珊珊，青驭多时下九关……"少年郎低声重复着这句话，似已痴了。

"喂喂喂，别念了，别念了，一早上吵死人了。"一个声音从空中传来，随即少年郎感觉身后被人猛地推了一把，落雪桃花瞬间消散，他猛地一睁眼睛，才发现自己身处一个冷寂的寺庙之中，哪里有桃花，哪里有落雪，更哪里有美人。

只有一个不修边幅的浪客，不耐烦地看着自己："梦到美人了？"

百里东君尚未从梦中回过神来："我会做这种梦？我只是在梦中饮酒罢了！"

司空长风摇了摇头："擦擦你嘴角的口水再说。"

百里东君伸手一摸，摸到一片湿润，急忙用衣袖使劲擦了擦。

"你年纪不大，春心动得倒是不少，我看昨日那晏姑娘姿色也不错，真没办法和你的梦中情人相比？"司空长风问道。

百里东君冷冷地望了他一眼："你有喜欢的人吗？"

司空长风笑了笑："我可不喜欢女人。"

百里东君愣了愣，轻轻往后移了一寸。

司空长风笑骂道："我只是说，我不喜欢那些矫情地爱来爱去，一点也不自在！"

两个少年在庙里互相调侃着关于爱情的话题，而寺外，两位年长一点的公子则刚刚接到了来自远方的信鸽。

"那人又说了什么？"雷梦杀撇了撇嘴，"这一次又能给我们什么惊喜？"

"信鸽上说，你的小女儿离家出走了！"洛轩皱眉道。

"什么？怎么回事？"雷梦杀一把夺过书信，打开来一看，顿时怒气冲天，一脚冲着洛轩踹去，"你这人号称风雅，怎么开这么无聊的玩笑？！这上面哪里有写我女儿半个字，啊？你给我念念！"

"哈哈哈，不过是缓解一下这严肃的气氛罢了。"洛轩笑道，"我生性随性，可因为这几日的事，心中的弦绷得太紧了。不过看

信上所说,和晏家小姐说得竟是一样,晏家背后的确有一股势力在支撑着。没想到这晏家小姐还真有几分本事。可什么样的人,竟然连天启城里那位和身处晏家多年的千金都猜不到来历?"

"暗河?"雷梦杀皱眉道。

"也是一种可能。"洛轩将那封信又看了一遍,"不过没想到柳月那个家伙竟然也愿意出手,我还以为除了书呆子没有能力帮忙外,大概也就他不愿意帮忙了。不过信上说连他都不一定搞得定这事……对手是有多强?暗河……可这些人的行事却不似暗河那边藏着。"

"放心吧。"雷梦杀傲然道,"北离八公子从未有过的联手,就算是从无双城来的,也不带怕的!"

"不过他说柳月也搞不定,那如果真的搞不定,怎么办?"洛轩忧虑道。

"既然他说了可能搞不定,那必然就有后手。"

三百里外,官道之上。

一辆通体黑色、奇长无比的马车正在急速地奔驰着。其身边还有六名刀客骑着骏马一同护卫,声势浩大,所过之处,行人看见了,都纷纷避让。

直到官道上忽然出现了一顶华美的轿子。

什么样的轿子会跑到官道上来?官道上都是奔驰的骏马,这种轿子,没行几里就会被踏得粉碎吧。大概除了脑子抽风的世家子弟,没有别的白痴会做出这样的事情来了。

"闪开!"为首的刀客怒喝一声。

那轿子往前又抬了几步,随即便停了下来,抬轿子的是四位俊美的男子,以他们的容貌,做轿夫,着实有些不太寻常。而最前面则站着一个引路的小童子,穿着华美的衣裳,笑盈盈地望着那刀客。

"我说闪开!听到没有!"为首的刀客又喊了一声,可那轿子却纹丝不动,他终于忍不住,率先驾着马往前冲了过去,右手轻轻一挥,将那长刀握在手中,作势便要过去砍杀了那引路的童子。

"放肆!"童子怒喝一声。

随即从轿子中飞出了一把金叶子，叶子在空中轻轻一旋，转了一圈，又飞回了轿子中。

刀客的马错过那顶华美的轿子，朝着路边奔了过去，越奔越快，猛地便将那刀客摔在了地上，鲜血朝天喷涌，四名俊美的男子立刻将轿子往边上挪了一寸，避开了那些鲜血。

"停下停下！"剩下的刀客见状急忙勒马而立。

"来者何人？"一名满面胡须的刀客喝问道。

那童子向前走了几步："我家公子说了，将马车里的东西留下，饶你们不死。"

"你家公子好大的口气，可知道我们是西南道晏家的人？得罪了我们，会有什么下场，你们怕是还不知道。"胡须刀客冷笑道。

那童子大喝："公子说了，西南道晏家，算个屁！"

轿子中有个很好听的声音低低地说了一句："我没说。"

童子也低声回了一句："公子你肯定想这么说。"

那胡须刀客愣了一下："你家公子既然不怕我们木玉行晏家，那为什么不敢自报家门呢？"

"我家公子……"童子朗声道。

"废话那么多做什么，上去揍他们！"轿子里的人低声打断了童子的话。

童子的话刚说了一半却被打断了，心情一阵懊恼，低声回了一句："公子你让我说完。"随即仰头："我家公子说不和你们废话了，让我揍你们！"

话音未落，童子纵身一跃，几个纵身已经冲到了胡须刀客的面前，他高高跃起，一拳当头砸下！

胡须刀客一愣，立刻抽刀以迎。

但是那小童子不过一个包子般大小的拳头，却将那长刀击得碎成了三段，这天生神力吓得胡须刀客立刻脱刀而逃，直坠坠地从马上摔了下去。小童子也不追，只是轻笑了一声，一个纵身踏到了马车边，伸手便要掀那幕帘，却见幕帘在瞬间被撕得粉碎。

一把飞轮破空而出，小童子猛退，可胸前衣襟依然被撕得粉碎，他咬着牙转头："公子！"

轿子的帷幕也已经掀起了。

一把折扇飞了出来。

小童子急忙一个俯身,那折扇便穿过他,一把将那飞轮打了回去,折扇顺势弹回,童子一把握住折扇,借势也一掠飞回了轿边。

"公子,那人好厉害。"童子微微带着哭腔说道。

马车中持飞轮的人走了出来,是个穿着一身黑色长袍、神色阴冷的中年男子,他的飞轮很是巨大,可握着飞轮的那只手却枯瘦苍白,显得极为不协调。

"你不是晏家的人,你是谁?"轿子中的公子轻声问道。

"我却知道你是谁。"那人的声音暗哑可怖,"传说中你拥有风华绝代的容颜,也因此特别讨厌别人看你的脸,所以能不露面就不露面。并且出行时都有四名美男子为你抬轿,一名引路童子为你传话,而且你有极重的洁癖,连踏出轿子在地上行走都不愿意。"

"公子,怎么办?被人看出来了?早说了做人不要这么讲究,标识太明显了呀。"童子皱眉道。

"我不想让别人知道我的身份,可别人却一下子就知道了,这是代表我们很有名啊。"轿中的公子低声道。

童子点了点头,对着那持飞轮的男子说道:"没错,我们就是被公子榜评为'容颜绝代'的柳月公子!"

"是我,不是我们。"轿中的公子又是叹了一口气。

"我们已经报上自己的名了,所以,你的名呢?"柳月公子缓缓问道。

持飞轮的男子冷笑道:"我的名字不如公子这般赫赫有名,不说也罢。"

"世人只知我是柳月公子,可从不知道我姓甚名谁,算不得赫赫有名。但我很好奇你,你姓什么?"柳月公子又问道。

飞轮男子一愣:"我姓王,这又关你何事?"

"暗河三大家,苏、谢、慕,看来我猜错了,你不是暗河的人,所以我就很好奇了,你是什么人?为何要帮晏家?"柳月公子幽幽地说道。

飞轮男子皱了皱眉:"你的问题很多,我可以回答你的这些问题，可前提是你现在打赢我。"

"也不是什么难事。"轿子的帷幕忽然掀起，一根银色的长鞭飞射而出，直冲男子袭去。

男子纵身跃起，手中飞轮猛地一掷，飞轮在空中忽然散作两个，那银鞭上下一晃，似乎早料到了这一变招，但又是一瞬，两个飞轮又变作了四个。

飞轮穿过那银鞭，冲着轿中的人飞去。

"原来是个变戏法的。"柳月公子轻轻笑了笑，手轻轻一挥，两柄精致的银刀已经出手。

耍飞轮的男子怒喝一声，又从腰间拔出一柄长刀，纵身跃起，长刀一挥，将那被打回的飞轮接了过来，随即一旋，四把飞轮在长刀上贴着刃极速旋转。

"这个戏法还不错。"柳月公子笑了笑，手在腰间轻轻一扣。

腰带瞬间弹起，变成一把戒尺，被他握在了手中。

他的武器和他的称号有些不搭。

他被称为柳月公子，以容貌风华绝代闻名天下，在很多人眼前，他是脚不着存灰的绝代公子，可是他的兵器，却有着极其重的杀伐之气。

杀人放火金腰带！

柳月公子站了起来，金腰带猛地一挥，那男子一脚踏在了轿子前，长刀也是一挥。

转瞬间，两个人对了十余招。

那男子一把厚长阔刀，四个凶厉飞轮，凶骇无比，而柳月公子只有一根金腰带，看起来似乎难以抵抗，可是男子已经满头是汗，柳月公子却仍然半个身子隐藏在轿子中，那张绝世的脸依然未露真容，只是伸出了手挥动着那根金腰带，显得轻松随意。

"退去！"柳月公子喝了一声，金腰带一颤，长刀上的飞轮全被打落在地，男子感觉手中的长刀猛震，虎口吃疼，不得已撤步退去。

"不堪一击。"童子拍手笑道。

柳月公子退回了轿子中，手中金腰带往后一挥。

"当"的一声,那条金腰带挡住了一柄突如其来的长剑。

那柄剑通体莹白,闪耀着一种特殊的光芒,似乎是由美玉打造,它一直从轿子之上贯穿而入,差了一寸就刺入了柳月公子的头颅。

柳月公子伸手摸了一下那柄剑,语气中竟是赞叹:"我能感受到这柄剑身上不同寻常的气息。"

"我的剑很美,不知可还配得上公子的美?"一个年轻的声音从轿顶传来。

柳月公子伸出手指轻轻一弹,将那柄剑弹出轿外:"还差几分。"

轿外那四名俊美的男子同时拔出了腰间长剑,四个人同时抬头望向轿顶,只见一个身着白衣、儒雅翩翩的男子站在轿顶,他看上去很年轻,可却是一头白发在风中飘扬,他收起那把美玉制成的长剑:"有幸得见天下第一美公子,可要好好切磋一下。我的剑被称作美剑,能杀死天下最美的人,是不是很不错?"

"你有信心杀我?"柳月公子幽幽地说道。

"要杀公子榜的人,有些难度。"白发男子甩了甩手中长剑,"但我想试试。"

"你这试一试需要付出很大的代价,很多人都想试一试,也都试过,可我此刻依然坐在这里。"

"我明白,所以若是公子愿意退去,我们自然不会难为公子。"

"可我想要那马车中的东西。"

"公子当然明白,我们如今刀剑相向,不就是为了那东西吗?"

"所以我不会走。"

"那么就只能说遗憾了。"白发男子轻轻摇了摇头。

童子忽然扭头望了一眼,才发现跟随着那白发男子同时到来的,还有七名黑袍人,他们的面目藏在黑袍之下,看不清晰,身上散发出来的森冷气息让人有些不寒而栗。他低声对着轿中的柳月公子唤道:"公子,又来了许多人。"

"我感觉到了。"柳月公子叹了口气,"轻敌了。"

"在杀你之前,我还有个不情之请。"白发男子忽然垂首。

"哦?"柳月公子缓缓抚摸着手中的那根金腰带。

"我想看一看你的脸。"白发男子纵身一跃,举起长剑,竟是作势要一剑把这轿子劈开。

"止！"忽有一声怒喝传来。

白发男子猛地转头，人已至身前。那人黑衣黑发，戴着一顶黑色的斗笠，拿着一柄通体乌黑的长剑，长剑瞬间出鞘，竟连剑身都是乌而含泽，白发男子一剑劈上了那柄乌剑，抬头望向眼前之人。

斗笠之下，是一双如墨般漆黑的眼眸。

白发男子心中一寒，急忙持剑猛退。

"世人以白为美，唯他通体着黑。"

"世人尚美崇美，唯他爱丑愿丑。"

"你是墨尘公子墨晓黑！"

白发男子收剑落地，望着那个此刻站在轿顶的墨尘公子。墨尘公子没有说话，只是默默地将手中的长剑插回了鞘中，风轻轻吹起他斗笠下的黑纱，他微微垂首，轿中的柳月公子笑了笑，说道："竟然是你来了。"

"我来之前，却也不知道要救的人是你。"

"如果知道了，就不愿意来了。"

"如果知道了，就懒得来了，以你的性子，必会让自己全身而退。"

"轻敌了，我们面对的可不是西南道的人。"

"难道西南道的背后，还站着其他人？"

天下第一的美公子。

天下有名的丑公子。

"真是有趣的联手啊。"童子拍手笑道。

柳月公子用金腰带轻轻敲了敲轿门，和那边的白发男子说道："你，还想看我的容貌吗？"

柴桑城。

秋雨落。

郊外的荒庙之中，司空长风感觉寒冷，生了一堆火，和百里东君坐在那里优哉游哉地烤火。

　　清歌公子洛轩不知去了何处,雷梦杀则一个人坐在屋檐下,那条奇大无比的白琉璃趴在他的身边。不过才一两日,雷梦杀似乎就和这条蛇混得很熟了,他摸了摸白琉璃的脑袋:"白兄,有没有想家?"

　　白琉璃张了张嘴,扭了扭身子。

　　"有些冷啊,要是有酒暖暖身子就好了。"雷梦杀喃喃道。

　　百里东君听到后忍不住骂道:"浪费了我那一屋子好酒!"

　　司空长风从怀里掏出一个酒囊,仰头喝了一口,随后递给了百里东君:"喝吧。"

　　百里东君一愣,接过酒囊,轻轻闻了闻:"桑落?你从哪里弄来的?"

　　司空长风笑了笑:"趁你睡觉时偷偷灌的。"

　　"好你个司空长风!"百里东君怒目而视。

　　"喝不喝?不喝就让我先喝一口。"雷梦杀伸手说道。

　　"呸。"百里东君仰头喝了一大口,擦了擦嘴,将那酒囊一把甩了出去,雷梦杀伸手接过:"你堂堂镇西侯府的独孙,不好武学,怎么会偏偏喜欢上酿酒这事?"

　　百里东君笑了笑:"是侯府公子就得好武?那如果我父亲是状元郎,那我岂不是得做个诗人?我爷爷做什么,我父亲做什么,和我做什么,并没有任何的关系。"

　　"说得也有道理。"雷梦杀点了点头,"我若是愿意同我家族内的人一样,也不会被雷家堡放逐。"

　　"你为什么会被雷家堡放逐?这在江湖上一直是个谜,你是雷家堡这一代最优秀的弟子,就算是分家出生,也曾被寄予厚望。"司空长风问道。

　　"你很了解江湖上的事?"雷梦杀一边问,一边将那酒囊丢回给了司空长风。

　　司空长风接过酒囊喝了一口:"我从小就四海为家,一直生活在这江湖。"

　　"你的枪法不错,但是招式不全,功法也不全,似乎有一个很不错的底子,但你只学到了形,没有学到意。"雷梦杀走过去,拿起了司空长风手中的长枪,"我肯定听过这把枪。银月枪,哭断肠。他的主人是江南追墟枪的传人林九,林九失踪很多年了。"

"他死了。"司空长风淡淡地说道。

"他是你的师父?"雷梦杀问道。

"算是吧,我见到他的时候他快死了,浑身长满烂疮,躺在一个废弃道观的门口等死。我救了他,把他带到了我住的地方。他希望在他死后让我把他的尸体烧了,然后将骨灰带回他的家乡。他说他家门前有一片湖,叫虚引湖,他年轻时爱过一个女子,那个女子每日清晨就坐在湖边梳头,他常常去看她。但他那时只是一个穷小子,可她却是镇上最美丽的女子,他下了下狠心,就拿起枪走出了小镇,可这一走,却没想到整整三十年都没再回去。一入江湖,就再也走不出来了。他希望我将他的骨灰撒在那片虚引湖中。"

"没有让你问那个女子的消息吗?"百里东君问道。

"他离开的第三年,家乡的兄弟给他带来了消息,说女子嫁人了。他说,女子甚至都不会记得,有那么一个少年,每天早早地来到湖边练枪,只是为了看一眼她梳头的样子。他说这么多年过去了,他都不记得那个女子的模样了,也无从可想,只是还记得那片湖。可是我来到他所说的那个小镇,却发现⋯⋯"司空长风顿了顿,叹了口气,"那片湖已经干涸了。"

雷梦杀和百里东君相视一眼,没有说话。

"人已经不是当年的人了,可景也不是当年的景了啊。"司空长风摇了摇头,"后来我就在湖边挖了一个坑,把他的骨灰埋了进去。或许某一天湖又会变成当年那个少女梳头的镜湖,也或许某一天它就被彻底填平了,谁又能知道呢?"

"你的枪法,便是他教的?"雷梦杀问道。

"他教了我五天枪法,然后就死了。可就是这五天的枪法,这几年来救了我不少次性命。"司空长风从雷梦杀手中接回那杆长枪,"所以我也很好奇,这完整的枪法是怎么样的?"

"追墟枪算不得多么厉害的枪法,但林九却的确是个了不起的人,看来我刚才说错了一点。"雷梦杀望向司空长风,"你的枪法,

学到的是意,没学到的,是形。如果有机会,那么一定能重现那套枪法。"

司空长风苦笑:"不可能有机会了。"

雷梦杀点点头:"之前的你的确不会再有机会了,但你很幸运,你遇到了我们。我们是北离八公子,你要知道,我们八个人铺散开来,就是一张网,这张网能覆盖整个北离。我们会帮你。"

百里东君一脸困惑:"你们在说什么?"

司空长风摇头:"别再聊我了,说说顾剑门吧,虽然稀里糊涂和你们混在一起了,可我现在还不知道,我们要救的那个人究竟是一个什么样的人。"

"凌云公子顾剑门啊。"雷梦杀微微眯起了眼睛,"那当然是一个……狂人。"

"他年少时入京求学,来的第一天,就得罪了天启百事斋的人。百事斋是天启城地下最大的帮派,三教九流,云龙混杂,他被绑了去总堂判罚。百事斋的话事人派人查了顾剑门的身份,知道西南道顾家也不是寻常人家,可毕竟在这天启城内也排不上号,便让他抽生死签,抽中签后领了罚便可以离去。所谓生死签,一共九十九根签,上面写着各类酷刑,最凶狠的几乎等于死刑,最普通的像是九刀十六洞,也得在身上扎几个窟窿出来。百事斋中有学堂的探子,立刻回去报信,可顾剑门却想也没想,直接走上来随手抽了一根,看了一眼丢在地上转头就走。那一天后,顾剑门这个名字,就在天启城里开始出名了。"

"签上写着什么?"

"那九十九根生死签,有九十八根是死签,一根是生签。顾剑门抽到了这唯一的一根生签,上面写着四个字:明堂正道。"

"好一个明堂正道!"百里东君抢过司空长风手中的酒囊,仰头便是一口,"当浮一大白!"

司空长风冷笑:"你就是想喝酒了。"

百里东君甩了甩手中的空酒囊,一把丢在了地上:"没了。"

司空长风却没有再看那个酒囊,只是问雷梦杀:"还有别的故事吗？"

"有，他来天启一年，就考入了稷下学宫。稷下学宫是战国时在稷门所办的学宫，云集天下有才之士，鼎盛之时，凡学宫之士，入仕各国，皆以上宾而待，几个绝顶之才更是成了这乱世的主宰。本朝开国太师于北离建国三年之后，重设学宫，虽然稷门已经不在了，但为纪念先贤，仍名'稷下学宫'。同样地，只有绝顶之才才能入学宫。一般人可能寒窗苦学十年而不得一见，但凌云公子顾剑门只花了一年就迈入了那座门。那一日，他与另一名同样只花一年就入学宫的天才一起纵马扬鞭，横穿天启。天启城从西城到东城，纵马需行六个时辰，途经十九家称得上有名的酒肆。他们二人给这十九家起名——'十九画栋，一醉飞天'。那是学宫第一天张榜的日子，两人在学宫的比试中没有分出胜负，便约定一起从西门纵马到东门，一路饮酒三杯，谁最先行到东门就算赢了。"

"有意思。"百里东君眼睛一亮。

"天启城是个最不拒绝热闹的城池，十九画栋闻言很快就准备好了酒肆中所珍藏的最好的酒，就摆在了正厅口，两个人策马扬鞭，一醉春风，至今天启城见到那天之景的人都念念不忘。举酒痛饮，马蹄踏城，花飞满天，那空气中的酒气还是其次的，可那少年之气，却是让人一闻就醉了，围观之人无数，每家酒肆之中更是摆了赌局，赌谁才是最后的赢家。"

"所以谁是最后的赢家？"百里东君急切地问道。

"之前两个人一直都是不相上下，可最后一刻，凌云公子还是比另一人慢了半个马身，输了。"雷梦杀笑了笑。

百里东君秀眉一挑："这么厉害，那个人是谁？"

"是我。"雷梦杀轻轻一振衣袖。

"你？"百里东君和司空长风相视一眼，不敢相信。

"我当年提笔行文，写成之卷传遍天启，世人读之，无不热血洋溢。所以我号'灼墨'，我也是一年就入了学宫，不逊色于顾剑门。"雷梦杀傲然道。

百里东君惑道："你最后是怎么赢的？"

"我看最后赢不了了，心里那个急啊，我就不停和顾剑门说话，

顾剑门那性子哪里忍得了,我骂一句,他回一句,但是他哪里说得过我啊。最后一路颠簸,加上喝了不少酒,顾剑门……哈哈哈就吐了。所以我赢了。"雷梦杀一边说一边得意地笑着。

百里东君和司空长风面面相觑,目瞪口呆。

"但是最后被廷尉以扰乱天启城防的罪名给抓走了,关了三天,最后还是靠着祭酒先生把我们带了出来。"雷梦杀转头望着远处,"真是怀念当年啊。"

"可为何顾剑门离开了天启,回到了柴桑城?"司空长风问道。

"一个狂徒,如果身后没有持缰绳的人,那么他必将成为乱世的种子,或掀起风云,或死于自己的狂傲。而顾剑门伸手的持缰人,就是他的哥哥——顾洛离。顾剑门父母死得早,是他哥哥把他带大的。长兄如父,顾剑门虽然是八公子之中的狂公子,但却十分听从顾洛离的话。兄长要他回柴桑城待三年,这三年里,顾洛离希望把顾剑门培养得更加稳健,除了那一身桀骜之气外,更要懂得如何克制自己的桀骜。可他回来的第二年,顾洛离就死了。"雷梦杀叹了口气。

司空长风眉头一皱:"你的意思是……"

"很多人以为我们此番前来,只是为了救顾剑门,救我们的好兄弟,的确,这是我们的目的之一。但他们不明白,其实我们也是在救他们。没有了顾洛离束缚的顾剑门,对他们,不是一个束手就擒的傀儡,而是挣脱了枷锁的恶鬼。"雷梦杀喃喃道。

柴桑城,偏僻的一爿客栈中。

撑着油纸伞的男子站在客栈的门口,静静地望着那连绵雨丝。

他身后的门槛上,坐着一个年轻男子,男子手中有一把细小的短刀,正在手中不停地把玩着,他望着执伞的男子,笑道:"你说是不是因为你总带着一把伞,所以走到哪儿哪儿都下雨?每次和你一起出来执行任务,大半就会遇上雨天。"

"都到今日了,他应该不会来了。"执伞的男子摇了摇头。

把玩着短刀的男子将那短刀收回袖中:"人在绝境之中,总会做出一些可怕的选择,不过我们可能太可怕了些吧,就算置于万劫不复之地也不会选我们。风评太差啊,你回去可得跟大家长好好说说。"

"如果他不来找我们……"执伞的男子微微抬头。

坐在门边的男子站了起来，走回了客栈之中："那我们就去找他吧。"

顾府之中，顾剑门依然饮着酒。

"明日，就大婚了。"顾剑门将酒倒入嘴中，微微一笑。

侍奉在一旁的李苏离点了点头："是。"

"明日我可以穿白衣吗？"顾剑门问道。

李苏离摇了摇头："公子，婚礼之上，应当穿红衣。只有参加葬礼，才会穿白衣。"

"可惜了，杀人的时候，我就想穿白衣，那样血染在上面，就会显得特别鲜艳。也罢，红衣就红衣吧。"顾剑门走到门口，抬头仰天望着那雨丝。

雨渐渐地停了。

"都准备好了吗？"顾剑门轻声问道。

李苏离点了点头："是。"

"好。"顾剑门笑了笑。

突然，门外传来了一阵敲门声，顾剑门微微皱眉："谁这个时候会来？"

李苏离摇了摇头："我下去看一看。"

片刻之后，李苏离走了回来，声音有点犹豫："公子……"

"是谁？"顾剑门没有转头。

"是我。"晏琉璃走进了院落，站在了顾剑门的身边。

第四章 · 公子抢亲

次日清晨,百里东君和司空长风被一阵马蹄声给惊醒,司空长风立刻一把抓过长枪,踏出庙外。只见一辆马车正从路上驶过,直奔柴桑城内而去。

"这些人是谁?"百里东君揉了揉眼睛,问道。

司空长风冲着马车上的旗帜努了努嘴:"你看那旗,上面绣着一只三爪鹰,是西南道飞鹰帮的人。"

百里东君想了一下:"今日就是婚期了?"

"是。金钱坊顾家和木玉行晏家,他们的婚礼就在今日。"司空长风点了点头,"今日,也是你负责去抢亲的日子。"

百里东君苦笑了一下:"抢亲……就这么直接去吗?我感觉……好像什么准备都还没做。"

洛轩已经许久没有回来了,雷梦杀也从昨夜就消失了,两个人只能一脸茫然地坐在那里看着路过的马车。

"是不是雷梦杀不回来,我就不用去抢亲了?"百里东君问道。

司空长风点头:"应该是的。"

百里东君搓了搓手:"有点遗憾呀,我可激动了好几天呢。"

"你还想着成名那事啊?听我说,雷梦

杀那人就是骗你。你想,你要是去抢别人的亲了,那个小仙女还会理你?你要的是名扬天下,不是臭名昭著啊。"司空长风叹道。

百里东君一愣,皱了皱眉:"好像也有些道理,但我已经答应了雷大哥……"

又一阵马蹄声传来,司空长风望着那面双斧劈月的旗帜,喃喃道:"斧月门来得倒也是早。"

"铁剑门。"

"五虎旗。"

"奈何桥。"

"七杀帮。"

"神威镖局。"

"飞剑山庄。"

……

每一个路过的门派,司空长风都能立刻辨认出其来历,百里东君赞叹道:"你对江湖门路很清楚?"

"是。这些都是我曾经很向往的帮派,在这西南道上都有一方势力,可惜我是个没有来路的浪人,入不了他们的山门。但这都算不上西南道上最说得上话的那几个,这些门派来得早,是因为怕那真正的几个大派到了,他们还没到,显得怠慢了。"司空长风淡淡地说道。

那些门派陆续入城之后将近一个时辰,路边都没有过太大的动静,就当百里东君以为就此结束的时候,忽然整片地都震了起来,他猛地一转头,看着一辆恢宏豪华的马车踏尘而来。前面四马并肩而驰,两边有持戟的骑士紧密护送着,看上去气度颇为不凡。但是和前面的那些门派不同,这更像是一支小军队……

"天子驾六,诸侯驾五,卿驾四。这是朝廷命官,还高居九卿之位?"百里东君虽然打小就不喜欢这些,但毕竟耳濡目染,还是十分了解的。

"这是惠西君的座驾,惠西君的父亲曾是镇南大将军,后来护国而死,他的儿子就被封了惠西君,虽没有位列九卿,但以九卿之礼待之。在这西南道,州府衙门对其无不恭敬有加。惠西君的

威望很高。"司空长风说道。

惠西君的座驾离开之后,紧接着又是一群白衣蒙面之人,他们全都徒步而行,唯有最后四人抬着一个步辇紧跟着大队前进,步辇之上坐着一个同样白衣蒙面之人,正轻轻地摇着扇子,但那白衣之人看起来却比他人穿着要华丽得多,上面绣着一只蛟龙,从袖口一直盘旋到喉前。

"前面那些你都可以看过就忘,但他们你一定要记住。如果你去抢亲,很可能还没开口就被他们杀了。他们就是这个西南道上最不讲规矩的门派——白蛟帮。这些年,无论是顾家,还是晏家,都不敢轻易得罪他们。虽然白蛟帮实力还比不上他们,但是白蛟帮做的都是杀人的生意,要论狠劲,西南道他们第一。"司空长风沉声道。

百里东君挠了挠头:"我去抢个亲,还有可能被杀?"

"你抢的不是亲,抢的是西南道龙头的登基大典。"司空长风叹道,"看来你还不知道这次你要做的事的风险。"

"放心,顾剑门不死是我们的底线,而百里兄弟一根头发也不会少。"一个带着几分疲倦的声音响起,百里东君抬起头,看到雷梦杀已经回来了,他身上衣衫破碎,似乎刚与人打了一场。

"你去哪里了?"司空长风皱眉。

雷梦杀望着远处:"我去接应洛轩的时候遇到了一些老朋友。"

"言千岁?针婆婆?"百里东君问道。

"是的,大概白眉肖厉怕我们捣乱,派出来查我们行踪的。"雷梦杀回道。

"他们被你杀了?"司空长风问道。

"加了两个人,卖油郎和小西施,不过也依然不是我的对手,被我打跑了。"雷梦杀纵身一跃,从屋檐上跳了下来,可腿一软,竟整个人半跪在了地上,"该死的,丢人了。"

"你受伤了?"司空长风急忙把他搀起。

"如果一个时辰后,洛轩还没有回来,你们立刻离开,回乾东城,这里的事,自有我们处理。"雷梦杀苦笑道。

而此时,又有一阵马蹄声传来,百里东君急忙把雷梦杀拉进了寺庙之内，司空长风看了一眼他们的旗徽，立刻也退回了寺庙之中。

"是他？"雷梦杀微微皱眉，说话难有的简洁。

司空长风点头，百里东君依然不解："是谁？"

"西南道如今的第一门派，木玉行晏家，马车中坐着的应该就是晏琉璃的兄长，晏家如今的当家——晏别天。"

晏家作为西南道最大的世家，应该是最后一批客人了，他们走后，庙外许久都没有动静了，差不多一个时辰过去了，雷梦杀站了起来，拍了拍百里东君的肩膀："百里小兄弟，这一次多谢了，你们赶快走吧，接下来的，就交给我们了。"

"你们要做什么？"司空长风的语气中有些不安。

"我们……"雷梦杀叹了口气，转过身，忽然有一朵花瓣飞到了他的脸上。

有一人缓缓落地，腰束竹箫，手持牡丹，说不出的潇洒秀雅，他微微笑了笑："怎么？以为我不会来了吗？"

柴桑城，顾府。

顾大当家离奇客死他乡，传回来的消息是突然染了恶疾，可尸体却并没有一并送回来，然而顾府的白事不过才办了几日，就忽然又换上了一袭红装。

"冲喜冲喜。"一名笑容满面的中年矮胖男子坐在门口迎客，一边冲着来客招手，一边反复重复着这句话。

"如今顾家和晏家强强联手，以后顾家定会比现在更为兴旺，三爷还请不要太担忧了。"来客轻轻拍了拍他的肩膀，随即朝里屋行去。

被称作三爷的这位，自然就是顾府如今的实际掌事人中的一位——顾三爷，而那位顾五爷，却没有出现在众人的视线里，而是隐匿在了人群中，暗中维持着今日顾府内绝对的安全。

毕竟是西南道这几年来最大的事了，来客络绎不绝，一整个上午都没有停息，直至快要中午时，客人才将大厅坐满了，但仍有三桌上座还是空无一人。顾三爷微微眯起眼睛："这良辰可快要到了啊。"

"惠西君到。"一个悠长浑厚的声音响起，立刻打断了顾三爷的思绪，他急忙俯首，弯腰，极致的恭敬，头快要磕到地上了："拜见惠西君！"

惠西君从马车中缓缓踏了下来，他穿着华贵，但气色看着却不是很好，面色有些发黄，黑眼圈极重，手中还拿着一方手帕，走几步就忍不住咳嗽几声，他点了点头，算是回应了顾三爷，随即就朝正厅走去。他对着身旁之人低声道："和顾家大当家差远了。"

"顾三爷，顾五爷，虽有威望，可才干有限，所以这么多年，一直都在家中无法掌事。"身旁的侍从低声道。

惠西君摇了摇头："奴才样。"

侍从笑了笑："以后这西南道，估计就是晏家的了。"

顾三爷对于惠西君的冷淡似乎早有预料，他站起来，冷冷地笑了一下，随即抬头，心中一冷，因为他对上了一双眼睛。

更为阴冷，带着几分邪气的杀意的眼睛。

"白蛟门。"顾三爷微微皱眉。就算是向来以白衣蒙面行走西南道，可来参加府上的婚礼，还是这样一身白衣，未免有些不太恭敬了吧。

顾三爷望着步辇上的那个人："白无瑕副门主。"

那白无瑕轻轻地摇着扇子："三爷，是否觉得我们一身白衣，来参加贵府的婚礼，很是不妥？"

顾三爷笑了笑："确有不妥。"

"那我们就走了如何？"白无瑕笑了一声。

顾三爷一愣。

"我走了，晏别天那里交不了差吧。"白无瑕说话似乎并没有什么忌讳。

顾三爷背后冷汗淋漓。

"不过是走个过场，难道真是祝新人百年好合，早生贵子？我们这一身白衣，想必那位桀骜不驯的二公子，才会更开心一些吧？"白无瑕垂首问道。

顾三爷依然沉默不语。

"起驾，回……"白无瑕忽然朗声道。

顾三爷急忙侧开身："白副门主，请进。"

"顾三爷，在这西南道，想要顾家继续混下去，我奉劝你一句。"白无瑕坐在步辇中，被抬进了府内，与顾三爷错身而过的时候，他低声道，"做惯了羊的，可以靠着庇护活下去。可一匹狼要是有了做羊的心，那么不管是曾经作为对手的狼，还是曾经温顺的羊，都会杀了它。明白了吗？"

顾三爷眼神中闪过一丝凶戾。

"这个眼神就对了。"白无瑕笑道。

顾三爷望着日头，擦了擦额头上的汗："晏家的人还没到吗？"

"还有两炷香的时间就到吉时了。"顾府的管家上前说道。

"那位当家不到，吉时也没有意义啊。"顾三爷叹了口气。

"木玉行晏家，到！"

顾三爷猛地抬头，只见从早上到如今，最庞大的一队人马来到了顾府的门前。管家望了一眼，感叹："晏大当家这是把整个晏家都带来了啊。"

马车之上，缓缓走下来一个身材魁梧的年轻男子，穿着一身华贵的长袍，上面镶嵌着昂贵的玉石，他腰间挎着一把巨大的长刀，眼神锐利，透着一股狠劲。他一从马上踏下来，原本喧闹无比的顾府，瞬间安静了几分。

"晏别天。"白无瑕坐在里堂，望着门口的场景，喃喃地念了一声。

晏别天家中排行第三，他十九岁时，原本将会继承晏家的大公子忽然溺水而亡，他二十一岁时，二公子被仇家所杀，他二十六岁时，自己的父亲也死了。他成了晏家这三代以来最年轻的当家。这些事情看上去都是巧合，可在大多数人的眼里，却都太巧合了。晏别天行事雷厉风行，才干又高，若不是顾家也出了个惊才绝艳的顾洛离，西南道第一的位置早就是他的了。

"三爷。"与惠西君还有白无瑕不一样，晏别天很恭敬，就像是晚辈对长辈一样，行了个大礼。

"晏当家快请进，请进。"顾三爷急忙侧身。

晏别天点了点头,带着众人走了进去。

众人看到晏家来的人数,也是吃了一惊。

一个晏家的来客,就相当于其他所有门派人数总和的一半了,这是打算办完婚礼就接管顾家啊。

宾客都落座了。

那所谓的吉时也只剩片刻了。

顾三爷跑入了门中,擦了擦额头上的汗:"快把新郎、新娘迎出来!"

一身红装的顾剑门,还有盖着红盖头的晏琉璃分别被人从两侧搀了进去。顾剑门面无表情,晏琉璃步伐平静。

看不出喜色,也看不见怒意。

白无瑕望了一眼惠西君,惠西君也看了一眼他。

这里很多人只是被迫前来见证这场龙头之争的结尾,可是他们二人的身份特殊,更希望看到的,自然是一场好戏。

可这头要是一磕,好戏也就结束了。

"客人还没到齐,怎么这喜宴就开始了?"一个年轻的声音忽然响起。

顾三爷一惊,猛地朝门外望去。

一个看着不过十七八岁的翩翩少年郎站在门口。

白无瑕一笑。

果然还是有好戏啊。

正厅之内。

白无瑕和惠西君拿起了桌上的热茶,轻轻地啜了一口,嘴角是暧昧不明的微笑。

其他门派的人都望向了晏别天。

晏别天若有若无地往角落里瞥了一眼。

白眉肖历站在那里,感觉到了那若有若无的一眼,心中一冷。

他们是如何穿过那一条夺命街的?

顾府之外,雷梦杀和洛轩背靠背,擦着额头上的汗,站在街尾重重地喘着粗气,浑身着黑的墨尘公子和依然在轿中并没有打算露面的柳月公子拦在街头。

"这条街,我们封了。"雷梦杀笑着望着街中的那些人。

骨上开花的恶屠夫,百尺无活的针婆婆,以及那袖中剑十八的卖油郎,还有手一撕能换九张脸的小西施……十几位身负绝技的高手,却被困在了街中,始终无法突围而出。

百里东君就站在门口,他的身边只有司空长风陪伴着,两个人自然知道身后的凶险,后背早已是冷汗淋漓。

顾三爷站了起来:"你是谁?!"

"客人!"百里东君朗声道。

惠西君微微皱起眉,对着正坐在自己身侧的白无瑕说道:"我好像见过他。"

"是了不得的人物吗?"白无瑕笑道。

惠西君用手敲了敲下巴,轻轻咳嗽了一下:"但是……这不可能啊。"

顾三爷冷笑地走了出去:"可是,我们并没有邀请小兄弟,不请自来的客人,我们并不欢迎。"

"你们不请我,是因为请不起我。但是我来了,你只能以上宾待我!"百里东君傲然道。

顾三爷大笑道:"大言不惭,今日府内有三位尊贵至极的客人,木玉行晏当家、白蛟门副门主白无瑕,甚至还有惠西君这般的贵客就在堂中,你,能比这些客人还尊贵吗?"

百里东君耸了耸肩:"都是谁啊?"

他的语气真的很诚恳,就好像真的不认识这些人一般。

当然,在两日之前,他的确完全不认识这些人。

顾三爷慢慢地冲着他走了过去:"小兄弟如果再不说出自己的身份,就休怪我们顾家不客气了,今日是我们顾家大喜的日子,不想见血,还请速速退去。"

站在百里东君身后的司空长风握紧了长枪低声道:"他动杀意了。"

顾三爷依旧一步一步向前走着:"小兄弟还不离开吗?"

"我姓百里。"百里东君大声道。

顾三爷停住了脚步。

惠西君脸色更加难看了："果然。"

堂中之人有人低声惑道："百里？哪个百里？"

百里这个姓氏并不常见，所以很容易让人联想到那个百里。

"我从乾东城而来，我的爷爷叫百里洛陈，我的父亲叫百里成风，母亲叫温珞玉。我叫百里东君。"百里东君反而往前踏了一步，"我，有没有资格做你的客人？"

满堂哗然。

顾三爷不由自主地往后退了一步。

堂中众人开始窃窃私语。

"镇西侯府的小公子怎么会跑到柴桑城来？"

"是不是假冒的？毕竟我们谁也没有见过镇西侯府的小公子。"

"谁敢假冒百里家的人？不要命了？"

"我年轻时有幸见过侯爷……这个少年，的确有几分相似。"

"可不仅是百里家，他说他的母亲是温珞玉，那可是温家家主最疼爱的小女儿。他的外公是温临。"

"温临……光听名字就让人有些害怕啊。"

就连白无瑕都被这个答案震惊了，他望向惠西君，可惠西君却拿出手绢重重地咳嗽起来。

晏别天依然面无表情，顾剑门也沉默地站在那里。

"顾剑门难道请动了镇西侯帮忙？"

"真请镇西侯帮忙，来的也应该是世子爷，怎么会让世子爷的儿子过来？"

顾三爷笑容僵硬："你说你是百里小公子，可是空口无凭，我们怎么相信？"

"惠西君，您见过小公子吗？"有人开口问道。

的确，如果其中真的有人能和镇西侯打交道的话，那么只能是惠西君了。

惠西君站了起来，走到了门口，望着百里东君："小公子可见过我？"

百里东君摇头："没有。"

惠西君点了点头："百里公子的确没见过我，但我和令堂年轻时一起同窗过三个月，你和令堂很像。"

"不过是容貌略有些相像罢了，就这样判定他的身份，武断了。"晏别天终于开口了，"何不问问这位自称是百里小公子的小兄弟，为何来此？是老侯爷让他来的吗？"

顾三爷听了惠西君的话，自然不敢再得罪对方，和善地说道："小兄弟，是老侯爷让你来的？"

"是我自己来的。"百里东君答道。

"我们顾家和镇西侯府素来没有交集，那不知小兄弟所来何事？"顾三爷又问道。

"抢亲。"百里东君一字一顿地答道。

顾三爷一愣，满堂一片寂静，就连晏别天神色都微微一变，顾剑门微微侧首，看着晏琉璃，可盖着红盖头的晏琉璃十分平静，他人也看不到她此刻的神色，只有白无瑕眼睛一亮："有意思，真有意思啊。"

"不多说了，琉璃！"百里东君怒喝一声。

顾三爷猛地转头，望向堂内。

众人也都转头，望向晏琉璃。

难道晏家小姐竟和镇西侯府的小公子暗中有交集？

这太不可思议了！

晏琉璃拉了拉自己的红盖头，没有说话，只是心中暗自骂了一句："白痴。"

白无瑕没有转头，他的语气中透露出一丝惊讶："你们……可能看错方向了？"

众人又把头转了回去。

突然在门口出现一条莹白如玉的巨蛇，身长几近十丈，半个身子挂在墙上，一个蛇脑袋垂进了院内，幽幽地吐着蛇信，铜铃大的眼睛正直勾勾地盯着顾三爷。

"这是……温家温临养的白琉璃！"

"他果然是镇西侯府的小公子！"

司空长风诧异道："你不是一直都叫它小白吗？"

"谁还不能有个小名了？"百里东君看着众人全部一副目瞪口呆的样子，很是满意，"这效果不错。不过，还有更精彩的！"

顾三爷此时早已是冷汗淋漓，百里洛陈如今不是江湖人，但起于草莽，曾经也是一身的江湖气，江湖之上杀伐之气再重，不过就是杀人满门，灭宗绝派，可一派能有几人？杀神可是坑杀过一万大军的人。他的声音颤颤巍巍："不知……不知小公子来访，有失远迎，还望见谅……"

"我是来抢亲的，你要远迎了我，我怎么抢？"百里东君笑道。

什么话都让你说尽了？你要我说什么？顾三爷心中一片混乱，也不知该说些什么了。

晏别天终于还是在这个时候站了出来，全场如今也就只有他依然镇定自若："这是在下小妹的婚宴，所以即便你是侯爷府的小公子，我也要多问几句。"

百里东君摸了摸白琉璃的头："你问。"

"你可认识家妹？"晏别天问道。

百里东君摇了摇头："算不得认识。"

全场哗然。

晏别天点了点头："但你一直倾慕家妹？"

"我另有所爱之人，远非你妹妹可比。"百里东君傲然道。

司空长风抚额，低声道："大哥，这是你炫耀你的小仙女的时候吗？"

晏别天脸色阴沉了一些："小侯爷身出名门，祖上为北离开疆辟土，战功赫赫，我们身为北离之人，自然对你们镇西侯府恭敬有加。小公子若是来喝碗喜酒，我们自然以上座所待，可是小侯爷，一不认识家妹，二也不喜欢家妹，却口口声声说要来抢亲。就算你是镇西侯府的小公子，未免也……欺人太甚了吧！"

晏别天的最后几个字掷地有声，引得堂中之人也是心中一震。诚然，镇西侯府的名头的确是很大，但是忽然闯到西南道龙头的婚礼上要把素不相识的新娘子带回自己府里，却是有些蛮横无理了。

"对啊，这太莫名其妙了。"

"镇西侯府这是欺我西南道无人吗？"

顾三爷心想不愧是年纪轻轻就把晏家一手拉起的人，晏别天果然有着常人不能比的镇定，当下便抬起头，皮笑肉不笑地望着百里东君："百里小公子，晏当家说得有理，小公子怕是只是和我们开个玩笑，不如便进来，喝杯喜酒，我们顾府也算蓬荜生辉了。"

"我……呸。"百里东君轻轻摸了一下白琉璃的脑袋。

白琉璃猛地蹿出，惊得顾三爷连退了三步，跌倒在地上。白琉璃张大了嘴巴，伸出蛇信，对着顾三爷的脑袋舔了一下，那股腥臭之味，让顾三爷险些晕了过去。

一直无言的白无瑕见状淡淡地说了一句："若是顾洛离在这里，会是如何？"

堂中之人皆默而不语，但心中也都是一叹，如今掌事的顾三爷和昔日当家顾洛离相比，的确是天上地下，若是顾洛离站在此处，若那白琉璃敢近一步，他就敢提剑斩了这蛇的头颅。

百里东君拍手大笑，随即仰头望向堂内的晏别天——这场婚宴上真正说得上话的人。

"我说抢亲，也没说是为我抢亲。"百里东君笑道，"我便问你，若有一人自小和你家妹妹相熟，青梅竹马长大，或许还有些不一样的情愫，如何？"

晏别天沉声道："我晏家的女儿，自然不同凡人，真有这样的人，必然还要考虑家族门第。更何况，顾府二公子顾剑门本就和家妹自小一起长大，你说的那个条件，他似乎更符合一些。"

"好，如果我说之人，家世背景在顾剑门之上呢？"百里东君又问道。

晏别天望了一眼晏琉璃，但那晏琉璃依然纹丝不动，她和面无表情的顾剑门似乎成了两尊雕像，原本是这家婚宴的主人，却对面前的这场闹剧视若无睹。晏别天想了一下："婚姻之事，总归是父母之命，媒妁之言，我家父母死得早，兄长如父。我让小妹嫁入顾家，是因为我们两家多年世交，且顾家刚失了顾大当家，也想为顾府冲一冲喜，去一去这霉运。"

"哈哈哈哈，这江湖可真是比我想象中的有趣。"百里东君大笑道，"我幼时读书，看到'厚颜无耻'一词，一直困惑不解，今

日见到晏当家，可谓是大开眼界了！"

晏别天脸色一沉："放肆！"

"你放肆！"百里东君脸色也是一沉，怒喝道，"我就让你看看是谁抢你的亲！琉璃！"

众人又是转头，看向晏家小姐。

"看错啦。"惠西君叹了口气。

众人又把头转了回去，只见那条白琉璃身子一旋，还落在墙外的那条尾巴朝天一勾，一个巨大的事物竖插着落在了院落的中央。

柳木所制，头大尾小。

"棺……棺材？"众人吸了一口冷气。

百里东君上前一步，一把推开了棺材板。

只见其中一人闭着眼睛地躺在其中，身上衣衫数处破裂，似乎经历了极为惨烈的战斗，上面染满了鲜血，而咽喉处有一处剑痕则极为显眼，那一道剑痕过去，是极其致命的，不可能有人还能够再活下去。棺材里的人，必定是一个死人。

顾剑门的脸色终于变了。

伤心、愤怒、仇恨……这些情绪涌了上来，让他的脸瞬间变得火红。

因为棺材里的人是……

"顾洛离。"顾三爷躺在地上，往后连滚带爬地逃回了堂中。

"要抢亲的是他，并不是我。"百里东君笑道，"顾家顾洛离，自小和你们晏家小姐相识，如若兄长一般对其爱护有加。晏家小姐亦倾心于他，既然你说你们两家是世交，又想冲个喜，怎么不和顾当家成婚呢？"

"这是要冥婚？"白无瑕笑道，"真是有意思啊。"

晏别天神色猛变："你这是在折辱我晏家！我晏家活生生的一个姑娘，为何要嫁给一个死人？！"

百里东君神色也是一冷："那你得知道，为什么活生生的顾洛离，会成为一个死人？！"

"杀了他。"晏别天忽然低声道。

白眉肖历瞬间冲出，直奔院落中的百里东君而去。

有人惊呼："晏当家三思，杀了侯爷府的小公子，可不是儿戏！"

白无瑕冷笑："杀了百里家这小子，然后嫁祸给顾家。"

惠西君听到白无瑕所言，猛地转头："晏当家根本不了解百里侯府的行事！"

晏别天双袖一振："你也不了解我晏别天的行事！"

肖历长袖一甩，一支判官笔落在了他的手中，他纵身一跃，便要一鼓作气将百里东君斩杀。百里东君终于喊道："小白！"

司空长风冷笑："不喊小名了。"

"命都没了，还开玩笑！"百里东君也是出了一身冷汗。

白琉璃一个旋身，放弃了面前的顾三爷，长尾一甩将肖历从空中打了下来，肖历的判官笔猛地一划，可擦在白琉璃的鳞甲之上，却只发出清脆的声响，他的判官笔往前一甩，借势往后一退，稳稳地落在了地上。

"这是蛇吗？怕是成蛟了吧。"有人惊叹道。

躺在地上的顾三爷此刻一扫之前的惊骇，眼神猛地凶戾起来，他低呼道："老五！"

瞬间两道黑影从府门两边急掠而出。

几乎没有人注意到他们是何时出现的，只有白无瑕冷笑了一声，看了一眼晏别天。

从一开始，肖历的攻击就只是佯攻，为的就是引开那条蛇。

白琉璃似乎察觉到了百里东君身边的危险，可白眉肖历手中的判官笔一转，再度掠起，硬生生地往白琉璃的头上狠狠地砸了一下，白琉璃纵使刀枪不入，可被如此重击了一下，终于还是吃痛，头微微垂了一些。

两道黑影却已经到了百里东君的身边。

"我可是百里成风和温珞玉的儿子，你竟然以为我不会武功？"百里东君傲然道。

百里成风年轻时上过百晓堂良玉榜，后来立为了世子就被一向不涉朝堂的百晓堂从榜上除去了，至于温珞玉，那可是江湖最大的那几个世家的家主之女啊。

就连两道黑影都微微犹豫了一下。
虽然只有一刻,但有一杆长枪及时地破空而出。
那一枪揽尽长风,气势非凡,卷起一地风沙。
"叮当"两声,两名偷袭的刀客全都被打了回去。
司空长风只用了两枪。
虽然他一共会的,也只有八枪。
"这是……追墟枪?"堂中有名老者皱眉道。
"林九的传人?"白无瑕脸上笑容更盛了,"真是越来越有意思了。"
司空长风将长枪在地上重重地一蹾:"木玉行晏家,金钱坊顾家,可是要杀我镇西侯府的小公子?"
声音铿锵有力,掷地有声,砸在堂中每个人的心上。
"尔等西南道众门派,可是同伙?"司空长风再问道。
晏别天够狠,顾三爷够笨,可是西南道众人有的没有争雄之心,不过只求满门安稳所以来赴宴,而有的,比如白无瑕,本就亦有争雄之心,更无论是惠西君,他是半个朝中人,对于镇西侯府,是绝对的得罪不起。
所以司空长风第一问是震慑,第二问却是诛心。
"老狐狸。"百里东君低声道。
"不过只是小滑头。"司空长风回道。
"晏当家,这万万不可啊。"有人劝道,众人也都连声附和。
只有白无瑕一言不发,笑着看着晏别天,就那跃跃欲试的样子,就差给晏别天递刀了。
晏别天长舒一口气,平复了一下自己的情绪,随即微微作了个揖:"小公子,冒犯了。刚才小公子用一具尸体来侮辱我晏家和顾家,着实令我有些失去理智,这里和小公子赔个不是。但这尸体还请小公子收好,归还给顾家。今日之事,就当没有发生过,如何?"
百里东君叹了口气:"你是真笨,还是假笨?"
晏别天一愣:"小公子这是何意?"
"冥婚之事,本就是荒谬至极,我拿着一口棺材,来闯你的婚宴,摆明了就是不讲道理来砸场子的。你还和我说就当今天的事情没有发生过。你是不是很愚蠢？"百里东君叹道。

这真的很不讲道理了，但是百里一族，最擅长的就是这不讲道理。

"所以小公子这是铁了心要毁我两家联姻？"晏别天眼中闪过一丝狠戾。

百里东君摇头："我也愿意讲一次道理。"

"哦？"晏别天眼睛一瞥，肖历退到了他的身边。

百里东君朗声道："我想问一问，今日婚宴的两位主角，晏琉璃小姐和顾剑门公子，都是怎么想的？"

晏琉璃在众人的目光中终于往前走了一步，随后缓缓地摘下了自己的头盖："我……愿意嫁给顾洛离大哥。"

晏别天一惊，怒道："你疯了！"

"我与顾大哥自小相识，琉璃早已倾心于他，我愿意嫁给顾大哥，嫁入顾府。"晏琉璃语气沉稳，字字有力。

"即便他是个死人？"晏别天眉毛紧皱。

晏琉璃望向晏别天，眼神锐利："即便他是个死人！"

晏别天心中一震，对这个小妹，他的印象一直很淡，因为小妹性子有些冷，并不喜欢与人说话，也常常一个人待在自己的宅院里，不愿与外人过多交流，即便对他这个亲哥，也是仅有恭敬，没有亲近。不过这些晏别天也习惯了，因为整个晏家也没有一个人愿意与他亲近。

但他今天才终于明白，这个一直少言的晏家独女，并不是看上去那么的与世无争。

他早该知道，既然她姓了晏，就不会那么简单。

"那么，顾剑门公子呢？"百里东君又笑着问那个雕塑一样的顾剑门。

顾剑门也往前走了一步，与晏琉璃并列而站。

"婚宴这件事，现在于我来说并没有那么重要。晏琉璃要和谁结婚，不和谁结婚，与我无关。我只想问一件事。"顾剑门望向不远处的顾三爷，"三叔，你不是说，哥哥是染病而死的吗？"

"染恶疾而死，怕病疫传播，尸体当时就烧了，骨灰还放在后

院。可这里哥哥的尸体是怎么回事?"

"尸体上的剑痕又是怎么回事?!"

所有压抑的情绪在这一瞬间爆发出来,顾剑门怒喝道。

这一切他就已经心知肚明。

但亲眼所见兄长的尸体,他终于已经忍无可忍。

"李苏离,剑!"顾剑门长袖一甩,身上的红色衣裳瞬间碎裂,露出了下面藏着的丧服,他左手一伸,便是要剑!

一直站在人群之后沉默不语的李苏离立刻往前踏了一步,左手猛地一甩,"噌"的一声,长剑已经出鞘,闪过一道寒光,落向顾剑门。顾剑门左手一伸,一把握住了那柄剑。

名剑"月雪",一把左手才能使用的长剑,拔剑出鞘,能斩断天空中的雪霰。是顾剑门十三岁时,兄长顾洛离以重金求得送给他的。

"顾剑门,不得放肆!"惠西君怒喝道。

"这是我顾家的门庭,为何我不能放肆?"顾剑门傲然道。

晏别天冷冷地望了他一眼:"你知道你现在做的事,要付出怎样的代价吗?"

"顾家被彻底踏平,从此在西南道销声匿迹。不过便是如此吧。"顾剑门笑道。

好一个"不过便是如此"。

"凌云公子不愧一个'狂'字啊。"司空长风感慨道。

百里东君语气则有些不满:"刚才好像我是绝对的主角,可为什么现在,感觉所有的目光都在他的身上了?我觉得我……有些多余。"

"因为你靠着的是祖辈的名声,而他,靠着的是自己的剑。"司空长风缓缓道。

晏别天眯了眯眼睛:"你不在乎?"

顾剑门依然带着嘲弄的笑意:"为何要在乎?我顾家生于危难,后连盛三代,在西南道从来只坐第一,不坐第二。我兄长为何父母俱丧后十六岁独掌大局,历尽艰辛,呕心沥血。我为何年少时离家千里,奔赴天启学艺?我们顾家又为何以商成名,却以武护名？"

顾剑门的声音越来越响，以至于满堂之中，再无他人敢言，只剩下他的声音在回荡。

"只为了不妥协！不对任何人妥协！不对任何事妥协！"

晏别天不再多言，只是淡淡地瞥了顾三爷一眼。

顾三爷骂道："顾剑门，你一个人死，不要拉着我们整个顾家！"

顾剑门左手轻轻一旋，长剑举起，对准顾三爷："三叔，你不配做我们顾家的人！"

"你大胆！"顾三爷怒斥道，"你真以为你还是那个有哥哥庇护的二公子吗？！"

"三叔你错了，我早就不再需要哥哥庇护了。另外，你真以为顾府真的已经听命于你了吗？你知道，有些人生来便是做家主的，因为家族里的人都听他的，而我兄长便是这样的人，而我，便要传承我兄长的意志。"顾剑门将长剑举过头顶，怒喝道，"我顾家儿郎听着，现家主顾洛离死于非命，顾府誓报此仇，不死不休！"

"誓报此仇，不死不休！"

在正厅的角落里，在首座的宗亲中，还有门边的护卫，甚至年迈的老管家，同时跟随顾剑门发出这一阵怒喝。他们同时站了起来，拔出了藏在手上的长剑。

厅内众宾客见状为之骇然，纷纷避让。

肖历皱眉，望了一眼晏别天，又看了一眼晏琉璃。原来这段时间里，顾剑门是故意示弱，故意让他们以为自己真的被软禁了，以为顾家在顾洛离死后就已经垮了。然而顾家从来都没有垮，在顾洛离死后，顾家所有的人，都已经忠心于顾剑门。

这才是顾家之血的传承！

"反了……反了！"顾三爷惊骇万分。

顾剑门走到了顾三爷的身边，长剑举起，落下。转瞬之间，出剑奇快，堂中之人有一大半甚至都没有看清他的出剑。然后，顾三爷的脑袋就摔落在了地上，带着死前那不甘的眼神。

"只能做池鱼的人，却妄图做那惊龙。"顾剑门提着带血的剑，

在众人的目光中一步一步地走到了那座棺材边。顾洛离依然安静地躺在棺材中,闭着眼睛,仿佛只是睡去了,但是嘴巴那里却鼓鼓的,似乎含着什么。顾剑门愣了愣,望向百里东君:"百里小公子,多谢了。"

"凌云公子客气了。"百里东君朗声道,随即又压低了嗓子,用只有两个人才能听见的声音说道,"你兄长的右手有件事物,你可要留意下。"

顾剑门点了点头:"那个人的主意总是很多。麻烦二位了,接下来的,就交给我吧。"随后他右手一甩,将长剑插入土中,随后弯膝跪了下来:"兄长!"

"家主!"顾府之人皆长身跪拜在地。

顾剑门率着顾府门人连跪三次之后站了起来,走到了顾洛离的身边,惑道:"兄长的手里握着什么?"

顾剑门的声音不小,众人都听到了他的话,目光也都紧跟着追了过去。

顾剑门拨开了顾洛离的手,从他的手掌中取出了那件事物,他看了一眼,猛地转身,将手中的事物高高举起。

是一块令牌。

上面写着一个清晰的"晏"字。

木玉行晏家的令牌。

"晏别天!"顾剑门怒喝一声。

晏别天冷笑着望着这一切,顾洛离的手中根本不可能有这块令牌,因为负责杀顾洛离的人,根本就不是他们晏家的人,可是这光明正大的嫁祸,却又如何澄清的了?纵观这一切事件的发展,杀顾洛离的若不是晏家,那才是真正的匪夷所思。他也懒得辩解,伸手握住了腰间的长刀:"也好,比起一点点地把你们耗干净,直接杀了倒是更爽快一些。"

"有多爽快?"顾剑门一个纵身跃出,赶到门边,将那正准备见势逃跑的顾五爷一剑斩杀,又纵身跃回,将他的人头丢在了地上,"有这般爽快吗?"

"我晏家儿郎,杀光顾家,以后西南道便只以我们晏家为尊了！"晏别天怒喝道，所有晏家来人都拔出了手中的兵器。

这场宴席中，他们也早就做好了拔刀的准备。

"惠西君，我们还是暂且退下吧。"惠西君的侍从上前将惠西君护卫着退到了角落中，其他门派的人都惴惴不安，这场西南道龙头的争斗，难免不会殃及他们。只有白无瑕依然兴致盎然："太有趣了，太有趣了。"

百里东君问司空长风："我们现在是不是可以走了？"

司空长风惑道："你不好奇吗？究竟谁能够赢下这一阵？"

"自然是顾剑门。"百里东君答道。

"哦？你这都知道？"司空长风笑了笑。

百里东君眉毛一挑："我会看气。"

第五章 · 血染婚宴

当两方人马剑拔弩张的时候，晏琉璃忽然动了，她足尖轻轻一点，越过门栏落在了顾剑门的身边，她转过身，望向晏家众人。

"你做什么？"晏别天沉声道。

"我要嫁给顾洛离，所以如今的我，是顾家的人，自然与顾家站在一起。"晏琉璃声音温柔，却亦有一种不容拒绝的坚定。

晏家所带来的人全都面面相觑，适才晏琉璃的一番言论已经是令他们惊诧了，此刻的反水更是如何都想象不到。

"肖历，你也要杀我吗？"晏琉璃问道。

肖历急忙垂首："小姐，肖历绝不会这样做。"

"肖历，把晏琉璃给我带走！其他人，将顾门上下满门，全部杀了！"晏别天终于按捺不住，怒喝道。

晏家众人一跃而出，顾家众人也都提剑而上，顾府经历了顾洛离之死后，已经大伤元气，跟随顾洛离一同外出的多位家中高手也都没有回来，晏家虽是远道而来，但无论人数还是实力上都在顾家之上，这一场争斗，对于顾家，是死战！

顾剑门提剑而上，直奔晏别天而去。

而此时，坐在堂中的那一片白衣忽然站了起来，他们都拔出了身边的兵器，白无瑕站在最前，笑道："兄弟们，帮顾家，把晏家给我灭了！"

晏别天提刀和顾剑门对了一剑，转头道："白蛟帮要帮顾家？"

"黑吃黑有黑吃黑的规矩，若你一家独大，哪还有我们的活路？更何况……"白无瑕朗声道，"老子欣赏顾剑门！"

晏别天冷笑一声，又挥刀将顾剑门挡开，他的刀法是南诀国的一位绝顶刀客所传，这些年勤学苦练，按照那天下一品四境的划分，早已是入了金刚境。可顾剑门的剑，却是天启城里那位先生教的。

那位先生，可是将武榜撕了，并且威胁百晓堂，再刚将他名字写入就砸了百晓堂的奇人。

晏别天才对了五招，就已知道自己不是他的对手。他从怀中掏出一根袖箭，一甩袖飞入空中，袖箭在空中炸裂开来，震耳欲聋。

"晏家还有援兵？"白无瑕微微皱眉，他本已算准了这一次晏家必输，可若还有援兵，那场上的形式可就不好估摸了……

顾家后院，一位虽然满头白发却面目如玉的年轻人躺在屋檐上，看到那根空中的袖箭，叹了口气："果然还是得靠我们啊。"

身边另外一个一袭紫衣的年轻人站在地上轻轻地挥着折扇："长老不是早就料到了吗？顾府根基，其实更盛晏家，虽然顾洛离死了，但顾剑门也不是庸才，晏别天只是狠，难当大任。"

"可惜当时没把那棺材截住，平添了好多麻烦啊。"白发年轻人叹道。

"走吧。"一个沉稳的声音想起，两人扭头，看到五名穿着黑袍斗篷的人跃入了院中，为首之人身形魁梧，一双手却惨白枯瘦，整个人看上去倒像是一具骷髅套在巨大的斗篷之下。

"长老。"两人打了声招呼，却依然躺着的躺着，摇扇的摇扇，并没有太多尊敬。

"走吧。"黑衣长老没有停步，带了众人，几个纵身，就落在了前院。

"动手。"黑衣长老沉声道。

四名黑袍人一跃而出，穿梭于众人之间，将顾府门人、白蛟帮白衣士纷纷打飞，那名白发剑客手持一柄玉剑，对上了顾剑门，

紫衣的年轻人轻摇折扇，将白无瑕打退了数步。

"我早就料到，以晏别天的能力，根本杀不死兄长。"顾剑门冷笑，"背后果然有人相助，你们是谁？"

"杀了！"黑袍长老直截了当地说道。

长街之上，雷梦杀等人都看到了那支袖箭，雷梦杀沉声道："看来晏家还有助力。"

墨尘公子说道："应该是我和柳月遇到的那些人，他们的武功路数我从未见过，但很是厉害。"

"不行，得去助他！"清歌公子急道。

"可是这里的人……"雷梦杀望着长街上的那些江湖高手，"晏家到底多大本事，招来了这么多牛鬼蛇神。"

"这里的事，就交给我们吧。"一位执伞的黑衣男子忽然出现在了长街之上，他的身边是一个留着两撇小胡子的年轻人，手里把玩着一把精致锋利的匕首，留着小胡子的年轻人满脸笑意："难得见到大名鼎鼎的北离八公子中的四个，却不能杀掉一个两个，真是遗憾啊。"

雷梦杀望着他们两个，脸色一沉："暗河。"

"我们很有名？"小胡子手里不停地旋转着那柄匕首。

"执伞鬼。"雷梦杀望了一眼那名执伞的黑衣男子，又看向玩匕首的小胡子，"送葬师。"

清歌公子皱眉："暗河为什么帮我们？顾剑门找了你们？"

"没呢，赔本买卖。"被称作送葬师的小胡子伸了个懒腰，全身的骨头发出噼里啪啦的声响，他扭头望向长街上的那些人，"再不走，就得给凌云公子收尸吧。"

执伞鬼没有多言，只是轻轻地举起了那把油纸伞。

"走！"雷梦杀不再多言，转身朝着顾府跑去。

顾府之中，顾剑门与那白发剑客和晏别天的合击，丝毫不落下风。

他冷笑："要杀我，没那么容易！"

"当然，没那么容易！"一个高喝从院外响起，众人转头，那声音却已落入了院内，雷梦杀仰起头，"灼墨公子，雷梦杀在此。"

之后便是一阵悠扬的笛声响起，花瓣纷飞，一位风雅翩翩的公子便踏着那些花瓣一步一步落在了地上。

"清歌公子，洛轩！"雷梦杀接着喊道。

然后又是一名通体着黑、手持乌剑、黑纱遮面的男子落地，他一言不发，只是静静地看着场中之人。

当然，有人会替他发言。

雷梦杀高声道："墨尘公子，墨晓黑！"

话音刚落，众人便又发出一声惊叹。

只见一名小童，率着四名俊美的男子抬着一顶华美的轿子，也从空中飞来。

那场景，仿佛是仙人临世一般。

那顶轿子稳稳地落地之后，雷梦杀刚想开口，却被小童抢了先机："柳月公子，柳月。"

北离八公子，竟超过半数同时到场！

百里东君用胳膊肘撞了撞司空长风："长风，我忽然觉得这江湖……好像也有那么点意思了。"

江湖是什么？

很多人都问过这个问题，但不是每个人都得到了答案。

但曾经有一位大侠见到一位刚提上剑离乡而去的后辈的时候，看着那后辈意气风发准备挑战兵器谱上豪杰的样子，说了一句话："江湖上若没有此等少年，就不是江湖了。"

顾剑门扭过头，将剑放下，那张狂傲不羁的脸上终于慢慢流露出了几分疲态，他撇了撇嘴，没有欣喜，也没有惊讶，只是淡淡的，似乎还带着些嫌弃的意味："你们怎么来了。"

雷梦杀笑道："你不知道我们会来？"

"知道。"顾剑门笑了笑，"一群多管闲事的家伙。"

"有位天启城里的朋友，让我托句话。他说，你兄长的尸体他帮你送回来了，婚事在这里也帮你退了，所以……"墨尘公子忽然开口了。

顾剑门打断了他的话："所以，不要杀人？"

百里东君闻言惑道:"天启城里那个人到底是谁?为什么总能听到他们提起?"

司空长风沉声道:"是被称为算无遗策的风华公子。"

"或许,你们已经以为自己赢定了?"持着玉剑的白发男子幽幽地说了句,他望向那顶轿子,"上次你们两个我打不过,这一次,可别想轻易离开。"

而穿紫衣的年轻男子却退回到了黑袍长老的身边,他看了一眼长老,惑道:"长老,你在看谁?"

长老的目光却一直盯着站在一旁、被忽视了很久的百里东君,良久之后才皱眉道:"是他?"

"他?"紫衣男子不解。

"很多年前,我在乾东城里遇见的那个人。"长老低声道。

紫衣男子一愣:"竟然能在这里遇到他……"

晏别天看着突然出现的四位高手,心中不禁一紧,他对这个莫名来帮助他的组织至今也没有十分了解,只知道他们来自域外,所图甚大,西南道不过是他们小小的一步规划,而他们的真实实力一直也没有浮出水面。

此刻他带来的人马,到底能不能应对面前的这些人?

晏别天转头,用询问的眼神望向他们,若是赢不了,至少带他全身而退。

但是他忽然发现,并没有人理会他,黑袍长老的目光望着别处,其他那些人也离开了各自对峙的对手,退回到了长老身边。

他……被放弃了?

顾剑门提剑向前:"我可以不开杀戒,但是有一个人必须死。"

晏别天感受到了杀意,将手按在了刀上,他低声怒喝:"李长老!"

黑袍长老收回了目光,叹了口气。

"我不知道你们是谁,但这个人,你们救不了。"雷梦杀傲然道。

"准备。"黑袍长老低声道。

"是。"其他人应道。

晏别天的心终于稍安了一些。而站在顾剑门身后的其他人也都严阵以待，只要黑袍长老那边有人动手，他们也会毫不犹豫地阻拦。

但至少此刻，战场还是属于顾剑门和晏别天两个人。

"你觉得谁会赢？"百里东君问道。

"一百招，最多一百招。"司空长风说道，"凌云公子的剑术很有名，就算在八公子中，也是上乘的。"

"你想知道你兄长死前说的最后一句话是什么吗？"晏别天拔出了刀，缓缓道。

顾剑门忽然闭上了眼睛，他将剑重新插回了鞘中，呼吸一下子变得沉重起来。

"他说：'救救我，救救我。'你看，一世枭雄，在死前还要对着敌人乞讨，那几乎没有的生机。你说，多可怜呀！你猜我怎么对他的？"晏别天大笑起来，"哈哈哈，我一句话也没有说，只是一脚踩在了他的脸上！"

"故意激怒顾剑门，想要影响顾剑门的剑心？"雷梦杀冷哼了一声，"真是些不入流的手段。"

"顾剑门！你知道我为什么不烧掉你兄长的尸体吗……因为我！"晏别天高声呼道。

顾剑门一步跃出。

"噌"的一声，"月雪"瞬间出鞘。

寒光一闪。

剑回鞘。

晏别天低了低头，时间仿佛在一瞬间被延长了，周围的景色变得缓慢而模糊，他看着手中的刀，他的刀都还未举起。他又抬起了头，艰难地转过身，看向此刻已经跃到他身后的顾剑门："你……"

他终于还是没有说完。

他的喉间出现了一道剑痕，和躺在棺材中的顾洛离并无二致，那道剑痕逐渐展开，鲜血瞬间澎涌而出。

"是老师的瞬杀剑法啊。"雷梦杀感慨道。

全场默然，似乎谁都没有想到，胜负，只在一招。

司空长风更是瞠目结舌:"一……一招?"

黑袍长老忽然急啸了一声。

四名黑袍人同时冲着顾剑门袭去。

"保护顾剑门!"雷梦杀大呼道。

可在同时,那黑袍长老、白发男子、紫衣男子却冲着另一个方向掠去——百里东君!

"回身!"雷梦杀猛喝道。

四名黑袍人只是佯攻,剩下三人,才是真正的杀招!

"喝!"司空长风手中长枪一蹾、一旋,枪如蛟龙腾起,他自知必死无疑,只能用出全身所学,只求拖住一瞬,这一瞬,需要足以让雷梦杀等人赶到。

"小白!"百里东君高呼道。

白琉璃瞬间蹿出,可那紫衣之人一跃而起,冲着白琉璃的眼睛上猛地一挥,那白琉璃身子一顿,三个人瞬间穿过了它。

死了。

司空长风心中不停地闪过这个念头,手中长枪舞得更加疯狂了。他将所学枪法,从一打到八,又从八打到一,以至于打出了第九枪!

三个人竟真的被他打得退了三步!

"不能死!"司空长风怒喝。

"好枪法!"忽有声音响起,似在院外。

"有枪仙之风!"声音再起,似已在空中。

"砰"的一声,有一酒壶朝天砸下,落在地上,炸裂出一朵鲜美的酒花。

随即便是一袭长袍落地,手轻轻一旋,那酒水在他手中旋转起来,若一条长龙般潇洒自如。

"出。"他长袖一挥,长龙腾空跃出,直冲那黑袍长老三人而去。

一切只发生在这一瞬间。

那条酒水凝成的长龙,在一瞬间又化一为三,分别袭向三人。

白发男子伸出玉剑一划，定睛一看，却见那酒水之中竟有一条白色的小虫在游来游去，他惊呼一声："有毒！"

黑袍长老猛喝一声，双袖一揽，将三股水流揽于一手，猛地向地上一砸，随后拉着其他二人猛退十余步才稳稳地站在那里。他的双袖已经被卷得粉碎，颇有些狼狈。

"温家，温壶酒。"黑袍长老低声道。

温壶酒不是一个动作，而是一个人的名字。

他是温家家主温临唯一的儿子，也就是以后将会执掌温家的人。

温家的人很少出现在江湖之上，总是一门心思地待在自己的领地里研究毒术，但温壶酒是个例外，他很喜欢在江湖上行走，而且他很好认。因为他知道世人都害怕温家的毒术，所以他一直穿着一件白色的长袍，长袍背后写着三个字："毒死你"。

而温壶酒一击之下逼退他们之后，就立刻转过了身，露出了那标志性的三个字。

场中之人的惊骇甚至超过了见到晏别天被一剑毙命的时候，因为就算是北离八公子，也不过算得上是一些江湖少年翘楚，而温壶酒，可就真的是一个大人物。

可这个大人物只是一脸无奈地看着百里东君："小百里，可伤着了？"

百里东君摇了摇头："还没。"

"小白！"温壶酒手一伸，那条白琉璃立刻蹿了过来，一脸恭顺地缩在他的身边，似乎有些畏惧，温壶酒挠了挠它的头，"保护不力，回去罚你。"

"舅舅，是不是母亲让你来的？"百里东君小心翼翼地问道。

"不然呢？"温壶酒撇了撇嘴，"他们知道你只肯听我的话，所以让我来带你回去。怎么样？玩够了没有？"

百里东君咂巴了一下嘴："就像喝酒，才刚品出第一口的味道。"

"贫嘴，把我都说馋了。"温壶酒转过身，望向黑袍长老："我也算游遍江湖了，但还真猜不出你们的身份，你们是从域外来的？你们为什么对小百里动手？"

黑袍长老淡淡地笑了一下:"没想到在这里能遇到冠绝榜上的高手,看来今日又是无功而返了。"

"你想走?"温壶酒笑了笑。

黑袍长老皱眉:"你想拦我?"

"你已经走不了了。"温壶酒淡淡地说道。

黑袍长老猛地低头,才发现两只手已经变得乌黑,并且在瞬间失去了知觉,他双目圆睁:"还是中毒了。"

"你太小看我的毒术了,竟敢用一双袖子来拦我的血线游龙。"温壶酒纵身一跃,闪到了黑袍长老的身边,伸出手指轻轻地弹了一下他的脑门,竟弹出了一个血洞,他手指一勾,一条浴满鲜血的小虫爬到了他的手中,他将黑袍长老的尸体轻轻推倒,转身看着那白发男子和紫衣男子,"轮到你们了。"

两个人一直都是心高气傲,即便面对北离八公子依然跃跃欲试,但此刻却感受到了莫名的恐惧,纷纷退后了三步。

"你们虽然年轻,但实力已经在这个人之上了,他能统率你们,不过是因为年长几岁吧。这样的年轻人,杀了太可惜了。你们可以走。"温壶酒叹了口气,"但你们得答应我一件事。"

白发剑客咽了口口水,问道:"什么事?"

"以后若是遇到我这位小外甥,也请记得放过他一次,如何?"温壶酒问道。

白发剑客犹豫了片刻,点头:"可以。"

"走吧。"温壶酒双袖一甩,"小白,送客!"

白琉璃闻言,身子一旋,长尾一扫,直逼二人而去,白发剑客和紫衣男子没有理会黑袍长老的尸体,大呼了一声:"退!"便带着剩下的人头也不回地离去了。

温壶酒转过身,对着顾剑门等人说道:"天启一别,各位公子别来无恙啊。"

"前辈。"就算是狂傲的顾剑门,都恭恭敬敬地鞠了一躬,其他几位公子也都急忙行礼,就连抬着柳月公子的那四位美男子都将轿子微微地倾斜了一下。

"我的这位小外甥,这几日给各位添麻烦了。"温壶酒笑道。

"我可是帮了大忙的。"百里东君不满道。

雷梦杀急忙道:"哪里,哪里,百里小公子智勇双全……"

温壶酒伸手止住了他:"灼墨公子,我有点赶时间,你要不先别说话?"

雷梦杀尴尬地笑了笑:"可以,可以。"

"不知道顾公子要怎么处理这里的事情?"温壶酒问顾剑门。

顾剑门叹道:"晏别天已经死了,顾府的仇也算报了,我没有晏别天那么狠的心,晏府的人可以离去。但这婚礼就不必了,请晏家小姐带着晏府门人离去,但一切恩怨今日便了,如若还想报家主之仇,那么就在这里处理干净了。"

"晏别天死了便死了,处理什么?"晏琉璃冷静地说道,白眉肖历等人自知今日已绝没有半点胜机,也没有多言。

顾剑门点头:"如此甚好。"

"但婚礼,还是需要办的。"晏琉璃又说道。

顾剑门一愣:"和谁的婚礼?"

晏琉璃伸手指着棺材里的顾洛离:"他。"

温壶酒朗声长笑:"有意思,有意思。但接下来的事,就已经与我们无关了,容我们先行一步。"他回过身,拉起百里东君的衣领,一跃跃到了院墙之上。

司空长风抱着长枪,微微有些羡慕地看着百里东君。

司空长风向往江湖,这是他离江湖最近的一次,不仅能和北离八公子相识,此刻更是能亲眼见到上过冠绝榜的温壶酒,心中早是激动不已。但是他也明白,这一切,只是因为机缘巧合之下,他认识了百里东君,他能接触到这一切,都是因为百里东君的荣光。

而终于,百里东君要走了。

他重新变回了那个抱着长枪闯荡天涯的浪客,不知哪一日就会死在路边。

百里东君回头,对上了司空长风的眼神,那一瞬间,不知为何,百里东君忽然有一些难过,可还未等到他开口,温壶酒也转过了头,长袖一甩,对着司空长风伸出了手,笑道:"这位小枪仙,不和我们一起走吗?"

生命中总有一些瞬间是无法遗忘的。

比如司空长风这一生都记得现在的这一刻。

天下闻名的绝世高手冲着他伸出了手,邀请他同行。

这一刻在司空长风心中仿佛被无限延长,然而现实中,他不过是点了点头,然后拿起长枪一跃而起——"走,一起走!"

看着他们的背影,清歌公子洛轩笑了笑:"仿佛看到当年的自己。"

"拜托。"雷梦杀走到他的身边,"不要说得感觉我们已经很老了似的,我们现在也如此啊。我有预感,我和他们很快就会再相见的。"

百里东君笑着转过头,可后面,笑容就在脸上凝固了。

整个长街之上,东倒西歪着十几具尸体,那些前几日还与他一起在长街之上假装做生意的江湖高手们,此刻都躺在那里,一动不动,浑身浴血。

"这就是暗河的手段啊。"温壶酒望着长街尽头。

一个拿着油纸伞缓缓而行,一个伸着懒腰走得东倒西歪。

"执伞鬼,送葬师,暗河这一辈的杀手真强啊。"温壶酒拍了拍百里东君和司空长风的肩膀,随即一掠而下,"看到了吗?院内那叫江湖,这里也叫江湖。走吧。"

"小白怎么办?"

"先让它去你的那家酒肆里待着。"

温壶酒带着百里东君和司空长风来到了城南的一座客栈中,温壶酒似乎只是想暂时离开顾府,却也不是急着离开柴桑城,他带着两个人走进了客栈中,要了一间上房和六缸上好的"女儿红"。

"舅舅你这是馋坏了?六缸,这我们再能喝也喝不完啊。"百里东君大感不解。

既然温壶酒不是着急带他去乾东城,那么至少让他好好和几位公子道个别啊。

温壶酒叹了口气,没有理会百里东君,望向司空长风:"你救了我小外甥的命,所以这一次我会救回你的命。"

司空长风沉默不语,轻轻摇头:"我找过很多人……去过很多地方找大夫，没有办法的。"

"一世的办法找不到，一时的办法我还是能做到的。"温壶酒坐在客房中，看着小二们气喘吁吁地将六缸"女儿红"搬了进来。

"这是什么意思？"百里东君忽然想起来，前几日雷梦杀也说过类似的话，说司空长风很快就死了，当时他还以为只是一个玩笑。

"你的这位小兄弟已经病入膏肓了。"温壶酒伸手轻轻摸了摸下巴上的胡子，"我只是很好奇，他怎么还没有倒下？"

司空长风将长枪放在了桌上："很快了。"然后他就重重地摔在了地上。

"说来就来啊！"百里东君一惊，还以为司空长风是在开玩笑，可走过去一看，司空长风是真的晕了过去。

"他被人伤了筋脉，早就是将死之人了，你看不出来，可略通医理的人，看一眼就知道这是个死人了。"温壶酒过去将他扶了起来。

"能救吗？"百里东君问道。

"试试，至少不能就这样死在眼前。"温壶酒将司空长风的外衣褪去，伸手一甩，将他丢进了酒缸之中，随即袖中一挥，一样事物爬了出来。

是一只像是穿着花衣的蛤蟆。

蛤蟆一跳一跳，跳到了酒缸边上，又纵身猛地一跳，跳进了酒缸中。

然后又爬出一只摇着三个尾巴的蝎子，爬进了酒缸中。

接着又是两个脑袋的蜈蚣、血红色的蜘蛛、青色的小蛇……

"舅舅，你身上怎么养着这么多恶心的东西……"百里东君感觉头皮发麻。

温壶酒骂道："你妈妈以前也养，你去外面待着！别让人进来，要是耽误时间了，你这朋友就治不好了！"

"行行行。"百里东君急忙跑了出去。

温壶酒走过去，将手按在酒缸之上，酒缸里的酒慢慢变得灼热起来，蒸气弥漫，整个屋里都散发着一股浓郁的酒气。司空长风

双眉紧皱,满脸通红,似乎极为痛苦。

百里东君走到了门口,他从小和这个舅舅最为亲昵,或许是名字上就带来的好感,再加上秉性都比较随性,不喜欢束缚,所以一直臭味相投,他离家出走那么大的事,他的父母还是交给了这个他唯一愿意听几句话的舅舅来办,不过他也知道,这个舅舅是真的有本事,司空长风就算真的快死了,遇到了他舅舅,也死不了了。

"看不出来,还是个快死的人了。"百里东君轻轻摇头,想起这几日的司空长风,明明一副潇洒不羁、快意人间的样子啊。

"小兄弟,是谁要死了?"一个小胡子的年轻人走过他的身边,笑着问道。

百里东君转过头,笑了笑:"一个朋友,不过马上就好了。"

"哦。"年轻人手里把玩着一把精致的匕首,笑容和善,"那就好。小兄弟这是刚来柴桑城?"

百里东君有些困惑,这个人怎么这么自来熟,但还是回答了他:"没有,来了有些时日了,已经准备走了。"

"这么巧,我们也要走了。"年轻人收起了匕首,"有缘再见啊。"

"啊,有缘再见。"百里东君感觉这个年轻人有几分有趣,便也礼貌地回答。

年轻人走下了楼,那里似乎有一个人在等他,百里东君垂首看了一眼,便吓出了一身冷汗。

这就是那日在雨中走入顾府,然后走出来的执伞人。当时司空长风面对此人,直接吓得放弃了抵抗,据后来司空长风说,此人是个绝顶的杀手。他也看到了百里东君,微微颔首,竟也礼貌地打了个招呼。

百里东君想起刚才年轻人手中的那把匕首,不由得心中一寒,但仍然对执伞的男子也点了点头。

实为暗河杀手执伞鬼的男子转过身,走出了客栈,低声问身边的同伴:"你刚才是不是想杀他?"

送葬师耸了耸肩:"镇西侯府的小公子,真的很想杀了啊。"

"那间屋里有一个很厉害的人,你刚刚若是出手,死的人可能是你。"执伞鬼轻声道。

"感受到了。"送葬师往上提了提自己的衣服,"一身冷汗啊,后背都粘住了。"

温壶酒和司空长风在屋里一直都没有出来,百里东君坐在门口都闻到了一股浓郁的酒香,一下子也馋了,就点了一桌酒菜摆在门口,坐在地上喝了起来。

"呸,还上好'女儿红'?!"百里东君一边喝一边骂道。

就这样一直坐到了晚上,百里东君陆陆续续听到了不少的消息。

比如,在晏别天死后唯一有资格继承晏家的晏琉璃和顾家已经死去的大当家顾洛离真的举行了一场冥婚,两家约定结永世之好,但婚礼之后,顾洛离的尸体依然由顾家负责安葬,晏琉璃则带着晏家的人马立刻离开了。

经此之后,西南道两家对峙的局面不再存在,而变成了三足鼎立,在这场争斗中没有受到任何损伤的白蛟帮一跃而上,足以与晏家和顾府匹敌。

对这场婚礼,在客栈中歇脚的那些江湖人,有人说晏琉璃毕竟是个女子,以感情为重,竟和一个死人举行了冥婚,简直是闻所未闻;但也有人说晏琉璃这才是真正的聪明,晏别天死了,她一个女流之辈,如何控制得住这么大一个家族,但和顾家联姻,就算再是场面上的事情,顾剑门总得对得起这个嫂嫂,关键时刻还是得站出来支持,那么这场婚礼背后的意味,也就没那么简单了。

两方说得都各有道理,最后讨论也就不了了之了。百里东君想着那个月夜他见到的晏琉璃。情深意切是真,城府深厚却也是真,真真假假,什么才是真正的她呢?或许晏琉璃真的从小倾慕顾洛离,也或许她根本对顾洛离一点情感都没有,都是伪装呢?

"真麻烦啊。"百里东君又喝了一杯酒,"这些人真笨,应该把她灌醉,酒后吐真言。"

据说北离八公子中的那几位也都走了,他们与顾剑门痛饮了三

杯,就各自离开了。只有灼墨公子本来想赖着不走,喝上几日的,却被清歌公子强行拖走了。顾家这一摊子事摆在这里,顾剑门怕是这几个月都无法清静了。

"雷大哥应该来我这里喝啊。"百里东君喃喃道。客栈里的人来了又走,终于最后空无一人,安静了下来,百里东君此刻有些微醺,看屋里还是没有半点动静,便站了起来,"唉,出去走走。"他伸了个懒腰,下了楼走出客栈。

此刻月色正好,街上没有几个行人,他一边吹着口哨,一边晃悠悠地走着。

"一听哥俩好啊,三多多四季发财啊,五魁首六六顺啊……"百里东君左手与右手划起了酒拳,越划越是开心,最后开心地跑了起来。他从小便喜欢夜后这无人长街,然后一路奔跑,恣意而潇洒。

听到街头传来一阵马蹄声,他也不在意,笑了笑:"这么晚还有赶路的行人啊。"

那是一辆精致华贵的马车,通体白色的骏马拉着马车快速地奔跑着,有一名侍女坐在前面赶车,路过百里东君身边的时候,侍女微微扭头瞥了他一眼,百里东君也抬起头看向她。

就着月光,百里东君看清了侍女穿着一身青衣,容貌英气逼人,也带着些傲气。

转瞬之间,擦肩而过。

青衣侍女扭过头,用力地一甩马鞭:"驾!"

百里东君往前跑出了几步,忽然停住了脚步。

白马拉车,青衣持鞭,这一幕场景……

"是她?"百里东君转身,愣了片刻,忽然大喊道,"是她!"他不再犹豫,奋力地往前奔跑,他这么多年,唯一没有懈怠过的就是轻功,当下便发了疯一样地往前追去。但是那马车的速度却越来越快,似乎并没有打算给百里东君机会。

"啊!"百里东君怒喝一声,他的气力已经不足,却仍不肯放弃。

"停下。"一个声音在他耳边响起。

"不停！"百里东君怒喝，但忽然，他感觉脖子上一凉，他扭头看了一眼，发现一片白发在风中飘扬，俊秀的男子淡淡地重复着那两个字："停下。"

百里东君一愣，足尖一点，猛地朝后掠去。

"你究竟是谁？"百里东君怒喝道。

"白发仙。"今日在顾府中出现过的白发剑客持剑而立，淡淡地说道。

"为何拦我？"百里东君眼看着那驾马车消失在了长街尽头。

白发仙将剑收回了鞘中："真是可惜，不过过去半日，你就用掉了那一次不杀你的承诺。再见吧，下次相见，希望你可以变得没么好杀一些。"

"你们到底是谁？你们认识她？"百里东君问道，但白发仙已经一跃站到了街边的屋檐之上，他垂首笑道："我们是谁不重要，重要的是，你似乎还不知道自己究竟是谁。"随即他便几个纵身，消失在了月下，而那驾马车，早已经不见踪影。

"我……是谁？"百里东君喃喃道。

"不是让你守在门口吗？怎么跑出来了？"温壶酒落到了他的身边，声音中微微有些怒意。

"舅舅，为什么刚才那人说，我还不知道自己究竟是谁？"百里东君转头问道。

为什么他十二岁时，就有黑袍人在乾东城追杀他？

为什么昨日他们忽然放弃了顾剑门，而转头杀他？

"你的爷爷是百里洛陈，父亲是百里成风，母亲是温珞玉，你还不懂这些名字意味着什么，更重要的是，你的舅舅还是温壶酒。"温壶酒拍了拍他的肩膀，"所以你并没有自己想象的那么简单，你想做个酿酒师，舅舅理解你，但你从生下来那一刻，就注定不能只做一个酿酒师。"

"是因为这样吗？"百里东君喃喃道，总觉得似乎哪里有些不对，但他没有继续深究，只是问道，"司空长风好了吗？"

"暂时死不了了，不过可能醉倒了，没有几日是醒不过来了。"温壶酒笑了笑，随即忽然想起来，问道，"你刚才在追什么？"

百里东君挠了挠头，脸竟然有些微红，他相信今日的这惊鸿一瞥是对方刻意的安排，只能说明他有些名气了，却远远不算名扬天下，他转过身："只是想跑跑罢了。"

次日清晨。

司空长风终于醒了过来，他感觉全身有种说不出的舒畅，可站立起来，却发现有点晕乎乎的，他定神一看，才发现自己是被装进了一个酒坛之中。

"怎……怎么回事？"司空长风大惊。

"醒了？来吃早饭？"一个声音唤他，司空长风扭头，看到百里东君正坐在附近，吃着馒头喝白粥。司空长风从酒缸中走了出来，使劲地揉着太阳穴："这是怎么回事？"

"昨天你晕过去了，舅舅把你给救回来了。"百里东君笑道，"算你命大，遇到了舅舅。你知道舅舅的爱好是什么吗？"

"是什么？"司空长风晕乎乎地坐了下来，接过百里东君递过来的馒头。

"他的一个爱好衣服上已经写了，就是毒死你。还有个爱好，衣服上却没写，就是救活你。年轻时的舅舅行走江湖，最喜欢用毒把人毒死，再以毒攻毒，把你救活，所以有人称他为毒菩萨。欸，这小东西怎么还在？"百里东君一愣。

司空长风顺着百里东君的目光望去，吓了一跳，只见一条青衣小蛇从他的领口爬了出来，幽幽地吐着蛇信。

"加餐加餐。"百里东君一筷子夹住了那条小蛇。

"不要命了！"一声低喝传来，温壶酒推开房门走了进来，手一伸，百里东君手中的筷子瞬间折断，那条青衣小蛇朝天一蹿，蹿回了温壶酒的手中，然后顺着他的袖子爬了进去，接着三尾蝎、花衣蛤蟆、双首蜈蚣、红蜘蛛也从酒缸里爬了出来，钻进了温壶酒的袖中。

"是不是有点恶心？"百里东君向司空长风问道。

司空长风看着手中的馒头，一时无法下口。

"就这些恶心的东西，才救了你的命。"温壶酒坐了下来，拿起一双筷子,"吃饭。"

百里东君笑眯眯地问道:"舅舅,吃完饭,我们去哪儿?"

"回乾东城。"温壶酒眼睛也没眨一下。

"现在顾家已经安全了,那条街也应该恢复成原样了,不如你让我再卖几日酒?"百里东君循循善诱。

"吃完饭就走。"温壶酒强调了一遍。

"舅舅,你以前不是这样的!"百里东君拍桌骂道。

温壶酒一巴掌拍了一下百里东君的脑袋:"你母亲说,我这次不把你带回去,说下次在酒里给我下钻心虫,你母亲小时候就做过这事!你可别害我!"

"你的毒术会输给母亲?"百里东君不信。

"可是你母亲会撒娇啊。"温家有名的好哥哥温壶酒长叹一声。

"那小白怎么办?"百里东君又问道。

"你怎么把它带来的?"

"白天睡觉,晚上驱蛇,星夜兼程赶过来的啊。"

"我联系了附近的温家弟子,他们会把它赶回乾东城的,放心吧。"

百里东君撇了撇嘴,望向司空长风。

"他不和我们同路,别想着带他回乾东城。"温壶酒一眼看穿了他的心思。

"为何?长风反正你也没事,就来乾东城玩几个月又有什么关系?"百里东君惑道。

"他中了我的毒。"温壶酒喝了一口粥。

百里东君和司空长风同时愣住了:"什么毒?"

"五毒断肠。我都解不了。"温壶酒依然淡定地喝着粥。

"为何?"两人不解。

温壶酒从怀里掏出一张地图,放在了司空长风的面前,然后又仰头喝了一口粥,随后擦了擦嘴:"去这个地方,那里有个叫辛百草的家伙。我自认天下没有毒不死的人,他自称死人也能救活,这些年我们一直都有比试。我用五毒断肠暂时压住了你的伤势,你带着这一身毒去他那里,他自然知道是我让你去的。他会用尽

全力救活你,以证明自己比我强,等五毒断肠一解,你身上的旧伤必会复发,他一定以为这是我留的后手,又会用尽所能救你。"

"药王辛百草?"司空长风一愣。

百里东君皱眉:"他能救好?"

"谁知道呢?反正我治不好,我是个下毒的人,不是个大夫。"温壶酒耸了耸肩,"走吧,你只有十日的时间。"

"十日之后?"

"十日一过,五毒断肠发作,之后不到一个时辰你就死透了,先从肠子开始烂,很刺激的。"温壶酒拍了拍司空长风的肩膀,"那场景,还好你自己看不到。走!"

三个人行到了柴桑城城门口,温壶酒给司空长风买了匹马,买了壶酒:"心情怎么样?这一去,可能真的不归啦。"

"多谢前辈。"司空长风正色道。

"谢我吗?生死还不知呢?"温壶酒笑了笑。

"我本以为自己会死在路上,无人问津,可这几日见到了如此多的英雄人物,已无遗憾。死了又如何?死前也依然要纵马扬鞭,提上酒,一醉春风!"司空长风调转马头,将长枪背在身上,酒壶挂在腰间,"百里东君,我不会死的,我们江湖再见!"

"真的,别死啊!"百里东君看着司空长风扬鞭离去,朗声喝道。

司空长风挥了挥手,没有说话。

"是那种该死在江湖上的人啊。"温壶酒笑道。

百里东君用胳膊肘撞了下温壶酒:"舅舅,那你说我是不是也是这种死在江湖上的人?"

"不是。"温壶酒收起了笑容。

"那是什么样的人?"百里东君问道。

"被爸妈乱棍打死的人!"温壶酒用手一拍百里东君的脑袋。

百里东君挠了挠头:"舅舅,我有个小请求,我可以随你回乾东城,并且以后认真习武,好好读书。"

"但是……"温壶酒挑了挑眉。

"舅舅能不能带我去个地方?"百里东君笑道。

"天启城就别想了,我会被你爷爷打死的。"温壶酒叹了口气,百里东君从小就缠着自己带他去天启城喝秋露白,可天启城是百里家的小公子绝不能踏足的地方啊。

"不用天启城,就沿路带我逛逛这江湖如何?"百里东君朗声道。

温壶酒一愣:"你对这江湖还产生兴趣了?"

"我见到了北离八公子,见到了司空长风,我才刚看到了这江湖一角,反正也是顺路,舅舅就不妨带我也走走真正的江湖路!"

第六章·西楚剑歌

对温家来说，温壶酒是个异类，不同于江南霹雳堂雷家和蜀中唐门在江湖上的活跃，老字号温家虽然名气在外，但一直低调行事，门人一门心思研究毒术，几乎很少在江湖行走，而温壶酒十九岁的时候，就比当时的温家家主名声还大了。

因为他和别人打赌，受人利用，把一整座城的人都给毒倒了。

好在当时的药王弟子辛百草路过那座城，又和温壶酒携手，把那一整座城的人给救了回来，不然温壶酒怕是要被江湖正道追杀至死了。

"我们温家虽是江湖门派，却自己有自己的规矩，不轻易涉江湖事，你懂吗？"当时的温家家主这样与他说。

温壶酒回了一句话："温家是温家，我是我，我为何不能有自己的规矩？"

最后老家主还是任其去了，没有办法，因为温壶酒是温家长老们公认的三百年来最厉害的毒师。

四个字：不服不行。

而对于百里一族，百里东君也是个异类，他生于行伍世家，却对兵马之术、排兵布阵甚至读书写字都厌恶至极，偏偏喜欢酿酒。至于酿的酒如何……温壶酒喝过，真是堪称绝品，除了天启城，真没几个地方的酒比他酿的还好。

所以这位舅舅很是欣赏这个外甥，然而，欣赏归欣赏，真正做主的还得是他的父母。

然而当百里东君说，他想走一走真正的江湖路的时候，温壶酒还是心中一动。

毕竟身上也有温家的血脉，朝堂那条路真的太过凶险，若真的走一走江湖路呢？

两个人又买了两匹马，慢悠悠地行出了柴桑城。

"小百里，你母亲有传你什么武功吗？"温壶酒问道。

"母亲说她嫁人之后，就没练过武功了。"百里东君回道，"但是请了一个师父教我打拳。"

"什么师父啊？"

"叫什么王八呢？名字可有意思了。"百里东君笑道。

"一拳定山王霸天？"温壶酒一愣。

"对对对对。"百里东君连连点头。

"那可是了不得的人物啊，昔日天山派遭落霞派围攻，满门上下皆重伤退入后山，早年退出师门的王霸天赶了回来，一人一拳立于山脚，硬是把落霞派打了回去。那可是了不得的人物啊，江湖上的人听到，都得竖一个大拇指。"温壶酒感慨道，"所以你学得如何？"

百里东君从马上一跃而下，在地上打了五拳，虎虎生风。

温壶酒目瞪口呆："这就是名震天下的霸拳？没……没了？"

"哪能呢，师父打了一遍，我趁他去喝口水的工夫就溜了，第二天，他又打了一遍，我请他喝了杯酒，他说这辈子没喝过这么好的酒，我说只要不打拳，天天有酒喝。第三天，他被我母亲赶走了。"百里东君挠了挠头，"但我还记得这五拳，不容易啦。"

"还有没有别的了？"温壶酒问道。

"有有有。"百里东君一甩手，"后来来了个大热天也穿着大貂的大胡子，人长得邋遢，刀却很漂亮，闪亮闪亮，跟雪似的。"

"是北刀罗三成。他比王霸天还要更有名一点。"温壶酒感慨，"你母亲真舍得花钱啊。所以你会一些刀法？"

"杀个鸡没问题!"百里东君笑道,"那罗三成更是个酒鬼啊,把我的藏酒都给喝光了,但很奇怪,最后挠着痒连滚带爬地跑出乾东城了,追都追不上。"

"你妈给他下了温家的血爪子,真够狠的啊。"温壶酒感慨,"那后面呢?"

"我妈觉得男的不行,都会被我的酒给蒙骗了,就开始找了个女师父。那个女师父美的啊,比那晏家小姐可漂亮多了,她的名字我记得,叫苏穆卿!"百里东君说道。

温壶酒眼睛一亮,流露出一些暧昧不明的笑容:"苏姑娘啊……那是很……漂亮的。"

"对啊,苏姐姐教我练腿法,她软硬不吃,我硬生生练了三日,还好,也就三日。"百里东君叹道。

"为什么只有三日呢?"温壶酒不解。

"因为我爸从那天起,老往我院子里跑,跑了整整三天!最后苏姐姐也被我母亲请走了。"百里东君无奈。

"你这父亲,还是老德性啊……"温壶酒叹气,"所以你,到底会什么?"

"看好了!"百里东君忽然往前一步,纵身一跃,跃起一步,双脚在空中又是一弹,又再度跃起,紧接着又是一弹,竟又跃了一大截,他缓缓落地,拍了拍衣服,"如何?"

温壶酒无言以对:"这是你父亲的三飞燕?"

"对啊,不然你以为我怎么逃过我爷爷那些亲卫兵的啊!"百里东君诚恳地说道。

温壶酒掉转马头:"走那条路,回乾东城更快。"

"别啊,舅舅。当年我年少不懂事,现在想洗心革面了。你和我说说,这江湖上,你最钦佩谁?"百里东君一把把马头又扭了回来。

"我最钦佩的,自然是李先生。"温壶酒笑道。

"哪个李先生?"百里东君不解。

"自然是一剑飞仙的李先生。"温壶酒望向远方,目光中满是憧憬,"那年我曾有幸在天启城见过那真如天外飞仙而来的一剑,南诀五名绝顶剑客迎战李先生，他们想的是车轮战，可李先生却用了一剑，就把他们手中的剑都给斩断了。那一日是冬天，李先生的剑却暖意极盛，长剑所过之处，冰雪消融。也就是从那一天起，南诀人再也不敢在北离面前言剑。那一年的武榜首甲自然是李先生的，可李先生却把武榜撕了，俗世之榜，怎能评谪仙人？"

"这么潇洒？难怪他们都说北离习剑，南诀练刀，原来是这么来的。"百里东君喃喃道。

"对啊，身为北离人，怎么能不练剑呢？"温壶酒笑道，"我少年时闯荡江湖，也会佩把剑。"

"可你不是用毒的吗？"

"我在剑上抹了毒。"

"……"

最后，温壶酒还是决定带百里东君去江湖路上转一转再回乾东城。

因为百里东君也下定决心好好习武了。

"我练剑！"他信誓旦旦地说道。

温壶酒自然没有太把这位小公子的话放在心上，毕竟他骗自己父母都骗得一本正经，何况是自己了，不过他的确是很想去一个地方，而那个地方，也和剑有关。

名剑山庄。

"名剑山庄是一个什么地方？"百里东君一边赶路一边问道。

"天下第二的造剑坊，藏剑两千三百柄，出名剑无数。"温壶酒说道。

"那谁是天下第一？"百里东君问道。

"剑心冢。"温壶酒答道。

"那剑心冢岂不是藏剑更多？"百里东君问道。

"剑心冢有一处剑阁，藏剑三百柄，剩余的剑都折了扔进剑冢，每有一柄更好的剑出现，便又会折去一把无法列入剑阁的剑。所以剑阁中，永远是剑三百。虽然藏剑数量不如名剑山庄，但是剑心冢造出过天下第四的名剑'心'，这一代的冢主李素王更是造出了一柄'动千山'，也位列十大名剑。名剑山庄这个第二，不服不行。"温壶酒笑道。

"那我们为什么不去剑心冢?"百里东君又问道。

"你的问题怎么那么多?"温壶酒开始不耐烦起来了。

百里东君"嘿嘿"一笑:"这不是刚入江湖,什么都不懂嘛。"

"剑心冢此去六百里,去了那再去乾东城,咱们可以吃年夜饭了,饭里还有你妈给我下的毒。"温壶酒骂道。

百里东君挠了挠头:"好吧,第二就第二吧。"

"这么看不起第二?"温壶酒一笑。

"既然决定做一件事,自然是做不到第一,绝不甘休。就像我的酒,总有一日要超过秋露白,天下第一!"百里东君傲然道。

"那如果你练了剑?也要做天下第一?把那李先生给比下去?"温壶酒挑了挑眉。

"想拿个剑仙,然后……"百里东君又是呵呵一笑,"那时候李先生差不多也一百岁了,估计剑也拿不动了。"

温壶酒笑了笑:"当然,这次带你去名剑山庄还有个原因。再过几日就是名剑山庄三年一次的试剑会,这一次,名剑山庄将会把这三年来造出的好剑展示出来,江湖豪客都会纷纷前往山庄求剑。那是天下剑客们等了足足三年的,既然你说要练剑,咱们也去求一柄。"

"怎么求?"百里东君问道。

"名剑山庄会将所造之剑分为四品,第一品是高山,意为伫立世间,高山仰止,乃是凡品剑不能及的高山;第二品是沧海,意为无边无际,百川归海,乃是造一百柄高山剑才能求得一柄的沧海;第三品是云天,意为沧海桑田之上,亦有九天凌云,乃是傲视万物,万中得一的所在。这三品每次都会有,高山剑不少于三十柄,沧海剑至少有十柄,云天剑看机缘,有时候只有一柄。"温壶酒侃侃而谈,神采奕奕,俨然是个爱剑之人。

"舅舅,不是说有四品吗?第四品呢?"百里东君好奇道。

温壶酒叹了口气:"名剑山庄曾经不在剑心冢之下,然而这一代剑心冢冢主李素王太过于惊才绝艳,年少时便造出风雅四剑名动江湖,中年造出动千山得大成,而名剑山庄却始终造不出他们的第四品剑。已经连续十几次的试剑会没见到这第四品了，第四品名仙宫，乃是九天之上，仙宫所藏，真正的天外之剑！"

"倒是想见一见。"百里东君也心生向往，"这剑怎么求？花银子买吗？"

"银子当然要给，而且还不少。你们百里家有的是银子，我们温家的毒也是千金难求，如果光是买，那这剑也太好求了，要想拿剑，自然要凭剑上的本事。放心，凭舅舅在剑上的能耐，拿一柄沧海总是没有问题的。"温壶酒傲然道。

"如果要云天呢？"百里东君却是不满足。

温壶酒皱了皱眉："那就得下毒了！"

两个人策马狂奔，跑了几日，一路上看到各路江湖人士，单马提剑的，大张旗鼓赶着马车带着近百人护卫的，百里东君觉得煞是有趣："都是去名剑山庄的？"

温壶酒点头："都是去名剑山庄的！"

"有意思有意思，这场面比我们乾东城每年的春会场面还要大啊。"百里东君感慨道。

"有机会带你去英雄宴，那场面比现在的还要大！"温壶酒纵马往边上一侧，让开了一条路，只见一群浩浩荡荡江湖侠客纵着马赶了过去，马车上插着一面旗帜，写着大大的两个字："无双"。

"无双城。"温壶酒的脸色微微一沉。

"天下第一武城——无双城？"就连百里东君这样不涉江湖的人也听过"无双城"的名字，因为它真的太有名了，朝堂有天启，江湖有无双，那可是和天启城能相提并论的一座武城啊。

"不妙啊。"温壶酒叹了口气。

"怎么不妙？"百里东君不解。

"十年前的试剑会，无双城也来了，只说了一句话：'这些，我全要了！'"温壶酒神色凝重，"这一次，怕是又有很多人要空手而归了。"

"这么狠……"

"就是这么狠的。"

两个人在一座山下停住了马，有小厮过来牵马，问道："可有

拜帖?"

"没有拜帖。"温壶酒将手中一块玉牌丢给了小厮,"这个行吗?"

那小厮接过玉牌一看,立刻将玉牌恭敬地递了回去:"当然,当然。有请。"

"那是什么?"百里东君跳下马后问道。

"试剑会不是所有人都能参加,一张拜帖就够在江湖上争很久了,但我给他看了温家的玉牌。像我们这样的大世家给他捧场,名剑山庄自然不会拒之门外。"温壶酒拍了拍百里东君的肩膀,"走,去看看剑客们的风采。"

所有的马匹都无法上山,就连无双城的弟子们也都从马上下来了,众多江湖豪客们全都一脸跃跃欲试的兴奋样子,走上了山。百里东君心中也多了几分豪情,大踏步地往山上走去。

而等他进了山一看,却发现,整座山上插满了长剑。这是一座真正的剑山。

百里东君还没见过此等场面,当时见到那一整条街的江湖高手时,他不过只是略感无趣的一笑,高手,他从小到大见过太多了,可今日,这一整座的剑山着实把他震撼到了。

"这……太……壮观了!"百里东君感慨道。

温壶酒见怪不怪,笑了笑:"这些剑,大多是来拜山的剑客留下的。六十年前,名剑山庄也出过一名剑仙,叫魏长树,他曾是名剑山庄庄主,纵横天下,难逢敌手,便常有剑客上门迎战,魏长树不同其他剑仙般藏剑不露,反而是来者必应。只是输了就得把剑留下,一直到魏长树死于那昆仑剑仙的寒暖双剑之下,十余年间,挑战者的剑就插满了小半座山。后世剑客为了纪念这位绝世剑仙,常有剑客千里奔袭而来,只为插一把剑在这山上。你可以把这山当作一座坟,把这剑当作一炷香。"

"有趣有趣,只是昆仑剑仙又是谁?"百里东君一个接着一个的问题,但温壶酒却也不烦,只是摇头:"那故事说来可就长了,江湖的事,总是一件连着一件,一人连着一人,真要说起来,三天三夜,你只能说上江湖一角。你要见江湖,不急于一下子都知道。

传说太多了……"

"你看那人，衣袍上写着'毒死你'！那是温家温壶酒！"

"就是那个一人毒死一座城的温壶酒？"

"据说温家下代的家主就是他了。"

"他怎么也来名剑山庄？"

"这你都不知道，他早几年可是赫赫有名的'毒剑客'。"

温壶酒振了振衣袍，满意地笑了笑："比如我，也是这传说之一。"

"那你怎么没捞个毒仙？"

"太难听了。江湖上说小白书的那些先生，很爱用一句话：我命由我不由天，先斩菩萨再斩仙。菩萨与仙，都是强大的象征，江湖人，称我为毒菩萨。虽然我'毒'步天下，却也有菩萨心肠。"温壶酒转过身，一脸和善地和那些议论他的江湖同道们打招呼，"各位，幸会啊。"

眨眼之间，一跑而空。

被温家这一代最厉害的毒师打招呼，谁还不赶紧跑得更快一些？

"哈哈哈哈哈哈。"百里东君一边狂笑，一边径自往山上走去。

"看我不给你们下个血爪子！"温壶酒愤怒地跟了上去。

两人在山路上行走着，却也有人在山边行走着，他们一步一步，踏着那插在山上的长剑，朝着山顶跃去。还有人往前走几步，就将手中之剑插在土中，长身跪拜，看那衣衫破碎的样子，这条上山的路，似乎已经走了几日，也还有人从路边一跃而起，将手中佩带之剑插于山上，有些剑一看样子就锋锐异常，绝非凡品。两人就这样一边走，一边看，一边喝着从山上买来的好酒。

"这剑山下的酒也还不错啊。"百里东君晃了晃手里的空酒壶，还好，温壶酒的腰上还挂着两个。

"山上还有试剑酒，够你喝的了。"温壶酒打了个酒嗝。

剑山算不上高，两个人优哉游哉地走了小半个时辰，就到了山顶的名剑山庄，那山庄的牌匾也很有意思，在名剑两个字边上，竟然还放着两把剑。不等百里东君开口提问，温壶酒就率先解释

道:"那是老剑仙留下的两柄剑,一柄叫烛龙,一柄叫火凤,当年也是列入十大名剑的。"

"怎么不传给后人?"

"断了。"温壶酒淡淡地说道。

百里东君皱眉:"想必是输的时候,被打断了。可那……为什么名剑山庄还把它们放在那么显眼的位置?"

"输了不一定就是丢脸的事情,那年老剑仙已经八十岁了,而昆仑剑仙才刚三十有余,正是极盛。老剑仙虽然输了,可气度、胸襟天下无二,他才是真正懂剑、懂江湖的人。"温壶酒恭恭敬敬地弯了弯腰,便是一拜。

百里东君也顿时肃然起敬,也是躬身一拜。

两个人走入山庄中,发现偌大的院落里早就摆满了酒桌,来来往往的剑客们提着酒杯、相互交谈,而靠近里堂的位置,搭着一个高台,高台之上暂时空空如也,但百里东君明白,一会儿就会有一柄柄的好剑放在其中,供剑客们赏阅或者获取。

"温先生。"有一名剑侍上前轻声唤道。

温壶酒和百里东君转过身,剑侍左手一挥:"温先生,请上座。"

"走吧。"温壶酒耸了耸肩,"毕竟是江湖传说啊,从山下到山上几步路,上座都已经备好了。"

两个人跟随着剑侍上前走去,剑侍轻轻一挥:"这六桌就是上座了,你们二位坐这里。"

六桌上座,五桌已经坐满了人,且都是大桌,而唯有第六桌,是个规模同等的大桌,桌上倒是写着名牌:温家,温壶酒。

只不过,一个人都没有……

"没人了?"温壶酒问道。

其他五桌人挤人,感觉快要撞到彼此了,但谁都没看第六桌一眼。

"二位放心,酒水、饭菜,都会按照上座规格,二位请尽兴。"剑侍恭恭敬敬地说道。

温壶酒一愣:"我很可怕?"

"温先生不可怕,温先生的毒有点可怕。"剑侍笑着说道。

"坐坐坐，我这一路都已经习惯了，舅舅，就这儿吧。这位小哥，酒管够吗？"百里东君问道。

"每桌九坛剑酒，予取予求，若是不够，喊我就是了。"剑侍回道。

"剑酒，什么是剑酒？用剑酿的酒？"百里东君好奇道。

"剑酒，入口凛冽，锋锐无比，就像是剑一样，所以叫剑酒，味道不逊色于你酿的那些，但味道却凶戾得多，可千万别喝多了，会醉。"温壶酒坐了下来，给自己倒了一杯。

"二位慢饮，有事喊小的便是。"剑侍抱拳道。

"试剑大会，还要多久？"百里东君问道。

"试剑大会，已经开始了啊。"剑侍笑了笑。

温壶酒上下打量了一下剑侍："有意思，你是第几品的铸剑师？"

原来面前这位年纪轻轻的剑侍就是一名铸剑师，有一些铸剑师只管埋头造剑，从来不问世间之事，但也有一些铸剑师，他们很在意自己的剑最后去了哪里，流到了谁的手中，所以会自己伪装成剑侍，藏匿在试剑大会之中，寻找自己真正觉得适合自己剑的人。

而温壶酒所言，即是造出几品的剑就是几品的铸剑师，铸剑师此番特地来服侍他们，必是有意将自己的剑给他们。所以他是几品，很重要。

既然来了，温壶酒自然要给自己的小外甥拿一柄云天回去。

"剑本无品，用剑者证之。"剑侍微微一笑，方才的谦卑恭敬感忽然一扫而空，既然被识破了伪装，他也便展露出了铸剑师的一面，温壶酒这才认真地打量了一下他，这位年轻的铸剑师面容俊秀，一双眸子清亮无比，乍一看却是不像剑炉旁日夜锤打的铸剑师，但再看那虎口之处，却是一层厚厚的老茧，他的铸剑年龄可不像看着那么年轻啊。

"这句话好，外甥，记住了。一会儿要是看上了这位小师傅的剑，记得告诉我。"温壶酒沉声道，却没有人回应他。

他一扭头，百里东君正灌下一大口酒，随后吐出了一口长长的

浊气:"剑酒,真乃剑酒!"

温壶酒摇了摇头:"我这外甥,见笑了。"

"是见到了一位小酒仙啊。"年轻的铸剑师一笑回应。

忽然一声琴声突起,温柔婉转,绵长动人。众人仰头,只见一袭白衣的绝美女子正抚着琴从他们上方掠过,落在了高台之上,随即又有三十名白衣女子从四方掠来,手中舞着形色各异的长剑,脚踩惊鸿之步,手挽剑风之花,在台上交错互舞,着实赏心悦目,美不胜收。

百里东君扭过头,感慨:"好舞。"

舞是好舞,但更值得在意的,却是好琴。

温壶酒也喝了一口酒:"这是国手,洛言缕吧。"

"是的,这一次特意从天启城里请来的,她会为本次试剑大会奏曲,这一曲,便是当年洛先生震惊临乐坊的高山曲。"

洛言缕虽为女子,却可称国手,故世人言之,都叫其先生。

"这位洛琴师,她的兄长你已经见过了,清歌公子洛轩。他们洛氏一门,被称为天启风流门,洛轩的笛声配她美美的琴声,是极美的。"温壶酒说道。

百里东君闻言,也多看了那抚琴女子几眼。

世人总说为洛言缕之琴声而醉,可是不是见其人之后,本就已经醉了呢?!

一曲作罢。

白衣女子们将手中之剑往地上一掷,剑首微微插入高台之中,其余女子皆退,只留一位年纪最小的女子留于台上,洛言缕依旧轻抚长琴,只是琴声渐缓,似有似无。那年幼女子朗声道:"高山之剑已示于诸君,请诸君取剑!"

众人的目光首先移到了那六桌的上座中。

确切地说,是这其中的两桌。

他们所在的那座城,本名无双城。

但似乎不够展现出真正的实力,后来江湖人便也叫他们天下无双城。

他们曾经一次带走过试剑大会上所有的剑,此次再来,会不会依旧那么霸道而不讲道理？

其中一位颇有些仙风的老者站了起来："各位放心，无双城本次前来，只求一剑。"

那么多人来，只求一剑？

这个人在无双城有多么重要？

温壶酒看着老者，喃喃道："九长老之一的成余老爷子，这次无双城是护着什么人来？"他仔细打量了一下他们那两桌，最后目光落在了成余身边的那位瘦高的年轻人身上。

"这是剑胚啊。"温壶酒仰头喝了一口酒。

"什么是剑胚？"百里东君问道。

"就是天生练剑的材料，有的人一套剑术练十几遍也不得要领，他只看一遍就行。"温壶酒说道。

"哦。"百里东君淡淡地"哦"了一声，"乍一听还以为是骂人呢。"

其他求剑者想的就没有那么多了，一听说无双城此次只求一剑，心里一块石头便落下了，不少人都从台下纵身跃起，冲着自己心仪的剑掠去。

"只是高山品的剑，就有这么多人抢？"百里东君惑道。

"就算是高山剑，也是凡剑之上，世间上品。你看名剑山庄上上下下近百名铸剑师，三年时间，也不过出了三十柄这样的剑。普通铁匠铺，一两天就能给你打出三十柄。所以你说这剑，值不值得抢？沧海剑和云天剑，若不是大世家大门派的一流弟子，可不敢上前去抢。"温壶酒解释道。

那些剑客纷纷落在自己心仪之剑的剑柄之上，但虽然落脚，留住却也不易。那些同样挑中了此剑的剑客，瞬间就拔出了腰间之剑，去争夺那一剑之席。

高台之上，剑客们拔剑对决，飞起掠下，剑花舞动，点到为止，煞是好看。

这场混乱的对决最终持续了小半个时辰，终于三十柄高山品名剑之上，最后站着三十名剑客，有男有女，有老有少，无不累得气喘吁吁，衣衫褴褛破碎，但无一不面带欣喜。能得名剑，云何不喜?

被打落下台的剑客们有的一脸遗憾,有的懊恼地拿起佩剑就离山而去了,还有一名小童,看着不足十岁,在台上一直站了许久,可最后却被一名年轻女子打了下来,他没忍住,当场就哇哇大哭。旁边一个不知是他师父,还是他师兄的道袍男子摸着他的头:"莫难过,莫难过。三年后再来不就行了。"

"我不管我不管,我就要那柄剑。"小童哭道。

那年轻女子拿了剑下台,见那小童似乎有些于心不忍,可说要将手中之剑让给他,也绝对是舍不得的。她正为难间,道袍男子抬起头,微微一笑,露出一口漂亮的白牙:"姑娘不要不忍心,他从小在门内受宠,如今受了挫,也是好事。"

女子点点头,便要离去。

"我还有个问题。"道袍男子忽然道。

女子微微皱眉:"嗯?"

"不知姑娘,可否婚配?"道袍男子眼睛澄澈。

离得近些的百里东君一口酒差点被呛着,温壶酒朗声长笑:"这就是剑客风流啊。"

拿到剑的姑娘愣了一下,然后翻了个白眼,转头就走。道袍男子耸了耸肩,微微一笑,带着那小剑童也退下了。

然后琴声就忽然再起了,这一次的琴声比起先前的婉转悠扬,要更多了几分激昂壮阔,听着琴声闭上眼,仿佛只能看那沧海浩瀚,千浪迭起。琴师洛言缕拨动琴弦间,右手轻轻一扫,一柄长剑从琴下掠出,一名穿着白衣的秀美男子从台下跃起,接过长剑开始表演剑舞。

"琴下藏剑,好啊。"百里东君赞叹道。

洛言缕一边抚琴一边起剑,一曲间,十柄沧海剑已经掠出,共十名白衣男子接过了长剑,在台上共舞,最后他们如同先前那场一样,将剑首微微插入台下,然后纵身掠出。

十柄沧海剑,剑柄之上写着各自的剑名。

台下众人的眼光变得炽热起来。

"有没有看上的?"温壶酒问道。

百里东君打了个酒嗝："我还看不出剑的好坏，只知道沧海之上，还有云天，云天之上，更有仙台。我要最好的。"

温壶酒叹了口气："你这还想一步登天？"

旁边的年轻铸剑师忽然开口了："剑，还是自己取得好。"

温壶酒望了他一眼："我取了剑，再赠与他，这不合规矩吗？"

"以往几次，倒也有这样做的，但做得都不甚明显。可温先生你并不是剑客，你要是去拿了上二品的剑，就过于招摇了。天下剑客，心中也会不平的。"铸剑师笑道。

"唉，可是我这外甥上去，定然会被打爆的啊。"温壶酒假装漫不经心地瞥了边上一眼。

无双城，天生剑胚，百里东君怕受不了一剑。

还有那道袍男子……是青城山上的臭道士啊，青城山的无量剑法，可不是好对付的。

还有天剑门的少门主……天山派的半步剑传人，都厉害得很，更别说那影剑宗的大弟子了。这些人，百里东君一个都打不过。可云天剑，从来没有超过三柄，若温壶酒上去代打，那自然除非无双城一拥而上，不然统统毒死，可若百里东君上去自己打，温壶酒勉强能做些手脚，最多趁乱拿下一柄沧海。

"小百里。"温壶酒喊道。

"扑通"一声，百里东君似乎醉了，趴在桌上睡着了。

温壶酒愣了一下，随即笑着转过头，对那年轻铸剑师说："小先生，请问你家有没有什么其他剑了？"

"四品之下，山庄当然也卖些普通的好剑，只要花几两银子就能带走。"铸剑师微笑地说道。

"好，给我来十柄。"温壶酒指着睡过去的百里东君，"让这小子背着走！"

年轻铸剑师笑了笑："温先生不必着急，我觉得这位公子或许能拿到一柄好剑。"

两人交谈间，台上已经打得天翻地覆了。但是比起高山剑的争夺，反而并没有那么激烈了，毕竟到了这一层，谁能拿到这些剑，实力上的门槛就着实有些高了，剑客们也并不傻，不会以为自己真

能空手套白狼,没有真正压得住的实力,谁敢往沧海剑的台上跑?

很快,台上就分出了胜负。十名剑客拔出了脚下的沧海剑,笑着往台下走去。

刚才渐弱的琴声又再度响起,这一次不再那么激昂壮烈,却显得更加的豪迈辽阔,大海不过万里,而这天空,才是无际。

忽有一声怒喝传来。

只见一名耄耋老者持着一柄长剑从台后掠出,直飞空中,随后手中长剑一挽剑花,连人带剑,整个地砸入了台上。

众人皆惊:"这是天剑老人!"

天剑老人,曾经的天剑门最有实力的长老,然而在某次来到名剑山庄后,就再也没有离开,据他传回天剑门的消息,他似乎人到晚年,却对铸剑产生了浓厚的兴趣,这一待,就是六年。上一次试剑大会,他没有现身,而这一次,他来了,带着一柄云天品的剑。

"此剑名裁云,云天之上,一剑破云,可有人愿得之?"天剑老人问道。

"我得。"有一名穿着紫衣的年轻人一步踏到了台上,他的腰间挂着一枚精致的玉佩,手中拿着一柄漂亮的长剑,更重要的是,他的眉眼之上,绣着一柄小小的飞剑。

这是天剑门陈氏才能有的印记。

"大伯。"天剑门少门主陈飞夺抱拳道。

"今日我不是天剑老人,你亦不是天剑门少门主。我是铸剑师,你是求剑人,若要剑,请拿吧。"天剑老人往后退了一步。

陈飞夺点了点头,往前踏了一步。

"这位先生说得对,试剑大会,只有剑客,没有门派。我亦来求剑。"一名中年剑客一跃上台,拔剑,"请。"

半炷香之后,陈飞夺收剑,中年剑客抱拳:"服气了。"随即转身走下了台。

天剑门的这位少门主虽然看上去年纪不大,但在剑术上似乎有着过人的天赋,对拿到这柄裁云剑的执念也很强,在台上连战了三场都得胜,只是自己也已经浑身湿透,气喘吁吁了。

"毕竟还是年轻啊，就算剑术有成，内息还是跟不上。"温壶酒望了一眼身边的年轻铸剑师，"这剑也该给了。"

台下似乎还有人要上台，但天剑老人忽然长袖一甩，那长剑从地上飞起，落在了陈飞夺的手中。

"剑已赐你，以后还望好生珍惜。"天剑老人沉声道。

陈飞夺接过剑，微微躬身："大伯，父亲让我……"

"此剑予你，我与天剑门的渊源也算斩尽，此生我都将铸剑于名剑山庄，愿求仙台一剑，你去吧。"天剑老人说道。

陈飞夺犹豫了一下，点了点头，走了下去。

二人离台之后，台下剑客们的心一下子都提了起来。

云天三剑，第一柄剑已经被取走了，陈飞夺毕竟年轻，且和天剑老人渊源颇深，所以很多人都隐忍着没有上台。但是第二柄剑，却是势在必得，因为第三柄剑，必是无双城所得，他们的机会只剩下一个了。

方才安慰那小童的道袍青年打了个哈欠，幽幽地说道："要上场了啊。"

道袍青年的话音刚落，一袭红衣从台后掠出，稳稳地落在了地上，她手上拿着一柄火红炽热的剑，剑身之上甚至能看得到热纹，红衣女子将剑插入台上，台下众人竟能感受到不小的暖意。

如此之剑，应只有在传说中见过。

传说中，当年的昆仑剑仙手持双剑，一柄天下极寒，名铁马冰河，一柄人间至暖，名九九玄阳，他胜于名剑山庄庄主魏长树，却也折了一把剑在名剑山庄。九九玄阳剑断了剑首，魏长树离去后就将那断剑插在了名剑山庄的铸剑炉上。

难道名剑山庄将它修补好了？

"本是仙宫来客，却坠入九天凌云，浪费了。"道袍青年叹了口气。

"云天第二剑，火神剑，请君来取。"红衣女子轻拂长袍，退后三步。

"我来！"

"我来！"

"我来!"

曾经昆仑剑仙的佩剑,那是多少江湖人心驰神往的剑!一时之间,不下三人已经按捺不住,一跃而起。

"都别来了。"一个懒洋洋的声音响起,可那声音还在台下。

剑却已经出鞘。

还是一柄木剑。

台下那三人刚入台上,还未来得及拔剑,就感觉身后一阵冷意,扭过头,猛地拔出剑来,却被那柄木剑从手腕处一剑划过,长剑瞬间落地。

道袍青年一步一步缓缓地走到了台上,手一伸将那桃木剑收入了袖中,他伸了个懒腰,笑眯眯地望着台上那三人:"承让!"

百里东君正巧幽幽地醒了过来,看到此情此景,不由一愣:"这是什么剑法?剑自己会飞?"

"这是道门御剑术,不仅是剑术,也蕴含道法。但以这人的年纪,这样的御剑术,怕是青城山本代弟子中的魁首。"温壶酒喝了一口酒,"只是道门的人,倒是第一次来试剑大会。"

"青城山掌教吕素真座下首席大弟子,王一行,前来取剑。"道袍青年将手按在了火神剑的剑柄之上。

"吕素真?"台下众人皆惊。那可是如今的道首,除了钦天监的国师能与其匹敌以外,道门之中,再也没有一个人能有超过吕素真的威望与能力。他的首席弟子?那岂不是下一任的道门魁首?

"天山派罗城,前来领教青城山的无量剑法。"一名长相颇为憨厚的魁梧汉子似乎并没有畏惧所谓道门魁首的名号,持着剑走到了台上。

"半步多?"王一行挑了挑眉。

罗城点了点头:"请。"

只见王一行出剑,忽然挽了一朵剑花,然后那朵剑花忽然就绽开了,从一朵变成了十朵,又成了百朵,花生花,花再生花,煞是好看。

罗城则往前踏了半步,又回了半步,剑出鞘,又再度回鞘。

两人同时收剑,无论是面容憨厚的罗城,还是一脸懒散的王一行此刻都怀着尊敬之心，朝着对面微微行礼，然后罗城就走了下去。

"打完了？"百里东君问道。

"打完了。"温壶酒笑道，"以罗城的剑术，在台上和这臭道士打上个百招没有问题，但接下来挑战者无数，罗城不愿刻意消耗臭道士的体力，一剑败了就知结果了，就退下了。天山派半步多的传人，不错。"

罗城下台之后，又有不少人紧跟着上去挑战，但都被那一柄桃木剑打得东跑西歪，王一行最后擤了擤鼻涕："那个……我都打困了，还有挑战的吗？"

"坐下！"百里东君忽然听到邻桌传来一声低喝，只见无双城的那位成余老爷子神色严肃，强行按下了身边的那个年轻人。

年轻人一脸不满，似有愤愤。

"大概是见到了这么好的一个对手，却不能一试锋芒，心中很是遗憾吧。"温壶酒笑道，"无双城啊，就是太过于老成，少了点意气风发，这个年轻人倒是不错。"

王一行挑了挑眉毛，刻意望了望无双城的方向："还有人吗？"

无人回应。

王一行笑着拔出了剑："小师弟马上就要生辰了，拿回去给他做礼物。"他纵身一跃，跳入了台下。那迎接他的小童颇有不满："为什么小师叔有这么好的礼物，我却没有？"

"带你下山来玩，就是最好的礼物了，不信你回去问问小师叔，他更想要哪一个。"王一行挠了挠他的头，领着他，没有回自己的座位，而是在那第六桌坐了下来，"我们那一桌人实在太多，我这小师侄实在吃不饱，不知道温大哥，可否愿意分一杯酒水喝喝？"

"你这臭道士有意思，吃不饱饭菜请随意，至于分一杯酒水，得问我这个酒鬼外甥。"温壶酒笑道。

百里东君醉醺醺地摆了摆手："这位小师傅不是说予取予求吗？再来三坛，坐下喝便是。"

王一行笑道："这位小公子也是来取剑的？"

温壶酒摆了摆手："取个屁，就是来喝酒的。"

"胡说,我要那最好的。"百里东君一边说着,一边又趴在桌上睡着了。

温壶酒问那年轻铸剑师:"怎么还不见你的剑?莫非你深藏不露,是那最后一柄云天剑的铸剑师?"

"先生看着便是了,或许我真的只是个小剑侍呢?"年轻铸剑师耸了耸肩。

交谈间,洛言缕那琴越抚越快,琴声越来越急促,似有千军万马奔袭而来,台下驻足之人,修为差一些的,一曲作罢,已经满头是汗。

此时一名儒雅长袍的中年男子一跃而起,手一挥。

琴声戛然而止!

洛言缕将长琴一推,推到了中年男子的身边,,男子伸手从琴下拿出一剑,随手一挥,剑气如潮!

竟然是一柄琴剑!

中年男子将剑收回琴下,随手一拨琴弦,声音豪迈:"可有英雄取之?"

众人这才将目光从剑上移到了人的身上,皆为大惊!

"名剑山庄庄主魏亭路!"

"今年竟然会有他的剑?!"

"他已经造出了六柄云天剑了!"

难怪这位向来好客的名剑山庄庄主今日一直未曾现身,原来今日的这最后一柄,竟然是他铸造的!

魏亭路上前走了几步,朗声道:"这是魏某此生最后一柄云天剑,若无仙宫剑现世,那么……这就是魏某的最后一柄剑。"

"剑名:长歌!"

众人的目光纷纷望向无双城。

这一次无双城果然是有备而来,要的竟然是名剑山庄庄主魏亭路的最后一柄云天剑。

可无双城的成余长老只是喝了一口热茶,缓缓道:"要这柄剑吗?"

那年轻弟子微微蹙眉:"的确是一柄好剑。"

"可惜了。"成余长老轻叹一声。

无双城并无一人起身。

他们对这柄长歌剑似乎也无兴趣。

终于，在等了一小会儿之后，有一名剑客掠到了台上。

"影宗传人啊。"温壶酒笑道，"本来以为无双城这样的傲气定然是第一人上去，没想到他们的计划落了空，就只能先自己打起来了。"

"还有人要取剑吗？"魏亭路笑着问道。

不少人都放弃了这最后一柄，以至于之前都用尽了全力在台上一战，如今台下还能和影宗传人对剑的寥寥无几，大多数人都连连摇头，只有少数几个人为了那长歌剑再度上台，却没几剑就被打了下来。

"看来这长歌剑，是你的了。"魏亭路笑道。

影宗传人望向无双城的方向："他们真的不打算拿走？"

"他们另有所求。"魏亭路笑道。

"等等！"一个声音忽然从天外传来。

众人仰头，只见一位一袭白衣、一头白发的年轻男子从天外掠来，稳稳地落在了台上，手中长剑一挥："我来取剑。"

而他手中的剑仿佛是一整块玉石雕成的，上面有着流动的光芒，锋锐先不提，美却是极美的。

"好一柄美剑。"魏亭路赞叹道，"这位少侠有了这么好的剑，还要来抢长歌剑，未免太过于贪心了。"

"我想送与我家小姐做礼物，我家小姐善抚长琴，配你这长歌剑，不是正好？"白发男子挑眉道。

"在下影宗宋尘，还请问阁下尊姓大名？"影宗传人看了一眼对方的美剑，垂首问道。

"白发仙。"白发男子傲然道。

宋尘一愣："白发仙，请问阁下来自哪一派？"

"我叫白发仙，自然来自天外之天。"白发仙举起了手中美剑，"打吧？"

"快点，别让小姐等太久！"一个紫衣之人不知何时出现在了

台下，不耐烦地冲着台上的白发仙喊道。

温壶酒看着身边烂醉如泥的百里东君，笑道："还真是阴魂不散，又遇到老朋友了。"

青城山的道士王一行喃喃道："天外之天，白发仙，有几分意思了。"

白发仙伸了个懒腰，随即长剑出手，直逼宋尘而去。宋尘脚下步伐急掠，他们影宗剑法，剑是其二，其一是步伐。影宗步若是练到了极致，那么一人变三人，一剑也能变三剑，而宋尘明显已得真传，急掠之下，三道人影在白发仙周围闪烁。

"厉害。"白发仙赞叹了一句，手中美剑一转，挡住了宋尘的一剑封喉，再一转，挡住了身后一剑，再一转，将那从天而落的一剑隔开。

宋尘的剑很快，步伐也很快，快到台下之人都看不清晰。

而白发仙的剑却很慢，很优雅，也很美。

"起。"白发仙纵身一跃，长袍翻飞。

王一行一叹："结束了。"

"落。"白发仙长剑落地。

"当"的一声，两柄长剑相撞，宋尘的剑被打落在地，白发仙随即落地，一手扼住了宋尘的喉咙："剑就是剑，轻功就是轻功。靠着轻功玩剑术，不是正道。"

台下的紫衣人叹了口气："自己就是邪道，却说别人不是正道。"

"少侠还请松手。"魏亭路缓缓道。

"我不松呢？刚刚那一剑我要躲不开，我就死了。"白发仙嘴角微微上扬。

"我说，松手。"魏亭路长袖一甩，瞪了白发仙一眼。

他未带剑上台，可白发仙却分明感受到了极强的剑气。

"原来这才是高手。"白发仙放开了宋尘，兴致大起。

"白发，回来。"一个女子的声音遥遥传来，那声音温柔婉转，煞是好听，明明简单的命令，却听得又有些温婉动人。

白发仙立刻收了剑，笑着问魏亭路："我可以取剑了吗？"

"是说话的那位姑娘用剑？"魏亭路问道。

"是。"白发仙回道。

"那，请吧。"魏亭路往后退了一步。

"你认识我家姑娘？"白发仙惑道。

魏亭路嘴角一扬："我也认识天外天。"

"白发，别说了！"紫衣男子喝道。

"有意思。"白发仙抱起了那柄琴剑，纵身落台。

台下不少人愤愤不平，魏亭路此生最后一柄云天剑，竟会落到这两个莫名其妙的人手中，而那无双城，为何还迟迟没有动静？

"不愧是能和柳月公子对剑的人，剑术比我想象中的要高。"温壶酒笑了笑。

白发仙正准备转身离去，却对上了温壶酒的眼神，一愣："你也在这里？"

"真没礼貌，不过你不说这话，我还以为你在跟踪我们。"温壶酒掂了掂手中的酒杯，"喝一杯再走。"

"温家的酒，我可不敢喝。"白发仙摇头。

"那比你手中更好的剑，你看不看？"温壶酒又问道。

"比我手中更好的剑？"白发仙一愣，随即猛地转过身。

魏亭路站在台上傲然道："今日魏亭路还有一事，请各位豪杰见证。我今日将退居铸剑阁，只做铸剑师，不做这名剑山庄庄主之位，我的儿子魏长风将继承我的位置。"

一直站在温壶酒这一桌边上的那位年轻铸剑师笑了笑，对温壶酒说道："先生，这里的酒，够了吧？"

"哈哈哈哈，够了，你请吧。"温壶酒笑道。

年轻铸剑师纵身一跃，站到了台上。

原来他就是新的名剑山庄庄主——**魏长风**。

"这就是犬子魏长风，世人皆知我魏亭路二十三岁继承名剑山庄庄主，那一年我铸造出三柄云天剑，抢了整个试剑大会的风头。我父亲立我为庄主，无人敢言一句，而今日，犬子十九岁，他能做庄主，"魏亭路顿了顿，随即大声道，"只因他造出了仙宫品的剑！"

"仙宫之剑何在？"台下有人问之。

"仙宫之剑，自从天外飞来。"魏长风朗声长啸，"请仙人

赐剑。"

啸声乍起!

有一柄剑真的从天外飞来,直掠进入庄中,那剑划过一片莲花池,划过之处,莲花朵朵盛开,众人皆惊,非是仙宫之剑,怎能出如此神迹?

就连醉成一摊烂泥的百里东君都睁开了眼睛,他吸了吸鼻子,睁开了眼睛:"好香。"

那是淡淡的莲香,像是水雾一般,缥缈、温柔,难以察觉。

就连准备离去的白发仙都扭过了头:"竟然还有一柄剑。"

台上魏长风接过那柄长剑,轻轻一挥,众人才终于见到了那柄剑的模样。

剑柄之处绣着一朵秀美的莲花,而剑身却是古铜色的,充满着古意,可剑身之上却似有一层淡淡的水雾笼罩,在古韵之上又多了几分灵动之气,并不显得老成无趣,而真的有仙宫之剑的缥缈。

"此剑乃是采五山之铁精、六合之金英所铸,铸成之后,我持剑登千丈莲山,将剑插于山顶莲池,沐浴山之仙气整整三年,三年之间,我烧铸剑炉,保莲池三年不败,终得此仙宫之剑。剑可杀人而不染血,入泥而保洁净,故此剑名'不染尘'。"魏长风笑了笑,"愿有绝世公子取之,赠与此剑。不求一银,只求那绝世公子问剑天下,让此剑问鼎剑谱!"

"绝世公子",谁能担起这四个字?

至少有八个人绝对担得起。

"我不用剑,我们雷家堡祖训不让用剑,可我有个朋友,自称箫剑双修,一直求一柄好剑,还有一个朋友,打架从来不走出自己的轿子,因为他的武器是一根金腰带,要是走出来打一场之后衣衫不整可怎么办?所以也缺一柄剑。我还有一个朋友,剑用的是极好的,只可惜魏公子你的这柄剑,不是黑色的,天下爱白,他却独爱黑,不是黑的他不用。"一身黑衣的灼墨公子雷梦杀缓缓地走进了院落之中,随着他一边絮絮叨叨地说着,手持玉箫的清歌公子,坐在轿中的柳月公子,还有通体着黑、斗笠蒙面的墨尘公子都跟着他踏入了院中,北离八公子一来便是四个,雷梦杀叹了口气,"还有一个,有一柄好剑了,我就没通知他。他叫顾剑门,号称凌云。"

四名公子止身,全场哗然。

这一年的试剑大会,未免太过于豪华了。

九大长老之一的成余亲自带队前来的无双城,近几年压过武当山一头成为道门魁首的青城山这一代的大弟子,甚至大名鼎鼎的冠绝榜高手温壶酒也来捧场,还有那么多来路不明的高手,以至于天山派半步多的传人、影宗的传人都空手而返,而此刻,就当人们认为台上之剑必是无双城囊中之物的时候,北离八公子却来了。

有的人会怕无双城,但北离八公子绝对不怕。

若心有畏惧,何配"公子"二字?

"你的老朋友们来了。"温壶酒提醒百里东君。

百里东君却直勾勾地望着台上之剑,眼神清亮:"这柄剑好啊!我要这柄剑!"

"白痴,你这是故意为难你舅舅?"温壶酒怒斥道,他不是拿不了这剑,只是他本不是用剑之人,强行用武力拿了今天最好的这柄剑,不仅名剑山庄不忿,就连天下剑客都不会同意。

"我要这柄剑!这柄是最好的!"百里东君朗声道。

场中所有人都听到了这句话,雷梦杀转过头:"哦?有人要和我们抢剑?哈!怎么是你?"

清歌公子洛轩"扑哧"一声笑了出来:"看这样子,怕是醉了。名剑山庄剑酒名不虚传啊。"

百里东君眼神炙热,此刻耳边却再也听不到别的声音了。

无双城那边,成余老爷子的脸已经黑得不能再黑了,旁边的年轻人已经兴奋得满脸通红。

台上魏亭路的脸色也不好看,低声问道:"怎么回事?"

魏长风笑了笑:"父亲与无双城交好,知会了他们我的不染尘,我却也有私心,所以知会了灼墨公子。请父亲见谅,毕竟我此生可能都造不出下一柄仙宫品的剑了。"

无双城的年轻人终于站了起来:"成长老,吾等剑客,不求名

剑，但求有对剑之人。今日来了，若只是拿了一柄剑回去，那才是真正的遗憾。"他纵身一跃，拔出了腰间之剑，站到了台上。他的剑很特别，剑首之处竟有微微的弧度。

"水月剑。"温壶酒笑道，"无双城不咋地，这个弟子还真的不错。"

"无双城，宋燕回，前来求剑。"宋燕回对魏亭路和魏长风行了一礼，随即转过身，"有幸能和几位公子交手，荣幸之至。"

可四位公子却站在那里，并没有上台的打算，因为已经有人抢先一步，走到了台上，虽然整个人醉醺醺的，脚步不稳，感觉随时都会摔倒。

"这位百里小公子，真是有趣啊。"雷梦杀感慨道，"只是……他的剑呢？"

宋燕回面有不满，但仍恭敬地问道："请问阁下尊姓大名？"

"百里……"百里东君打了个酒嗝，身子晃了晃，"百里东君。东君你知道吗？就是春神啊！哈哈哈哈！"

"百里东君？"宋燕回微微皱眉，是从未听过的名字。

可是成余听过，他的脸色又黑了几分，镇西侯府，偏偏也是不怕无双城的一个存在，还是个很不好惹的存在。

"来吧。"百里东君一挥拳头，"一决胜负吧！"

宋燕回点了点头："只是我们此番不是对决，而是试剑，敢问阁下，你的剑呢？"

百里东君看了看空空的拳头，也是愣了一下，随即低声惑道："是啊，我的剑呢？"他犹豫了一下后，忽然心生不满，声音中也多了几分愤怒，"我的剑呢？"

"给我剑！"

雷梦杀笑了笑："朋友一场，就给他吧。"

清歌公子洛轩上前一步："我有一剑，以'清歌'为名，借百里小公子一用！"他右手一挥，将腰间长剑飞了出去。

"很好！"百里东君一把接住了剑，但好像气力不够，被逼得退了几步，险些摔倒。

台下众人齐齐摇头，温壶酒伸手扶额："真是丢人啊。"

130

百里东君的醉态在温壶酒、雷梦杀等人看来，不过是一笑置之，可在宋燕回的眼里，却充满了挑衅的意味。

"若被你拿了剑，是对剑的亵渎。"宋燕回手中水月剑挽了个剑花，瞬间便刺了出去。

温壶酒等人脸上的笑容瞬间退去，他甚至几乎忍不住就要一掠而起，只是无双城的成老爷子伸手按住了他的肩膀："既然上了台，也需有下台的准备。"

"成老爷子，你可能还不知道，如果他受伤了会发生什么。"温壶酒冷笑。

成余也冷笑了一下："镇西侯府不怕无双城，我无双城也不怕镇西侯府。"

雷梦杀也倒吸了一口冷气："好快的剑法。"

在他们看来，那一剑百里东君是决然避不开的。然后百里东君持着剑，整个人往后一滑，堪堪避开了那一剑，他脚下步伐极快，动作若行云流水，满是潇洒之意，并无狼狈之态。他打了个酒嗝："厉害，厉害！"

"这步伐，比起刚才的影宗传人也不逊色啊。"青城山的王一行赞叹道，"这就是镇西侯府世子爷的三飞燕吧？"

宋燕回一愣，便又出了一剑，又被百里东君轻松躲过，他终于不再轻视对方，手中之剑又快了几分，他的剑招极为干净利落，并无花哨的动作，却又是那么好看！

"果然是天生剑胚。"洛轩感慨道。

雷梦杀捂嘴偷笑："天生贱胚……怎么感觉像是在骂我？"

"你倒是有自知之明。"轿中的柳月公子笑道。

"喂，小黑，你怎么不说话？"雷梦杀望向墨尘公子，却发现他身上的剑气一点点地升起，雷梦杀挠了挠头，"这么着急就要上场了？"

几位公子，其实只有墨尘公子是真正的剑痴，若真要取剑，也是非他莫属。

"也对，拿过来涂成黑色，也不是不行呀。"雷梦杀朗声高呼，"百里兄弟，不会用剑还是下来一起喝酒啊！让我们小黑上去帮你

报仇!"

"出剑!"宋燕回怒喝道,百里东君脚下步伐奇快无比,竟躲过了他的十余剑,但是宋燕回分明留有余手,他终于按捺不住了,"若你再不出剑,我就不客气了。"

百里东君一边望着手中之剑,一边发着呆:"出剑?我会剑术吗?我好像不会剑术啊?"

"过分了!"宋燕回一剑划破了百里东君的衣襟,剑气瞬间暴涨。

百里东君眼神依然满是迷茫:"我……会剑术吗?"

他微微闭上了眼睛。

他不会剑术,但他曾经见过一场剑舞。

那一天,他新酿成了桃花饮,喝醉了趴在桌上睡着了,醒来的时候,模糊中,他看到师父穿着一身白衣,手持一柄莹白如玉的长剑在院中狂舞。

他轻轻一剑,挑落一树桃花。

他起身一挥,满院桃花纷飞。

白衣、白发、白剑,带着几分酒意,在院中起起落落。

那桃花枯萎,那白雪忽落,那春光乍临,那夏风忽起,老人纵起纵落间,仿佛度过了一个四季。已经醉去的百里东君瞪大了眼睛,看着眼前的剑舞,惊叹于这一瞬间的美丽。

"师父,这又是您的幻术吗?"百里东君问道。

"不,这一次是剑术。"白衣老人飞起落在了树上,手中长剑轻舞,"你可看好了。我只舞这一次,可要看好了!"

剑若游龙,白衣老人步若莲花,在那一刻,百里东君仿佛看到了白衣老人年轻时的样子,那时的他还是如玉般的绝世公子,站在都城的墙头,以一剑绝世舞,迎万千破风军。

"我有一剑,能称绝世。"

"何谓绝世?不过天上地下,过往明天,再无此一人,再无此一剑。"

"若再有此人,再有此剑,当姓百里。"

白袍老人收了剑,将手中那柄纯白色的剑往天上一挥,长剑变成一条白龙，蹿入空中消失不见。

百里东君笑了笑："还不就是幻术。"说完之后再度醉倒在了桌上。

他再度睁开眼睛，宋燕回的剑已经到了他的面前，百里东君眼神猛地变得清明无比，他喃喃道："我记起来了。"他将那柄洛轩借予的清歌剑猛地举起，挡住了宋燕回的必杀一击。

"哦？"雷梦杀一愣，"挡住了？"

温壶酒眉头也是一皱："怎么挡住的？"

王一行笑了笑："自然是用剑挡住的。"

百里东君手轻轻一抬，将宋燕回挡了出去，他看着手中的清歌剑，眼睛越来越亮："我记起来了，我记起来了。我会剑术的，师父在梦中教过我！"他身子猛地一旋，长剑一挥，将宋燕回逼退三步。

宋燕回心中一惊，他甚至都没有看清那一剑。

"没错，就是这个剑法。"百里东君又出了一剑，他仿佛是一个失了忆的剑客，在每一次对决中，回顾着自己的剑法，一剑又一剑，连出了五剑以后终于变得越来越熟练，终于不再看剑，而是看向了宋燕回，"是的，是的，就是这样的！"他纵身跃起，剑若游龙，步若莲花，一瞬间逼得宋燕回只有招架之力。

"小黑，你干吗？！"雷梦杀一惊，他旁边的墨尘公子腰间的长剑忽然振鸣了起来，似乎瞬间就要脱鞘而出。

"这剑术……"墨晓黑的声音微微颤抖。

"真的是那传说中的剑术？"柳月公子掀开了轿中的一帘。

洛轩感慨道："看来我的剑，没有白借。"

成余老爷子也惊了："这剑术……"

温壶酒连连摇头："怎么可能？！怎么可能？！"

王一行眼珠子一直跟着百里东君起起落落，声音中满是惊叹："真的可能！只有那套传说中的剑法会这般潇洒写意，世上传有三剑，我有幸见过，和百里公子的起势三剑一样，但他用的却是完整的剑招。没想到此生竟真有机会，见到这传说中的剑法。"

"真是那传说中的剑法？"魏长风低声问父亲。

而魏亭路却已经痴了："我仿佛看见了那个人……年轻时的样子。"

看着身边那些剑客们痴了的表情，雷梦杀一脸茫然："他们究竟怎么了？百里东君这家伙，用的是什么剑法？"

洛轩的眼神一直跟着百里东君手中之剑，喃喃道："西楚剑歌，问道于天。"

"剑就是剑，歌就是歌，我只看到了剑，没有听到歌。"雷梦杀说道。

"那是因为唱歌的人死了，世间便只剩下这一剑，问道于苍天。"洛轩说道。

"等等！西楚剑歌！"雷梦杀终于反应了过来，"当年一剑对九千破风军的西楚剑歌！"

"西楚儒仙咏歌，剑仙持剑，洛桑城头，一剑一歌对九千破风军。一日之后，那儒仙口吐鲜血，殒命于城头，剑仙长剑折首，染血于沙场之上。洛桑城破，西楚亡国。当年世间唯一能与学堂李先生媲美的剑客自此陨落，天下间也再也见不到这'问道于天'。可今日，我们竟都见到了！"洛轩擦了擦眼角的泪水，"是我辈剑士的幸运。"

"这个传奇我也听过，但我不是剑客，没有你们心中那么多的感慨。我只有一个问题。"雷梦杀望向台上，"武功差到无可救药的百里东君为什么会这个剑术？"

百里东君的剑越舞越快，一边步伐飞速，一边朗声长笑。

"哈哈哈哈哈！痛快痛快！可还有酒？给我酒！"

"小公子，接着了。"王一行长剑一挥，将桌上一坛剑酒打到了台上，百里东君接过酒坛，仰头喝了一口，身子又晃了晃，百里东君笑道："原来这就是剑术，这就是剑术啊！"

"等等，除了剑，似乎还有歌？怎么唱来着？乘剑游九天……"百里东君的剑忽然停了下来。

"真的还有歌！"雷梦杀一愣。

百里东君愣了片刻，忽然一甩剑："记不得了，记不得了，那就真的只在梦中听过了。还是继续舞剑，继续舞剑！"

他似乎已经忘记了台上还有一人的存在，自顾自地舞起了这绝世剑舞。长袍飞扬，剑气飞涌，偶尔喝一口坛中之酒，狂傲如仙人。

恍惚中，众人似乎真的看到了当年那个一人一剑拦在世间最凶猛的破风军面前的年轻剑仙。

宋燕回收了剑，也出了神似的望着这一剑之舞。

"燕回。"成余老爷子微微皱眉。

剑的确是绝世之剑，可是成余老爷子还是看出了百里东君并不是一个真正的剑客，他空有绝世剑，却未有对敌的手段，宋燕回只是暂时被这西楚剑歌给震撼住了，可若真的再打下去，百招之内宋燕回必定能够取胜。宋燕回心中也该清楚这一点，可此时宋燕回却只看着那一剑之舞，默然不语。

"无双城有这样一个弟子，不容易。"温壶酒幽幽地说道。

成余老爷子回头望了他一眼，冷冷地说道："百里侯爷，好大的胆子。"

温壶酒目光也是一冷："成余老爷子是江湖人，也想管朝堂事？"

"是朝堂事，还是江湖事？"成余老爷子冷笑一声。

台上，百里东君终于也收了剑，他以剑抵地，眼睛几乎都快要闭上了，他喃喃道："这剑，使完了。"

宋燕回忽然躬身行礼："公子剑术绝世，当配这仙宫之剑。"

"你，不要了？"百里东君抬起头，困惑地望着宋燕回。

宋燕回笑了笑："今日所获，比起这柄剑来说更为尊贵，我从小用这水月剑，原本就已习惯。只是奉了师命，不得不来此取剑。但我不如你，剑应当是你的。"

"可你还站着。"百里东君晃晃悠悠了一下，"而我……我却快倒了。"

"你的剑术比我高明，输的只是杀人术。今日比剑，不比杀人。"宋燕回又行了一礼，随即走下了台，成余老爷子神色凝重，但终究没有开口说话，只是拍了拍他的肩膀："你这对剑的态度，也不知道该如何是好。"

"这才可称无双啊。"宋燕回笑道。

"西楚剑歌,配不染尘。此剑不亏。"魏长风将那不染尘插入了剑鞘之中,递给了百里东君,"百里公子,这柄剑是你的了。"

魏亭路叹了口气:"将这柄剑给了他,就是得罪了无双城。"

"可是结交了镇西侯府和老字号温家。"魏长风挑了挑眉,"这笔买卖,不亏。"

"不……不染尘。绝妙的!"百里东君接过了不染尘,然后整个人就往后倒了下去,好在一个人及时扶住了他。温壶酒摇头道:"真没想到,这么一柄好剑,被你小子拿了。"

魏长风笑道:"得见如此绝世之剑,小公子拿这剑,拿得无愧。"

"既然如此,那就告辞了!"温壶酒背起百里东君,望向雷梦杀等人,"几位公子,是否也想要这柄不染尘?"

"这柄不染尘可以不要。"清歌公子洛轩手一伸,接过了温壶酒递过来的清歌剑。

"可温先生背着的这柄剑我却真的很想要。"接话的却是墨尘公子。

"或许这里很多人都很想要!"坐在轿中的柳月公子笑道。

"可是我们是公子啊,不能随便要别人的东西。"雷梦杀最后说道。

匹夫无罪,怀璧有罪。虽然百里家的小公子不是匹夫,但是怀的这块璧却太过稀有了,就连百里小公子的身份,也压不住!而且,他必须有一件事情要和镇西侯府确定,这件事若是出了问题,那么镇西侯府,怕是也有灭顶之灾!

"告辞了。"温壶酒自然明白这一点,背起百里东君,纵身一跃,朝着院外掠去。

院落中,至少有十几个剑客同时站了起来,转身便欲上前追去。

温壶酒背着百里东君,穿过雷梦杀等人,扭头望了一眼:"北离八公子,名不虚传。"

"或许明年,就是九公子了。"雷梦杀笑道。

"九公子?"温壶酒一个纵身,已经离开。

雷梦杀低声喃喃对自己说道:"九公子,酒公子,有趣了。"

随即四名公子走开了几步,拦在了门口,挡住了那些剑客的去路。

　　雷梦杀抬起头，微微一笑："各位剑侠，还请吃完这场宴席再行离开。"

第六章·西楚剑歌

第七章 · 风起乾东

北离八公子拦路,谁还敢行?

白发仙持剑上前:"你要拦我?"

雷梦杀咧了咧嘴,假装出一副凶狠的样子:"我还能杀你呢。"

温壶酒携着百里东君飞速地朝着山下掠去,整座剑山此刻都寂静无人,他运起浑身真气,没出半晌,就已经赶到了山下。

山下有一架华美的马车停在那里,一匹浑身纯白色无一丝杂色的骏马正在那里低头吃草,一名青衣侍女持着马鞭正半躺在那里打盹儿。

温壶酒愣了一下,眼神一冷,杀气乍起。

青衣女子猛地睁开了眼睛,手中紧紧地握着马鞭,虎视眈眈地瞪着温壶酒,面对冠绝榜上的绝世高手,丝毫没有露出半点怯弱之意。

"青儿,不要放肆。见过温家温先生。"一个温婉好听的声音从马车内响起,将空气中那股紧张的气氛一扫而空,青衣女子收了马鞭,从马车上走了下来,恭恭敬敬地行礼:"温先生。"

温壶酒看了一眼青衣女子,又若有所思地看了马车一眼:"你们是那白发、紫衣的同伴?"

"白发、紫衣是我自小的伴读,若是在山上得罪了先生,我替他们二位道歉了。"

马车中的女子带着几分笑意地说道。

"谁……谁在说话？"趴在温壶酒身上的百里东君轻轻抬起头。

"你别说话。"温壶酒袖中蹿出一条青蛇，在百里东君脖子上咬了一口，百里东君瞬间晕了过去，他将快瘫倒下去的百里东君扶了扶，"虽然不知道你们是什么来头，但现在没时间和你们废话。不过好意提醒你们一句，希望这是我们的最后一次相见。"温壶酒最后望了马车一眼，纵身离开。

青衣女子长舒了一口气，后背已经湿透。

"怎么样？这位温先生可是入了百晓堂冠绝榜的高手，跟你平常练手的那些人很不一样吧？"马车中的女子笑道。

青衣女子点点头：但也没有那么可怕，真打起来，我还是有几分胜算的。"

"可他不只是武功好啊，他身上藏着五毒，毒术比武功更强。"马车中的女子微微掀起了帘子，"不过我很好奇，山上到底发生了什么，为什么那个家伙……会醉成这个样子，而且他手中……"

"我第一次见到那么好的剑。"青衣女子幽幽地说道。

温壶酒没有任何的停留，带着百里东君来到了最近的小镇上后，立刻买了驾马车，请了一个车夫，继续往乾东城赶去。

"此行乾东城，昼夜不停，还需要多久？"温壶酒问道。

车夫想了一下："昼夜不停，至少三日。"

"我给你加一倍的银子，两日。"温壶酒丢出一个银锭。

"得嘞！"车夫猛地一甩马鞭。

温壶酒望了眼身边依然睡得如一头死猪的百里东君，气就不打一处来，伸脚就踹了他一下："好你个小子，连你舅舅都坑！不是说自己一点武功都不会吗？那'问道于天'是从哪里学来的？"

百里东君咂巴了一下嘴，背过身去，自顾自地睡着。

"不行，得弄清楚这件事。"温壶酒将百里东君扶了起来，伸手按在了他的背上，一股真气传入百里东君的体内，之后百里东君的头上就升起了一股水雾，弥散在了空气中。

正在驾车的车夫吸鼻子使劲地闻了一下："好香的酒味啊。"

　　可温壶酒的真气在百里东君身体流转了一圈后,却猛地一滞,他一用力,真气慢慢地流转着,但百里东君体内那股反抗的力量却越来越强。

　　"小小年纪,怎么会有金刚境的体魄?"温壶酒大惊。

　　百晓堂如今的堂主九岁即位,即位之后就提出了天下武学新的境界划分,他将武学划分为两个境界,一境之下,不过寻常武夫,江湖遍地皆是,并无值得留意的地方;而一境之上,则有四重。这第一重就是金刚境,入了这一重境界,那么便拥有了刀枪不入的金刚体魄,是可以被称上一句"高手"的存在。但这重境界,寻常武夫一生也无法企及,一些说不上名号的小门派,就连掌门都摸不到这一重的门槛。就连温壶酒,被称为温家的天纵奇才,苦练多年,也是十八岁那年才入了金刚境。可自称从不习武的百里东君,怎么会有这样的境界?而且他见过百里东君动武,哪有半分金刚境的风范?

　　"是药修?"温壶酒皱了皱眉头,只有这一个可能能在百里东君自己也没有察觉到的情况下悄然入了这金刚之境。所谓药修,就是并不习武,而是用灵丹妙药来培育自己的境界,当年温家掌门就想用这个方法来培养温壶酒,却被他拒绝了。但江湖上,有那么多灵丹妙药给弟子药修的,又能有几家?

　　温壶酒想了想,莫非是百里侯爷的打算?可转念再想,在江湖虽是传说,在朝堂却是禁忌的"西楚剑歌",百里侯爷在乾东城,究竟藏了什么秘密?

　　名剑山庄,四公子收起了武器,将路让开。

　　这一场试剑大会终于落下了帷幕,剑客们有的继续和魏亭路、魏长风二人交谈,有的则直接提剑下山了。成余老爷子站了起来,带着无双城的弟子往山下走去,他走过雷梦杀的身边,冷哼道:"方才不走,只是给你家门一点面子。"

　　"我家门都不要我了,老爷子还给我面子,真是折煞我了。"雷梦杀嬉皮笑脸地说道。

　　"你家门到底要不要你,你比我清楚。"成余瞥了他一眼,径直地朝着山下走去。

雷梦杀转过头，忽然愣了一下，对墨尘公子说道："洛轩去哪里了？去找他妹妹？"

此时洛言缕却走了过来："没想到此行几位公子也来了，嗯？兄长去哪里了？"

墨尘公子没有说话，只是提剑指了指门口。

名剑山庄门口，洛轩放飞了手中的信鸽："去吧。"

雷梦杀走到他的身后："这么着急就要把消息传出去吗？"

洛轩苦笑了一下："谁让你似乎并没有这个打算。"

"他是九公子啊。"雷梦杀叹了一口气，"是我雷梦杀欣赏的人。"

"放心吧，天启城的那个家伙，会处理好的。"

马车行了一整日之后，百里东君终于从昏睡中苏醒了过来，他感觉到浑身一阵酸软，说不出的难受，勉强地睁开眼睛，发现温壶酒正冷冰冰地望着他。

"醒了？"温壶酒淡淡地说了一句。

百里东君用手扶着脑袋："我这是喝了多少……"

"一个人喝了别人一桌的量，我还以为你要睡到明天正午了呢！"温壶酒瞥了他一眼。

百里东君试着起身："我睡了很久吗？我感觉我浑身的骨头都要散架了。"可他才一起身，就觉得脚下被绊了一下，他一低头，发现一柄长剑横在自己的脚下。他微微一皱眉，低下身拿出那柄长剑，轻轻拔出半截剑身，只觉得剑身上似乎弥漫着一层水雾，有一股淡淡的莲花香，他愣了愣，"这倒是一柄好剑。哪里来的？"

"你不记得了？"温壶酒狐疑地打量了他一眼，"这是名剑山庄少庄主魏长风造的仙宫品的剑，名'不染尘'。你当时还说，一定要把它给带走。"

"哦……有那么一点印象。"百里东君点点头，"可是……怎么到了我手里？"

"怎么到了你手里？"温壶酒冷笑一声，瞬间伸出手，直取百里东君的咽喉，百里东君一愣，惊呼道："你做什么？！"温壶酒随即将手轻轻往下一甩，将那柄长剑拿在了自己的手中，他微微

皱眉:"真的……不记得这柄剑为什么会在你手中了?"

百里东君不解:"难道不是舅舅你帮我抢来的?"

"你母亲有没有给你找过剑术方面的师父?"温壶酒问道。

百里东君摇头:"并没有。"

"你从未学过剑术?"

"一窍不通。"

"可你昨日用了世间最绝妙的剑法。"

"啊?"

"可你,一身功力分明已经入了金刚境!"温壶酒瞪着百里东君,低喝道。

百里东君眨了眨眼睛:"舅舅,你在说什么?"

"真的是……不懂吗?"温壶酒以手扶额,轻轻摇头,"看来只有回到乾东城才能知道答案了。"

百里东君从温壶酒手里拿过了那柄剑,说道:"舅舅,我不知道你在说什么,但我想跟你确认一件事。"

"说。"

"这柄叫'不染尘'的绝世之剑,是不是从今天就属于我啦?"

"是。"

"走!回乾东城,让父亲、母亲开开眼界!"

天启城。

北离之帝都皇城,是整个北离最大的都城,这里聚集了天下的财富、天下的权力以及天下的才人。

"一个每天只会死读书的人,也配得上'天下奇才'四个字?"一处华贵的院落之中,持剑的武士望着院中那个捧着书来回踱步的书生,不屑地说道。

"读天下书,参天下事。"一位面目俊秀,身着轻甲的年轻公子从殿内走了出来,"你又怎么能懂这位多才公子的心?"

"读万卷书,行万里路。"书生放下了手中之书,转过身去,"今日之后,这里的书我便看完了,我要启程了。"

"公子要去哪里?"着轻甲的年轻公子问道。

书生笑了笑，指着南方："便去南诀吧。"

"南诀路途遥远，且与我北离素来不睦，公子一介书生，可不要有去无回。"那武士似乎对这位一直在府内蹭吃蹭喝的书生颇有不屑。

书生背过身去，将手中之书放在了石桌上，背起了放在边上的一个书箱："我不过爱读书而已，朗朗乾坤，可曾有听说有人因爱读书而得罪了别人的？我此去必回，一年之后再见。"

着轻甲的公子笑了笑："愿与君再会。"

"对了，你有一只鸽子刚刚飞了回来。"书生将手中一根竹管丢给了那轻甲公子，"应该是从很远的地方来的，鸽子很疲倦的样子。"

"我府中的信鸽，从来不会把传信给陌生之人，你怎么拿到的？"武士低喝道。

"御鸽之术，书上学的。"书生转身甩了甩手，"再见。"说完便大踏步地走出了院子。

那武士颇有不满，可那着轻甲的公子却摇了摇头："心中不要有什么不满，别看他看着只会终日读书，他是有大才之人。"

"手无缚鸡之力，百无一用是书生。"武士摇头。

着轻甲的公子笑了笑："也罢。看看是谁递来的信……哎哟，才这么点字，那应该不是雷梦杀，是洛轩。洛轩，名剑山庄……"着轻甲的公子笑容一点点褪去，最后眉头紧锁，看完信纸后更是用手中寸劲将那纸捏得粉碎。

"怎么了？"武士问道。

"看来……真的不得不要出一趟天启城了。"公子轻轻叹了一声。

官道之上，温壶酒和百里东君的马车急速地奔行着，温壶酒坐在那里闭目养息，而百里东君则玩着那柄"不染尘"，一副乐不可支的样子。

"采五山之铁精、六合之金英所铸，铸成之后还在千丈莲山浴仙气三年，了不得了不得。剑可杀人而不染血，入泥而保洁净。舅舅，真有这么神？你说这剑这么神，是不是能入剑谱，做那十大名剑？"

温壶酒眼皮也没抬一下："剑能不能进剑谱，更看人，而非剑。"

"回去之后，我就让母亲给我找个剑道大师，好好练一练剑，下次见到司空长风那家伙，和他好好地打上一场！"百里东君收起了剑，掀开了马车的幕帘，"舅舅，马上就到啦。"

温壶酒点了点头，意味深长地说道："终于是要到了。"

两个时辰之后，庄重威严的"乾东城"三个字终于映入了他们的眼帘，而城外半里之处，早就有近百铁骑等在那里了。百里东君探头望了一眼，就一步从马车上跃了下来，语气中满是欣喜："陈副将，你们怎么来了？好久不见啊！"

为首的那重甲将军嘴角微微地抽搐了一下，没有回应百里东君的呼唤，只是上前踏出一步，甩出一条铁链，两侧立刻奔出士兵接住了那条铁链。

"来呀，把百里东君给我绑起来！"

百里东君下了车见到熟人心情正好，却没想到却一下子被绑了个结结实实，他愣了一会儿，随即破口大骂："好你个陈副将！几个月不见，胆子这么大了！"

"带回侯府！"陈副将懒得理会他，挥手喝道。

"得令！"军士们将百里东君拖到了边上的一驾马车上，猛地一甩马鞭，急急忙忙地就朝城内行去。

陈副将向着马车走去，那车夫见到这阵仗早已吓得腿都软了，莫非自己日夜兼程，辛辛苦苦，结果带了个罪大恶极的犯人……或者是逃兵回来？他声音有些颤抖，几乎就要哭出来了："军……军爷……小的不知道啊！"

"辛苦了。"陈副将神色严肃，乍一看有些吓人，可他却伸手从腰间掏出了一粒银锭，放在了那车夫的手中，随即侧身对着马车行礼："多谢温先生了。不知温先生接下来是要入城休息几日，还是直接回温家了？"

"我想去看看我那妹妹。"温壶酒从马车中走了出来，伸了个懒腰，"也想看看百里东君是个怎么样的下场！"

陈副将嘴角微微上扬："那真是赶巧了！"

镇西侯府。

一阵阵哀号和怒骂从正厅中传来。

"你们大胆,就这样对你们的小公子?反了你们不是?"

"爷爷,爷爷你在哪啊?!你的好孙子被人欺负了呀!你勇猛一世,老来孙子却被人这样欺负!"

"你们和我说!爷爷去哪了?!是不是我那无情的老爹又说了什么?!"

"叫我爷爷来!爷爷!"

可正厅里的军士一个个都如同雕塑一般,任由百里东君又哭又闹,便是纹丝不动,一言不发。直到百里东君哀号怒骂了有个小半个时辰后,他们才忽然转身,躬身行礼。

百里东君心中一喜,想是那百里洛陈终于来了,急忙转头:"爷爷……啊!怎么是你?!"

"世子爷!"军士们恭敬地说道。

进来那人面目俊朗,穿着一身金色长袍,富贵雍容,留着两撇小胡子,看起来颇有些儒雅之气,可对军士们点头回应后忽然脸色一沉,整个人身上升起一股暴戾之气,他没有片刻犹豫,立刻向前踏了一步,一脚就把百里东君踢飞了出去:"怎么是我?!我是谁!是你爹!"

"百里成风,你好大的胆子!"百里东君从地上爬了起来,怒斥道。

"我去你个百里成风!"百里成风脸色一沉,掏出一根鞭子就往百里东君身上抽去,百里东君机智地一躲,骂道:"你这么做,你爹知道吗?!"

"别拿我爹压我!我告诉你,百里东君。"百里成风冷笑,"你爷爷他月前就去天启参加大朝会了,现在正在赶回来的路上,最近这镇西侯府我当家!"

"大胆!"百里东君对着那些军士语气铿锵地怒斥,只可惜双手被绑在身后,无法指天喝地了,"你们糊涂了?我爷爷不在家,这镇西侯府应该我当家啊!你们是不是脑子坏了?!"

"我看是你脑子坏了!"百里成风把鞭子一丢,拔出刀就要上

前砍人了。

正厅里的对骂声、哭喊声、桌椅玉器的碎裂声,就连在后院的人都听得一清二楚,那些奴婢小厮们一个个捂嘴偷笑。

"有了百里小侯爷在,这侯府才算是有生气啊。"

一个穿着一身白色长衫,体态雍容的女子坐在后院的长椅上,一边吃着果食,一边也低声笑着,女子已经算不上年轻了,但身上那清雅的气质,和举手投足间那股撩人的风韵,却远不是普通的年轻女子能及的。

"看你这样子,越来越像个富贵人家的太太了。"温壶酒坐在她的身边,喝了一口茶,"我的好妹妹。"

如今身为世子妃的温珞玉笑了笑:"所以你不是一直懒得看我这副贵太太的样子,都不怎么肯来我这里常住吗?怎么这一次,把这臭小子送回来,自己也跟着过来了?"

温壶酒收起了笑容,对温珞玉使了个眼神,温珞玉会意,伸了伸手:"都下去吧。"

"是。"那些婢女小厮应了一声,便退了下去。

温珞玉打了个哈欠:"什么事啊?还神神秘秘的。"

温壶酒拿起了一直放在旁边的一个长长的包裹,把里面的东西掏了出来。

"剑?"温珞玉接了过去,拔出了半截剑,嗅到了一股莲花香,她愣了愣,仔细将剑来来回回地看了一遍,"怎么会有这么好的剑?我从小到大也算是见过不少名剑了,却都比不上这一柄?这是十大名剑中的哪一柄?"

"都不是,这柄剑是名剑山庄少庄主刚铸造出来的。名剑山庄时隔几十年后的又一柄仙宫品的剑,名'不染尘'。"温壶酒说道。

温珞玉微微皱眉:"哥哥你打算用剑了?你不怕家里那些老头子把你给毒死?"

温壶酒摇了摇头:"这不是我的剑,而是你儿子百里东君的剑。"

温珞玉一愣,惑道:"你帮他从试剑大会上抢来的?你知道我儿子为什么这么没出息吗?都是你们给惯的!"

"不是,我从试剑大会上抢一柄最好的剑给一个不会用剑的公子哥，名剑山庄和天下剑客都会出来砍我吧。这柄剑，是你的好儿子自己抢的。"温壶酒回道。

"自己抢的？用什么抢的？"

"自己用剑抢的！"

"哈哈哈哈哈。"温珞玉笑得花枝乱颤，"别闹了别闹了，我这儿子会几招剑法呀，去试剑大会上抢剑？哥哥你别拿我开涮了。"

"真的！"温壶酒急道，"无双城派了他们这一代最看重的弟子来，但依然没抢过你的好儿子，这可真的是你儿子靠真本事拿来的。"

"好，那你告诉我，我这宝贝儿子用的是什么剑法？"

"西楚剑歌，问道于天。"

"什么？"温珞玉瞬间站了起来，瞪大了眼睛望着温壶酒，"哥哥你再说一遍？"

"西楚剑歌，问道于天。"温壶酒重复了一遍，"不仅是我，无双城，北离八公子，天下剑客，都看到了。"

镇西侯府，后院柴房。

这是百里东君时隔九年之后，再一次被锁进这柴房之中，上一次还是百里洛陈去参加和南诀的和谈，一去就是一整年，那一整年，百里东君无数次惹恼百里成风，最后终于被这老爹一气之下关进了柴房。不过那一次关了一天就放了出来，因为百里东君答应消停几日并且不去百里洛陈那里告状。

可这一次，老爹百里成风似乎连和他和谈一下的打算都没有，让人把他关了进去，然后自己甩头就走了。

"哎哟，麻烦了，老爹这次可真生气了啊。"百里东君伸手轻轻在门上叩了三下，唤道，"东来。"

门口果然有人守着："公子，不是东来了。"

"东来呢？"百里东君惑道。

"东来是公子你的心腹，上次你溜出乾东城以后就被世子爷调去西院了。我是原本西院的，我叫顺德。"门外那人回道。

"哦，顺德，好名字啊。"百里东君笑了笑。

"得,公子,可别和我套近乎。我虽然一直在西院,但对公子,可是久仰大名啊。"顺德笑着回道。

"别啊,我这都被关进这儿了,门锁得严严实实的,我还能干吗?我就问你几个问题,你答我便是。没让你放我出去。"百里东君说道。

顺德犹豫了一下,回道:"那要是我不回答呢?"

百里东君冷笑了一下:"你不是说对我也是久仰大名吗?我能在这里关一辈子?我要是出去了呢?"

顺德心中一寒,急忙道:"公子你问,小的一定都告诉公子!除了不能放公子出去,别的都行!"

"好,我问你,世子妃怎么今天一直没有出现?"百里东君问道。

顺德闻言大笑道:"小公子你这是还盼着世子妃来搭救你啊。这顺德可就实话实说了,今天本来是世子妃提着鞭子要过来的,看那火气,估计是得下狠手了。只是出了院子就被世子爷拦了下来,世子爷也是哄了半天,才把世子妃劝回去,要真是她来了,小公子你可就是躺在里面了。"

"唉,看来母亲大人那儿也没辙了。那,老侯爷什么时候回来?"百里东君又问道。

"今天听来府上传信的人说,最快还得三四天。"顺德回道。

"等不了,我得去见下师父。"百里东君低声喃喃道,随后一拍房门,"顺德,你帮我传个消息。"

顺德愣了一下,随后犹豫道:"小公子……您不是说,就问几个问题吗?"

"顺德你不是还说除了放我出去,别的什么事都没问题吗?"百里东君怒道,"现在,你去落成巷找一家叫怀仁的小药铺,里面有个叫余新的学徒。你告诉他,快马加鞭一刻不停往天启的方向跑,遇到老侯爷的军队,就说自己是镇西侯府派来的人。然后把这儿的事情告诉他,明白没?"

"小公子你这是想让侯爷早些回来为你撑腰!"顺德恍然大悟。

"赶紧去！"百里东君低声道，"不然真等老侯爷回来了，你看是我先'伺候'你，还是那狗屁世子爷收拾你？！"

"行行行……但小公子可千万不能说是我说的啊，就说是……小公子回城的时候就派人去知会他了。"顺德说道。

"还挺聪明。去吧。"百里东君拍了拍门，然后就听那脚步声"噔噔噔"地跑开了，他舒了一口气，倚在门边优哉游哉地吹着口哨。半晌之后，门外又响起了脚步声。

"这么快？"百里东君一愣。

"哟，什么这么快啊？"一个熟悉的声音响起，竟是他的舅舅温壶酒，"以为这么快你爹就能把你放出去？哈哈哈，我刚跟你爹喝完酒，听我的，没戏！不等你爷爷回来那一天，你是见不到屋外的阳光了。"

百里东君笑了笑："那舅舅你愿不愿意放我出去啊？我送你三坛梅初香怎么样？"

"梅……梅初香……"温壶酒感觉口水瞬间就涌了上来，急忙咽了下去，"我可不至于这么没出息！不行！不过换一个条件可以。"

"什么条件？好说好说。"百里东君欣喜道。

"你告诉我，那套剑法，你是从哪里学来的。"温壶酒沉声道。

百里东君气得背过身去："梦里学的！"

"梦里学的？"温壶酒微微皱眉。

"就是梦里学的，也是梦里打的！我压根儿不记得的事情，舅舅你老唬我干吗？！我什么时候学过剑法？来来来，你给我一把剑，我给你比划比划，看能不能刺出一朵花来？！"百里东君怒道。

"你大概是跟雷梦杀待久了，话都变了，既然如此，那就爱莫能助了。"温壶酒转头就走。

百里东君望着窗子上透出的阳光，十分忧愁地叹了口气。

落成巷，怀仁药铺。

余新放下了手中的草药："小公子回来了？"

顺德点头："对，托您送个信，只是……"面前这个药铺学徒

看着弱不禁风的,还能快马送信?

"师父,出门几天。"余新转身就往门外走去。

"几天?"掌柜愣了一下,"可这几天铺子里正忙着啊!"

"工钱您扣了就是,小公子的事,我一定要帮。"余新带着顺德走到了后院,牵出了一匹枣红色的骏马,拍了拍它的脑袋,随后翻身上马,动作连贯熟练,似乎是个骑马的好手,余新对着顺德笑道:"回去让小公子放心,一定让侯爷早点回来!"

顺德急忙让开了路:"替小公子谢谢你了!"

"驾!"余新一甩马鞭,朝着城外奔去,只是才奔到城门口,就听到了如雷般的马蹄声,他定睛一看,才发现有上百轻甲军士正从城外涌入,一个个身材魁梧,手持长枪,腰配短刀,纵马速度奇快无比。

北离最有名的军队之一——破风军。

为首那人则穿着一身重甲,虽然须发皆白,但仍面目坚毅,不怒自威,让人毫不怀疑,只要他提起刀,仍然是那千军万马立于前,仍丝毫不惧的镇西侯爷。余新勒马而立。

镇西侯府。

"你说什么?老侯爷回来了?昨日传信不是说还需要三日吗?"百里成风大惊而起。

"怎么?我早些回来了,你还不开心了?"一个浑厚的声音从院外响起,随即便是重甲落地的声音,百里成风急忙走到外面迎接:"父亲这是哪里话?只是未能出门远迎,着实失了礼数……"

"礼个屁!"百里洛陈将头盔摘了下来,露出了满头银发,他脸上的皱纹如同刀刻一般满是岁月的痕迹,可一双眸子却依然如鹰般锐利,他将头盔递了出去,百里成风急忙接过,恭恭敬敬地退到一边。百里洛陈瞥了他一眼,"我孙子呢?"

"那小子……回来了,现在在后院呢,父亲你要叫他,我就……"百里成风急忙说道。

"叫个屁!"百里洛陈一脚踹在百里成风的腰上,"你是不是把他关在后院柴房了?柴房是什么东西!关狗都嫌太紧,你敢把我孙子关里面？来人呐！"

"在！"两名跟随百里洛陈一同进府的亲兵同时应道。

"把百里成风给我绑起来！"

"啊？"

"绑！"

侯府后院。

百里东君正靠着门打瞌睡，却猛地被外面的嘈杂声吵醒，他微微皱眉，伸手敲了三下门板，顺德在门边应道："小公子。"

"外面怎么了？"百里东君问道。

顺德也是疑惑："我也不太清楚，我去问一下。喂，李崴，什么事这么吵啊？"

"你还不知道吧！老侯爷回来了！"那李崴回道，"不知道怎么的，突然就回来了！"

"哈哈哈哈哈！"被锁在柴房中的百里东君朗声长笑，"这么快！来来来，放我出去！"

"老侯爷有令，带小公子去正厅！"果然有一个军士冲到了后院传令。

百里东君站了起来，整了整衣冠，推开被开了锁的门，清了清嗓子："本公子马上到！"

正厅之中，百里成风被两根铁链绑着跪在地上，温珞玉坐在旁边，脸色也不太好看，温壶酒看着那平时儒雅翩翩的堂堂世子爷此刻的样子，差点没笑出声，只能强忍着侧身坐在那里。百里洛陈坐在上方，缓声对温珞玉说道："好儿媳，我惩罚一下你这郎君，可不要怪罪爹爹。"

温珞玉叹了口气："珞玉不敢。"

"爹！这成何体统？成何体统啊？"百里成风终于忍不住了，大声说道。

"体统个屁！"百里洛陈一拍桌子，"我百里氏起于草莽，身上爵位都是一刀一剑打破那体统得来的！你现在有财有势，是世子爷了，就装什么翩翩世家子弟，讲体统了？"

"可……儿子也没做错什么啊!"百里成风喊道。

"你治府无方!"百里洛陈喝道。

百里成风不解:"我哪里治府无方?这一个月来,整个侯府上上下下,儿子打理得井井有条,一点差错也没出啊。"

"没出个屁,你欺负我孙子,就是治府无方!"百里洛陈怒道,"还敢顶嘴!"

"小公子到。"门口有军士喊道。

百里东君甩着长袖,三步并作两步地跑了进来,声音中满是欣喜:"爷爷,您回来啦!"

百里洛陈也站了起来,喜笑颜开,那一张脸顿时由罗刹鬼变成了弥勒佛:"东君,可想死爷爷了。"

百里东君大摇大摆地走到百里成风的身边:"哟,这不是世子爷吗?咋被人绑起来了?接下来是不是要去柴房休息休息了?"

"东君。"一个温柔的声音唤了一声,百里东君却忍不住身上一寒,急忙垂手恭恭敬敬地行礼:"母亲。"

这就是整个侯府的生存链了,百里成风管百里东君,可百里洛陈却独宠百里东君,所以百里东君从来不怕老爹,但是温珞玉是百里洛陈几十年的老兄弟家嫁过来的宝贝女儿,百里洛陈敢绑自己的儿子,可对这个儿媳妇却从来都是颇为尊敬的,所以在温珞玉要管百里东君的时候,老侯爷也只能时常表示一下"爱莫能助"。这么多年来,百里东君对这一整个链条,都已经十分熟悉了。

"父亲,成风好歹也是世子,珞玉知道您疼爱这个孙子,但这罚也罚过了,这一个月来,成风也算尽心尽力,就给他松绑吧。"温珞玉喝了一口茶,望向百里洛陈。

"东君,你觉得呢?"百里洛陈问百里东君。

百里东君清了清嗓子:"来人呀,给世子爷松绑。"

百里洛陈拍了拍身边的位置:"东君,来,坐。这一次你偷偷跑出去,可有什么收获?"

"爷爷,我结识了好多厉害的人物。"

"都是谁啊?"

"爷爷你有没有听过一首诗?风华难测清歌雅,灼墨多言凌云狂。柳月绝代墨尘丑，卿相有才留无名。"

"哦？北离八公子，那可都是鼎鼎有名的大人物。"

"对，我这一次就见到了其中的清歌公子、灼墨公子、凌云公子、墨尘公子、柳月公子整整五位！还见到了一个江湖浪客，叫司空长风，他的枪法不咋地，但是性子却很是有趣，我与他约定了，等他病好，他就来乾东城。爷爷你也一定会很喜欢他的。"

松了绑的百里成风退到一边，和温珞玉相视一眼，他们在午饭时已经听过温壶酒讲这些事了，当时也是听得心惊胆战，但都比不上最后那件事来得惊骇。

"我还去了名剑山庄！"百里东君朗声道。

百里成风大惊失色，温珞玉一把按住了他。

"可惜那边的酒太烈了，等到最后我竟然喝醉了。"百里东君叹道。

"好好好，晚饭时我再听你细细说来。爷爷刚长途跋涉回来，我先回去睡个午觉，你啊，下次要出城玩，和爷爷说一声，别自己偷偷出去，让家人担心。"

"明白啦，爷爷。"

"去城里会会你的老朋友吧。"百里洛陈拍了拍百里东君的肩膀。

"爷爷晚上见！"百里东君站了起来，兴奋地往门外跑去。

"小百里。"温壶酒忽然唤住了他。

"怎么？"百里东君扭头。

"你的东西，我帮你放在你的屋子里了。"

内院深处，最僻静的一处院子，只有百里家最尊贵的几个人可以踏入这片院子，因为这里是百里洛陈的居所。

"守在门口，谁也不能进来，包括世子和世子妃。"百里洛陈沉声道。

"是。"两名亲兵应道。

百里洛陈踏入了院中，可院子中早已站着一个人在等待着他，那个人穿着一件黑色长袍，面目普通，普通到你看了一眼，第二

眼似乎就会忘记他的面容,你想仔细看,努力记住,又会觉得那张脸慢慢地就模糊起来了。

"离火。"百里洛陈缓声道,"辛苦了。"

离火半跪在地,垂首道:"让侯爷失望了。"

"起来吧。"百里洛陈走上前,"信上写得不够详细,你把事情细细和我说一下。"

"我跟随小公子一路去了柴桑城,原本一直在暗中保护他,也没有被小公子发现。后来小公子被搅入了西南道的争斗之中,身边有雷梦杀和洛轩两人护着,我便不能太过于接近,以至于最后小公子被推入了顾、晏两家的婚宴之中,甚至于身份都当众被揭露。"离火起身说道。

百里洛陈摇了摇头:"不过是西南道而已,我还不放在眼里,你往后说。"

"西南道的确是小事,但从顾府出来之后,小公子却被温壶酒带走了,温壶酒是上了冠绝榜的高手,我的行踪很容易被他察觉,于是更不能离得太近。后来在名剑山庄的试剑大会上,公子喝多了酒上台取剑,我也没料到……他竟会使出西楚剑歌。我们这么多年试了很多次,那人真的只教了他酿酒之术,没有教半点武功,可那天小公子的剑术,真的有剑仙风范……"离火叹道。

百里洛陈微微皱眉:"天启城,怕是很快要有人来了。"

"百里小公子应该会去那人的住处。"离火说道。

"温壶酒一定会跟去,你一定要拦着,不能让温壶酒进入那个地方。"百里洛陈正色道。

"是。"离火点头,"还有,侯爷,这一次,当年打伤小公子的那些人又出现了,他们究竟是谁?有什么目的?"

百里洛陈瞳孔缩紧:"这一次,他们有说出自己的来历吗?"

"他们说,自己来自天外之天。"离火回道。

"天外之天……我知道了,你去吧。"百里洛陈叹道,"我本想我的这个小孙子,只做一个能平安长大的孩子,可如今……怕是心愿不得偿啊。"

"或许小公子,也并不想做一个只是平安长大的孩子吧。"离火纵身一跃，从院中离开。

"我的东西？"百里东君推开了房门，看到了放在桌上的那把长剑，"不染尘？对，得带这个东西去见一下师父，看他怎么说。"百里东君一把收起那把长剑，转身就走出了房门。

温壶酒站在不远处，望着百里东君抱着长剑走了出来，冷笑了一声："真是一个太容易被猜透的外甥。"随即纵身跟了上去。

百里东君用着自己唯一擅长的轻功在乾东城里快速地奔行着，他喜欢让别人看到时是纵马扬鞭、踏破全城的小公子，不喜欢被别人看见时，在小巷隐路中闪闪烁烁，一个人都抓不住他的影子，可即便这样，他依然避不开温壶酒。温壶酒笑道："这小子的轻功原来是这么练出来的。"

两个人东拐西闪，在乾东城里穿梭了小半个时辰，百里东君在一处隐藏在深处的院墙外停了下来，他左右看了一眼，确定没人，纵身一跃掠了进去。

"就是这儿了！"温壶酒一笑，也跟上去，一步掠起，却被一掌打下！

铺天盖地的掌力从天而降，温壶酒从未见过一个人的掌力可以如此浩瀚无边，几乎就像是一整个苍穹砸了下来。

温壶酒急忙躲开，那一掌打在地上，烟尘四起，一个黑袍之人站在烟尘之中对他摇头："你不能进去。"

温壶酒扫去长袍上的灰尘，袖中那条青蛇盘旋着绕着他的手腕向上，蛇头藏在掌心，幽幽地吐着蛇信，他沉声问道："你是谁？"

"你觉得我是谁？"烟尘散去，一身黑袍的男子望着温壶酒，淡淡地笑了笑。

温壶酒看着这张无比普通的脸，觉得似乎见过，又似乎没见过，想要仔细地再辨别一下时，又觉得那张脸开始变得模糊起来，他微微皱眉："千像功。"

"温先生见多识广。"黑袍男子点头道。

"我见过一个人，他也会这门武功，他叫离天。"温壶酒后退一步，"杀人王离天。"

"他是我的弟弟，世人只知道他的名字，却从没听说过我，我

叫离火。"离火手轻轻一旋,掌中忽然起火,"他是杀人王,我只是一个变戏法的。"

"离天之火,你应该死了很多年了。"温壶酒皱眉。

离火点了点头:"可里面你想见的那个人,不也死了很多年了吗?"

温壶酒犹豫了一下:"你和他一起的?"

"不是,我也未曾见过他,我也很想见他。"离火坦诚道。

"那你为何拦我?"温壶酒不解。

"我已经回答了你很多问题了。"离火摊掌,"接下来若还想问,就得用本事了。"

百里东君一步踏入院中,只见那白袍、白须、白眉的老人正坐在那里饮酒,见到他也不惊讶也不欣喜,只是淡淡地说道:"回来啦。"

"师父,几个月没见徒儿,可有想徒儿?"百里东君走了过去,将长剑往桌上一放,盘腿坐了下来,"徒儿可很想师父啊。"

"想师父没用,可酿出什么好酒了?"老人问道。

"我酿出了一份好酒,叫'须臾',起名的是一个朝生暮死的浪客,意为生死须臾之间,师父我今天就给你酿一杯?"百里东君问道。

"一出几个月,就没带什么礼物给师父?"老人长袖一扫,桌上那杯酒上蒙了一层冰霜,"酒名霜露寒,来一杯尝尝。"

百里东君拿起酒杯一饮而尽,只感觉一阵冰凉,连日赶路的疲乏一扫而空,他拍了拍身边的长剑:"这就是给师父的礼物,我知道的,师父用剑。"

老人终于将目光挪到了那柄剑上,伸手拿过长剑,将剑拔了出来,伸出一根手指在剑身上轻轻划过:"名剑山庄……仙宫品!"

"师父好见识啊!"百里东君大笑,"我就知道师父会喜欢。"

老人微微皱眉,望着院墙外看了一眼,低声喃喃道:"难怪。"

镇西侯府。

"父亲。"百里成风来到了那处院落之中,百里洛陈正坐在院中喝茶，他对着身边的位置伸了伸手："坐。"

百里成风坐了下来，不像是在正厅中那般略显荒唐的模样，此刻的两个人才真正有了一副侯府中父子相处的感觉，百里成风神色凝重："父亲大人，我有一件事想要问您。"

"这么严肃？"百里洛陈往嘴里扔了一粒花生，"是想问一下自己是不是亲生的吗？"

百里成风摇头："父亲，这还用问吗？东君才是您亲生的……"

"哈哈哈哈，我宠这个孙子，是因为我戎马一生，终于天下算是太平了，大家也不打仗了，这个孙子生在这个平安的年代。我就希望他把我们当年受的苦全都化成福气，好好享受一辈子。你这个当父亲的，不要太过严厉了……"百里洛陈拍了拍百里成风的肩膀。

"可是父亲……如今这天下，真的就太平了吗？"百里成风摇头，"朝廷里忌惮我们镇西侯府，南诀北蛮则对我们北离虎视眈眈，这天下的太平，一触即破。"

"你到底想说什么？说吧。"百里洛陈叹道。

百里成风猛地站了起来，单膝跪地："只要父亲一声令下，我们破风军直指天启，儿子必当策马当先！身先士卒！"

百里洛陈的手呆滞在了空中，他愣了愣，一把将手中那粒花生捏碎："你是以为，我要造反？"

"父亲，儿子明白这不是造反，这是征伐天下！"百里成风朗声道。

"来来来，声音再响点，声音再响点。再响点，大家就都知道我们镇西侯府要造反了，到时候军营里那些莽夫可能没等通知就要提着刀来这里献忠臣了。"百里洛陈冷笑。

"父亲！"百里成风垂首道。

"你以为我被朝廷忌惮，西楚都没了，还放在这里做一个无仗可打的镇西侯，这么多年一直想着重回沙场？你错了啊，我的儿子。真正经历过沙场的人，没有人会想回到那个地方，真正懂得战争的人，也不会愿意再发起战争。天下是虚无的，可洒在身上的血却是热的，征伐天下，我过了那个年纪了。"百里洛陈摇头。

百里成风不解:"那父亲为何……"

"我明白了,温壶酒已经把发生在名剑山庄的事情告诉你了,西楚剑歌,问道于天,我也曾有幸见过。你以为我留下了那位西楚剑仙的性命,还把他藏在了乾东城内,有朝一日假借西楚复国,反水北离,一统天下?"百里洛陈笑道。

"我……"百里成风哑口无言,他与温壶酒讨论了一个下午,的确最后得出了这个结论。

"你错了。这么多年来,我根本就不知道乾东城里藏着这一位西楚剑仙,只是我发现东君在某一年忽然在城里多了一位神秘的师父,我派的人打探了许久,也不知道他的真实身份。不过我喝了东君酿的酒,猜测是来自西楚的故人。既然这也算是东君命中的一份机缘,那就任他而去吧。"百里洛陈吹了吹杯中的热茶。

"父亲就不担心东君的安全吗?西楚,可是被我们破的!"百里成风忧道。

"西楚是被我们破风军打下的,但若那屋中之人真是西楚剑仙,那么他便不会把这件事怪到东君的身上。"百里洛陈啜了一口茶。

"父亲很了解那西楚剑仙?"百里成风皱眉。

"我们曾是很好的朋友。"百里洛陈放下了茶杯,"而且,自有人会保护东君。"

百里成风一愣,这才发现,自己从来没有和百里洛陈说过名剑山庄的事,可百里洛陈不仅早就知道了,甚至几年前就知道有这样一个神秘人在接触百里东君,那么……

"父亲,你在百里东君身边派了影武者?"百里成风惑道。

"是的,不然你以为我的宝贝孙子离城这么久了,我还能安心参加大朝会?我这孙子,只要不去天启城,去哪里我都安心。"百里洛陈站了起来,"走吧,去军营检视一番就回来吃晚饭。"

而在那处偏僻的院落之内,老人拿起了剑,站了起来,忽然脚下一划,掠出几丈之外,长剑一甩,舞出一道剑花:"徒儿,你还记得这套剑法吗?"

"说真的,我之前一直以为那只是我的一个梦,只是在名剑山庄，我喝醉以后，就自然而然地使出了这套剑法，就好像它是种在我的脑子里一般……我不用回忆，不用思考，仿佛不是我在用剑，而是剑在控制我。"百里东君看着老人在院内持剑而舞，一边回忆那天的场景一边缓缓地说道。

他并没有忘记那天的事，他记得很清楚，面对温壶酒时的一脸茫然，不过是装出来罢了。

"别人练十年，你却只需要看一天，你知道为什么吗？"老人收了剑，笑着问道。

百里东君摇头："我不知道。"

"因为你是百里东君。"老人将剑一甩，飞回到了百里东君的手中，百里东君看着手中的剑，一脸困惑："因为我是百里东君？"

"这是一柄绝世的好剑，师父我不需要，徒儿留着用吧。"老人伸手拿过一个酒杯，仰头喝了一口，"我有一柄剑了，此生不换。"

"此生不换？"百里东君惑道。

"对，我的剑，就名不换。"老人笑着坐了下来，"你先回去，你的须臾酒下次带给我一份。不过回去以后，这一个月就别来此处。"

"师父，舅舅一直问我那套剑法的事情，我是不是暴露了什么？这对师父您会不会有危险？"百里东君急道。

"这对我不会有危险，但对你，可能就有些危险了。"老人耸了耸肩，"匹夫无罪，怀璧有罪。你有了这柄剑，以后想要学剑吗？"

"想！"百里东君点头道，"这一次我见了江湖，才知道江湖真的有……想要去仗剑走一走。"

"师父教你，如今世上，除了学堂李先生，再也没有比你师父剑术更好的人了。"老人拍了拍百里东君的肩膀，"走吧，下次见面。我教你用剑。"

第八章·学堂来使

在百里东君离开小院的时候,外面已经空无一人,他掂了掂手中的剑,朝着侯府的方向走去。走出那条长街,一个普通的再也普通不过的行人从他身边擦肩而过,百里东君微微扭头,望了他一眼,行人却像是在匆忙地赶路,迅速地走远了。

不远处的屋檐上,温壶酒蹲在那里,仰头喝了一口酒壶中的酒:"离天,百里氏,有趣有趣。"

镇西侯府,晚宴。

时隔多月之后的重聚,镇西侯爷百里洛陈、世子百里成风、世子妃温珞玉、小公子百里东君以及从温家来的世子妃的兄长温壶酒,众人齐聚一堂,也算是一场小家宴了。

百里东君给自己的爷爷百里洛陈倒了一杯酒:"爷爷,您这一路辛苦了。"

百里洛陈接过酒喝了一口,笑了笑:"不如你辛苦。"

百里东君又给百里成风倒了一杯酒:"爹爹,您管理侯府辛苦了!"

"哼!"百里成风接过酒一饮而尽。

"据说这次出门出了不少风头?"温珞玉笑着接过了下一杯酒,随即瞥了温壶酒一眼。

"一次震惊西南道,一次震惊名剑山

庄，现在江湖上估计都得传说镇西侯府有这么一位威风凛凛的小公子了。"温壶酒自己给自己倒了一杯，"我就不劳烦百里公子了。"

百里东君呵呵一笑："舅舅别取笑我了，我哪会剑术啊，不过我还真想学剑了，不然对不起手中这一柄好剑。母亲，帮我介绍个好师父？"

"哟，太阳从西边出来了。"温珞玉和百里东君相视一眼，笑道，"要练剑，什么样的剑？"

百里东君一脸困惑："剑就是剑，还分什么样的剑？"

"当然分，比如你爷爷，虽然是行伍出身，枪用得比剑多，但是那一手重剑功夫，也是相当了得的。"温珞玉手中拿起一根筷子，在手中灵动地旋转着，"再比如你父亲，师从岭南剑侠陈卢一，所谓天下武功，唯快不破，你父亲练的是快剑。"

"还有武当……"温珞玉手中的筷子缓慢优雅地转了一圈，"武当太极剑，讲究的却是一个慢字，一招一式，娓娓道来，打不过你也急死你。还有两仪剑，需要一男一女同时修炼，江湖上也有过几把雌雄双剑了。此外还有天雷剑，讲究的是八方雷动，剑气冲霄，决胜只在瞬间。光论剑，三天三夜也说不完。"

百里东君听得头大，便问百里洛陈："爷爷，你说我适合练个什么剑？"

"不用练了，你本来就挺贱的。"百里洛陈喝了一杯酒。

"胡说！这一次出门见了世面，我才发现，其实还可以更贱。灼墨多言，贱还能贱出一个公子来，那才是绝世。"百里东君笑道。

"灼墨公子雷梦杀不会用剑，却娶了心剑的传人做老婆，把李家主气得半死，的确是厉害。"温珞玉笑道，"你去好好想想，如果你真想学，再好的老师我也帮你请来。"

"那……"百里东君想起了下午师父说的那句话，忽然道，"学堂李先生如何？"

众人的动作同时凝固住了，就连百里洛陈都惊呆了。

"你再说一遍？"

"学堂李先生啊。"

百里成风叹了口气："孩子啊，没想到你这本事没有，口气还

真大。"

"学堂李先生。"百里洛陈笑着喝了一杯酒,"换一个师父吧,这个我也搞不定。"

"这么厉害?学堂李先生,那是不是拜入学堂,就能去跟他学剑了?"百里东君问道。

"是,但是学堂在天启城。"百里洛陈脸色微微沉了沉,没有再往下说,但是百里东君立刻也明白了他的意思。

百里东君可以去任何地方,唯独不能去天启城。他从前并不明白这个道理,可现在渐渐明白了。在天启城,有着许多针对镇西侯府的势力,而一旦入了那里,就连百里洛陈都不能保证他的安全。他低头喝酒,没有接话。

倒是百里成风忽然开口了:"今日,天启城倒是传来了消息,这段时间会有学堂的使者来乾东城。"

百里洛陈淡淡地应了一声:"又是三年,有好的苗子吗?"

"以儿子的评判标准,自然有几个,但是以学堂的标准,那就不一定了。"百里成风轻轻摇头。

"使者是谁?熟悉吗?"百里洛陈问道。

百里成风吃了一口菜,漫不经心地说道:"巧了,偏偏是最不熟悉的那一位。"

"哦。"百里洛陈似乎毫不在意。

家宴的话题渐渐就变得琐碎了,百里东君谈的无非是在柴桑城认识的那些朋友,百里洛陈则说些大朝会上的见闻,百里成风则讲了这几个月来乾东城发生的新鲜事,只有温壶酒摸着手中的酒杯,似乎陷入了沉思……

来的竟然是那个人吗?温壶酒放下了酒杯。

官道之上,一队人马正顶着月光在狂奔着,为首之人穿着一身轻甲,以白巾覆面,这是赶夜路时常见的一身装扮,是为了防止晚上的露气侵入体内,他的身后跟着十几骑人马,有一人策马行到了他的身边:"公子,要不要歇息一下?"

"到下一个镇,休息三个时辰。"为首之人回道。

"三个时辰?"那人一愣。

为首之人笑了笑:"怎么,坚持不住了?"

"我们都是行伍中人,昼夜不停地赶路也是家常便饭,但是公子……"

"可别小看我了,驾!"

一行人马又赶了小半个时辰后,终于看到了一座小镇,只是在入镇的道口却已经站着一个人,似乎等了他们许久了。

"公子,有人拦路。"

"早就料到了,只是没想到来得这么快。"他勒住了马,手按在了腰间的剑柄之上。

等候在入口的人往前走了几步:"我就知道以你的性子,一定日夜兼程不停歇地往这边跑了。我稍微算了算,就算到了你会路过这里。怎么样?我这时间、地点掌握得都还不错吧?要不夸一夸我?你这里是去干吗?找人还是杀人?要不要带我一路?"

为首之人松了口气,将手从剑柄上挪开,笑了笑:"怎么那么多问题?"

深夜,乾东城,落成巷。

一间并不起眼的小药铺。

里面坐着许多不起眼的小人物,有私塾里教书的先生,有药铺打杂的学徒,有铁匠铺的铸剑师,还有卖糖葫芦的老光棍、做包子的俏姑娘、养马的马夫、赶车的车夫、卖画的画师……

这些人难道同时生病了?那就不普通了。在有人想起这个问题前,便有人把门给合上了。然后药铺就出现了一个不那么寻常的人了:镇西侯府小公子——百里东君。

"头儿,这一次怎么离开了这么久?"药铺里的小余儿开口问道。

"走得越久,收获越大。今日召集大家来,是有要事拜托。"百里东君在当中坐了下来。

药铺中的八人急忙起身:"小公子这是何话?!"

这八人身份普通,但无一不是在危难中受过这位小公子的慷慨

一助,而才能拥有至少能活下去的生活,对小公子,早已经是愿意赴汤蹈火了。

百里东君站了起来,手一甩,将一份地图呈在了桌上,众人仔细一看,微微一惊:"这是乾东城的……地图?"

私藏地图可是重罪,但他们都没有对此表示担忧,那教书先生问道:"需要我们做什么?"

百里东君拿起手中的剑,指着地图上的八个点:"要去师父的院落有三条路,三条路中走任何一条路都必经过这八个地方中的四个,其中罗布口、令南巷、普世街人流最少,这一个月来,你们需要帮我看好这八个地方,那三个人少的地方需尤其注意。他们前几日必是探路,若有人频繁出现在这八个地方,那么画师便负责把他们的脸画下来,我们再往下查。"

"好!"众人点头应道。

镇西侯府。

院落中的烛火灯笼一个个地熄了下去,百里东君也终于躺进了自己的被窝中,他将那柄"不染尘"放在了身边,心中有种莫名的不安。

"为什么?总感觉真的会有事情发生……"他轻轻叹了口气,从拿到这柄剑的时候开始,他就觉得,生活似乎发生了某种微妙的变化,但自己又无法掌控,他转头,望向窗外,"也不知道司空长风那家伙怎么样了……"

千里之外,深山之中。

浑身赤裸的司空长风躺在床上,看着也不过三十岁出头的医师坐在那里,手轻轻一抬,挥起十二根银针:"一会儿你会睡过去。"

司空长风点头:"好。"

"但你不一定会醒来,所以这一场梦,可能是无休无止的。"医师的声音中没有任何情绪。

"我明白。"司空长风依然只是点头。

"不怕吗?"医师又问了一句。

"我那日毒发攻心，晕倒在药王谷门口的时候，我就觉得自己已经死了，之后的每一天，我都当是自己赚的！"司空长风咬牙道。

医师笑了笑："好，别忘了你和我之间的约定。若你活下来，需在药王谷学医。"

"若我能得你半成衣钵，就可出谷！"司空长风接道。

"是这个约，但是寻常之人，一生都到不了这个境界，何况你这个对医术一窍不通的。"医师手一甩，十二根银针齐齐地扎在了司空长风的身上，司空长风缓缓地闭上了眼睛，陷入了沉睡。

镇西侯府。

唯有百里侯爷府还亮着一盏烛火。

众人也早已习惯了，虽然已是暮年，但侯爷每年都会处理军务直至深夜。

"侯爷，小公子果然去见了那些人。"离火正站在屋中，和老侯爷对面而立。

"我的这个孙子，还真有些小本事。"百里洛陈掏了掏耳朵，靠在那里，似乎并不在意，"他把那些人称作什么？"

"叫八缝针，因为这些人如针一样，细小、微不可见，却又像针一样无孔不入，能插入缝中还湮灭不见，但是危急之时，针还能扎人。小公子很得意这个名字。"离火回道。

"毕竟还是年轻，以他们这些人的能力，对付对付陈副将也就还行，真正遇上敌人的时候，针可远远不够，在绝对的力量面前，他们这些人的所长毫无用处。能压过绝对的力量的，只能是更强大的力量。八缝针不行，八方雷动才行。"百里洛陈伸了个懒腰，"就让他好好折腾折腾吧，最近是不是有很多人想混进乾东城？"

"是，小公子名剑山庄一剑成名，不少人都往乾东城里混，'惊蛰'中的人已经在进行清理了，但有些人不好对付。"离火沉声道。

"哪些人？"

"寻常门派还好，无双城……不知该如何处理。"

"给点教训，赶出去。赶了还不走的，就杀了。我不喜欢无双城，那座城早已不再是无双剑仙所创的无双城了，现在的它，浓

厚的世俗气,何谈无双?"百里洛陈的语气中带着微微的不屑。

"还有青城山,来了个年轻道士,我们动过几次手,都被他跑了。"离火说道。

"吕真人门下,不会有恶意,大概是好奇吧,先留着。"百里洛陈回道。

"那……天启城来的那位客人?'惊蛰'一直跟着,但还没有下手,毕竟对方身份特殊,请侯爷决断……"

"他们这一次说是为学堂招募弟子而来,但这么日夜兼程马不停蹄的,必是和西楚的事脱不开干系,来的是其他人也就算了,偏偏还是这位公子,我倒也想见见这位传说中的公子。不过还是算了,太麻烦了,看能不能赶回去,杀就算了,我还没疯。但我总觉得……"百里洛陈用手轻轻揉着太阳穴。

"我觉得是赶不走的。"离火少见地笑了笑。

"学堂李先生教出来的人,怎么赶得走呢?何况还是最得意的弟子啊。"百里洛陈苦笑了一下,"可真是麻烦事啊。"

"最麻烦的,不应该是乾东城里的那位老朋友吗?"离火回道。

百里洛陈手中的动作停住了,瞳孔慢慢缩紧,目光瞬间变得如同鹰一般的锐利:"我当年很确定,他已经死了。"

乾东城外六十里,有一小镇,名鸿鹄。

鸿,指的是大雁,鹄,则为天鹅,放在一起,则意为"一飞冲天之鸟",而在鸿鹄镇的人,的确许多有那一飞冲天之志。因为这里离乾东城很近,在这周围的人,若有凌云之志,最好的方法,便是投奔镇西候,但不是每个人都能在乾东城一展宏图,所以来这里的第一站,往往便是鸿鹄镇。

镇上有座军塾,名破风阁,便是以镇西侯的破风军为名的。考入军塾非常难,而军塾在传教弟子的过程中,更是有无数人中途逃走,但凡能在三年内顺利通过所有考验,将来被派入军中,第一日起便是将官。

"父亲他们那一辈,战火四起,一个村一个村地被拉去打仗,回来的不过寥寥几人,这几人就能成为将官。如今无仗可打,便也只能通过不停地磨炼锤打，才能找出优秀的人才。不过和真正沙场上的人相比，还是差了许多啊。"百里成风坐在颠簸的马车中，掀开幕帘望向外面的人，"每次来鸿鹄镇，总能见到很多新的面孔。"

"很多人都想名扬天下，天下在他们眼里，只是一个留给自己征伐的地方。可真正踏入天下，就会知道自己是多么渺小。每个人都有英雄梦，但注定多数人只是普通人。"坐在百里成风侧边的是一个老人，可虽然人老了，腰杆依然挺得笔直，整个人锋利得像是一柄剑。

他就是百里成风所说的，真正从沙场上浴血活下来的人。他是当年百里洛陈的副将，如今是破风阁的总教头——谢老三。

他的父母早亡，家中还有两个哥哥，他是由兄长带大的。他们都没念过书，也没取正经名字，便一直都叫谢老大、谢老二、谢老三。

后来百里洛陈和他说过，好歹也是做将军的人了，就不能取个正式一点的名字？谢老三却说，自己的兄长都已经死在战场上了，如果自己改了名字，那么，很快就会有人不再记得，在谢老三之上，还有谢老二和谢老大。

"到了。"马车在一处院落前停了下来。

"三叔，请。"百里成风伸手道。

谢老三没有因为对方的身份是世子而有半分推辞，率先走下了马车，带着百里成风朝院内走去。院中此时有十几个年轻人正在赤身练枪，现在已是秋末，但他们却练得满头是汗，手中长枪腾起落下，颇有气势。

百里成风笑了笑："看起来，还不错，不知道试一试如何？"

"世子，请。"谢老三往侧边一站。

"好。"百里成风轻轻一转，腰间长剑瞬间出鞘，他一把握住长剑，冲入了人群之中。正如温珞玉所言，百里成风练的是快剑，剑出剑落，剑气翩飞，惊得旁边那老树上黄叶纷落。不过就三声鸟鸣的工夫，百里成风已经退回到了谢老三的身边。腰间长剑依然还在鞘中，一身白衫依旧一尘不染，百里成风笑了笑："还可以。"

说完之后,百里成风往后退了一步。

十柄长枪依次插在了他原来所站的地方。

院中十三名训练的兵士,十柄长剑被百里成风瞬间击飞落地,还有三人。一人怒喝一声,手中长枪瞬间炸裂,还有二人,右手剧烈地颤抖着,长枪仿佛在瞬间就要脱手而出,头上青筋暴起,最后好歹是狠狠地握住了。

"诸位,第一次见面。我叫百里成风。"百里成风微微侧首。

院中兵士皆惊,立刻单膝跪地,抱拳道:"参见世子!"

"不必多礼,其实我在家里地位很低的。"百里成风扫视了他们一眼,"我拜托谢三叔在这里开设军塾,是为了挑选未来能成为将军的人,你们十人,下个月去军中报到,领骑将职,你,枪断了的那个,领副将职,至于你们二人,等等。"

那枪犹在手的二人相视一眼,有一人困惑道:"为何我二人握住了枪,却没有将职?"

"因为你们的去留,还待别人来做决定。"百里成风沉声道,"学堂的人很快就要到乾东城了,这可是世家公子都求不得的机会。"

那二人便愣住了。

"若没有选上,再来我破风军做一个小副将吧!"百里成风转过身,朝门外走去。

"多谢世子!"那两人终于反应了过来,高声大呼。

谢老三跟了出去:"世子觉得如何?"

"上阵杀敌,或许是以一当百的勇士。"百里成风微微皱眉,"但能不能入学堂的眼,我就不知道了。"

"有些事情,还是得看天分。这个世界真的是不公平的,有的人,生来便是天纵之才。比如,百里小公子。"谢老三笑道,"比起现在的成就,学堂更看重的却是天分,你家那位小公子若真的不想被带去天启,可得好好藏起来。"

百里成风叹了口气:"为啥你们看他都像块宝,我怎么看都觉得他就是一个废物呢?"

"世子没有看错,现在的小公子,就真的是一个废物啊。"谢老三回道。

百里成风耸了耸肩:"作为父亲,只要他能过得平安,废物也就废物吧。"

"乱世之下,焉有完卵?何况他还生在百里家?"

"乱世?"

"在我看来,乱世并没有结束。"

两人上了马车,往着乾东城的方向行去,在他们离城之后,一辆马车从相反的方向驶入了鸿鹄镇。那是一架华美的马车,由一匹纯白无瑕的马拉着,一名英气十足的青衣女子执鞭。

"吁。"青衣女子一拉马绳,"小姐,真的不往前行了?"

"我们答应了古先生,这几年不能入城。我算过了,只剩下五日了,这五日,便留在鸿鹄镇。"马车中的女子说道。

一名白发剑客此时落在了马车边上:"小姐。"

"四尊使会来几人?"马车中的女子问道。

"有两位尊使已经在赶来的路上了。五日,差不多到这就是五日!"白发剑客回道。

"好!五日之后,入城。"

"若遇西楚古先生,保其不死,带青城山。"乾东城某处不起眼的酒肆之中,年轻的道士看完了手中的纸条,将它放在了面前的酒杯中转了转,纸条便溶解在了其中,他仰起头一饮而尽,擦了擦嘴角的酒水,"掌门真人还真是说什么就是什么,保其不死,我打得过那些牛鬼蛇神吗?带青城山?我打得过古先生吗……"

而在酒肆三条街外的一处客栈中,有一个年轻人正在磨剑,他手中的剑澄澈清明,已是世间绝品,但他错过了一柄更好的剑。

"'不染尘'……"他轻声念了声,随即停住了手,微微仰起头。

他是无双城这一辈最被寄予厚望的弟子,可初次试锋,就折了……

"余老,我想再去见一见那西楚剑歌。"

"为何?"

"问道于天之后,我记得还有最后一式。"

"大道朝天。"

"对,我想见一见那真正的大道,也想见一见我自己的剑道。"

"这是你自己选的路,无双城的人不会与你同去,我们不想卷入这件事,也不想和镇西侯府为敌,所以你去,也只能是你一个人去,你明白吗?"

"弟子明白,弟子一定会留意的。"

宋燕回将水月剑收回了鞘中,轻声喃喃道:"大道朝天……"

镇西侯府外。

温壶酒提着酒壶与一名挑夫擦肩而过,随即他握着酒壶的那只手上便多了一张纸条,他假装仰头喝酒,却将那纸条打了开来。

"西楚剑术,大道问天。世人皆仰,退其让之。然有诡道,吾之所取。"温壶酒微微皱了皱眉,看到最下面还有一行细小的字,"若危百里氏,退!"

"诡道啊诡道,父亲大人,我也想见见真正的大道啊。"温壶酒袖中的青蛇蹿了出来,将那张纸条一口吞进了肚中,他转过身,便看到温珞玉站在了那里。

温珞玉神色淡定:"是父亲传来的消息?"

温壶酒也就没有逃避这个问题,点了点头:"是,师父说大道之下,还有诡道。大道让给世人,诡道留给温家。"

"你可知道父亲所说的诡道,是指什么?"温珞玉问道。

温壶酒愣了一下,叹道:"听说一些传闻,未曾见过,如若真有,鬼神惧之。"

"若拿不到呢?"温珞玉又问道。

温壶酒笑了笑:"我也很好奇,若拿不到,妹妹你会帮百里家,还是帮温家?"

温珞玉也忽然笑了,"咯咯咯"地笑了许久,她伸手打了一下温壶酒的头:"我到时候就问我儿子,他让我帮谁,我就帮谁!"

温壶酒的目光温柔,伸手轻轻挠了挠温珞玉的脑袋,就像是小时候,他每次都爱挠这个小妹妹的脑袋一样,他缓声道:"不必担心,父亲说了,若危百里氏,退!"

温珞玉望着远方,目光忧愁:"父亲说的是退,而不是助,这说明父亲也意识到这次的事情不一样了……"

"父亲是父亲，我是我。百里氏我不管，我的妹妹不能有任何损伤，我的外甥也不行。"温壶酒沉声道，"除非我温壶酒先死了。"

镇西侯府之中。

刚从鸿鹄镇归来的百里成风正与谢老三在自己的房间里议事。

"世子爷确定要这么做？"谢老三问道。

"父亲这几年温和了太多，我怕他下不了最后的手。"百里成风叹道。

"莫说朋友了，就算是亲人，你父亲当年也拿得起刀。"谢老三冷笑。

"可父亲不该再拿刀了，他不拿的刀，我这个儿子替他拿！"百里成风厉声道。

乾东城那处隐匿在深处的院落之外，一位老者停住了身。

穿军甲时，他依然是那个威震北离的一品军侯，一双眼睛仍然如鹰般锐利。但换上长袍，他看起来也不过是个再普通不过的老人了。

老人的周围藏着许多看不见的护卫，他征伐沙场多年，有太多太多想要杀他的人，但他不确定，院落里的那个人想不想杀他。

忽然，院子里传来了一阵悠扬的琴声。

这琴声清澈明净，若山涧清泉一般，缓缓而出，潺潺流动，似有高山流水的雅致，却也带着旧友相逢的疏离。但听起来，到底是舒畅的、温和的。老人伸手接过一片枯黄的落叶，那落叶忽然在他手中变成了一瓣桃花。

"原来……"老人轻叹了一声。

一曲作罢，老人看着手中的桃花变成了粉末，消散在了手中，他伸手擦去了眼角的微微湿润，慢慢转过身，朝着街尾的方向走去。

曲中未有杀伐气，却是未相见，便弹出的离别情。

院落中的老人轻抚琴弦，忽然眉毛一颤，手一挥，一柄长剑已在手中，他纵身一跃，在院中挥剑狂舞。

乾东城，金徐赌坊。

"买定离手，买定离手！"一身白袍的俊雅公子甩着手中宝盒，坐在赌桌中间，"买大开小，买小开大，所有的钱啊，都到我的包里来。"

"小公子，怎么一走就是几个月？可想死我们了！"边上有赌客搭腔。

"想我了？还是想我的银子了？"百里东君笑道。

"自然都不是！自然是想小公子的酒了！"那赌客笑道，"这次……"

"都有都有！急什么！"百里东君喝道，"都买定了吗？大，还是小？"

"买大！"

"买小！"

"开！"

百里东君一把掀起宝盒，大笑道："哈哈哈哈！豹子！"

"唉！"众人齐声叹气。

"来来来，小何，把我带来的酒分给大家！一人一杯，与君同饮！"百里东君拿过一杯酒，举过头顶，"来！"

"敬小公子！"众人都分到了一杯酒，举头高喝。

"饮！"百里东君一饮而尽，将杯子丢给了侍从，随即纵身一跃，从桌上跳了下来，他往角落里走了过去，那名叫小何的赌坊侍从将一张纸条递了过去。百里东君打开纸条，上面写着三个字。

"无事，安。"

百里东君叹了口气，将那张纸条收在了怀中："就是无事，才不安啊，怎么可能无事呢？"

鸿鹄镇，金月客栈。

白发的剑客和紫衣的执扇人守在门口，青衣侍女护送着从马车中走下来的女子朝着客栈里面走去，那女子白巾蒙面，看不清容貌，但一双眸子婉转温柔……

"只要看一眼，就要深陷其中啊。"白发剑客感慨道。

紫衣执扇人挥了挥手中的折扇："你对小姐有意思？"

"你对小姐没意思？"白发剑客反问道。

"我会为保护小姐而死。但其他的，不敢奢求。"紫衣执扇人笑道。

白发剑客摸了摸自己的鬓发："那你是比我更贪心啊。"

"收起你们的这些话，别让尊使听到了。"青衣侍女从客栈内走了出来。

白发剑客一笑："尊使会如何？"

"杀了你们。"青衣侍女凑到他的耳边，笑盈盈地说了一句，"在尊使们心中，小姐是圣洁而高贵的，被你们这些人这样议论，自然当杀。"

"这么狠？"紫衣执扇人依然轻轻摇扇，语气依然毫不在意。

"你们从小就跟着小姐，不在门内生活，最多也就和长老们接触接触，和四尊使见得少，没见过四尊使怎么惩罚门人。你们一个叫自己白发仙，一个叫自己紫衣侯，两个人一个比一个心比天高，可是心再高，也有那天，你们越不过。对了，这次来的是哪两位尊使？"

紫衣侯手中折扇停了下来："无法、无天。"

"呵，是这两位狠角儿啊。看来这是门里发狠心了。"青衣女子嘴角微微上挑，"你们可真得小心一点，因为他们就像名字一样无法无天。"

白发仙摸了摸腰间的剑，也笑了笑："那可真得趁这个机会好好学学了。"

"这次，门里这么大动干戈，只是为了找那西楚剑仙吗？西楚剑仙，对我们有什么帮助？"紫衣侯问道。

青衣女子耸了耸肩："这我就不知道了。但是除了那西楚剑仙以外，你们还记得那个叫百里东君的男子吗？他似乎在小姐心中的地位也不一般。"

白发仙瞳孔微缩："他很重要？"

"很重要。"青衣女子笑道。

"我想杀了他。"白发仙手微微地触过剑柄。

"哦?"青衣女子转过身。

"但我会把他带回门内的。"白发仙忽然道。

青衣女子叹了口气:"有时候真的是佩服小姐,总是能让人愿意为她做这么多事。"

次日清晨,镇西侯府。

百里成风问老管家:"小公子这几日都去哪里了?"

"回禀世子,酒肆、赌坊、马场,除了不敢去妓院以外,能玩的地方已经是跑遍了,昨晚怕是累了,睡到现在也还没有起床呢。"老管家回道。

"真是个废物。"百里成风摇头,"把他给我叫起来。"

"好,让他带着剑,来后院。"百里成风转身走向后院。

他在后院练了一遍剑,喝了两盏茶,找来管家下了三局棋,之后又打了个小盹儿。

两个时辰之后,百里东君穿着一身宽松的长袍,一根腰带松松垮垮地系着,手里提着那柄"不染尘",一边打着哈欠,一边懒洋洋地走进了后院:"父亲,大早上的干什么呢?我这还没睡够呢!"

"你前几日不是说想要学剑,整个西南道,剑术比我强的没有几个。"百里成风放下了手中的茶杯,"我教你。"

"你教我?"百里东君一愣。

"噌"的一声,长剑出鞘。百里成风右手握住长剑,身子猛地向前一掠。

百里东君别的不行,轻功可是得了这个父亲真传的,足尖一点,正要往后掠去,可百里成风却已经到了他的面前,百里成风长剑轻轻一挑,他手中的"不染尘"已经飞起,百里成风左手一把握住那柄剑,右手长剑回鞘,足尖一点,便退回到了原地。

"果然是柄好剑。"百里成风把玩着手中的那柄"不染尘","还是第一次真实地用这样一柄仙宫品的剑,这剑放你身上,可真的可惜了。"

"还给我!"百里东君足尖一点,右手一拳挥出,便要来拿剑。

百里成风微微侧身,左手一挥,那柄"不染尘"从剑鞘中飞出,落在了百里东君的手中:"还给你了,你倒是用啊。"

"我用！"百里东君拿起剑，一剑挥出。

百里成风冷笑了一下，手中长剑再度出鞘，往上一扬，百里东君的剑再次被击飞，百里成风纵身跃起，一脚把那柄剑踢在了地上，喝道："你这也叫会用剑？"

"再来！"百里东君把剑从地上拾起，抬起头，可四顾无人，哪还看得到百里成风的身影，他一愣，"你在哪里？"

"在这里。"百里成风一剑搭在百里东君的肩膀上，左手拿着从百里东君腰上顺来的酒葫芦，仰头喝了一口，"你的剑术要是和你的酿酒术一样就好了。"

"练剑不过是突然起了兴致，可酿酒，是我毕生所求，怎能一样？"百里东君冷哼一声，身子一转避开了百里成风的长剑。

百里成风一叹："在真正爱剑的人耳中，你这句'突然起了兴致'可真是脏了耳朵。罢了，今日，我便教你拔剑。"

"拔剑？"百里东君将剑收回了鞘中，又拔了出来，一脸茫然，"不就是如此？"

"你这也叫拔剑？"百里成风一笑，身形忽然一动，长剑瞬间出鞘，他若自己的名字一般，成了一道风从百里东君身边掠过，随即"噌"的一声，长剑回鞘。百里东君愣愣地看着手中的剑再一次地被击飞在了地上，再一转头，发现旁边的石桌已经碎成了两块。

百里成风转过身："这才叫拔剑。"

"一剑生死？这是父亲你练的剑术？"百里东君问道。

百里成风点点头："我学过很多套剑术，但最先学的便是这瞬间生死的拔剑术。师父所教拔剑术，我不过练了些皮毛，但我却记住了他说的一句话：'刃出必有因，归鞘必有果，剑气如惊雷，雷起终归返。'你拔剑的时候，必须知道自己是为什么拔剑。"

一连三日，百里东君都被关在后院里学剑，而且只会一式，就是拔剑。百里成风不知从哪里搬来了几个稻草人，说等百里东君一剑拔出，就能将稻草人斩成两截的时候，就可以从后院中走出来了。

"拔个屁，不拔了！"百里东君喝道，"顺德！"

那名叫顺德的小厮急忙从门外走了进来："小的在。"

"去跟爷爷说一声，快来救我！"百里东君说道。

顺德挠了挠头："可是早上老侯爷来过了呀。"

"来过了？"百里东君皱眉。

"对啊，老侯爷还在门外看了几眼，然后说了句'不错'，就往军营里去了。"顺德答道。

"看来这次爷爷都被收买了。"百里东君愤怒地挥着手中的剑，对准那稻草人就准备一剑砍下去，"好好好，我砍，我砍给你看！"

忽然一道轻啸传来，百里东君猛地转头，只见一袭黑衣闪到了他的面前，一剑挡住了他挥出的剑，那人低下头，笑了笑："世子爷说了，得拔剑斩断，可不是让小公子挥剑砍。"

"你是谁？"百里东君问道。

那人收了剑，却依然低着头，看不清脸上的容貌。

百里东君转头问顺德："顺德，这家伙谁啊……"

顺德挠了挠头："都说世子爷有八大剑侍，小的也没见过……"

"还请小公子继续练剑。"那人往后一退，消失在了角落里。

"顺德！"百里东君怒道。

顺德一愣："小公子……又怎么了？"

"我要喝酒！"百里东君大喊道。

后院之外，温壶酒和百里成风正在下棋。

"生这么个宝贝儿子，也是替你心烦。"温壶酒落下一子。

百里成风握起一子，缓缓落下："所以我出来了，眼不见为净。不过说真的，这小子剑术天赋还真不错，这几日我算是看出来了，比我当年强多了。"

"也就是你现在才看出来，可再好的天赋，这个年纪开始练武也算是浪费了。我不知道你怎么想的，但这么多年，老侯爷如此放纵他，不过就是想让他过得平凡些，他觉得自己老了，护不住这一大家子了。异姓王侯，从来都是最遭人忌惮的。"温壶酒摇头道。

百里成风脸色微微一沉："父亲是觉得我护不住。"

"若论世家子弟，我见过不少，但能比上妹夫的，我一个也未曾见过。可是无论是怎样的天纵之才，王侯之位，除非是老侯爷这样在沙场上杀过万千敌人的刀，否则镇不住。妹夫你有才，可缺战功，朝廷里也不愿意给你战功。要是先帝在，他信任老侯爷，无妨。可如今的镇西侯府，只能退。"温壶酒叹道。

百里成风摇了摇头："没想到温兄远在江湖，却把朝堂之事看得这么清楚。"

"朝堂，江湖，差不离的。不提这些了，你把东君关在后院，是为了躲那个人？"温壶酒问道。

"学堂的使者马上就要到了，名剑山庄的事，他们肯定有所耳闻了。我怕他们盯上东君。"百里成风说道。

"一个后院能藏住东君？若他真的一剑把那稻草人给斩了呢？"温壶酒笑道。

百里成风拈着手中的白子，挑了挑眉："就算再有天赋，就这几天也别想摸到拔剑术的皮毛，没有内力的根基，给一个月也是不够。"

"如果他有金刚境的根基呢？"温壶酒试探道。

百里成风笑道："我试过了，有个屁！"

"世子爷！"忽然有人冲过来喊了一声。

百里成风微微皱眉："何事？需要如此着急？"

"学堂的使者到了！"那人喊道。

百里成风一惊，站了起来："这么快？"

乾东城外，一袭人马正在缓缓入城。

他们从天启城一路赶来，原本一个个风尘仆仆的，但在入城之前，为首那穿轻甲的年轻人已经带着众人换上了一身统一的白色大氅，头戴白色斗笠，斗笠之上写着"稷下"二字。

大氅飘扬，斗笠轻舞，有着一股说不出的仙气，仿佛不是日夜不停奔赶而来，而是从天启城慢悠悠地走过来的。

"你说，为什么我们每次见人之前都得特地换上这身衣服？可别扭得很啊。你知道我和你不一样，我最讨厌穿白色的，主要是洗起来麻烦，吃饭走路都还得注意，染上了尘埃都配不上先生说

的'公子如玉'了。"为首的两人中,有一人一路都在轻声抱怨。

另一人则看起来要淡定许多了:"出门在外,不能给先生丢脸。先生说了,这叫仪式感。白衣胜雪,公子如玉,那才是学堂应有的风范。"

"那我们为什么还要戴着斗笠?人家又看不到我们,哪知道公子如玉?是男是女都不知道呢?"先前那人抱怨道。

另一人叹了口气:"让你来了吗?你不是中途自己硬要跟上来的吗?"

叹气那人自然是从天启城一路赶来的学堂使者的首领,而身边那不停抱怨的人自然是那晚突然出现在中途上路的"不速之客"。

"要不是我,路上那么多奇奇怪怪的杀手,谁帮你一起打跑?"

两人一边交谈着,一边带着人马进城。

忽然前面传来一阵马蹄声,两人抬头,看见有十几骑快速地奔了过来,上面大多穿着兵甲,想必是破风军中人,而为首那位却是个穿着长袍的中年男子,腰间悬着一枚玉佩,挂着一柄长剑,不像是军中人,倒有几分王侯的风流气。

"这应该就是镇西侯府的世子——百里成风了。"为首的使者首领轻声道。

旁边那一直抱怨的使者则不以为意:"不是杀神的儿子吗?怎么跟天启城里的那些世子爷看起来差不多啊?"

"可别小看他,是个厉害的角色。"使者首领一拉缰绳,"世子殿下!"

百里成风也一拉马绳,停在了他们的面前,抱拳道:"小先生。"

学堂李先生,乃世间传奇,手撕武榜,剑挑无双,他有弟子七人,其中大弟子最得其真传,以至于如今的李先生很少与外界接触,一般都交由这个大弟子来处理。故世人称这位大弟子为小先生。

小先生不是一个多么了不得的词,一般私塾里年纪轻点的先生,也会被称为小先生。

可这个人却是北离稷下学堂小先生。

小先生点了点头:"久违了。"

百里成风一行人将学堂的使者们带回了镇西侯府,并且派人传信去了军营。军营中的百里洛陈听到消息后却并不惊讶，只是淡淡地应了一句，继续巡视着："传话，就让百里成风负责一切吧。"

"领命！"

百里成风与学堂使者来到了镇西侯府的正厅中稍作休息，百里成风说道："来得突然，客房还在整理，还请各位稍候片刻。"

小先生垂首道："不急。"

学堂使者一行人进了正厅，大部分人都把头上的斗笠给摘了下来，唯独包括小先生在内的那走在最前面的两人没有摘掉自己的斗笠。

"据说世人很少有人见过小先生的真容。"百里成风喝了一口茶说。

小先生也轻笑了一下："世人都说我们学堂弟子矫情，把自己多当回事似的，其实我只是不喜欢与人一起吃饭，戴着这个斗笠，就连拒绝的话都不需要想了。"

"那这位是？"百里成风望向旁边另外一人。

那人回道："我也是学堂李先生座下弟子，却不是这次的使者之一。其实我只是来找个朋友叙叙旧，世子就当我是来顺便玩儿的，或者直接当看不见也没有问题。"

小先生轻轻咳嗽了一下："这是我的一位小师兄，师兄是江湖出身，说话从来都是如此，见谅了。"

百里成风一愣："竟然是李先生的弟子……"

学堂之中，自然不止一个老师，但无疑李先生是其中最有威望的一位，学堂弟子这么多年进进出出也有百余人，可李先生却一直只有七个学生。而关于这七个学生的身份……江湖上一直有很多的传言……

"别被那老头子的名号吓到了，不过就是一个普通人。"那人扶了扶斗笠，"我不喜欢戴这东西，怪沉的。不过我的这位师弟一定要我戴，没办法。学堂的人，就是这么矫情，这几日，世子爷可有的受了。"

"先生说了，这叫仪式感。天地有大美而不言，四时有明法而不议，万物有成理而不说，人之不及，唯立礼序仪式以正其观。"

小先生缓缓道。

"哦。"那人说道。

百里成风微微一笑:"这次小先生来乾东城,想带几个人走?"

"一个。"小先生回道。

百里成风点了点头:"学堂严苛,我猜也不会带很多人。"

"世子错了。"小先生笑道。

百里成风一愣:"我错了?"

小先生坐在那里,身子挺得笔直,声音沉稳:"学堂最少一年入了一人,最多一年入了六人。我们每年奉学堂之命,去天下各处寻找良才,而在天启城,又有那么多世家贵族、江湖游侠前来拜学,但学堂的长老们并没有时间去考验那么多人。所以作为弟子的我们,需要分忧,从那么多人中最终选出十三人,交由长老考评。所以我要从乾东城,带走一个人,这个数字不是少,而是多,太多了。因为我一定要带走,一个人。"

百里成风放下了手中的茶杯,微微皱眉:"如果没有呢?"

小先生长笑了一声:"那就只能麻烦世子爷和我去一趟天启城了,世子爷资质可相当不错,先生打了你很多年的主意了,就是年纪大了点。"

"那我呢?我如何?"一个带着几分笑意的声音传来,众人转头,只见一个腰间挂着一个酒壶的中年男子踏了进来。

百里成风介绍道:"这是我内人的兄长,温家温壶酒。"

"蜀中唐门、江南霹雳堂、岭南老字号,江湖三大世家,温家未来的家主温壶酒,久仰大名。"小先生起身说道。

"未来的家主这话不太合适,你们天启城里会有人说未来的皇帝吗?那是杀头的罪吧。"温壶酒仰头喝了一口酒。

小先生笑道:"那在温家说未来的家主呢?"

温壶酒将那口酒咽了下去,轻轻地吐了口气:"毒死你。"

那股浑浊的酒气没有立刻散去,而是凝结成了一团水雾,朝着那小先生飞去,身后学堂众人脸色都是一变,唯有小先生依然淡定地坐着,他手轻轻在空中一滑,那团水雾被他手指滑过,凝结成了冰屑,摔到了地上。

温壶酒在百里成风身边坐了下来："有几分本事。"

"温先生是冠绝榜的高手，我这不过是雕虫小技。"小先生笑道。

"雕虫小技，你才多大？这一手功夫，怕是入了逍遥境？"温壶酒挑眉道。

"托师父教导，不过刚刚摸到那层门槛。"小先生回道。

百里成风清了清嗓子："既然如此，那我们不妨就先见见我们从乾东城里选出来的年轻弟子，见完之后，便带几位入客房休息。"

"可以。"小先生点头。

"让他们进来。"百里成风呼道。

片刻之后，就有一人提着长枪走了进来，那人生得魁梧强壮，一双眸子中带着几分狠劲，走路也是虎虎生风，手中拿着的长枪，似乎通体都是用纯铁打造，比一般的长枪重上不少。他将手中的长枪蹾了蹾地，震了震整个正厅："在下李霸陈，拜见世子爷，拜见学堂来使。"

小先生和旁边另一位李先生的弟子都"扑哧"一声笑了出来。

那李霸陈一愣，百里成风也是大感不解："小先生，笑什么？"

小先生笑得停不下来："我师父执掌学堂几十年，自己有个不成文的规定，弟子只招有公子之气的人，若师父看到这位小兄弟，大概会气得背过身去。"

李霸陈脸色一红，略显怒色。

百里成风的脸色却是一沉："我们破风军这里的人都是行伍出身，若要找公子，那小先生来错地方了。"

"可世子爷就有公子之气啊。"小先生依然笑着。

李霸陈终于按捺不住，长枪一甩："你倒是派一个公子来，看看谁打得过谁！"

可那长枪刚刚甩出，就被一剑格住了。

那小先生不知何时竟已经掠出，来到了李霸陈的身边："这位小兄弟不要生气。我们有一位学堂长老生得就是五大三粗，力大如牛，但是谁都对他很尊敬。只要有本事，公子之气不过只是个笑话。"

百里成风和温壶酒的目光却只盯着那柄剑。

"昊阙。"

昊阙——剑谱之上,位列天下名剑第八,也被称为天下正气第一剑。

"昊阙竟然在学堂手中。"百里成风说道。

小先生将剑抬起,轻而易举地将那柄重枪格在了一边:"昊阙不过位列剑谱第八,算不得多么厉害,我最近倒是听说江湖上出了一柄绝世的好剑,怕是以后能列入剑谱前三。"

百里成风神色不变:"江湖的事,我们并不了解。"

小先生也不再追问,只是扭过头,看着那李霸陈。李霸陈此刻脸已经涨得通红了,他自负勇猛过人,可此刻一杆重枪,却被一柄长剑给死死压在地上。

"力气是很重要,但是如何运用力气才更重要。"小先生笑了笑,轻轻一跃,在那挥起的长枪上微微一点,整个人掠到了李霸陈的身后,"比如现在,我用的就是你的力气。"

"喝!"李霸陈猛喝一声,挥枪转身。

小先生轻轻摇了摇头,收了长剑,一个转身伸出两指,一把按住了枪首:"已足够了。"

李霸陈也不是没有自知之明,立刻收了枪,抱拳道:"你远在我之上。"

百里成风笑了笑:"不是远在你之上,是不能比。"

小先生退了几步:"你很不错。但是,我在学堂李先生座下已经快十年了,还是有所学成的。"

"退下吧。"百里成风叹了口气。

李霸陈提起长枪,也没再多说话,便退了下去。

"让陈越进来。"百里成风说道。

接下来进门的这个人,终于有了几分小先生所说的公子气,一身长袍,面目也算俊秀,手中拿着一杆红缨枪。

"累了。"小先生身后许久未开口的另一位李先生的弟子忽然开口了。

小先生退了一步:"那你来。"

那人往前踏了一步，陈越抬起长枪，猛地向下一砸，那人略显随意地一抬手，就一把握住了长枪，手一转，将那枪首给折了下来，随即往地上一丢，直截了当地说道："不行！"

小先生叹了口气："过了。"

那人退到小先生身边，用只有对方能听到的声音说道："何必浪费时间？"

百里成风与温壶酒相视一眼，没有说话。

小先生走回百里成风身边，百里成风垂首道："抱歉了，看来我们选出来的这几人还入不了学堂的法眼。"

"世子错了，世子选的这两个人的确是上阵杀敌的将才，只可惜和我们要的人才不一样。"小先生回道。

"学堂想要的是……"百里成风皱眉。

"经天纬地，屠龙之才。"小先生转过身，"我们会在乾东城住一个月，还请世子爷再帮忙寻觅一下。"

"一个月？"百里成风一惊。

"若世子觉得不方便，我们可去客栈中住。"小先生语气平静。

"哪里的话，带几位先生去客房休息。"百里成风急忙道。

小先生也没有推辞，带着众人随着侯府管家往客房走去。

看着他们离开的背影，百里成风懊恼道："这还赶不走了？"

"一个月，哈哈哈哈，一个月。"温壶酒轻轻摇头。

百里成风皱眉："对了，刚刚李先生的另一位弟子，用的是什么武功？你可看出来了？"

"变指为掌，用的是雷家堡的惊神指。"温壶酒沉声道。

"越来越麻烦了。"百里成风摇头。

在前往客房的路上，小先生侧首道："你刚刚用的武功被看出来了。"

"我变指为掌，也看得出来？"

"温壶酒，百里成风，在他们面前，你这些真的是雕虫小技。"

"看出来就看出来了吧，还能怎么着？是吧，老管家。你们家世子爷看着挺和善的，听说我们要住一个月，不会下毒弄死我们吧？其实这都是这位小先生一个人的主意……"

"你话怎么又变多了?"

"我忍很久了,让我说说话怎么了。"

一行人路过后院,小先生忽然转头:"这里?"

管家往边上侧了侧:"侯府后院,不能入的。"

"我好像……感受到了一分……不一样的剑气。"小先生纵身一跃,从管家身边掠过,但又很快就停了下来。因为四个人落在了他的面前。四个人,四柄剑。

"镇西侯府明明这么多人才,看来世子爷藏私了,这几位的剑术,我很想试一试……"小先生微微俯身,手按在剑柄之上。

后院之中。

百里东君打了个饱饱的酒嗝,熏得一旁的顺德几乎就要醉倒过去了,他站起身,整个人摇摇晃晃的。

顺德关心道:"小公子,没事吧?要不今天就算了,我和世子爷说说,咱们明日再来试?"

"不用,不用,现在正好,我觉得我浑身……"百里东君一个趔趄,摔倒在了地上,他傻呵呵地笑了一下,"充满了力量。"

顺德捂住眼睛:"小公子,你还是算了吧。"

"什么算了。"百里东君站了起来,忽然目光一凛,一把按住了剑柄,他死死地盯着那稻草人,"不过就是拔剑而已。"

百里东君屏住了呼吸,闭上眼睛,按在剑柄之上的手逐渐变得灼热起来,他重重地呼吸了一下,一个纵身掠出。

剑出。

剑归。

百里东君站在稻草人的身后,微微一笑:"简单。"

顺德瞪大了眼睛,半晌才回过神来,说道:"可是小公子,这稻草人……没变化啊?"

百里东君晃晃悠悠地转过身:"没变化?"

顺德过去上下打量了一下,手轻轻推了推:"没变化啊!"

然后那稻草人的上半截就整个地滑了下去,切口平滑光洁,堪称完美。

"哈哈哈哈哈!"百里东君转身,却听到门外传来了人声,他一愣,便往前走去,推开了门,醉醺醺地喝道,"谁在外面这么吵?!"

小先生收了剑,站起身,看着面前的百里东君,笑道:"终于与你见面了。"

百里东君皱眉:"你是谁啊?"

小先生掀起了斗笠,笑道:"我姓萧。"

斗笠下的面容年轻俊秀,眉宇之间,更有掩饰不住的贵气。

第九章·师徒相别

萧先生，小先生，只是一字之差，或许他一开始就是被称为萧先生的，只不过世人以为大家是在叫他小先生。

可是萧这个姓，却太不寻常了。

这个国家的皇帝，姓萧。

百里东君打了个酒嗝，也与他打招呼："我叫百里东君。"

小先生点了点头："我知道。"

然后百里东君就醉倒了过去。

四名剑侍收了剑，往外退去，闻讯赶来的百里成风和温壶酒看到了面前的场景，微微一愣。

"终究还是没能拦住啊。"百里成风长叹了一口气。

温壶酒耸了耸肩："其实你一开始就应该知道，藏不住的。"

小先生转过身，带着使者们继续随管家前行，他对站在那里的百里成风微微垂首示意，百里成风也点了点头，两个人都没有再说话。等小先生离去后，温壶酒和百里成风走过百里东君的身边，踏入了后院。

后院之中，一个稻草人被斩成了两截，上半身整整齐齐地摔在地上。

温壶酒伸出一根手指，轻轻触碰着那近乎完美的剑痕，感慨道："学了几日？"

百里成风沉声道："不足五日。"

"这已经不是天才所能形容的了。五日的时间,拔剑术不过只能摸到点皮毛中的皮毛,完成这种程度,你当时花了多久?"温壶酒问道。

百里成风看了一眼醉倒的百里东君:"一年。"

"看来我上次想的没错,东君已经是金刚境的高手了,但他却完全不知道这件事,也还不知道如何运用体内的这份力量。"温壶酒说道。

"顺德,刚刚小公子在拔剑之前做了什么?"百里成风问道。

顺德想了想:"小公子什么也没有做,只是喝酒,喝了几个时辰,把他屋里藏着的那些酒全都喝光了。"

"和上次在名剑山庄一样,他喝了不少的酒,在他处于晕醉状态的时候,体内的那股力量就会出来。"温壶酒说道。

"都是那个人做的?"百里成风问道。

温壶酒点了点头:"但我被那个人给拦出来了,你说那个人是老侯爷安排给东君的影子护卫,所以老侯爷究竟怎么想,很重要。"

"他说他并不知道西楚剑仙,在乾东城中。"

"可他现在知道了。"

"等他从营中回来了再说吧。"

客房里,小先生将斗笠摘下来,放在了桌上。

"你居然自报家门,你不是向来最在意自己的身份被人知道吗?"另一人也摘下了斗笠,眉目俊朗,赫然就是那曾经与百里东君携手御敌的雷梦杀。

小先生笑了笑:"这一次不光是为了学堂而来的,我领了一份差事,需要把这份差事给办了。镇西侯不是普通的人物,我需要把自己的身份告诉他。"

"差事?算了,不提了。你先说说,我的这位小兄弟如何?"雷梦杀问道。

"很快我就不是师父最小的弟子了。"小先生坐了下来,给自己倒了杯凉茶,"刚刚有一个瞬间,从后院中传出来的剑气,有一股仙意。"

"仙意?"雷梦杀挑了挑眉。

"见到他我就知道了,真是酒中仙君啊。"小先生感慨道,"我很想喝一喝他酿的酒。"

雷梦杀眼睛一亮:"那可是极好的酒。"

正厅之中,一个茶杯被摔在了地上,瞬间碎了一地。

"见到了?"从军营中回来的百里洛陈坐在上面,脸色阴沉。

百里成风摇头:"是儿子无能,我以为将东君放在后院,就能够避免他们相见,但是那位学堂的小先生,自己冲了过去。我那四名剑侍已经将他拦在门外,可是东君自己却推门出来了。"

"那位小先生说了什么?"百里洛陈沉声道。

"什么也没说,儿子一到,他就离开了。但是听剑侍说,他似乎与东君说了一句话,但是声音太轻,他们没有听到。"百里成风回道。

百里洛陈皱眉思索了一会儿后叹了口气:"果然是有备而来。"

"除了小公子,使团中还有一个人需要注意。"百里成风提醒道。

"谁?"百里洛陈问道。

"一个雷家堡的高手。"百里成风说道。

百里洛陈倒是并不在意:"是灼墨公子雷梦杀,他是李先生的三弟子,这已经不是秘密了,他与东君相识,而且性情我也有所了解,他在,可能不算是坏事。东君醒了吗?"

"有温壶酒在,他的五毒可以催醒东君。"百里成风答道。

"让东君来正厅。"百里洛陈说道。

两炷香之后,百里东君被一顶步辇给抬了进来,他坐在步辇上打着哈欠:"为什么把我叫来这里?我这才刚刚睡出了点滋味,那稻草人不是已经被我给砍断了吗?还要把我关进去?"

"东君。"百里洛陈沉声道。

百里东君一愣:"爷爷,怎么了?"

"你还记得白日里见到的那人,和你说了什么话吗?"百里洛陈问道。

百里东君想了想:"那个戴斗笠的人?他很奇怪。他说,终于与我见面了。搞得好像之前就认识我一样。"

百里洛陈和百里成风相视看了一眼，随后问道："只说了这一句话吗？"

百里东君揉了揉太阳穴，随后眼睛一亮："他还介绍了一下自己，他说，他姓萧。"

"姓萧！"百里成风一惊。

"小先生，萧先生。"百里洛陈喝了一口茶，"果然如此。学堂和朝廷之间，一直似乎有根线，若有若无地联结着，今日，终于是找到这根线了。东君，下去好好休息，这几日不要随便出自己的宅院。"

"那怎么行……我都已经完成任务了。"百里东君不满道。

"那就出去玩，不到半夜三更，不许回来。"百里洛陈一笑。

百里东君点头："这还不错。"

深夜，明月当空。

客房之中，仍有一盏烛火亮着，小先生坐在那里翻阅着手中的书，一本书，一盏茶，已经看了两个时辰了。

门外终于响起了脚步声。

"小公子，镇西侯爷来了。"

"无异，万事安。"

百里东君看着刚从府外传来的这张纸条，神色冷然，他问身旁的顺德："昨日爷爷去那个使者的客房了？"

"嗯，小的从小到大的兄弟昨日值的夜，他亲眼看见的。"顺德回道。

"看来这个从天启而来的使者，姓的萧，真的是那个萧，不然以爷爷的性子，哪会深更半夜亲自登门。他们聊了多久？"百里东君问道。

"这就不知道了，我那兄弟也不敢一直盯着不是，要是被老侯爷发现了……"顺德嘿嘿一笑，没有再说下去。

"万事安，安个屁。"百里东君将手中纸条撕得粉碎，提起长剑就往外面走去，"备马！我要出门！"

在乾东城的前十年间,一个少年踏马奔城的景象时不时地就出现一下,以至于人们后来都习以为常了,一开始都是小声的咒骂埋怨,后来也就变成了齐声的喝彩,生怕那少年马跑得不够快,嗓子喊得不够响,后面追他的人不够多。

但今日,少年的背后没有人追。

因为老侯爷说了,这个月,少年想怎么玩就怎么玩!

可少年跑得比任何时候都快。

"小公子,今日做什么去啊?"街边的小贩问道。

百里东君没有回答,像一阵风一样从他身边掠过。

"小公子今日是怎么了?"那小贩有些不解。

但在暗处,那些守了几日的人们一开始却大惊失色,等了几日,破局而入的人终于出现了,却是小公子自己!

"必须得见到师父!"百里东君在心中怒喝。

几炷香的工夫,他已经到了那处院落之外,他从马背上纵身一跃,整个人朝着墙上掠去,却忽然有一只手一把抓住了他的衣领,将他重重地往地上一甩,百里东君被甩在地上,猛地向后退去。

"是谁?!"百里东君稳住身,手一把按在了剑柄之上。

"你进步很大,竟然学会对敌人拔剑了。"那人背对着他,笑着说道。

"你究竟是谁?"百里东君厉声喝道。

那人依然没有转过身:"我是谁并不重要,重要的是,你今日不能进去。"

"为什么不行?我百里东君要去的地方,谁也拦不住!"百里东君微微俯身。

"看来你已经掌握了几分运用体内真气的方法,但是想要对付我,还差了很多。"那人叹了口气。

"让开!"百里东君纵身一跃,手中那柄"不染尘"瞬间出鞘,剑气凛冽,一瞬即发,虽然比不上那日一剑斩断稻草人时的威势,却也仍然算得上是绝佳的一次出剑。

但他的剑却没有归鞘。

那人猛地转身,一只手握住了那柄"不染尘",另一只手轻轻地在百里东君的脖子上敲了一下,百里东君便晕了过去。那人将百里东君的身子背了起来,回头看了一眼那院落,便纵身离开了。

院落中琴声忽起,仿佛院外发生的一切,全部都在院内人的眼中。

一曲作罢,通往院落的长街尽头出现了另一个身影。

同时,一张纸条在城内疯狂地传阅,可却找不到这张纸条应该送达的主人了。

"有一道士入局,往院行。"

年轻的道士背着一柄桃木剑,腰间挂着一柄长剑,一副懒洋洋的样子,慢慢地在长街上走了几步,可却没一会儿就来到了院落的前面。他打了个哈欠,微微垂首,轻声道:"青城山掌教吕素真座下首席弟子王一行求见。"

"入。"院内有一个淡淡的声音传来。

王一行笑了笑,手轻轻地在墙上画出了一个八卦的形状,然后院墙之中就忽然多了一扇门,他推开门走了进去。

"先生的门藏得真深啊。"

院落之中,一个一身白色长袍、满头白发披散的老人坐在那里,他轻抚琴弦,没有抬头:"我与吕真人,也有数十年没有相见了。"

"掌教真人知道先生在这里,特命我来带先生离开。"王一行说道。

"带我离开?吕真人不怕引火上身吗?"老人问道。

王一行笑了笑:"先生怎么是火呢?先生是利剑,天下之人都想握剑其中,而我青城山,却只想藏剑其中。想来抢剑的人,就来踏我们的山门,我青城山有桃木剑一千三百柄,可结阵,可杀人,尽管试之。"

"我年轻时和吕真人相见,心想这道士如此狂傲,以后必定疯魔武林。后来我们都大了,道士去做了掌教,我以为就成了个爱讲道理的牛鼻子。没想到,气魄不改当初啊。"老人轻轻一挥手,对面的石桌之上就多了一杯酒,"请饮。"

王一行坐了下来,感慨道:"先生的幻术果然名不虚传,之前只是听师父说过。"

"幻术是假的,酒却是真的。"老人手一挥,自己手中也多了一杯,抬起手一饮而尽。

王一行也举起杯子一饮而尽,他眼睛一亮,望着手中空空如也的杯子:"什么酒?这么好喝!"

"这酒名桃花,你可以带回去给你师父一瓶。"老人将一个玉瓶放在了王一行的面前。

"我师父因为练功已经几十年滴酒不沾了,不过我有个小师弟,特别喜欢吃桃子,不知道这桃花酒他爱不爱。"王一行将那玉瓶收入怀中,"不过先生,我刚才说的话你还没有回答我。"

"我很喜欢青城山,但是我更喜欢乾东城。"老人笑了笑。

"先生更爱的还是西楚吧,可是西楚已经没了,先生要选的不是想去哪儿,而是能去哪儿。我青城山如今是道家魁首,就连如今的武当也比不过我们,别人不敢招惹我们。而我青城山也无别的野心,更不会利用先生。"王一行缓缓道。

"我知道,但是你走出了第一步,很多人都在等这第一步。你终究还是太年轻了,只要你走出了这第一步,那么所有人都会开始动。"老人拨动了一下琴弦。

王一行笑了笑:"我是年轻,但是我并不冲动,我第一步动,也是因为我有信心保护先生。"王一行手轻轻一挥,腰间的桃木剑已经飞起。他转过身,院落之下已经站着一个满身血污的人了。

"无双层,宋燕回。"王一行也是微微一愣。

宋燕回愣了片刻,回道:"是无双城。"

王一行撇了撇嘴:"我官话有时候说得不好,明白意思就行了。不过这位无双层的少侠,你身上的血是怎么回事?"

"自从你踏出第一步后,外面不知道多少人想入这个院子。"宋燕回收回了手中的水月剑,抱拳道,"在下无双城弟子宋燕回,拜见古前辈!"

老人却没有理他,只是抬起头看着院外的方向,若有所思。

院落之外,一群人刀剑相向,这条原本寂静无人的街,已经挤满了不知从江湖何处赶来的各派高手。直到马蹄声响起,一身白袍的镇西侯府世子百里成风挥着马鞭踏入长街,怒喝道:"此街封路，擅入者，斩！"

"此街又不是你镇西侯府的，凭什么不让人走？！"有一剑客大喊道。

百里成风策马走过他的身边，长剑出鞘又归鞘，那人头已被他提在手中，他转过身，将那人头高高举起，重复了一遍："此街封路，擅入者，斩！"

一支百人队的破风军跟随着百里成风踏入了这条长街，手中长刀飞扬，将那些江湖中人驱逐出了长街，随后整齐地列在两边，百里成风也拨转马头，望着长街尽头，有一辆马车跑了过来。

马车跑到了院落之前停了下来，马车中有一人走了下来。

两侧兵士全都下马，单膝跪地，盔甲的碰撞声清脆而庄严："参见侯爷。"

百里洛陈点了点头，随后马车中又一人踏了下来，百里成风的脸色微微变了变，下来之人正是学堂的小先生。

小先生走到了那院墙之前，微微一笑，往前轻轻一推，一扇门忽然就出现在了那里，他随即便走了进去。百里洛陈对百里成风说道："拦在这里，任何人也不能进来。"

百里成风点了点头："好。"

看到那扇门再度被打开，王一行立刻手一挥，将那柄桃木剑握在了手中，看着面前出现的那个戴着斗笠的人，他微微一愣："稷下学堂的人？"

老人叹了口气："终于还是来了。"

小先生摘下了斗笠，露出了斗笠下年轻的面容，他笑了笑："终于见到古先生了。"

随后进来的百里洛陈走到了小先生的身边，望向那老人，可一向镇定自若的他浑身一震，他眼睛中闪过一丝惊诧："你……"

老人笑了笑："是不是觉得有些遗憾？"

镇西侯府中。

百里东君睁开了眼睛，发现自己已经躺在了屋子里的床上，他只是犹豫了一瞬间的工夫，立刻拿起了被放在床边的剑，一脚踢开房门走了出去。

有一个人背对着屋子坐着,听到身后的声响,他微微侧首:"你醒了?"

百里东君沉声道:"我醒了。你还要再把我打晕一次吗?"

"不用,我有至少十种办法,不必打晕你,也能让你今日走不出这间屋子。"那人傲然道。

"你这句话说错了,你的办法其实只有一种。"一个声音从院外传来,有一人推门走了进来,身穿白色长袍,头戴白色斗笠。

"学堂使者?"百里东君一愣。

那使者摘下了头上的斗笠,丢在了一边:"认不出我的样子,难道还听不出我的声音?什么学堂使者?我明明是名震天下的雷家堡本代弟子第一人,学堂李先生座下最有天赋的弟子,以及北离公子榜上独树一帜的灼墨公子——"

"雷梦杀!"百里东君很给面子地接了下去。

雷梦杀满意地点点头,随即问院内那人:"你可听说过我?"

"雷门本代弟子第一人——雷梦杀。"那人笑了一下,"自然听过。"

雷梦杀伸出一指:"我的这位朋友需要离开,还请让路。"

那人站了起来:"你很有自信。"

百里东君几步掠到了雷梦杀的身边:"雷大哥,你怎么会来这里?"

"我也是学堂弟子,虽然从来不管学堂的那些差事,但这一次与你有关,我便厚着脸皮跟了过来。那些人去找你的师父了,怕是会对你师父不利,虽然结局已经很难改变了,但我知道,若你这番不去,必定悔恨一生。"雷梦杀说道,"学堂雷梦杀,请这位高手指教。"

"你自称学堂弟子,却违背学堂的命令?"那人惑道。

"师父教我们的第一课,就是随心而动。我不听学堂,只听自己。"雷梦杀声音又高了几分,手中指头挥了挥,"还请不请啦?!"

那人站了起来,手中长袖一挥:"请指教!"

雷梦杀纵身一跃,一指伸出。

那人迎出一掌,热风飞卷。

一指对一掌，两人各退三步。

那人点了点头："的确有几分本事。"

雷梦杀淡定自若地笑了笑，随即微微转身，对着百里东君，一张脸涨得通红。

"怎……怎么了？"百里东君问道。

雷梦杀的那根手指剧烈地颤抖着，痛苦地说道："好……好痛。"

"啊？"百里东君一愣。

雷梦杀紧接着说道："快……快跑。"

百里东君微微皱眉。

"快跑！"雷梦杀怒喝一声。

百里东君转身推门跑走，院中那人纵身跃起，便要向前追去。

"给我炸！"

雷梦杀长袖一甩，十几粒霹雳子脱手而出，院中爆炸声四起，紧接着雷梦杀又朝着烟尘中丢出了一件火器："还是雷家堡的祖训说得对！打不过的，就炸死！"

百里东君听着身后的爆炸声此起彼伏，虽略有不安，但没有片刻回头，直到奔出镇西侯府，发现有一个熟悉的声音正坐在门外举着个酒葫芦喝酒。

"舅舅……"百里东君颤声道，对于这个舅舅他再了解不过了，只要这个舅舅不愿意，他就算长了翅膀自己也飞不走。

"舅舅，我给你十坛梅初香！"

"二十坛梅花月！"

"三十坛净水酿！"

"我把我这柄'不染尘'也一并送给你！"

温壶酒站了起来，叹了口气："赶紧随我去吧。"

"什么？"百里东君一愣。

"再不去就来不及了，你的速度太慢，我带你去！"温壶酒笑道，"只不过刚才说好的那些酒，一坛也不能少！"

院落之中，老人望了一眼那学堂的小先生，随后退了几步，坐了下来，轻抚长琴："你是为学堂而来？"

小先生摇头:"我是为朝廷而来,与学堂无关。"

"我看出来了,为朝廷而来,当如何?"老人拨动了一下琴弦。

"先生是西楚遗孽,理当收押,交大理寺治罪。"小先生恭恭敬敬地回道。

"这件事可以交给很多人办,地方督府、天启大理寺或者天子直率的影卫司,为什么交给一个学堂的学生?我猜你姓萧,你需要积累功勋,为的是抓走我的这份荣耀?"老人缓缓道。

小先生点了点头:"先生不愧为能和师父齐名的人物,你猜对了。"

"你在皇子中排行第几?"老人喝了一杯酒。

"排行第七,名若风。"小先生手轻轻地按在了剑上,"身为练剑之人,我敬仰先生,但是这和我要带走先生,是两件事。"

那青城山的道士王一行踏出一步,拦在了二人中间:"先生虽曾是西楚之人,但是如今西楚已经灭国了,先生也已经隐居,不可能再危及北离的安危。"

萧若风又摇了摇头:"这又是两回事了。"

"你似乎是个不通情理的皇子。"王一行眉毛挑了挑,似乎并没有因为对方是皇子而有所退缩。

萧若风撇了撇嘴:"我懂情理,更懂情义。但我说了,这是两回事。"

"所以你想带先生走?就凭你?"王一行幽幽地说道。

萧若风微微俯身:"我想试试。"

"好!那就来试!"王一行怒喝道。

"我来!"宋燕回一步向前。

"无双层的这位,你们无双层和朝堂的关系,可一直不错。"王一行提醒道。

宋燕回挥出水月剑,指向萧若风:"按照他的话说,这是两回事。"

"是,我这次来此,一不是官府办差,二没有朝廷诏令,我以剑来带先生走,你们自然可以剑拦我。"萧若风点头,"请。"

宋燕回没有再犹豫,纵身一跃而出,长剑直逼萧若风的咽喉,萧若风头轻轻一侧,长剑从他额边擦过,他手中长剑瞬间出鞘,往宋燕回身后刺去。宋燕回长剑掠出,一个回身。

两柄剑相撞,发出清脆的响声。

萧若风微微一笑,将宋燕回的长剑往下一压:"这一式回剑很是不错,很配你的名字。"

宋燕回微微皱眉:"你的剑也很快,的确若风。"

"很快吗?"萧若风一笑,整个人瞬间就到了宋燕回的面前,"这才够快吧?"

宋燕回一愣,立刻点足向后掠去,但依然还是慢了,萧若风一剑落下,就将宋燕回的整个右袖给撕了下来。

琴声忽起,老人坐在那里一边抚琴一边饮酒,仿佛此刻发生的这一切,都与他无关。

百里洛陈微微往后退了几步,仿佛此刻发生的这一切,也与他无关。

萧若风长剑放在眼前,手指轻轻在剑刃上拂过,最后手指在剑尾处一弹,发出"铮"的一声。

王一行终于看清了这柄如风一般的快剑,他微微一愣:"昊阙剑?"

虽然曾经见过名剑山庄许久未曾出现的仙宫品之剑"不染尘",可是昊阙剑可是真真正正被剑谱列为十大名剑之一的,习剑者见到这真正名动天下的剑,难免不心潮澎湃。

宋燕回瞳孔微缩:"这就是传说中的昊阙剑?"

"十大名剑中,昊阙远不算上品,你们无双城有十大名剑第二的大明朱雀,何必惊叹这一柄昊阙?"萧若风淡淡地说道,"你的剑法不错,可想要拦住我,还差了许多。"

"我来!"王一行纵身跃起,一剑砸下。

萧若风抬起头,起剑迎之,脚下尘土被剑气卷起,形成了一朵莲花状。

乾东城中,一辆马车停在了那里。

白发临风的白发仙和执扇轻摇的紫衣侯落在了马车的身边,青

衣侍女仰起头,往后望去:"都已经动了,两位尊使若还没有到,怕是赶不上了。"

忽然有一阵疾风掠过。

马车内的女子缓缓道:"他们已经来了。白发、紫衣,你们现在跟上去,定要将那西楚剑仙带到我的面前!"

"领命!"白发仙和紫衣侯抱拳道,急忙纵身跟了上去。

马车则停在了三条长街以外,没有再往前前进一步。

青衣侍女转过头,看见旁边的屋檐上,一个熟悉的身影落在了那里。

百里东君。

青衣侍女先是愣了一下,随后一笑:"也不知道这究竟算不算是有缘。"

"是他?"马车中的女子问道。

"还有温壶酒。"青衣侍女回道,"不然就可以直接带走了。"

百里东君停住了身,垂手望去,陷入了犹豫之中。

"你在犹豫什么?"温壶酒沉声道。

"我想知道,她究竟是谁?"百里东君问道。

"我只知道,每一次这顶轿子出现的时候,一些奇怪的人也会跟着出现。"温壶酒冷冷地说道。

百里东君点了点头,点足一掠:"留给将来吧,她说等我名扬天下的那一天,就自然会来找我。"

青衣侍女看着百里东君离去的身影,微微侧首:"小姐,他走了。"

"去救他的师父了吧。"马车中的人轻轻地叹了一声。

院墙之外,百里成风一直手握长剑,领着破风军守在那里。一个时辰间,再也没有人能够靠近这里,但他额头上却仍然不停地冒着汗。

太久了。

真的太久了。

以百里洛陈的行事速度,一个时辰足以让里面的事情有了一个结果,但如今一个时辰过去了,里面却一点动静都没有。他握住了剑，心中的不安更添了几分。

长街的尽头，两个身影落在了那里。

一个长得极高，却也极瘦，在风中轻飘飘的，像是一根竹竿。

另一个则长得极矮，穿着一身长袍，长袍之上绣满了铜钱的图案，像是一个聚宝盆。

"这人是百里成风？"

"他手中的剑很快，可要小心了。"

"紫衣，白发。"

两人落在他们身后。

"上！"

院墙之内。

地上的尘土被剑气卷出了一朵莲花状。

就连一直抚琴不语的老人都抬起了头，多看了一眼。

"吕素真自创的剑法——上清剑莲？"萧若风长剑一卷，被那剑气逼退了三步。

王一行持剑再上："好见识，再来！"

道家至宝《太乙救苦护身妙经》中所道："救苦天尊步摄莲花，法身变化无数，忽而女子，忽而童子，忽而风师雨师，忽而禅师丈人！"吕素真由此间领悟上清剑莲，以剑气化身无数。

王一行持剑轻旋，时而姿态典雅，婉转若女子；时而剑招平凡，稚嫩若童子；又时而狂放，若风雨忽袭；时而沉稳，若宗师镇山。

剑招变幻，剑气横流，王一行在院落中若游龙穿梭，煞是威风。

就连宋燕回也看呆了，当时王一行在名剑山庄剑压群雄时，自己曾按捺不住上前挑战，无奈被长老拦住，可现在他才明白，长老为什么拦住他。两个人在剑的修为之上，的确还差了几分境界。

但是萧若风却仍然镇定自若，他的剑招除去一个"快"字外，似乎并没有什么特别之处，学堂李先生成名的那几套剑法，并没有在他手中展现出来。

"学堂李先生所传的剑，就只是如此吗？"王一行狂笑道，身形一晃，竟做醉仙状。

"只是如此嘛！"王一行一剑甩出，将萧若风逼退。萧若风似乎也不惊，依旧浅笑。

"如此嘛！"王一行神色一凛，怒目而视，一剑斩下！

"铛"的一声，这一次萧若风没有退，而是挥剑一剑格住了王一行的剑。王一行怒喝一声，剑气暴涨。

萧若风笑了一下："我不如这位道兄，能将吕素真掌教的剑法学得淋漓尽致。师父的剑法我学不会，他有一式名天下第二。"

李先生一剑既出，称天下第二，谁敢称天下第一？

"我不如师父，挥不出那天下第二，便只有自己的这一招，天下第三。"萧若风脚步轻轻往下一坠，然后起剑就是一甩。

院中之人，心头都是一震。

萧若风这句话说得很是谦逊，但世人谁不知道，创一招剑法，比学一招剑法，要难得多。更何况他创的招式名叫天下第三，这个意思很容易理解为——学堂李先生之后，剑术之上，便是他萧若风了。

话说得很谦逊，可话下的意思，却够狂了，狂得让同样用剑的王一行很是愤怒！

他持剑猛挥，手中握着一柄桃木剑，可看浑厚的剑气却更像是重剑的用法。

萧若风的昊阙剑忽然变得很慢，仿佛之前的快只是铺垫，而这一式慢剑才是真正的杀招。浑厚的剑气被他缓缓引来，厚重若泰山，横压直下！

"这就是你的天下第三？是要压得众人抬不起头来？"王一行怒喝。

萧若风一改之前的从容，此刻也是额头青筋暴起："你这是化的，又是哪位神仙像？"

"镇天真武，长生福神。今日我化之真武，举剑抬山！"王一行一剑迎上萧若风的山之剑气。

两剑相撞，剑气澎涌，院中一瞬间飞沙走石，但宋燕回仍看得目不转睛，生怕错过了一分一毫。老人和百里洛陈依然袖手旁观，仿佛一切与自己无关。烟尘散去后，只剩下王一行两手空空，一柄桃木剑飞落在那大树之下，萧若风低头浅笑。

"承让了。"

王一行叹了口气："早知道练剑的时候不偷懒了，师父总说天外有天，剑外有剑，今日算是见识到了。你我都用尽全力，我输了半招。"

萧若风点头："只是多了几分运气。"

王一行忽然将腰间另一柄从名剑山庄求来的火龙剑拔了出来，大笑道："但你也不过胜了半招！无双层那小子！"

宋燕回一愣："怎么了？"

"咱们一起上！我只输了半招，你再不济，还抵不上这半招？"王一行回道。

这回不仅宋燕回愣住了，就连萧若风也愣住了。

"不是素来听说青城山吕素真掌教为人极有仙气，处事凛然正义，好似神仙再世？"萧若风缓缓道。

王一行点头："但我不是！"

宋燕回却是犹豫："我们两个人一起打他一个？"

"不是一起打他一个，是一起守护老剑仙！"王一行提醒道。

宋燕回反应了过来，立刻向前几步："好！"

老人一曲作罢，抬起头："你这小道士，有几分意思。"

"师父好面子，要做什么再世神仙，所以弄了半天只是个道门魁首，我要是他，现在早就去天启做国师了！"王一行哼了一声。

萧若风却猛地转头，望向院墙之外，急忙俯身，急喝道："杀气！"

院墙之外，百里成风从马上一跃而起，手按在剑柄之上，暴喝道："谁？！"

长剑已出。

两个人已到他的面前，一人白发持剑，一人紫衣挥扇。

剑气夺鞘而出，两人畏其锋芒，纷纷避让，一身衣袍被剑气卷得粉碎。

胜负立判！

然后这两人不过只是虚招。

一个瘦高的男人忽然出现，长袖一甩，将那长剑往下坠去。

"千斤坠！"百里成风认出了这门功夫。

"好见识！"又一个身穿铜钱花衣的矮个男子从瘦高男人的身后掠出，一掌打在了百里成风的胸膛上，将百里成风击飞了出去。百里成风撞到院墙之上，吐出一口鲜血。

百里成风的剑的确够快，但他们来得却更快！

站在两侧的破风军立刻拔出长刀，向前迎去。

瘦高男子和花衣男子轻轻一个旋身，将围剿他们的军士全都打飞了出去。

"你们两个殿后。"瘦高男子和花衣男子越过百里成风，一步踏入了院墙之中。

老人将手猛地往琴弦上一扣，发出刺耳的声音，声音中满是不满："谁？！"

瘦高男子站起身，目光凛然："无法。"

花衣男子整了整衣襟，笑容和蔼："无天。"

萧若风瞳孔微缩："似乎是没有想到的客人，大概你们就是雷梦杀所说的那天外之天？"

随着无法和无天落入院中，白发仙和紫衣侯也跟了进来。

萧若风笑了笑："一个白发，一个紫衣，和信上说得一样。"

瘦高的无法看着萧若风："你是萧重景的儿子？"

萧重景，当今天子名讳，谁敢直呼？

"你的胆子很大。"萧若风手中长剑轻轻挽出一朵剑花，"无法无天，很配这个名字。"

穿着花衣的无天露出了富家翁般的笑容："小娃娃，莫在你大爷面前装什么高手，就你手中这点花把式，还不够大爷我看的，把你师父叫来还差不多。"

"没打过，怎么知道是不是花把式？"萧若风微微一笑。

"王道长，现在怎么办？"宋燕回低声问道。

王一行将火龙剑对准了无法、无天："打他们。"

"为什么？刚刚不是还要联手对萧若风的吗？"宋燕回惊道。

"因为这几个人脸上写着明明白白的四个字：'我是坏人'。"

王一行和萧若风相视一眼，都轻轻点了点头。

两个人虽然看上去若无其事，但已经察觉了无法、无天的功夫……可能真的是无法无天。

他们说的把学堂李先生叫来还差不多，或许并不是一句狂妄的话。

一直站在角落的百里洛陈忽然开口了："你们是如何进来的？"

"自然是打倒了外面的人，走进来的。"无天望了他一眼，"有问题吗？"

百里洛陈伸出长袖，一根令箭飞入空中，瞬间炸响。

"破风令？你就是镇西侯爷？"无天眼中闪过一丝凶戾。

"没时间了，马上城外的破风军就会进来，我们现在得立刻带走他。"无法望向院中的老人——这座深院的真正主人。他已经很久都没有说话了。

老人淡淡地笑了笑："我一直都对一件事情很疑惑，既然你们知道我是西楚剑仙，那么，凭什么以为自己能够带走我？"

老人怒喝一声，院落之中瞬间落叶纷飞。

"当年你以一剑迎万甲破风军，世人都以为你死了。在那种情况下，就算活下来，也会受极其严重的伤，若你依然如当年般剑法通天，那么这些年你怎么可能不出来报仇？所以，你虽然活着，但……功力早就不是当年的西楚剑仙了。"无法冷冷地望着老人。

老人不置可否，只是摇了摇头："既然如此，为何还要来找我这个废人呢？"

"西楚是个小国，可是却挡住了如日中天的北离三军整整四年的时间，靠的当然不止是一位剑仙，我们想要得到，西楚真正强大的东西。"无天依旧和善地笑着。

"无天，你的话说得太多了，先把这些碍眼的人都解决掉！"无法忽然暴起，对准宋燕回一掌打去。

宋燕回反应也是极快，立刻提剑欲迎，但对方的掌力却太过浩瀚，直接就把宋燕回的剑气一掌打了下去。王一行出剑欲救，却对上了一张笑眯眯的脸。

"你的对手是我。"无天一掌推出。

203

萧若风在此时也终于出剑了,可一柄莹白如玉的长剑落在了他的面前,随即一把折扇飞闪而来。

白发仙和紫衣侯联手一击,就连萧若风也无法瞬间脱围而出。

宋燕回一掌就被击飞,撞到了院墙之上,手中长剑落地,瞬间昏了过去。

王一行火龙剑横劈而下,被无天一手抓住,无法回过身来,也将那王一行一掌打飞。

不过是一眨眼的工夫,高下立判。

萧若风见状长剑一甩,退到了三丈之外,他转头问王一行:"怎么样?"

王一行苦笑着吐出一口血痰:"也就是运气好,才没有死。这两个人,打不过的。"

萧若风微微皱眉:"他们究竟是谁?"

无法和无天忽然转身,望向百里洛陈。

"能顺手杀了镇西侯爷,那才是真正划算的买卖!"

无天率先暴起,却被一剑打了回来。那柄剑不知何处而来,却夹杂着无上剑气,逼得无天一个回身,退到了原地。那柄剑也回到了剑主的手上,无法和无天转过身,望着它的主人。

老人握着剑,白发纷飞,恍若仙人临世,他弹了弹手中之剑:"也是许久未曾出剑了。"

无法向前一步:"终于见到了,这就是西楚剑仙的剑——'问道'?"

无天摇了摇头:"据说问道剑是青铜古剑,厚重古朴。可是这柄剑,却是铁剑,而且轻盈飘逸。"

"这柄剑不是'问道'。"

"它叫'不换'。"

"我这几十年,用的都是它!"

无法和无天相视一眼,大惊道:"你……不是!"

"对,我不是剑仙!"老人朗声长笑,"剑仙早就埋在了那片战场上!"

"但你是……"无天呆愣道。

老人提剑暴起："是！我是……"

院墙之外，温壶酒和百里东君终于赶到了那条长街。温壶酒纵身跃到了重伤在地的百里成风身边："怎么回事？我看到了破风令！"

百里成风正在打坐调息："忽然来了四个奇怪的人，其中有两个人至少是天境的高手。他们四人只用了一击就把我打伤了，现在里面是什么情形我也不知道，但父亲用了破风令，想必里面的情形也并不好，你快去助他！"百里成风睁开眼睛，却看到了跟在后面的百里东君，怒道："你来做什么？！"

百里东君沉声道："我来救我的师父。"

"你知道你的师父是谁吗？！"百里成风喝道。

百里东君摇了摇头："我认识他的时候，他是我的师父。而在此之前他是谁，已然不重要了。对我来说，他只是我的师父，仅此而已。"

温壶酒一把拉过百里东君，对百里成风说道："已经来不及多说了！现在的事情，不在于西楚剑仙，而在于这些突然来此的人，究竟是谁？！"

百里成风犹豫了片刻，点了点头："还请温兄保护好他们。"

温壶酒笑了笑，一把将百里东君拉起，跃入了院中。

"温家温壶酒，不好意思，来晚了。"

"乾东城小霸王百里东君，有我在，谁敢伤我师父！"

"温壶酒？"

"冠绝榜第四甲的温壶酒？"

无法和无天的神色微微一动，这的确是一个值得他们注意的高手。

至于乾东城小霸王……

百里东君脸部微微抽搐了一下："你们好像没有听到我说的话？"

无法那张冰冷的脸上难得露出了几分笑容："乾东城小霸王，这个名号实在吸引不了我们。但是百里东君这几个字，我们一直有所耳闻。"

205

百里东君退到了老人的身边："因为名剑山庄？"

"不，在你很小的时候，我们就听过你的名字了。"无法向前走出一步，"这一次我们要从乾东城带走的东西很多，现在恰好他们都到了我们的面前。"

百里东君退到了老人的身边："师父，我来晚了。"

老人笑了笑："不是说这个月都不要回来吗？"

百里东君半跪在地，泪水夺眶而出："是徒儿对不起您，暴露了您的身份！"

"不怪你，你身体里的剑术是我种下的，当年你不想学武，但如此良才，我的确感到有些可惜，也想让这剑术有所传承。"老人摸了摸百里东君的头，温和地说道。

"西楚剑仙，竟然是个如此温和的人？"温壶酒低声感道。

老人抬起头，手中之剑挽出一朵剑花："温家温壶酒？你来晚了，刚才我已经告诉他们了，我不是剑仙。"

"那你是谁？"温壶酒问道。

"西楚双绝，剑仙儒道，古莫古尘。我是古尘。"老人抬头望天，怅然道，"世人都以为那次决战中，我们两个人都死了，但其实我活了下来。"

"你是儒仙古尘！"温壶酒大惊。

"既然师父不是那西楚剑仙，那岂不是他们也没有难为师父的必要了？"百里东君大喜。

"不！如果是儒仙古尘，怕是今日……无法善了了。"王一行右手捂着伤口，艰难地说道。

萧若风微微垂首，神色变得更加凝重，望了一眼百里洛陈："经历过那场战争的人，都应该知道，儒仙古尘比剑仙古莫可怕得多。"

"他们要找西楚剑仙，想必也是认为古莫是古尘的生死之交，若古尘的术法有所传承，必是留给了古莫。"王一行沉声道。

百里东君不解："你们究竟在说什么？什么儒仙？什么术法？"

"儒仙并不会武功，他和剑仙古莫原本是师兄弟，跟随一个江湖戏法大师学习幻术，后来两人一个去学医术阵法，一个则去学武练剑，最后都大有所成，古尘成了儒仙，古莫成了剑仙。但是剑仙仅是一人之力，若真要对付，北离也并非没有剑道高手。但是儒仙古尘的……药人之术，却能让寻常兵士都可以一敌百，那场讨伐西楚的战争，是儒仙一个人拖延了整个西楚的覆灭！"萧若风走上前，微微俯身，"为了北离，我必须在这里杀了你。"

古尘朗声长笑："是我拖延了整个西楚的覆灭？不过是逆天道而行，葬送了多少无辜的生命。放心吧，药人之术，不会重现于战场之上。温家温壶酒，你来此，也是为了这药人之术吧？"

温壶酒微微侧首，不置可否。

"你来晚了，药王谷的老谷主几年前来过这里，药王谷是医家，你们是毒家。在他们的手中，我想药人之术再也不会被用在战场之上。抱歉了，无论是古莫的剑法，还是我的药人之术，都只会有一个传承。"古尘望了一眼百里东君。

温壶酒叹了口气："大便宜，被辛百草拿去了。不过先生也不要小看人了，我不只是为药人之术来的，我为的也是我的这个小外甥，他要保护自己的师父。"

"这么多年，我藏在乾东城中，便再也不想与这世间有任何瓜葛。直到意外遇到了东君，我想人老了，总还是希望有个人能够陪自己说说话，然后学走自己的本事，去走自己没有走过的路，去见没有见到的人。东君，替师父去一趟天启城吧，酿一壶桃花月落，放在天启城最高的地方。"古尘举起了手中的剑。

百里东君从古尘的话中预感到了什么，大呼道："师父我带你去！你自己，亲自去！"

古尘笑了笑："我早就该死在那年的战场上，这么多年我在院中故步自封，不过是想忏悔当年留下的罪孽。师父没有经过你的允许，你喝的酒中我偷偷加了药，这么多年的药修，你已经不是普通人了，和你说一声抱歉。"

百里东君摇头，不知道该如何回答。

"是龙总要飞天！是英雄，光芒便藏不住！"古尘望向百里洛陈，怒喝道。

无法感受着古尘身上越来越强的气息，不安道："不是说儒仙古尘不会武功吗？这是怎么回事？"

"我年轻时看过一本书,叫《酒经》,里面教会我酿一种酒,可以不断提升功力,我喝了几十年了,也该是个高手了。古莫的剑我学过,剑仙的剑,你们一定见得到!"古尘又望了一眼百里东君。

"我教了你问道于天,但想必你也听说了,真正厉害的是另一式,那招叫大道朝天,我会用给你看。但这是我的大道,你真正的大道,你自己走。等有一天,你走出自己的大道的时候,你就一定会像你说的那样名扬天下!"

古尘举剑挥过头顶,风沙瞬间狂舞。

萧若风、王一行、温壶酒、百里洛陈的眼前风沙弥漫,再也看不清古尘和百里东君的身影。

风沙之中,只有古尘和百里东君正对着无法等四人。

古尘闭上了眼睛,举剑轻旋:"古莫,你在泉下看到我这儒仙一剑,可莫要笑话我啊。"

记忆中,城墙上,以一剑敌万军的白袍剑客翩然起绝世剑舞,现如今,白发苍苍的老人,须发渐渐变得浓黑,脸上的皱眉渐渐抹平,那双深邃若寒潭的眼睛变得清澈明亮,他举剑挥下,俨然便是当年那风采惊动天下的人世儒仙。

"东君,看好了,这是我的大道。"
"你要走出一条属于自己的道。"

一剑出。
风沙止。

百里东君震惊于那一剑之中蕴含着的大道,瞪大了眼睛,心中潮涌澎湃,无法平静。

白发仙看了看对面重回少年模样的古尘,看了看自己手中的剑,喃喃道:"原来……这才是真正的绝世之剑。"

无法和无天依然平静地站在那里,但身上的衣袖已经被那剑气卷得粉碎,两个人嘴角有一丝鲜血渗出。

"五年之内,你们没有可能恢复武力。"古尘收了剑,沉声道,"滚。"

"人世儒仙，今日有幸得见，让我等再等五年又何妨？"无法平静地说道。

无天嘴角露出一丝嘲讽的笑容："古尘先生这一剑的代价，值得吗？"

古尘长剑一转："或许我还有第二剑。"

"走！"无法怒喝一声，拉起无天就往墙外掠去。

白发仙和紫衣侯也急忙跟了上去，但走出几步，白发仙却忽然折回，对古尘恭恭敬敬地鞠了一躬："先生剑术，今日得见，方知天地之广阔。"随即才转身跟了上去。

萧若风看了一眼离去的众人，又看了一眼百里东君，问道："你看到了什么？"

百里东君木讷地摇了摇头，没有回答。

王一行叹了口气："真是羡慕你，竟能看到真正的剑仙之剑。"

院落之外忽然响起了阵阵马蹄之声，想必是城外的破风军已经悉数赶入了城中，百里洛陈向前走出一步，走到了古尘的面前，长袖一甩，对古尘恭恭敬敬地行了一个大礼。

百里洛陈纵横沙场多年，刀下亡魂无数，除了当今陛下，谁曾受过他此番大礼？

古尘也恭恭敬敬地回了一礼。

百里洛陈直起身，长叹了一声，随即望向萧若风："七皇子？"

萧若风垂首："我随侯爷而去。"

百里洛陈点了点头，和萧若风一同推开了院落的门，走了出去。

破风军立刻策马而上，将两个人护在了中间。百里成风看到父亲出来，急忙起身："父亲，里面发生了什么？我从未见到过……如此强大的剑气。东君他……还好吗？"

百里洛陈转过身："放心吧，只是今日之后，东君就会明白……什么是真正的江湖。"

"他见过的恣意飞扬的八公子不是完整的江湖，名剑山庄的剑客风流也不是真正的江湖，而他此刻看到的，才是真正的江湖。"

"没有真正自由的天地，就算是江湖，也被世间的种种所禁锢着。"

　　王一行背起了晕倒过去的宋燕回，收回了被萧若风打飞的桃木剑，他看了一眼百里东君，转身对儒仙古尘说道："今日有负家师所托，没有助到先生，实在有愧。"

　　"无愧，你师父的朋友又不是我，听说你们青城山最近入门了一个小神仙？"古尘笑问道。

　　王一行一愣："看来先生虽处一寸地，却知天下事。"

　　"天纵之才，便有天纵之劫，还请真人小心。你也告辞吧。"古尘说道。

　　王一行点了点头："先生，就此别过了。"他纵身一跃，带着宋燕回往另一个方向离开了。

　　于是堂中除了古尘，便只剩下了温壶酒和百里东君。

　　温壶酒拍了拍百里东君的肩膀："告诉你妈妈，我先走一步了，明年春日，再来饮酒。"

　　"你是要去药王谷？"古尘问道。

　　温壶酒笑了笑："先生放心吧，既然已经是别人的东西了，我不会再去抢了，不过是去找辛百草，揍他一顿出出气罢了。不过有一句话，我想和先生说。"

　　"但说无妨。"古尘回道。

　　"药王谷学的是医术，我温家练的是毒术，医术能救人也能害人，毒术用来杀人却也可救人，先生做的选择不一定就是最好的。"温壶酒挠了一下百里东君的头，没有再等古尘的回答，也跟着纵身离去。

　　于是便只剩下仍被那一剑所震慑的百里东君一个人傻愣愣地站在那里。

　　古尘笑了笑，将那柄'不换'插在了地上，回到了古琴边，倒上了两杯酒，挥手道："东君，坐下来。"

　　百里东君回过神来，走了过去，在古尘的对面坐了下来。

　　"这么多年来，多谢你的陪伴了。"古尘与百里东君碰杯，"我与你再喝最后三杯酒。第一杯酒，感谢多年来的陪伴。一个人住在这院子中，的确是有些无聊呢。"

　　百里东君喝下了一杯酒，没有说话。

古尘也一饮而尽，又给自己倒了一杯："你也不必太难过，其实那一日我就应该死了，师兄用他的命换了我的命，这么多年我也只是靠这一杯药酒吊着一条命，这一天总会来的，只是我希望这一日来的时候，我不是一个孤院里无人所知的老人，而仍是当年神采飞扬的人世儒仙。今日这场面不错，又有不知名的绝世高手，还有名门弟子、镇西侯爷，甚至还有天启来的皇子，师父很满意啊。"

百里东君举起酒杯，泪水掉落杯中，溅起了水花。

"我之前一直和你说，师父我年轻时也是很英俊的，是可以疯魔武林的人物。"古尘撩了撩自己的鬓发，"现在相信了吧？只可惜没有疯魔几年，就遇到了家国兴亡，这人啊，只要背负得太多，就不再自由了。师父我希望你，可以一直自由自在的，不要管那么多，可也希望你名扬天下，成为真正的英雄。记住师父的话，去实现我还没有完成的梦想，也要走自己的大道！"

"道阻且长，行则将至！"

古尘站了起来，拔出了手中之剑，望着天空笑道："年轻时想做酒中仙，一杯敬朗月，一杯敬星空，如今便用一杯，敬死亡。"他起身跳到了那棵大树最顶部的枝干之上，垂首望下。

"你不是一直想问这棵树是什么树吗？它有时是桂花树，有时是桃花树，但其实它是凤凰桐，凤凰非梧桐不栖，这是西楚的国树。我养了它十年，可终归不属于北离这片土地，纵然是什么人世儒仙，也养不活它，便只能假扮成其他的模样。"古尘长袖一甩，那棵茂密的大树竟在瞬间变成了一棵枯树，他横劈而下，长剑之上竟是苍凉之感，将这棵枯败的树斩成了两截。

"我是西楚一游子，乘凤离去九万里。何入世间几轮回？愿会有君知我意。"

须发渐渐变白的古尘背对大树盘腿而坐："东君，不过是一场离别，你这一生，会经历很多这样的离别。"

"再见了。"古尘缓缓地闭上了眼睛。

第十章 · 奔赴天启

乾东城外，一辆马车正在飞速离去。

"无法和无天都受伤了？"

"是的，根据儒仙古尘所说，他们两个人五年之内不可能恢复如今的功力。"

"四尊使四人本就争斗不断，如今两人受了重伤，无相无作两位尊师怕是会有变。小姐，我们现在怎么办？"

"回域外，务必要快！"

"那百里东君？"

"我等他，名扬天下！"

狂奔的马车踏起一地烟尘，女子掀起了马车的帷幕，望着愈行愈远的乾东城，想着她和那个少年的一个承诺。

次日清晨，镇西侯府。

正厅之中，百里洛陈和百里成风沉默地坐在那里，两个人一口一口慢慢地喝着茶，从晨起一直喝到了中午，茶水已经添了三遍，两个人却仍然没有开口说一句话。

直到侯府管家从门外走了进来，低声道："侯爷，学堂的使者已经在外面等了两个时辰了。"

百里洛陈点了点头，放下了茶杯，百里成风终于按捺不住了："父亲，不可！不能让东君和他们走！那可是天启城，更何况……这个人是萧氏皇族的人！"

"我又何尝不知道呢。"百里洛陈叹了

口气,他毕竟是个老人了,无论伪装得再好,说出这句话的时候,还是露出了一丝疲态。

正厅之外,戴着斗笠,穿着白衫的两位学堂正使带着一众护卫候在那里。

雷梦杀早已经不耐烦了,站了一会儿就累了,所以在边上一块大石头上坐了下来:"你还等什么?等着这两个老狐狸把百里东君藏起来吗?照我说,直接进去把人抬走得了。"

"你口气很大,昨天不是被揍了一顿吗?"萧若风笑道。

雷梦杀挠了挠头:"那人武功太厉害了,我怎么知道镇西侯府还有这样的高手,我还以为我一拳击出,就能震动整个乾东城呢。"

"你炸了人家一个院子,侯爷没让我们赔就不错了,你还在这里那么多废话。抢是抢不走的,只能等,等百里洛陈想通这件事。"萧若风依然毕恭毕敬地站着。

"你为什么一定要百里东君?"雷梦杀问道。

萧若风回道:"因为先生要收此生的最后一个弟子。"

雷梦杀叹了口气:"若是百里洛陈想不明白怎么办?"

"那就等,等他想明白。"萧若风笑了笑,"天启城的确是危险的地方,但只有学堂,能护住他。以后出了学堂,就只有他能护住自己。"

"二位使者,侯爷有请。"管家进去许久之后终于从正厅走了出来。

"多谢。"萧若风拍了拍雷梦杀的肩膀,"一会儿进去以后,少说话。"

两个人踏入正厅,百里成风面色铁青地坐在那里,连头都没有抬一下,百里洛陈挥了挥手:"两位使者请坐。"

萧若风坐了下来,摘下了斗笠,问道:"不知道侯爷,可考虑清楚了?"

百里洛陈反问道:"殿下真的要将我这唯一的孙子带去天启吗?"

萧若风摇了摇头:"我要带走的,是学堂最需要的一块璞玉,璞玉和镇西侯府的小公子,这并没有直接的联系,是两回事,只

不过恰好身份重叠了。"

"我此生最疼爱的便是这个孙子,我本希望他可以远离纷争,就在那乾东城里做一个无忧无虑的富家公子,可为何殿下一定要将他推入深渊?"百里洛陈又问道。

萧若风依旧摇头:"每个人都会长大,只要长大了,便不可能无忧无虑。侯爷是战场上下来的人,说的话怎么倒有些孩子气了。"

雷梦杀终于忍不住了:"只有傻子才会一直无忧无虑。"

"不是让你别说话吗?!"萧若风低声斥道。

百里成风猛地将手中茶杯摔在了地上:"大胆,你说什么?!"

"我说只有傻子才会无忧无虑!他昨天已经见到了自己师父的死,以后这很长一段时间,他都会面对自己的愧疚。而且他现在得传西楚剑歌,已经是天下武人的目标了,你镇西侯府能护他一时,可若有一日,护不住了怎么办?"雷梦杀问道。

百里成风手中长剑夺鞘而出:"要论剑术,就算是学堂的高手,我也不惧。内子承袭温家毒术,放眼江湖,又有几个敌手?要学武,在我们这里学就是了,只要学到我们的八分,谁能害他?"

雷梦杀朗声长笑:"学堂李先生如何?"

百里成风将剑插在地板之上:"那你让李先生来和我说!"

雷梦杀愣了愣:"你这人不讲道理!"

百里成风怒道:"我讲道理能生出这样的儿子来?"

萧若风笑了笑,把雷梦杀拉了回来:"世子,其实雷师兄说得有几分道理。我明白世子和世子妃都是高手,镇西侯府里也还藏着很多足够上武榜的高手,但是在乾东城里学,他依然是那个万人之上的小公子,就算学有所成,也不过是一柄很漂亮的剑罢了,未经生死,徒手可折。当年世子出远门去学剑的时候,难道镇西侯府中没有高手可教?天启的确是一个吃人的地方,处处都是虎狼,但也是少年郎们展翅腾飞的最好地方。我相信百里东君,璞玉难藏。"

雷梦杀点了点头:"他可是我们钦点的北离第九公子——酒公子,天启欢迎他!"

"你别说话!"萧若风回头低斥。

百里成风一时无言，背过身去："我明白你说得有道理，但是我不同意，就由父亲决断吧！"

百里洛陈沉吟许久，终于对萧若风问道："还能不能再商量一下？"

萧若风哭笑不得："老侯爷，你当年在战场上一刀一个人头的时候，有没有和他们商量一下？"

百里洛陈叹了口气："唉，毕竟是自己最心爱的孙子，我去过天启，不想让我的孙子去那样的地方。但你说得对，璞玉难藏。儒仙说得也对，是龙终将腾空，是英雄就有掩不住的光芒。"

萧若风眼睛一亮："侯爷通理！"

"但是……还是问问他本人吧。"百里洛陈话锋一转，"来，管家，问问东君去不去，他要是不去，我们也不能逼他！"

"老狐狸。"雷梦杀低声骂道。

老管家正和赶来的一名家丁说话，闻言急忙跑入了正厅："侯爷，大事不好了！刚刚小公子抢了马，跑出府了！"

"百里洛陈！"萧若风回头怒道。

千算万算，萧若风怎么也没有算到，百里洛陈竟然在此时，让百里东君跑了。堂堂镇西侯府一品军侯，也能做出这么不要脸的事情？

可是百里洛陈的脸色也是极差，他也怒道："并非是我刻意让他走的！"

百里成风急忙问管家："现在去哪里了？可出城去了？"

管家连连摇头："已经派人去追了，目前公子还未离城，正在城里……"

"在城里做什么？"百里成风皱眉道。

管家犹豫了一下，垂首道："公子说，他要踏碎乾东城。"

百里洛陈回头看了萧若风一眼，萧若风的脸色很快就平静了下来，他垂首道："侯爷，失礼了。"

百里洛陈叹了口气："去看看吧。"

"小公子！"乾东城，长安街上，连连惊呼响起。

这位从小就在城里骑着马从一头奔到另一头的小公子终于重现

乾东城,那些久违的商贩们竟然有些期待,对他热情地呼唤:"小公子,今日去何处玩儿?"

"今日不去何处,只骑马!"百里东君回道。

"新出炉的红枣糕,小公子接好了。"有一商贩将一块热腾腾的红枣糕丢了出去。

百里东君伸手接过,使劲地咬了一口:"好!"

"公子这是要骑到何时?"有人问道。

"骑到日落黄昏,骑到月升星照,骑到身下这烈风驹,踏遍这乾东城的每一块土地!"小公子猛地一甩缰绳,"驾!"

"头儿,追不追?"一群轻甲武士骑着马跟在其后。

陈副将已经满头是汗,但没有平时那般气急败坏,他犹豫了一下,点点头:"追,慢慢地追,千万别追上了。"

手下的人忍不住笑了:"头儿,你又何曾追上过几次。"

"其他时候我不管,这一次一定不会追上。"陈副将轻轻甩了下缰绳,"这一次就让我们跟在他的马后,做一次护驾!"

乾东城的城楼之上,能眺望整个乾东城的观景楼之中,百里洛陈、百里成风和萧若风正站在那里,望着那一匹火红色的烈马在乾东城里穿梭着,就像是燃起了一团火焰,不断地流动着。

"真是一匹不好驯服的野马啊。"萧若风感慨道。

百里洛陈叹了口气:"刚才我说去不去天启,得问一下东君的意思,可现在看来,似乎已经有答案了。"

"有的人就是这样,去从军能做将军,苦读寒窗又可以中状元,练了武能做绝世高手,只看他想做什么,而不必问他能做什么。"萧若风笑道,"有这样优秀的孩子,世子和侯爷又担心什么呢?"

百里成风叹道:"我早就该想到,我们说了这么多都是没用,他做了什么决定,便也就变不了了。"

"七皇子殿下,我只有一个请求。"百里洛陈沉声道。

萧若风转身作揖:"请侯爷说。"

百里洛陈问道:"你此行有两个目的,见西楚剑仙,是为了朝堂,那带走东君,是否只为了学堂?"

"只为学堂,不为其他。"萧若风没有丝毫犹豫,立刻回答道。

百里洛陈点了点头："东君此去天启，不能与朝堂有任何的牵扯，七皇子殿下能答应我吗？"

萧若风点头："我以性命担保！"

乾东城之中，跟随着那团火焰，有一个黑影也正在急速地奔跑着——灼墨公子雷梦杀。

"不错不错，够畅快，有我当年和顾剑门踏城天启的风范！"雷梦杀纵身一跃，跟了上去，却被人忽然一把拽了下来。

"谁？！"雷梦杀一掌打去，那人也迎了一掌，两掌相交，对面那人的掌力似乎有一股黏力，直接就把雷梦杀拉了过去，两个人往侧边一退，直接撞入了一家店铺之中。那人立刻撤掌一挥，店铺的门被瞬间合上。雷梦杀这才抬头，看清了面前这人的样貌，是一个穿着华贵的美妇人，虽然已经不再是最盛的风华，却有着难言的韵味。雷梦杀愣了一下："你和百里东君有几分像，你是他的……姐姐？"

美妇人笑了笑："果然是多言公子，巧舌如簧，会说话。可是小时候你跟着你父亲来温家拜访，明明是见过我的，可别以为我忘了。"

雷梦杀尴尬地笑了笑："世子妃……嗯，还是叫温姨吧。"

"没比你大几岁，但这声姨还是得叫。"温珞玉忽然伸手，对着雷梦杀轻轻一挥，一片烟雾散了开来。

雷梦杀愣了一下，急忙后退，但鼻子里仍然闻到了那一股淡淡的香味："温姨！你这是作何？"

温珞玉缓缓走上前："这是我自己创的毒，叫温香暖玉，五年之后，东君学成归来，若是没事，我就给你解药。若是期间东君出了什么意外，放心，中了温香暖玉，会死在一场美梦之中，一点都不痛苦！"

"你别骗人了，温家的毒哪有不痛苦的！"雷梦杀哀号道。

乾东城城门口，百里东君猛地一拉缰绳，停住了烈风马，他忽然拔出了那柄"不染尘"，高高举起，怒吼道："天启！"

陈副将摘下头盔，泪水夺眶而出，他与身后十余名武士一同拔

出腰间长刀:"祝小公子学成而归!"

百里东君举着"不染尘"的手忽然被人一把抓住了,他扭过头,发现雷梦杀不知何时已经坐在了他的马背后面,雷梦杀踹了踹马肚子,调转了马头,懒洋洋地指了指前方:"天启在那边!"

百里东君脸微微一红:"我又没去过天启。"

"来!"雷梦杀握着百里东君那持剑的手,高高举起,大喝道,"天启!"

喊得热血沸腾,喊得热泪盈眶,喊得比百里东君还要充满着对命运的反抗!

此时的百里东君还不知道为什么雷梦杀的眼里会含着泪水,他只是觉得满腔热血再次被调动起来了,于是便对着那真正天启城的方向,狂喝道:"天启!"

乾东城的人永远都记得这一刻,因为从这一天起,小公子不再只是他们乾东城的小公子了,他踏出了这座城,真正开始,经历这天下。

药王谷。

一个少年正从山上走下来,他将头发用一根草绳绑了一下,随意地披在后面,一身衣衫洗得还算干净,但也破旧不堪,敞露着胸膛,露出下面虬结的肌肉,一副标准的江湖浪人的打扮,他还扛着一杆长枪,只是长枪的末尾吊着一个篮子,篮子里放满了草药。

另一个打扮得干干净净,头发也理得一丝不苟的中年人在下面等他,和他形成了鲜明的对比,那人笑了笑:"司空长风,不知道的人,还以为你是上山打架的呢,哪有半点小药童的模样。"

"我不是小药童。"司空长风吐掉了嘴里叼着的狗尾巴草,"辛百草,下次再这么叫我,小心我一枪打晕了你。来,都在这里了,你看吧!"

辛百草笑了一下,接过了那药篮子,仔仔细细地挑拣了一遍:"我果然没看错,你的的确确有些天赋,药挑得半点没差,按照昨天我和你说的分量去把药熬了吧。"

司空长风不满地接回篮子:"药需要我自己采,熬还得我自己熬，我这病看得还挺累。"

"你给诊费了吗？"辛百草问道。

司空长风没好气地回道："没给。"

"那不就得了，你没给诊费，药不可得自己采，自己熬吗？我们救了你的命，还给了你间草庐住，你还不满足？"辛百草说道。

司空长风提着篮子往药炉的方向走去："救我命我当然感激，但是没听说哪家医生救了病人性命，还要病人留下来学医术的。"

"你有天赋，师父我舍不得浪费人才。"辛百草跟了上去。

"我怎么不知道我有天赋？"司空长风反问道。

"你这心脉的病，早就该死了。但你随意看了几本医书采药治自己，还硬是活了下来。这不是有天赋，什么是有天赋？"辛百草说道。

司空长风一愣，回道："心脉的病？可我中的是毒啊。"

"毒个屁，你以为我看不出来这是温壶酒弄的小把戏？你表面中了毒，可毒下面又是一寸即死的重病，温壶酒那家伙心眼儿坏又无聊，我真怀疑他是不是喜欢我，老和我玩这无聊的游戏。"辛百草从怀里拿出一根冰心草，放在嘴里嚼了起来，"我又不是什么救一人杀一人的怪医，既然能找到我，我当然会医，你被骗了。"

司空长风将药篮放在了地上，长枪一甩插入土中："罢了，他也算救了我。"

辛百草皱了皱眉头："你好像对你师父我态度尤其不好？"

"我想练枪，不想学医！"司空长风没好气地说道。

"都是一个道理，所谓一法通，万法通，你把医术学好了，枪法还有什么难的？况且只要继承我一半衣钵就可以出谷，这又不难。我十二岁学医，达到我现在的一半成就只花了一年，其后又花了十年到达现在的地步。再其后十年，便止步不前了。"辛百草坐了下来，看着司空长风煮药，"学武也是这样，越往后越难进一步。"

司空长风转头道："你再进一步是什么境界了？"

辛百草仰头看了看天："活死人，肉白骨。那就不是药王了，是药仙。"

司空长风皱眉:"这也能做到?"

辛百草耸了耸肩:"我觉得做不到,生死循环,人世间总有天命,只要没死,一切都有机会,但若死了,便烟消云散了。有人给了我一个方法,但我觉得这有违天道,也不是真正的活死人、肉白骨,所以我打算藏起来,不管它。我有个师弟,你没见过,几年以前就离谷去了。他天分不逊色于我,可惜妻子死了,他却没能救活,所以一直心里有结,他现在想要研究的,就是这活死人之术,我上一次见他的时候,已经形容枯槁,人不像人了,想要钻研根本不存在的东西,总是容易陷入执念。"

司空长风点了点头:"这话你说得有几分道理。"

辛百草笑了笑,打了个呼哨,一只鸽子从天空中飞了下来,辛百草从鸽子腿上摘下了信管:"也不知道是谁寄来的信。"

"药王谷还有信鸽?"司空长风一愣。

"有的,总有些神通广大的人能找到我的信鸽,然后传一些奇奇怪怪的病例过来,让我指教。"辛百草打开那封信,笑道,"可这封信,是给你的。"

"我的?"司空长风走了过去,低头一看。

"司空长风,还活着吗?"

信的一开始便是这样一句令人咂舌的话,司空长风顿时就知道了这封信的主人。堂堂镇西侯府小公子,也算是从小就拜师于各种北离名师了,可写封信的用词却是如此白话、如此粗鄙。

"还活着的话,别来乾东城找我了。我去天启城了,有机会来喝我新酿的酒。"

司空长风将那张纸条来回翻了一下:"就这么几句?"

辛百草笑道:"这人有趣,是谁?"

"就是我和你说过的,镇西侯府百里洛陈的独孙——百里东君。可他怎么这么快就离开乾东城了?他不是说他家里人不让他去天启城吗?他要去干吗?为什么信上没有说?"司空长风放下了纸条,大感不解。

辛百草看了他一眼:"你很关心他?"

司空长风点了点头:"我把他当朋友。"

"继承我一半衣钵,你就可以去天启城了。"辛百草站了起来,"年轻的时候,谁都想去天启城,谁也都该去一次天启城。那是龙蛇盘踞的地方,也是少年人乘风入天的地方。"

司空长风问道:"你年轻时也去过天启城?"

辛百草伸了个懒腰:"那个时候皇帝得病,太医院治不好,三天杀了十个太医,我被师父派去出诊。屋内是快死的皇帝,屋外是随时准备拖我出去的长刀侍卫,但我的针一点都没慌,皇帝也好了。我说过,只要没死,在我这儿,都能医。"

司空长风抬头望向天启城的方向,喃喃道:"我会去的。"

官道之上,一驾马车在几十骑的护卫下不紧不慢地奔行着。

萧若风来的时候快马加鞭,日夜兼程,此番回行却特意放慢了步伐,他坐在马车之上,煮上了一壶茶,然后就开始闭目养神。雷梦杀坐在他的身边,终于按捺不住,掀开幕帘,望望骑着烈风马行在最前面的百里东君:"你知道他为什么不肯进马车里坐吗?"

"他不是说了吗?这是他少有的出远门的机会,想要看看沿路的大好河山。"萧若风闭着眼睛回道。

"呸,这个理由你也相信。"雷梦杀骂道,"这难道还不够明显?你从天启城里跑来抓他的师父,现在他的师父死了,难免他不把这件事情怪到你头上,若真是如此,那你可就是他的杀师仇人了!"

"我来抓他师父,和他的师父最后死了,这是两码事。"萧若风睁开了眼睛,看着袅袅升起的茶烟,"如果连这个都分不清楚,那么,他就不是我想找的人,也不是师父所需要的弟子。"

"等着看吧。"雷梦杀笑了一下,双手抱在头上,往后一靠,幽幽地说道,"就算再如何,也不过是个十七岁的孩子。"

行上山坡的时候,百里东君忽然停住了马,转身望去,望了很久都没有动,雷梦杀和萧若风对视一眼,都困惑不解,雷梦杀走下马车,顺着萧若风的目光望去,才终于恍然大悟,他笑了笑:"是的,跨过这座山坡就再也看不到乾东城了。"

下方的乾东城像一个小棋盘,被一些星星点点的小城镇围在中

间,百里东君叹道:"小时候觉得乾东城很大,怎么逛都逛不够;长大一些又觉得乾东城也不是很大,骑马骑上个小半日就到头了;现在来看,乾东城却太小了,小到只要再走远些,就看不见了。"

"你和父母有好好告别吗?"雷梦杀问道。

"父母都不肯见我,说要相见,就五年后好好地回来见。只有爷爷和我说了会话,他说若是有人欺负我,就派人给他千里传信,他带着破风军来踏天启城。"百里东君笑了笑。

雷梦杀也跟着笑了:"侯爷真是豪迈的性子。"

"他真的会做的,但那就是谋反了,我不会让他这么做,所以我在天启,一定会好好的,传回乾东城的,只可能是我名动天下的好消息!"百里东君转身,用力一甩缰绳。

半个时辰之后,他们在一家小镇上的客栈里停了下来。客栈不大,其他的护卫们挤着几张小桌子,角落里的一张小桌子自然留给了萧若风和雷梦杀。两个人相对而坐,雷梦杀倒了一杯茶:"你说他会坐过来吗?"

"我又不是算卦的,我怎么知道。"萧若风回道。

刚刚停马回来的百里东君只扫了一眼大堂,就毫不犹豫地朝着萧若风他们这桌走来,并且在萧若风的正对面坐了下来。

"来来来,喝茶。"雷梦杀急忙殷勤地推过去一杯茶。

"多谢。"百里东君接过茶杯,饮了一口后依然垂着首,没有看萧若风一眼。

气氛微微有些尴尬,雷梦杀张了张嘴,却终于还是没有开口。

萧若风拿出一双筷子放在了百里东君的面前:"这一路你都没有看我,也没有和我说话,这是为什么?"

百里东君没有回答。

萧若风也不在意,继续说了下去:"你若以后真的入了稷下学堂,需得叫我一声师兄,以后吃住也会同在一个屋檐下,你是我带去的人,以后你的考学品行,也都与我息息相关,你不可能真若这般,想不理我,就不理我。"

"我没有不想理你。"百里东君脸微微一红,抬起头,望着萧若风,"只是我很怕,你以为我会记恨你,所以……有些尴尬。"

萧若风哑然，雷梦杀则愣了一下，大笑起来："果然还是我说得多，不管再怎么样，十七岁的孩子终究还是有些孩子气。"

"不，这叫少年气。"萧若风也笑道，"你且说说，为什么会觉得我会以为你记恨我？"

"因为你来了，师父死了。"百里东君回答得干脆。

"是。"萧若风点头。

"但这是两件事。你来了，师父死了，这两件事看起来有着脱不开的干系，但真若这样说起来，其实若我没有失控舞剑，大家也就不会知道师父藏身在乾东城，师父也就不会死，真正害死师父的人是我。"百里东君叹道。

雷梦杀急忙道："万万不能这样想，这样想就自己把自己绕进去了。"

"对，若真这样想，那我也就走不出乾东城了。真正杀师仇人应是那两个不明身份的无法、无天，我对这一点很清楚，所以请雷兄还有七皇子殿下明白，不必多想。"百里东君沉声道。

雷梦杀此时已经眉开眼笑："果然，果然，果然不愧是以后要和我们同门的人！"

萧若风则望着百里东君微微握紧的双拳说："你的话还没有说完？"

百里东君用拳头轻轻地敲了一下桌子："是的。但即便我想了很久，想了这么多道理来说服自己，心里仍然还有一股怨气。你若没有来，可能我爷爷加上我舅舅，就足以护住师父了。所以我仍然想……打你一顿！"

萧若风大笑起来："哈哈哈哈好！等你有朝一日，能够打得过我的时候。"

"一言为定。"百里东君沉声道。

萧若风点头："一言为定。"

"好！"百里东君一把拿过桌子上的馒头，大口地嚼了起来，桌上的氛围终于变得轻松起来了，雷梦杀也终于舒了一口气，只是摇了摇头："你可知道若风是先生座下最优秀的弟子，我比他早入门几年，却也不是他的对手。你要能打过他，怕不是得等到老了。"

百里东君夹起一块牛肉:"很快他就不是先生座下最优秀的弟子了。"

雷梦杀惑道:"为何?"

百里东君咬下牛肉,傲然道:"因为是我了。"

天启城,稷下学堂。

一众学子正坐在那里修习,他们无一不是各个州府中百里挑一的人才,历尽千辛万苦才能来到天启城里的稷下学堂修习,每日的功课自然都是认真修习,但没有一日会有今日这般重视。

因为今日讲课的,是学堂李先生。

这一课,名曰静。

"圣人之静也,非曰静也善,故静也;万物无足以铙心者,故静也。要想成就一番大事,要静若泰山,才能动撼天地。"

弟子们盘腿而坐,闭目修习,这是李先生时隔一年之后再一次来到外院授课。在学堂之中,分内院与外院,外院修的是大课,内院才能拜各位长老或者李先生为师,所以外院之人一年能见到李先生一次,已经是非常难得的机会了,他们对这次的授课,已是期盼了许久。所以一个比一个静,一个比一个认真。

大堂之外,有一人腰挂玉笛,面目俊秀,正是那北离八公子之中的雅公子洛轩,另一人通体着黑,戴着斗笠,正是丑公子墨晓黑。

"先生这一课教的是静?"洛轩笑了笑。

"对,大家全都闭目养神,然后一天过去了,学堂李先生寸手未抬,寸言未说,然后这些个外院学子呆坐了一天以后,还觉得自己大有所获,感慨良多。先生的套路总是这样的。"墨晓黑语气中透着几丝无奈。

"去年李先生教的是寻踪之术,自己躲了起来,让满院的学子到处去跑,当然最后也没有找到他,其实他就是躲在后院的柳树上睡觉。"洛轩望着远处那个模糊的声音,"你猜老头这一次,睡着没有?"

"谁知道呢,不管睡没睡着,反正我知道这老头只要想,就能听到我们说话。我们还是走远些,别让他找茬收拾我们。"墨晓黑转身，朝着外面走去。

洛轩也转身跟了上去："对了，我方才刚收到的消息，那家伙已经动身了。"

"他找到师父想要的弟子了？"墨晓黑问道。

"找到了，名字很特别，四个字。"洛轩笑道。

墨晓黑愣了一下："不会是我认识的那四个字吧？"

"对，就是你认识的那四个字——百里东君。"洛轩拿出腰间的玉笛，在手中转了一圈，"能把镇西侯府的小公子都拐来天启做学堂弟子，我们的这位小师弟，看来本事是越来越大了。"

"哦？他是小师弟吗？还好你提醒，不然我还以为他是大师兄。"墨晓黑停住了身，忽然扭头，"话说起来，我们的大师兄……这些年我一直在怀疑究竟有没有这个人？"

"学堂李先生说有，那就是有。八公子之位，竟然给留了一个无名，那这个无名的大师兄，总不是百晓堂编出来哄师父的。"洛轩笑了笑，拍了拍墨晓黑的肩膀，"不过说来也好奇，不知道师父他对这个新来的徒弟满不满意。"

"师父要收最后一位弟子的消息肯定藏不住，很快就会传遍天启，到时候必有很多竞争的对手。师父可不会看是我们的朋友就选他，还得有些真才实学的。百里东君那西楚剑歌我们都见过，虽然令人惊羡……但终究是不全的。他想真正成为我们的师弟，还有很长的路要走。"墨晓黑感慨道。

"希望他能走过喽，反正我还是很喜欢他……酿的酒。"洛轩望着远方笑道。

天启城，青王府。

"学堂李先生要收最后一名弟子？"一身青衣的年轻王爷吹了吹眼前冒着热气的茶，"消息属实？"

"回禀青王，是学堂里那位长老传来的消息，应该不会有错。"半跪在地上的黑衣人回道。

"最后一名弟子……"青王微微皱着眉头，喝下了一口茶，"让那个人入天启，快！"

黑衣人犹豫了一下:"是不是……太早了?"

"还早!"青王放下了茶杯,沉声道,"这已经是最后的机会了。"

天启城,一处雅致安静的小院中。

一名秀气可爱的小童恭恭敬敬地从门外的一位使者手中接过了一份文书,随即转身一路小跑跑进了内院之中。

传说中容颜绝世的公子这一次终于不是坐在轿子中了,而是坐在庭院的水榭之上,只是珠帘垂下,依旧遮住了他的面容。

"公子,学堂的文书到了。"小童低声道,"是让你担任学堂大考的初试考官的事,还特意强调了,这是知会,不是商量。"

柳月公子轻笑了一下:"师父明知道我最不喜欢抛头露面,却硬要我去做这学堂大考的初试考官,真是麻烦。"

"先生说了,就是因为你最不想去,所以让你去,这叫能人之所不能,不能人之所能。"小童回道。

"师父就爱说这种假装很有道理的话,外院的那些人信,我还能信?他就是看着我们为难,心里偷着乐呗。"柳月公子轻叹道,"对了,那位尊贵的殿下那边有新的消息传来吗?"

"有,他和灼墨公子正在带百里东君入天启,百里东君就是他挑选的人。"小童回道。

柳月公子愣了一下,随后哑然失笑:"有意思有意思,你说百里东君入了天启会不会很失望?他未来的师兄们,就是他早就认识的人。"

"这不……还有七皇子殿下他刚认识吗?"小童尴尬地挠了挠头。

"哈哈哈哈,也不知道他有没有想到,他身边的这位小先生,就是当初给他送棺材的风华公子呢?"柳月公子从珠帘之中走出,逆着阳光依旧看不清面目,他轻咳了一声,"走吧,一同想想这初试应该考些什么。"

小童垂首跟了上去,随后忽然想起了什么,问道:"对了,李先生只收一人做弟子,天启城这么多人眼巴巴地看着这个位置,为什么公子们就认定,那个人是百里东君?"

柳月公子没有回答,只是点了点头:"这是个好问题。"

小童急步跟了上去,心里嘀咕着:既然是好问题,你倒是回答啊。

一株桂花树,满村桂花香。

此时已是深秋,寻常的地方桂花早就谢了,但在这只要寸步就踏入南诀的小村子里,却依旧开得正好。

桂花树上躺着一个俊美的白衣少年郎,双眼紧闭着,嘴角微微含笑,嘴巴时不时咂摸几下,似乎是梦到了比桂花香还要甜腻的美梦。

"叶公子!"一个浑身脏兮兮的小童跑到了桂花树下,大声喊道。

少年郎从梦中惊醒,猛地睁开眼睛,身子一滑,似乎从树上翻了下来,可身子微微一侧,竟稳稳地落在了地上,他扬起手,拍了一下小童的脑袋:"喊什么喊!什么事这么着急?!"

"大城里来人了,说要见你!"小童回道。

他们这个村子不过是个不足百人的小村子,受附近的边陲重城兴城管辖,因为在他们很多人的一辈子里,兴城就是最大的城了,所以又被他们称为大城。这个俊秀的少年郎与这个村子格格不入,自然不是这个村子里的人,他几年前来到这村子,村子里的人还以为是来了个下凡的小神仙,但这个小神仙来了,却没想到不走了,在村子里一住就是两年多。这两年里,他一日闭门不出,在院子里练剑,一日出门闲逛,村里有事就帮一手,一日就来这片林子,挑棵最舒服的树美美地睡上一天。

"见就见呗,让他们等着。"少年郎打了个哈欠。

"叶小凡!"小童大声喊他的名字,"你不小啦!不能再这样无所事事了!大城里有人来找你,想必是听闻了这两年来的一些事,要招你去做武官呢!村子里这么多姑娘喜欢你,老人们也喜欢你,但你没个正经行当怎么行!"

望着稚气未脱的小童强装出老气横秋的样子,叶小凡笑了笑,

挠了挠他的头:"怎么说起话来像是我母亲?一个正经行当就这么重要?"

"那当然重要!当了大城里的武官就能顿顿吃白面,到时候村子里的老人们都高兴了,带着姑娘们来提亲,你就可以选一个最漂亮的娶回家了!"小童兴奋地说道。

叶小凡挑了挑眉:"吃白面,娶村子里最漂亮的姑娘,就真的这么重要?"

小童点头:"那自然是重要的!"

"好,那就去见一见。"叶小凡大笑一声,往前走出。

"对了,叶小凡,你觉得村子里哪个姑娘最漂亮?"

"那当然是陈姨啊。丰腴得很……"

"我说是姑娘,陈姨不是姑娘了,是有男人的人了!"

"哦,那些姑娘啊,不行,都太枯瘦了。"

"等以后吃了白面,不就胖了?"

"也有道理,那你替我选一个?"

"我姐姐怎么样?村里的先生都说我姐姐是美人坯子呢!"

"你知道美人坯子是什么意思吗?"

"不就是说我姐姐是美人吗?"

"非也非也,所谓美人坯子,就是说现在还不是美人。"

小童微微有些沮丧,他很喜欢这个神仙一样的哥哥,而且他也见识过这个哥哥的本事,南诀的马贼来骚扰村子的时候,他一个人就把那十几个马贼拿下了,在小童的心里,他可是了不起的人物,要去大城,怎么着也是个将军,所以心想要是姐姐能嫁给他就好了,可看今天他的意思……似乎对姐姐不够满意啊。

村子的会客堂里,村长一脸忐忑地等在一边,这么多年,他还是第一次见到大城里的总兵大人亲自来村里,更何况这个总兵大人似乎也一脸忐忑的样子。椅子上还坐着一个灰袍子的老人,气度不凡,只是坐在那里,一言不发,整个屋子的气氛也莫名地紧张。

而且他坐着,总兵大人只是在那里站着。

"等等,再等等就到了。"总兵大人转头笑着对那老人安抚道,随后又黑着脸怒斥村长,"怎么还没到?!"

村长双脚微微颤抖:"快了快了,那片林子到这里不远的。"

"催什么催。"一个傲慢的声音响起,少年郎踏入了大厅,看了总兵一眼。

老人站起了身,躬身作揖:"叶公子。"

叶小凡看了他一眼:"果然是你啊。"

总兵大人本来被顶了一嘴,正打算教训一下这小子,可没想到这位天启城来的大人物对他这么尊敬,吓得立刻噤口不言。

老人转身道:"都出去吧。"

总兵和村长急忙退了出去。

"青王殿下需要你入天启了。"老人沉声道。

叶小凡笑了一下:"好啊,什么时候?"

老人微微皱眉:"明天。"

"今夜月圆,可以上路,给我备一匹最好的马。"叶小凡回道。

老人一愣:"毕竟在这里住了两年了,不用和大家道个别吗?"

"不用了,很快我就会名扬天下,到时候等我的名字传到这里,就是我和他们的道别。"叶小凡转身走了出去。

日落黄昏。

叶小凡牵着一匹白马站在村口,他没有与人告别的打算,但那个小童还是来了。

"我听村长说了,虽然大城离这里不远,但毕竟不在这里常住了,还是应该道个别吧。"小童不满道。

叶小凡挠了挠他的头:"我不是去大城啦。"

"那是去哪里?"小童问道。

叶小凡指着北面的方向:"那里,千里之外,有座城,叫天启。我去那里。"

小童一惊:"那不是我们北离的大都城吗?很远很远的,我只在书上看过!叶小凡你去那里干吗?"

"去天启,自然是要做大事。"叶小凡笑道,"以后别叫我叶小凡了,这个名字太平凡了,叫我叶鼎之吧。"

小童愣道:"为什么叫这个名字?"

"因为,我要问鼎天启!"叶小凡翻身上马,"记得我教你的

剑法,好好练几年,以后村子里最美的女人就是你的了。但若是还想做些更大的事情,就来找我!"

"去哪里找你?"小童问道。

叶鼎之驾马而去,声音飘在风中:"到时候我名扬天下,你初闯江湖,你就说你是叶小凡,我来找你。"

整整一个月之后,缓慢前行的学堂队伍才终于赶到了天启城下。

萧若风已经换上了一身狐裘,坐在马车之中慢慢地煮着热茶,别的人都以为萧若风这是去的路上太过于劳累了,以至于回来的路上变得如此惫懒,但只有雷梦杀知道其中缘由。

"你的寒疾还没有好吗?"雷梦杀微微皱眉,问道。

萧若风喝了一口热茶,长出了一口气:"小时候落下的根子,师父说我功力再增进一层就能够痊愈,说了很多年了,我的功力也增进了不知道多少层了,但一到冬天还是会浑身发冷。"

雷梦杀叹了口气:"当时应该让温家的温壶酒帮忙看一下,他们温家总有很多诡道医法,或许会有些用处。"

萧若风笑了笑:"有个寒疾也挺好的,至少提醒我还需要更加努力地练习功法。"

"这就是天启城了。"马车之外,有一个亢奋的声音传来。

萧若风掀开帷幕,望着前方,点了点头:"对,这就是天启城。"

百里东君仰起头,看着那块巨大的城门牌匾:"这城门的牌匾看着倒也不旧,不像是有几百年的样子啊。"

"这块是后来换的,以前的牌匾被入天启救弟子的白羽剑仙一剑给劈了下来。"雷梦杀从马车中走了出来,也踏上了一匹马和百里东君一起向前奔去。

百里东君大笑道:"我也想要这样!"

雷梦杀一愣:"可不行啊!这是杀头的罪!"

百里东君惑道:"那白羽剑仙被杀头了吗?"

雷梦杀摇了摇头:"那自然是没有的,谁能杀得了他的头,他可是剑仙。"

百里东君甩了一下缰绳："那行吧，等我哪天也成了什么仙，再来把这个牌匾摘下来。"

百里东君忽然加快了速度，整个车队也只能快速地跟了上去，雷梦杀走到了城门守卫边，垂首道："学堂派出去招学子的使者，回天启了。"

那守卫笑着点头哈腰："灼墨公子，灼墨公子，认识的，认识的，哪还需要自报家门。学堂的各位，那就请吧。不过马车中坐着的是谁？是新招来的学子吗？"

"是我们学堂小先生，你要见一见吗？"雷梦杀问道。

守卫连连摇头："不必了，不必了，都散开，放行！"

百里东君策马第一个走了进去，映入他眼帘的是一个偌大而恢宏的城池。

乾东城已经是西面最大的城池之一了。但天启城的道，却有它的三倍之宽，一条大道就铺在他的眼前，两边街贩高声叫喊，白衣的郎君谈笑而行，美貌的年轻姑娘拿起半块手帕遮住自己的面容，亦有小童手持糖葫芦嬉闹而行。

"这就是天启城啊。"百里东君感慨道，"路这么宽敞，真的适合纵马一行啊！"

雷梦杀点了点头："是啊。"随即猛地醒悟过来，"什么？不行！"

话音刚落，百里东君已经缰绳猛地一甩，朝前奔去。

"闹市区纵马是大罪！不可以！"雷梦杀猛喝。

"你当年不是纵马跑了一座天启城吗？还是和顾剑门一起？怎么你行我就不行了？"百里东君一边纵马一边问道。

雷梦杀急道："那是学堂大考之日，天启城的大日子，他们自然不会为难我们，但今日可不行！"

"不管了，我在路上就想好了，今日来此，就要踏越这天启城！"百里东君猛喝道。

萧若风从马车中走了下来，对雷梦杀说道："务必把他追回来，如今天启局势和以前不一样了。"

"不用你说我也知道！"雷梦杀急忙追了上去。

"让开让开，乾东城小霸王百里东君来了！"百里东君笑着喊道。

路边的人马纷纷避让,有人愣了半天,惑道:"乾东城是什么地方?"

百里东君一边策马一边扭头打量,他想看看这一次有没有机会路过雕楼小筑,如果有机会,那么就索性上楼痛饮一番,把自己的另一个心愿也一并了了。雷梦杀在后面追得辛苦,他的马是问学堂的护卫们要来的,不比百里东君的烈风神驹,他大喊道:"别闹了!"

巡街校尉们也很快就闻风而来了,他们拔出了长刀,纵马追了上去:"哪里来的贼人!速速停下!若再不停下,就地正法!"

"就地正法?不必这么狠吧?"一个无奈的声音传来,校尉们转过头,一愣:"灼墨公子?"

雷梦杀苦笑:"各位,许久不见了。"

巡街校尉尴尬地笑了笑:"灼墨公子少年心性不改,这是重拾老本行了?"

雷梦杀无奈:"就算我想重拾老本行,可我当街纵马若是被师父看到了,还不给狠狠地揍一顿?别闹了,帮我追上前面那个人!"

"我明白了,他偷了你的东西!胆子真大,看兄弟们不帮你宰了他!"巡街校尉大喝道。

"宰个屁!动他一根汗毛,我和你没完!"雷梦杀怒喝一声,一甩缰绳追了上去。

百里东君乐呵呵地在前面跑着,笑道:"有意思,有意思,在乾东城有人追,在天启城还是有人追。"他对天启城半点也不熟悉,哪里有路就往哪里跑,弄得身后追的人也措手不及。

"就去雕楼小筑喝一杯吧!"百里东君大声道,却忽然感觉前面有一个巨大的力量传来,将他一巴掌从马上打了下来。他站了起来,揉了揉脑袋,猛地转过头:"谁?!"

只见旁边有一处巨大的宅院,院子的门口,有个人正在那里喝酒。那人已经满头白发了,看着似乎有一些年纪了,但脸上光滑得没有一丝皱眉,看得出年轻时候必定是个面如冠玉的秀美男子,他甩了甩手中的酒壶："这就是雕楼小筑的秋露白,想喝吗?"

百里东君点了点头。

"不给你喝。"老人拿起酒壶一饮而尽。

"你!"百里东君怒道。

老人笑了笑,指了指前面的路:"天启城,你才走了一小半,还有一大半,等你走出这座院子的时候,再走吧。今日,就到这里了。"

"你谁啊你?"百里东君皱眉。

"胆子很大,但还没有配得上的能力。"老人一抬手,一落手。

百里东君只觉得头上被人拍了一巴掌,然后就晕了过去。

巡街校尉们也终于赶到了,只是看到那处宅院后愣了一下:"学堂?"

老人对他们笑了笑:"别过来了。"

巡街校尉们并不认得这老人,但都听人说过一件事。

学堂李先生驻容有术,虽已满头银丝,但面目仍若是不惑之年一般。

老人走上前,将百里东君扛在了自己的肩膀上,一步一步稳稳地走回了学堂。

"一马观尽天启城?"

"还早了些。"

第十一章·一念秋水

百里东君醒来的时候，已经日上三竿，他揉了揉仍旧发疼的太阳穴，用手挡住了窗外刺眼的日光。

"醒了？"雷梦杀坐在门边的椅子上，正用一把小刀剃着指甲。

百里东君勉力睁开眼，从床上走了下来："我记得昨天我被一个老头给打晕了……那老头是谁？"

"学堂李先生。"雷梦杀笑了笑，"也就是你未来的老师。"

"哈？那就是学堂李先生？"百里东君愣了一下，在他的脑海里，学堂李先生应该是一个仙风道骨、一身正气的人物，那怎么能是坐在门槛上喝酒，还故意一口喝完气气自己的主？

雷梦杀站了起来："学堂李先生和你们想象中的绝对不一样，以后会有更多的惊喜。今日是你第一次入学堂，我带你去随处逛逛。"

百里东君点了点头："今日要去见那老……老先生吗？"他强行将"老头"两个字咽了下去。

雷梦杀笑了笑："那老头哪是你想见就能见到的，他不想和我们见的时候，我们所有弟子跑出去也没用，他想见我们的时候，我们就算跑到了南诀他也能在背后拍我们的肩膀。"

百里东君一听不必见那老头,心里顿时轻松了一些:"先去吃个早点吧?雕楼小筑怎么样?我请客。"

"不怎么样。"雷梦杀一手抓住了百里东君的衣领,"这几日你不能出这大门一步,就给我老老实实在学堂里待着。"

"为何?"百里东君怒道。

"为何?"雷梦杀冷笑,"昨天你纵马天启城,那帮巡街校尉要把你就地正法!现在你还不是学堂的弟子,最好还是安分些。"

"我还不是学堂的弟子?"百里东君一愣,"我不是学堂李先生的关门弟子吗?"

"孩子啊。"雷梦杀挠了挠他的头,"是什么给了你这样的自信啊?你只不过是萧师弟找来的一个备选罢了,和你一起竞争这个位置的,没有一百也有八十。只不过学堂小先生从来算无遗漏,你身上的赔率低一点罢了。"

"啥赔率?"百里东君问道。

"你还不知道吧,天启城千金台关于这次的学堂大考昨日已经开好盘子了,虽然你的名字大家都还不知道,暂时以小先生所选这五个字代替,但赔率一比一,看起来你在众人心里的希望是最大的。你知道这是为什么吗?"雷梦杀问道。

百里东君想了一下:"你不是说了吗?是小先生的功劳。"

"此是一点,还有一点,是因为他们没见过你。千金台屠大爷虽然继承家业不久,年纪不大,但是一双眼睛可是很准的,只要看一眼,他这盘子可就得好好改一改了。"雷梦杀拍了拍百里东君的肩膀,"走吧,去饭堂吃早点。"

两个人来饭堂的一路上,都是弟子来和雷梦杀打招呼,在学堂弟子的心中,雷梦杀是李先生的弟子,轻易不会露面,今日见到必有原因,而这原因,自然就是百里东君。

"那个就是小先生和雷师兄带回来的学生?"

"好年轻啊。"

"那当然年轻,小先生才多大?"

"小先生天纵奇才,谁能和小先生比?"

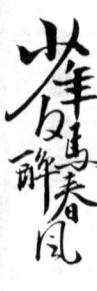

"据说这一次李先生要收最后一名弟子,那这关门弟子,可不得至少和小先生不相上下吗?"

听了他们一路的念念叨叨,百里东君也是头大:"雷梦杀,如果我最后没有被选上怎么办?"

"有很多可能啊,师父若是没有选上你,学堂后院还有十二位长老,他们也都会收弟子,或许他们中有人看上你。若再没有,那就只能入学堂前院,学成出院,或者等待机会,来年再考。"雷梦杀走进了饭堂,拿了两个肉包,盛了一碗粥,"请随意,不用钱。"

百里东君也盛了一碗粥,拿了一个馒头,一碟咸菜:"这么说来,最后我这么气势汹汹地跑来这里,还有可能再垂头丧气地跑回乾东城?"

"学堂外院是大院,其实并不难进,大多数也就是天启城的贵胄公子们来这里混个名声,或者一些天赋差点的从四面八方赶来的心有抱负之人,想着哪一天考入后院,从此飞黄腾达。以你镇西侯府小公子的身份,只要说一声,明日就是上座以待,但要考入后院,就连皇子来都没用,得要长老们点头。"雷梦杀咬了一口包子,"所以你说得很对,在外院学,不如回乾东城,让世子和世子妃教你。"

百里东君一愣:"为什么我来之前没人和我说?"

"其实和你说过很多次。"雷梦杀叹了口气,"但你表现得好像天启城就是你未来施展抱负的舞台,你已粉墨登场,只等我们起手鼓掌?我就不太好意思老提醒你这件事。"

百里东君吃着馒头,忽然只觉得头上被一个东西砸了一下,他怔住,用手一抓,拿到一个鸡蛋。

"谁啊?!"他转身骂道。

那个丢鸡蛋的弟子也是愣住了,他不过是想试一下百里东君的身手,不是真的想为难对方,可没想到随手一丢的鸡蛋竟然正好砸在了百里东君的头上,他尴尬地站在那里:"我……我手滑了!"

"我也手滑一个给你看看。"百里东君抓起桌上的馒头,一把丢了过去。

那名弟子犹豫了一下,伸出左手,稳稳地抓住了那个馒头。他有点不敢相信地看了看自己的左手,他的武功在外院之中也算不错,但是他想小先生看中的人,总是比自己强出一大截的……

"坐下吧。"雷梦杀优哉游哉地坐在那里剥着鸡蛋壳,"他没有恶意,他要是有恶意,你的脑袋已经被砸出一个洞来了。"

"他想试我武功?"百里东君问道。

雷梦杀将蛋白剥了下来,递给了百里东君,自己把蛋黄吃了下去:"那是自然的,他们要知道,为什么你有资格被小先生选中。"

"我还是会一点武功的。"百里东君皱眉道。

雷梦杀笑嘻嘻地点头:"所以问题就来了,你的武功,怎么能用出来?总不能每次打架,都喝一坛酒下去吧?"

七日之后,学堂大考初试。

张贴的告示已经传到了天启城大大小小的酒肆之中,据传这次各大天启名门、各路江湖世家所推举出来的考生已经有了四十名,创历年之最,而千金台中百里东君的赔率,已经从一比一,变成了一比十。

百闻不如一见。

一见,大开眼界。

千金台体态雍容的屠大爷坐在二楼的雅座之中,挥着小折扇,望着楼下那些近乎疯狂的赌徒,笑道:"学堂里小先生带来的那位少年,真的这么令人大开眼界?"

"是的,据说连外院一个弟子都能随意捉弄。"旁边的侍从说道。

屠大爷点了点头:"所以这样一个人,小先生为什么会选呢?"

侍从犹豫了一下:"隐藏实力?"

屠大爷笑了一下,没有再说下去,只是问道:"二爷呢?"

"去听……曲儿了。"侍从神色尴尬。

"真是个废物东西。"屠大爷摇了摇头,悠悠地挥着折扇,"想办法查查小先生带来的那位少年的来历。"

"是!"

稷下学堂。

雷梦杀回去自己的宅子了,他是成了婚的人,在天启城有一处宅院,回来陪了百里东君这么多日,终于忍不住跑走了。于是就只剩下了百里东君一个人坐在院子里百无聊赖。

他已经几日没有出院子了,每日都有人来送吃喝,只是雷梦杀特地嘱咐了他不要出去,而他也正好不愿意出去,毕竟他也不想走到路上都会被人围观,并且时不时地被人试探一下武功。

"武功?"百里东君盘腿坐在院中,正在缓慢呼吸。

雷梦杀走的时候教了他一套雷门基础的内功吐纳功夫,他已经练了三天了,可体内那股在醉酒之后才出现的内力却依然悄无声息。

"狗屁!"百里东君忍不住了,从凳子上跳了下来,"狗屁武功!"

"武功不是狗屁,你才是狗屁。"一个带着几分戏谑的声音忽然从上空传来。百里东君一惊,猛地向后方急掠,随即抬头一看,只见一个满头白发的男子站在屋檐之上,脸上戴着一副恶鬼面具,腰间挂着一根长棍,正俯身看着他。

"你谁啊你?"百里东君怒道。

那白发男子纵身一跃,落在了百里东君的身边,伸手就要抓他的肩膀,百里东君猛地往后一撤,长剑瞬间出鞘,只见划出一道剑光,微微一旋,剑招隽永轻盈,直逼白发男子咽喉而去。

"果然。"白发男子头微微往后一仰,伸出两根手指,一把握住了百里东君的长剑,"你根本就记得这些剑招。"

"那又如何?"百里东君怒喝一声,长剑扬起,剑招精妙绝伦,却被白发男子一指压下,百里东君手持一柄仙宫品的名剑,而对面不过是一根食指,可就那么轻轻一下,百里东君连人带剑就给压在了地上。白发男子冷笑:"可是空有剑招,没有内力,不堪一击。"

"你到底是谁?!"百里东君弃剑而起,一拳砸了过去。

"都说没有内力了,你的拳头能有多大能耐?"白发男依然伸出一指,轻轻一弹,将百里东君弹了出去,又轻轻一弹,再逼百里东君,百里东君急忙掠起,脚下连弹数下,才堪堪躲过下一指,可刚刚盘腿而坐的长凳却被这一指弹得粉碎。

百里东君气喘吁吁，满头是汗。眼前这个人可不是前几日试探自己的外院学生所能比的，无论是武功还有身上散发出来的气度，都是自己所见过的人中最上乘的那一类。

"看来回到乾东城后，你已经把剑招全都想起来了，那这事情就比想象中的简单多了。"白发男一步一步地走向百里东君，"你知道你的师父以药修培养你，硬生生把你炼出了金刚体魄，可为什么满身的内力，却一点都用不出来吗？"

百里东君微微皱眉："你为什么知道这些？"

"哈哈哈，我知道的事情，可不只这些。"白发男走到离百里东君还有五步之遥的地方站住了身，"我还知道你不知道的原因。那是因为你师父害怕这件事没到时机就被人发现，所以给你下了一道禁制，封住了你的内力，除非当自己也控制不住力量的时候，比如每次醉酒之时，才会显露一些。"

百里东君一愣："你是师父的朋友？"

"我还没有资格做儒仙的朋友，不过我知道的事情多一点罢了。"白发男又往前走了一步，"我能帮你。"

"你能帮我解开禁制？"百里东君问道。

"解开禁制，金刚之力瞬间涌遍全身，不死也是残废。你醉酒之时所散出的内力不过十之三四，就能晕过去三四天，更何况是现在。你唯一的方法，就是让自己的内力一点点、慢慢地融入身子中去。"白发男回道。

"什么方法？"百里东君往后撤了一步。

"学习内功。"白发男说道。

百里东君双手一甩："搞半天和雷梦杀一个套路！滚滚滚，没空和你们浪费时间。"

"我说的内功，和雷梦杀的不同。"白发男一步跃出，一把抓住了百里东君的肩膀，随后一甩，将他整个人都丢了出去，正当百里东君惨叫不绝的时候，又冲了过去，打了他一掌。

百里东君胃中一阵翻涌，随后吐出一口浊气，可身上却感觉有一阵暖流流淌，有一种说不出的舒坦。

"有的内功灼烈如火,有的内功迅捷如雷,有的内功绵延如水,有的内功沉稳如山,你觉得你适合哪一类的内功?"白发男又把百里东君甩了出去。

百里东君怒道:"我现在有点生气,当然如火如雷!"

"错了,适合你的是水,因为你爱酒如命!"白发男轻笑一声,将百里东君推了出去,"今晚我再来。"他往后一退,纵身一跃,从院的后墙翻身离开。

雷梦杀此时推门走了进来,看到院中一片狼藉,愣了一下:"怎么了?"

百里东君整了整衣襟:"又是一个来找事的呗。"

雷梦杀走到了那被打碎的长凳边,俯身拿起一块碎木头:"好厉害的棍法。"

百里东君摇了摇头:"那人用的是指。"

"不是,是棍。"雷梦杀将木头丢在地上,"指棍。"

青城山。

青城山原本在江湖道派之中只能勉强算是一流,但随着如今掌教吕素真的威望越来越高,就连天启城的新任国师齐天尘也称他为天外真仙,所以这几年来在武林中的地位越来越高,与武当派一时同为道门魁首,不相上下。

"想起我小时候,这条路上,从山下跑到山顶,一路畅通,无人可拦。"王一行指着那天如今被香客们占领的山路,感慨道,"如今,却是上山不易,下山难。"

"王师叔,别的道门看到这番场景,求还求不得呢!"小道童笑着爬着山路。

"走了。"王一行一把拉起小道童的衣襟,朝着山上掠去,路过所见香客,无不俯身跪拜:"真是青城山的小神仙啊。"

王一行带着小道童来到了三清殿,只见殿外有个看年纪不过十一二岁的小道士正坐在台阶上,手里拿着一个大桃子。

"吃完这个,还剩一个,再吃一个,就只能等来年了。"小道士坐在那里喃喃自语。

王一行走过去挠了挠他的头："玉真，桃子还没吃完呢？"

名为玉真的小道士抬起头，一脸诚挚的忧伤："对啊，但这是最后一个了，你说为什么只有夏天和秋天才长桃子呢？"

王一行笑了笑："冬日万物沉眠，春日百花盛开，夏秋终得正果，世间万物，本就有法所依，顺其自然就是了。"

"可我想日日都吃桃子，万物有法所依，我就变其法，另有依！"小道士一口咬下桃子。

"小师叔！"跟随王一行的道童向前行礼。

那小道士看着不过比道童大三四岁，却没想到要高出一个辈分，小道士笑道："山下好玩儿吗？"

道童点了点头："好玩儿！"

小道士叹了口气："我也想下山去玩儿。"

小道士名为赵玉真，出生在青城山下的小村子里，出生之时便天有异象，吕素真连同几大真人一同到场，将孩子收入了青城山，这名孩子不负所望，无论是道法还是剑术都可谓青城山百年来天赋之最，但是几位天师为他算过天命，他此生若只在青城山，那青城山必得百年兴旺，但若下了山，则有天难而至。

王一行察觉到了赵玉真眼神中的黯然，急忙将腰间的佩剑取了下来："看我给你带了什么礼物？！"

赵玉真接过那柄剑，愣了一下："剑？"

"不是普通的剑，这可是当年昆仑剑仙留下的玄阳剑剑胚所铸，人间至暖之剑，你把这柄剑埋在地下，整片院子都四季如春，你再把离天火诀练得好一点，冬日里吃桃子也不是什么难事。"王一行说道。

赵玉真抚摸了一下剑身："这柄剑如今叫什么？"

"火神剑。"王一行回道。

赵玉真摇了摇头："不好听。"他伸出两指，夹在剑上，猛地一折，竟将手中的火神剑折成了两截，他轻轻一甩，一把火红色的匕首掉了出来，赵玉真左手再一甩，背上的桃木剑也脱鞘而出，他双手合十，"开！"

那柄桃木剑竟真的一分为二，张了开来。

"入！"他手指一勾，那块玄阳剑的剑胚飞入了桃木剑之中。

"合！"赵玉真低喝一声，桃木剑合上之后，泛出一道红光。

小道童看得目瞪口呆："这样也可以？"

王一行哑然失笑："对啊，这样也可以？"

赵玉真满意地看着手中之剑："对啊，这样才可以嘛。"

"一行，你回来了。"一个浑厚的声音响起，穿着紫色道袍的吕素真从三清殿中走了出来，他身材高大，须发皆白，有种不怒自威的威严。

王一行垂首道："师父。"

小道童也垂首："掌教真人。"

赵玉真伸了个懒腰："你们聊正事，我找个地方研究研究这把剑。"说完后摆了摆手，转身就走了。

王一行叹了口气："师父，小师弟最近似乎有些……"

"他想下山。"吕素真摇了摇头，"他不信天命，认为天命是人力可以扭转的。"

王一行低头皱眉："真的没有别的办法吗？"

吕素真淡淡地说道："就算有，也是我这个做师父的来想。你把山下的事情再说一下。"

"是，我奉师父之命去帮助剑仙前辈，但后来才发现，那人是儒仙古尘，他将剑仙的西楚剑歌传给了镇西侯府的小公子百里东君，之后自己也身故了。"王一行缓缓道。

吕素真轻叹一声："果然古莫当年就已经死了。是谁杀了古尘？"

"是两个奇怪的人，自称是来自天外之天，有股邪气。"王一行回道，"但是古尘先生一掌打伤了两人，这两个人五年之内无法恢复功力。"

吕素真思索了一下："百里东君去了哪里？"

王一行笑道："我猜应该被学堂的使者带走了，现在应该在天启城了。"

"天启城……"吕素真微微皱眉，"一行，你正巧也要去一趟天启城。"

"为何?"王一行一惊,"我才刚回来!"

吕素真笑了笑:"学堂大考,你也要去!"

王一行愣了一下:"师父这是要我改拜师门,要我入学堂?这我一心只想待在青城山啊,学堂什么的……今年李先生收徒弟吗?"

"呸,就你还想入学堂!学堂大考,要我们道门派个人,齐天尘送来一封书信,要我们青城山派个人。"吕素真伸手打了一下王一行的脑袋。

王一行一脸无奈:"那为什么又是我?我这才刚刚从山下回来,徒弟也想认认真真修会儿道,装会儿小神仙。"

"因为你见过百里东君,你此番去天启更要好好留意一下这个人。"吕素真说道,"继承了西楚剑歌,必定会掀起滔天风浪。"

"可我为什么要在意这些?"王一行不解。

吕素真双手背在身后,望向远处:"因为你以后若想问鼎武林,那么他,一定是你的对手。"

王一行漫不经心地笑了一下:"问鼎武林……师父真是看得起我啊。"

域外之地,四季飞雪。这里被称为方外福地,天外之天。

天上是清冷的月光,洒在地上,将整个院子倒映出了一片银白。有一人坐在院子中,望着天上的月亮,看了许久许久。

"离人无语月无声,明月有光人有情。别后相思人似月,云间水上到层城。"有一个声音从上方传来,"尊使,你又在看月亮了。"

院中那人没有转身,只是淡淡地说道:"你回来了。"

那人一脚落在屋檐之上,长袍纷飞,遮住了大半个月亮:"不快不慢,刚好比小姐他们早了三天。"

"如何?"坐在院子里的那人缓缓问道。

来客笑了一下,从屋檐之上一落而下:"正如尊使所料,此番出行,并没有带回西楚剑仙,也没有带回那天生武脉的少年。无论是小姐还是无法、无天使者,都一无所获。"

院中之人轻轻摇头:"西楚剑仙,岂是那么容易带回来的,就

算是教主亲自出手,也不一定是他的对手。至于那天生武脉的少年,我倒一开始还存了几分幻想。"

来客摇了摇头:"但是尊使应该没有猜到的一点是,在乾东城的并不是剑仙,而是儒仙,儒仙古尘,他从古莫那里传承了西楚剑歌。"

"儒仙古尘?那就更不可能带回来了。因为他绝不是一个武力所能要挟的人。"院中之人轻声道,"无法、无天一定遇到了不小的麻烦。"

"是的,的确是不小的麻烦。"来客轻笑了一下,"武功被废去一半,没有五年的时间不可能恢复如初,你说这个麻烦有多大?"

院中之人摇了摇头:"却是不妙。"

"如今教主闭关十年未出,生死不知,无作使云游未归,下落不明,无法和无天两位使者又功力被废,所以这对无相使来说,不一定是不妙啊。"来客的语气带着几分暧昧不明。

可这位与无法、无天同为四尊使的无相使却没有表示出任何的欣喜,他手扶了扶身下的椅子,调转了方向,原来他身下的不是普通的椅子,而是一张轮椅,他竟是个双腿残疾的人。他望着远处的方向:"离家的时间太久了,很多人都已经忘了,我们为什么离家,是谁让我们离开了家乡。"

"自然是北离的军队。"来客回道。

"不,是我们自己。"无相使语气一直保持着可怕的平静,"当年是我们的内乱,导致北离的军队乘虚而入。让我们离开家乡的,是我们自己。"

来客点了点头:"尊使这般说,却是有几分道理。"

"所以只有教主出关,四位尊使同心协力,我们才能回到家乡。"无相使沉声道。

来客又笑了一下:"尊使还是这么的正直。其实我一直在心里怀疑,或许尊使你是一个真君子,圣教中的很多人怕也是这样想的,因为尊使你太正直了,正直得不像是如今这个天下该有的人。"

"如果在我少年时,有人和我说,现在只要你拿起刀,天下就是你的,那我会毫不犹豫地提刀上马,但我如今已经不再年轻了,如果我花五年时间得教主之位,再花五年重整旗鼓,再花五年去夺回故土,那么我还能回到家乡吗?"无相使抬起头,来客看到了他雪白色的眉毛和苍凉的瞳孔。无相使面目俊秀,白面无须,素日里总是坐在院子中静静地看书,给人的印象一直是一个中年书生的感觉,但这一刻,来客才清晰地意识到,无相使已经是一个老人了。

来客半跪在地:"妄议尊使,请尊使降罪。"

"我老了,可你还年轻。若教主无法出关,四尊使也无力回天,到时候你会如何?"无相使问道。

来客嘴角露出一丝狡黠的笑意:"那自然是护卫小姐,登教主位。"

无相使笑了笑:"我不知道我是不是一个正直的人,但我知道,你一定不是。到时候你可取而代之,不必顾虑那么多。"

来客微微侧首:"真的?"

无相使忽然低声怒喝:"只要你有那个实力!"

来客猛地站了起来:"好!"

那飘飞的雪似乎短短地凝滞了一下,随即才又缓缓飘落,院子中的气氛在瞬间的剑拔弩张之后,再度归于平静。

无相使伸手接那空中的雪花:"那个天生武脉的百里东君去哪里了?还在乾东城吗?"

来客回道:"据我猜测,他应该会被学堂的使者带走,去天启城。"

"天启城。"无相使幽幽地说道,"的确是一个适合他的地方。只是小姐,这一次为什么还是没有把他带回来?"

"当时的情形,小姐自然是有心无力,但我总觉得,就算可以做到,小姐也不一定愿意把他带回来。"来客说道。

"幼稚的想法。时机一过,等百里东君真的入了学堂,到时候把他带回来就难上加难了。"无相使叹了口气。

"我不明白,一个天生武脉罢了,就算练成绝世高手又能如何?我们天外天三十六宗门,又何缺这一两个高手?为什么一定要把他带回来?"来客问道。

无相使犹豫了片刻后回道:"因为教主的功夫对身体的要求格外的大,除非天生武脉,否则无法习之。"

"你们是想让他练教主的武功……然后?"来客恍然大悟。

"教主已经到了不得不出关的时间了,而要想逼教主出关,便只能让练同一门功法的人去,百里东君就是这个人选,我们五年前就已经找到了他!"无相使沉声道,"飞离,你去一趟天启城,这一趟,不管任何人阻挠,就算是小姐亲自动手,你也一定要把百里东君带回来!"

来客没有片刻犹豫,抱拳道:"遵尊使命。"

无相使用手指轻轻地敲着轮椅的把手:"那些人妄议我,是看小了我的心,而飞离,你一定记住一点,不能看小自己的心。"

飞离笑了笑:"尊使总爱说一些大道理,不过飞离记住了。"

天启城,稷下学堂。

百里东君现在院子中,轻轻地挥舞着手中之剑。

戴着面具的神秘人出现在了屋檐上,默默地看着下方的百里东君,许久以后才转身:"你会拦我吗?"

在他的面前,一个低着头的黑衣男子双手拢在袖中,一言不发,正是百里东君的影子护卫离火。

"我知道你的身份,你是杀人王离天的兄长,当年与人决斗,重伤不治时被百里洛陈救下,从此之后便留在了镇西侯府,这么多年一直是百里东君的影子护卫。"面具男缓缓说道。

离火将双手从袖子中伸了出来:"我是谁不重要,重要的是,你是谁。"

"我是来帮助百里东君的人,应他师父所托。在天启城已经等了他很久。"面具男沉声道。

离火微微皱眉:"听声音你很年轻,古尘为什么会与你相识?"

面具男白袍纷飞,手若即若离地触过了腰间的长棍:"年轻,并不代表着就弱。学堂李先生,西楚剑儒二仙,他们成名的时候,都只是一个年轻人。"

离火犹豫了许久,慢慢往后退去,消失在了黑夜之中:"如果你有什么异动，我会立刻杀了你。"

面具男没有理会他，转过身，一步跃到了院中，双指夹住百里东君刺入空中的"不染尘"："很是勤奋，这么晚还在练剑。"

"你来晚了！"百里东君一个旋身，长剑从面具男的指中抽出，朝上一挥。面具男则一个仰身，右脚踢起，又猛地砸下，将长剑一脚踏在了地上："我说过，没有内力的剑法，在真正的高手面前，不堪一击！"

"起来！"百里东君用尽全力想要往上拔剑，可地上的"不染尘"却纹丝不动，他有些恼火，"你这是要来教我，还是就想欺负我。"

面具男微微垂首，足尖轻轻一踮，高高掠起："听说你酿的酒很好喝，我教你内功，你送我美酒，你觉得如何？"

"可以！"百里东君此行从乾东城来天启城，真的带来了十坛美酒，现在就藏在里面的屋子中，他原本就不喜欢平白接受别人的好意，此时正合他意，立刻就跑进了屋子，搬出了一坛酒，"这坛月下，送给你。"

面具男仰头看天："'月下'，好名字。"他伸出手，猛地往后一拉，百里东君只感觉一股强大的吸力传来，将他手中的那坛酒一下子就吸了过去，可当面具男就要接过那坛酒的时候，他忽然伸出一指，直接就将那酒坛打得粉碎。

"你！"百里东君顿时怒起，直冲面具男袭去。

面具男往后一撤，右手一挥，那坛原本会洒一地的美酒竟慢慢在空中凝聚成了一条水流，他就拉着那条水流，就像拉着一条银色的衣带，在院中快速地奔跑起来。

百里东君停住了身，看得目瞪口呆："这是什么武功？"

面具男笑道："这就是你马上要学的内功，他的名字叫……"

面具男一跃而起，停在了屋檐之上，缓缓旋转着："落花流水。"

他站住了身，右手一挥，那股美酒汇成的水流高高飞起，又缓缓落下，他摘下了面具，张开了嘴，将那美酒一饮而尽，随即右手轻轻一甩，将那面具重新戴上，垂首望着百里东君，长长地打了一个酒嗝："的确是好酒。"

而百里东君没有注意到的是,有大概两杯酒的水量,被凝成了两滴水珠,随着那长袖一甩,飞了出去。

远处的高楼之上,正站着两个人,看着院中发生的这一切——萧若风以及雷梦杀。

雷梦杀望着院中那个忽然出现的面具男,沉声道:"应该就是白日里那个人,百里东君说不过是个来找麻烦的人,可是这样的棍法,就算是在学堂,除了后院最优秀的弟子,谁也做不到。"

萧若风点了点头:"看来他一进城,就已经被其他的势力给盯上了。"

雷梦杀感道:"可是百里东君的影卫,那个叫离火的人,应该不会轻易就放任这么危险的人物接近百里东君。"

萧若风沉吟道:"或许这个人本身就是镇西侯府安排的,百里东君毕竟没有正式拜入学堂,如果真的是这样,那么我们便不方便插手了。"

"不行,我得去确认一下!"雷梦杀纵身一跃,从高楼之上掠下,萧若风也急忙跟了上去,但两个人刚刚接近了一些,就感觉一阵疾风袭来。

"暗器!"雷梦杀一惊,长袖一卷,将那破风而来的"暗器"卷在袖中,那"暗器"瞬间炸裂了开来,将那袖子炸得粉碎。

萧若风伸出左手,运用真气将那道"暗器"挡在了面前,两个人稳稳落地,萧若风看着面前的"暗器"哑然失笑:"什么暗器,不过是一杯酒罢了,雷师兄什么时候变得这么大惊小怪了。"

雷梦杀长吁了一口气:"还不是因为百里东君身份至关重要!如果他有一点闪失,不仅师父白白失去了一个好弟子,还和镇西侯府结下了梁子,这对我们……"

"别废话了!"萧若风打断了他,"你会管这些?"

雷梦杀一跃踏到了高处,沉声道:"他们不见了。"

百里东君合上了房门,转过身:"你真的是我师父找来的?"

面具男坐了下来:"你拜入儒仙门下,一开始学的是酿酒,酿的第一杯酒味道极为酸涩,就连自己也不愿意喝,第一次酿出满意的酒是屠苏。五年前你遇到过一个女子,从此就念念不忘……"

"好了，我知道了，我们开始吧。"百里东君急忙打断了他的话。

面具男望了望摆在屋子中的那些酒："以后我每来一日，就送我一坛酒。"

百里东君怒道："你可不要太过分了！"

"酒喝了可以再酿，学堂大考要是败了，可就没有下一次机会了。"面具男幽幽地说道。

百里东君叹了口气："看来我酿的酒真的太好喝了……"

面具男站起身来："来吧。虽然只有几天的时间，但如果是你，一定没有问题！"

天启城，柳月府。

院中的水榭之中，有两人相对而坐，正在下棋。垂帘之外，学堂外院的一名教官恭恭敬敬地候在那里。

"公子，三日后就是初试了，不知道初试的考题可有眉目了？"教官等了许久，水榭之中的柳月公子仍然没有开口回答的意思，终于忍不住问道。

柳月公子拈起一枚黑子："你也说了，三日之后就是初试，那么……急什么？"

教官听柳月公子回答得云淡风轻，不由得急出一头大汗，他踌躇了许久，终于无奈道："这不是我急……只是……"

"只是很多人不敢来逼我，于是就来逼你这个副考官对不对？"柳月公子笑道，"想必那些天启贵胄们最近是一天跑一次你的府邸，就想追问到这次的考题。"

教官叹道："每年初试的题目，往往七日之前就会散布出去，可这一次，仅剩下三天了，难道真等最后一日再公布？"

柳月公子落下一子："难道不该最后一日再公布？考题提前泄漏，竟然成了不成文的规定？我稷下学堂，什么时候脸皮都厚到这个地步了？"

教官愣在了那里，一时竟也不知该如何回答。

"初试毕竟决定不了最终的结果，进了初试，还有复试，复试

可是几十年不变的一个打一个。说起来初试不过是让各家的公子拿一个好兆头回去,柳月你何必这么认真呢?"水榭之中,与柳月公子对坐下棋的那人忽然开口了。

教官闻言一喜:"灼墨公子?"

雷梦杀放下了手中的白子:"这一局我输了,下棋我是真的不如你。"

柳月公子笑了笑,站了起来背过身去:"我还想为什么你会突然跑到我这里来和我下棋,原来你也是个来套题的人。"

雷梦杀挠了挠头:"我院子里不也待着一个备考的兄弟嘛,往年初试的题目前十天我就知道了,这一次偏偏是你,我只能亲自上门来求了!"

身为副考官的教官闻言,顿时大喜:"灼墨公子说得对!更何况,以柳月公子的才学,就算是提前告诉了大家题目,要想通过初试,想必没有真才实学也是不行的。"

雷梦杀和他一唱一和:"对,不行。"

柳月公子叹了口气:"如果我就是要考试当场公布呢?"

雷梦杀想了想:"那可能师父会让你当下一次的终试考官。"

柳月公子笑了笑:"你威胁我?"

雷梦杀点了点头:"对,我就是威胁你!你知道我话多的,我每天在师父耳边念叨让你去做终试考官,你说他会不会就那么同意了?"

"也罢,如果真不公布,我怕那些令人讨厌的人,就真的会来踏我的府邸。"柳月公子用手一甩,一柄折扇在手中打开,他将那折扇随手一甩,飞出了水榭之外,落在了那名教官的手上。

教官一愣,读出了折扇上的四个字:"文武之外。"

"世间大考,无不以文武分类,可文武之外,世间新奇有趣的事物明明那么多,所以我不考文,也不考武,文武之外,仍有其他,能令我折服的,便能过我的初试。"柳月公子说道。

教官苦笑:"那到底考什么啊?"

"考的是人啊。"柳月公子朗声长笑。

教官连连摇头:"光拿这四个字出去,怕是没有办法令那些人满意啊。而且，历年大考，不是考文，就是考武，今年为何就在文武之外了？文武之外考什么？考下棋、考弹琴，还是考种地？"

"你的话似乎有点太多了。"雷梦杀忽然开口了，语气中带着几分寒意。

雷梦杀是一个话很多的人，当他说另一个人话多的时候，那个人似乎就该好好地反思一下了。教官打了个寒战，急忙垂头不再说话。

柳月公子却似乎并不在意，只是笑道："如果这个人种地种得真的很好，那么，当然没有问题。"

教官应道："我明白了。"

"你不明白。"柳月公子摇了摇头，"学堂要的不仅是文武双绝的人，学堂要的是有趣的人，至少师父是这样的，我柳月，也是这样的。"

教官拿着那把折扇往后退去，没有再回话。

雷梦杀见他走远了，大笑一声："柳月你这是给我开了后门啊！"

柳月公子耸了耸肩："我说的都是肺腑之言，和你院子里的那位兄弟并没有关系。不过说真的，有趣只是我的标准，要想成为学堂的弟子，还是要打赢复试和终试的对手。你院子里的那位，怎么样了？"

雷梦杀叹了口气："我院子里的那位，我也有几天没有见到了。"

天启城里，关于学堂大考初试的消息很快地传了开来。

"文武之外？不考文，也不考武，那算什么考试？"

"文武之外，莫不是选美吧，谁长得美谁进复试？柳月公子不是号称容颜绝代，这就是他的标准？"

"只是四个字，能看出什么来？"

副考官府邸的门槛不过两个时辰，就几乎被踏破了，他气得转头回了自己的屋子，把门锁了起来。

"文武之外，文武之外！我哪知道这是什么意思！"

百里东君在屋里已经练了多日的内功，此刻他终于睁开了眼睛，伸手一掌，将房门打了开来，他长吁了一口气，感觉身上暖流游动，有着一种说不出的舒服畅快。他走出门，伸了个懒腰，

长呼道:"真舒服啊。"他四顾看了一圈,发现雷梦杀并不在院中,而院外传来了一阵阵嘈杂的声音,他好奇地推开院门,抓住一个路过的学子,问道:"怎么了?这么吵?"

那学子一眼就认出了百里东君,嘴角露出一丝嘲讽的微笑:"这你都不知道?学堂大考初试题目已经出来了。"

"出来了?雷梦杀没告诉我啊?是什么?"百里东君问道。

"四个字,文武之外。"学子回道。

"文武之外,文武之外……"百里东君喃喃地念了几声,忽然转过身,一掌把那院门拍得粉碎,"我练了那么多天的武功,结果你告诉我考文武之外!"

"我去你的文武之外!"

三日之后,学堂大考初试终于开始。虽然是学堂的大考,但初试的地方却挑在了一个很特别的地方——千金台,天启城第一赌坊。

千金台的主人屠大爷此刻正坐在高台之上,体态臃肿的他一坐下就几乎把整个椅子都铺满了。此时已是初冬,天气有些微寒,可他却热得满头是汗,两边的侍妾为他不停地挥着扇子,他自己也快速地挥舞着手中的扇子:"柳月公子还真是独特啊,我在天启城这么多年,还第一次见到把大考搬到我赌坊里来的。"

在他身旁摆着一顶座辇,纱布垂下,遮住了其中柳月公子的容颜。柳月公子淡淡地说道:"所谓考,和赌也并没有什么差别。"

"哦?愿闻其详。"屠大爷拿出一块手帕擦了擦额头上的汗。

柳月公子没有说话,站在座辇边的小童倒是先开口了:"因为人苦学十年,大考却只在一刻,这一刻或许是他此生中发挥最好的一刻,也可能是发挥失常,再无挽回之地的一刻。这和赌博是一样的,即便再怎么技多压身,只有上了赌桌的那一刻,胜负才刚刚开始。而那胜负,无人能料。"

"除非作弊。"屠大爷呵呵一笑。

"有人能在千金台出千吗?"童子学着大人的语气反问道。

屠大爷得意地挥着扇子:"不能。"

童子笑了一下，也得意地说："所以我们今日在此大考。"

屠大爷挑了挑眉："柳月公子果然不同寻常。"

"二爷呢？"童子四顾看了一下，"当初答应借给我们千金台的不是他吗？"

"他去听曲了，他对学堂大考可没什么兴趣，当初答应你们不过是因为柳月公子有一残谱交换。不过这一次他做得倒是不错，能为学堂大考提供场地，我千金台就算这一日损失了万儿八千的银子，也值得啊。"屠大爷意味深长地说道。

柳月公子再次开口了："屠大爷的损失，学堂的人自会在明日送来。"

"痛快，敞亮！"屠大爷高声笑道。

千金台之外，似乎大半个天启城的人都已经来围观了，把外面挤得水泄不通。城防营出动了三支小队赶来，才勉强打开了一条路，供真正参加大考的人进入。

"那是贺军侯府的世子！"

"礼部尚书的三公子？"

"洛城将军的大公子！"

"岭南萧家的少掌门？"

"……"

光是这些参加大考人的身份，就值得让城防营再出动十支小队了，但柳月公子只要了三支，城防营也不敢多给，因为他们知道，真正的守卫部队藏在那围观的人群中，那是学堂的人，真正保卫着这场大考安全的护卫。

"让一让！"百里东君怒喝一声，骑着烈风驹赶了过来，望着面前拥挤的人群，颇有些恼火。

"疯了！这里都是城防营的人，你想没考试就去牢里蹲着吗？"终于赶上来的雷梦杀一脚踏在了马背之上，一手抓住了百里东君的衣领，一把将他丢了出去。百里东君就这么凌空飞起，越过人山人海的围观人群，在众目睽睽之下，一下子扑倒在了地上。

"兄台，我们初次见面，不必行此大礼吧？"一个带着几分笑意的声音响起，百里东君从地上爬了起来，看到了面前站着的那

个人，那人穿着一身灰袍，脸上黑乎乎的，一副风尘仆仆的样子，百里东君起身问道："你也是来参加大考的？"

"在下叶鼎之，的确是来参加大考的。"那人笑道。

百里东君伸出右手手指，在上面吐了口唾沫，然后伸到那叶鼎之的脸上一划，尘土之下的皮肤倒是如同美玉一般白嫩，他吹了吹手上的灰尘，笑了笑："就你这，还好意思取笑我？"

临街的茶楼上，一张卷帘散了下来。

"青王殿下，原本应该先带他来见你的，但时间紧迫，他直接就赶来考场了。"卷帘之内，一个老者垂首对着坐在那里的年轻王爷说道。

青王拿起茶杯，轻轻地吹了口气："唉，不见我倒也没关系，只是毕竟是在天启城的初次亮相，就不能洗把脸吗？"

叶鼎之摸了下自己的脸，也笑了一下："那不妨一起进去吧，你叫什么名字？"

"连我都不知道，我叫百里东君。"百里东君转身向前走去，"你看他们，全都认识我。"

"这我倒的确看出来了，只不过那眼神中，似乎不是特别的……友善。"叶鼎之挑了挑眉。

"那是因为他们嫉妒我。"百里东君将手中的考牌交给了门外的学院教习，随后便走进了千金台。

叶鼎之学着他的样子将考牌给了学院教习，并报出了自己的姓名："叶鼎之。"

千金台之内，今年的八十名考生似乎已经基本到齐了，整整齐齐地站在自己的考桌之前。这次初试给每一个考生的座位空间却是出奇的大，加上学院的一些监考官，偌大的千金台，空间不过是刚刚好而已。

"要这么大的座位做什么？怕我们作弊？也太夸张了吧。"百里东君皱眉低声道，然后转过头，发现那叶鼎之正站在他的身边，一惊，"你跑我这里来做什么？"

叶鼎之挠了挠头："我初到天启就来考场了，有些困惑。看兄台在考生中如此有名，这不趁着考试还没有开始，便想请教一二。"

百里东君"哦"了一声："想问什么？"

"上面那些牌子是什么意思？"叶鼎之指着千金台里侧中的一块大牌子，上面贴着各个考生的赔率，后面还贴着一些数字，"我这后面写个一千是什么意思？是不是数字越大越厉害？"

之前雷梦杀告诉过百里东君这千金台的赌局，还告诉他看好他的人最多，赔率一直是一比一，百里东君立刻得意地回道："这个我知道，这是千金台摆的赌局，看今年谁是大考魁首。数字越大，说明看好你的人越少，所以赔率也就越高。比如有人压你一两银子，若赢了，就能得一千两。但若压的人太过于热门，赔率就不高，比如我……"

"我怎么也是一千？！"

第十二章 · 学堂大考

百里东君的一声高喝,让整个千金台都安静了下来。所有人的目光齐刷刷地扫了过来,不少人的眼神中满是戏谑的意味。

"一个连外院学生丢来的馒头都接不住的人,赔率不是一千还能是多少?"不远处,有一个白衣考生笑道。

"看来你的大名鼎鼎……和我想象中的不太一样啊。"叶鼎之拍了拍他的肩膀,回到了自己的座位上。

"千金台的赔率是根据买家的数量决定的,还请柳月公子让小先生不要介意。"屠大爷笑呵呵地说道。

那小童眼睛一瞪:"小先生岂有工夫管这等小事?"

"开始吧。"柳月公子淡淡地说道。

小童点了点头,向前走出三步:"学堂大考,开始!"

"大考题目为——"小童一挥手,千金台的两侧都有一幅长长的书卷散了下来,上面写着巨大的四个字:"文武之外"。

"所谓文武之外,即在文和武之外,展露一下自己其他方面足以令人惊艳的特长,时间为十个时辰,在这十个时辰之内,如果觉得自己可以交卷了,那么便举手示意,告知我们你要展露的是什么,我们便派出相应的分考官来进行考验。若通过考验,则入复试！"童子朗声道，"每个考生都会配有一名帮手，可以让帮手去千金台之外，取你现在需要的东西。"

"可有异议？"

满堂鸦雀无声。

"不是大家早就知道了吗？为什么还问我们有没有异议？"叶鼎之转头对着远处的百里东君问道，因为相隔实在太远，说话的声音颇有些响，堂中之人听得一清二楚。

百里东君摇了摇头："我哪知道？我只知道，有异议有用吗？"

"没用。"柳月公子从腰间掏出一块令牌，从座辇之中掷了出去，"开考。"

小童高声道："开考。"

叶鼎之笑了笑："倒有点午时三刻立刻行刑的意思。"

高台两侧，烧起了一根巨大无比的香，香烧完之时，十个时辰也就过了。

百里东君没有再理会叶鼎之，伸手高呼道："来人！"

"来人！"

"来人！"

千金台之内此起彼伏的声音，每个考生都开始呼唤自己的帮工。

"我要的东西就在门外三路客栈，你去找雷梦杀，把那个大包裹给我拿进来就行！"百里东君大声道。

"找谁？"帮工一愣，以为自己听错了。

"雷梦杀！废话多公子雷梦杀！快去！"百里东君怒道。

"哦哦哦。"帮工急忙转身。

叶鼎之笑道："你打算做什么？"

百里东君嘴角微微上扬："到时候你看着便是了。"

所有的帮工都出门之后，千金台之内才终于安静下来，方才那嘲笑百里东君的白衣男子举起了手："考官，我要交卷。"

"哟，还真有这么快的。"叶鼎之双手抱在胸前，一副看好戏的样子。

千金台之中的人大多还都在等自己的东西,他们虽然提前知道了题目,该准备的都准备好了,但是到底是不能光明正大地就把东西搬进来了,所以此刻都无事可做,见有人要交卷,自然都一个个准备看好戏了。

"好,叫什么名字?交的又是什么?"代表柳月公子传话的小童倒似乎一点也不惊讶。

那白衣考生从身侧的小包裹之中拿出一个围棋盘,在桌上又摆了两副棋子:"在下白衣门段白衣,精通棋术,随身也带着棋盘、棋子,无事时便自己和自己下。文武之外,我所要交的卷,就是这棋术。"

"可以。"小童点头,随后便走了下来,旁边的帮工立刻识趣地将一条凳子放在了那里,小童一屁股坐了上去,"我和你下。"

段白衣一愣:"你和我下?"

"赢了就算过了,输了就收拾东西出门,下不下?不下就算你输了。"小童不耐烦地说道。

段白衣笑了笑:"你学了几年棋?"

"你学了几年?"小童反问道。

"我七岁学棋,至今已有十年。"段白衣见对方是柳月公子的书童,也不敢太过于傲慢。

"我三岁学棋,至今也有七年。"小童撇了撇嘴,"差得也不多,来吧。"

段白衣将黑子棋盒推到了小童那一边:"我执黑不败,你先行吧。"

小童也不推辞:"行吧。"

一炷香之后。

段白衣从一开始的淡定自若,渐渐变得眉头紧锁,很快额头上便开始慢慢出汗,最后拿着一枚白子犹豫不决,一身白衣已被背后的汗浸湿了,他最终长出了一口气,叹道:"我败了。"

"哈哈哈……精通棋术,连个小童都下不过。"屠大爷挥舞着折扇,偷偷地嘲笑道。

座辇中的柳月公子淡淡地说道:"能在灵素执黑的情况下和灵

素下这么久，说是精通棋术也不为过。再经过几年的锤炼，灵素以后可成国手。"

屠大爷听不太懂，只是淡淡地"哦"了一声："那……算他过？"

"但毕竟还不是国手，赢不了灵素，便也没有入学院的资格了。"柳月公子回道。

"三局两胜吧。"灵素将手中的棋盒推给了段白衣，"你不是执黑不败吗？这一次你执黑。"

"好。"段白衣擦了擦额头上的汗，"再来！"

又是一炷香。

已经有陆陆续续的东西送了进来，但大家仍然关心着这场对弈，因为他们很好奇，这个初试到底有多难。

这场对弈，以段白衣的再次认输而告终。

他双手撑在桌上，满头是汗，已经完全不是一开始那白衣潇洒的模样了："十年苦修……我竟然输给了一个小童？"

此时满堂哗然，因为柳月公子忽然说话了，虽然他的话很轻柔，但通过浑厚的内功传散出来，让堂中之人都听得清清楚楚。

"一味刚猛，长锋易折。下的是棋，展露的却是心。你棋下得很好，可性子却过于骄纵，至于为何不赢灵素，因为你很久未曾败过了。"

名为灵素的小童嘟起嘴："我倒是天天败。"

"今日一败，未必是坏事。"

段白衣站起身，长舒了一口气："段白衣记下了。"

段白衣走出千金台之后，原本安静下来的千金台再一次变得热闹起来了，百里东君的侍从也帮他把包裹拿来了，百里东君打开包裹，里面是一袋糯米、一个小锦囊、一床棉被、一个坛子等事物。

"怎么，打算睡一觉再说？"叶鼎之打趣道。

百里东君白了他一眼："你准备了什么？"

叶鼎之挑了挑眉，卖了个关子，倒是旁边另一个考生看着入门的方向，惊呼了一声："这……这是什么？！"

只见一个肌肉虬结的壮汉，背着一只整牛，从门外踏了进来，每踏出一步，整个千金台似乎颤了颤，他走到了叶鼎之的面前，将

那一整头牛摔在了地上,震得高台之上的屠大爷身上的肥肉都颤了颤。那壮汉重重地喘着粗气,看着叶鼎之:"刚刚杀的,新鲜着。"

叶鼎之望着那淌了一地的血水,笑了笑:"我看出来了。"

"考官,交卷!"又有一个男子的声音响起,那人似乎害怕考官听不到似的,一脚踏在了考桌之上。

"何人?考什么?"书童灵素打了个哈欠,"确定准备好了?"

"江湖客,无门无派,姓燕名飞飞。"那人十分瘦削,穿着一身不合身的大衣,无论是衣袖还是裤管看上去都是空荡荡的,"至于考什么,你过来我告诉你。"

灵素足尖一点,纵身一跃跳到了那书桌之上,站在了燕飞飞的面前:"考什么?"

燕飞飞身子一旋,落在了考桌之下,背对着小童举起一块玉牌:"就考这个。"

灵素急忙摸了一下腰间,只见那原本挂在那里的玉牌已经消失不见,只剩下了一根红绳,他惊道:"你在文武之外,精通的是……偷东西?"

"欸,此言差矣。"燕飞飞向前一跃,灵素一掌迎上,可燕飞飞身子又是一旋,闪到灵素的身后,举起手,上面又多了块灵符,"这叫妙手空空。"

屠大爷笑道:"赌场里来了个千手千眼的佛爷。"

柳月公子淡淡地说道:"看这手法,应该是神偷空灵儿的徒弟。"

灵素伸手道:"还给我。"

燕飞飞不敢多言,将两样东西还给了他:"敢问童子,我可算过了这初试?"

灵素摇头:"既然你要展露的是这妙手空空之术,那么我便不是你的考官。"

燕飞飞仰起头:"我的考官是柳月公子?"

"灵素,上来。"柳月公子传声道。

灵素纵身一跃,回到了柳月公子身边,随后站在柳月公子身侧的四位美男子之中,站在最左侧的那一位走了下来:"我叫三秦,你有三次机会,从我身上偷走一件东西。"

燕飞飞笑着绕着三秦走了一圈："我怎么确定你身上有没有东西？"

"那就靠你的本事来确定。"三秦足尖一点，竟已远远地掠开，的确，要想让一个小偷绝对偷不到自己的东西，那么最好的方法，就是远离他。

燕飞飞微微皱眉，一步跃起，在空中连踏三步，已经接近了三秦。

"这个轻功？"灵素一惊。

柳月公子淡淡地说道："三步追蝉。"

"轻功不算武功吗？"屠大爷好奇地问道。

柳月公子想了一下后回道："我以前看过一本叫《明月》的小说话本，有一位剑客对一个轻功高手说过一句话，轻功不代表武功。"

灵素接着说道："接着那个轻功高手回了一句话。"

"但是速度，代表了我和你的距离！"燕飞飞一脚踏在一人的考桌上，一步跃起，伸手便要抓住三秦的腿，但是他却被人一拳打开了。

"你把我的东西弄飞了！"百里东君怒喝一声，他放在桌上的锦囊被忽然踏下来的燕飞飞顺手就给打飞了。他足尖一点，连踢三步，腾空而起，在空中一把抓住了那个锦囊。

"三飞燕。"燕飞飞眉头微微一皱。

两人同时落地，百里东君不满道："看着点路。"

燕飞飞抱拳道："抱歉。"随后转身，便要继续去追那三秦，可他本以为三秦已经跑远了，才发现他竟然就站在自己的不远处。

"考试就得公平，人家被人打下来了，你也不该再跑了。"叶鼎之一只手按着三秦的肩膀，笑着说道。

三秦却感觉到泰山般的压力从那只手上传来，他原本见燕飞飞被拖住，自然是大喜，可刚跑出一步，就被一只手给强行按了下来。见燕飞飞已经转身，叶鼎之才放开了手："你们继续，只是不要打扰到我们。"

"多谢！"燕飞飞一步跃出。

正在两个人在千金台之内追逐的时候,却又有一人举起了手:"考官,我要交卷!"

不过这一次,却是一个女子,还是个无比貌美的女子。

从她刚一进门的时候,就有无数的目光投向了她,但这个女子都一一回敬了过去,她的眼神中有着难以言喻的霸气,让那些偷瞄她的男子都颇有些自惭形秽,而且,这女子的着装却是太过于特别了。

她穿着一件长长的白袍,很好地将自己曼妙的身形隐藏了起来,而白袍的背后,写着一个大大的"赌"字。

"你叫什么名字?考什么?"灵素问道。

"我叫尹落霞。我想和柳月公子比美,可以吗?"女子说道。

灵素一愣:"可以……吗?"

"不可以。"柳月公子答得干脆。

尹落霞笑了笑:"我就想看你一眼,这么难吗?"

"你来此一趟不容易,我不想你就这么输了。"柳月公子平静地说道。

"有自信。"尹落霞将白袍一甩,白袍之下是一袭紧身的紫袍,勾勒出她曼妙绝伦的身姿,她将手中的骰盒往桌上一甩,"那就来赌吧,既然来了千金台,当然要赌。"

"赌?"柳月公子迟疑道,"学堂之中,赌术精湛的……莫不是要把师弟找来?"

"不劳烦小先生了。"屠大爷挥着扇子,笑道,"来了千金台,还缺会赌的人吗?"

柳月公子愣了一下:"屠大爷要亲自上阵吗?"

"那还不至于,来人啊,把屠二给我找回来。"屠大爷高声道。

百里东君从坛子里取出了早就泡了一天一夜的糯米,倒进了蒸笼之中。旁边的叶鼎之则举起一根长枪,一枪刺入,整个贯穿了这一整头牛,他架起了一根铁架,聚了一堆柴火,看起来真的是打算烤一只整牛了。他做完这些后,呼了一口气,转头看向百里东君:"你这是要酿酒?"

百里东君慢慢地捣鼓着:"是。"

"酒不是应该越陈越好喝吗?你要在十个时辰里酿出好酒来?"叶鼎之困惑地问道。

百里东君耸了耸肩:"陈酒有陈酒的酿法,新鲜的酒自然也有即成的方法。更何况,酒不是越陈越好喝,世间酒千种,各有一味,只看你能不能喝到你喜欢的那一味。"

"不懂。"叶鼎之笑了笑,抱拳道,"我本来以为今日会是一场厨艺大赛,但是没想到跟厨房有关的并不多,乍一看好像就没有两人。大家文武之外的才艺,这么丰富的吗?"

"俗语说,君子远庖厨。想考入学堂的,自然多以君子自居,当然不愿意做庖厨之事,还有……"百里东君转身,很郑重地说道,"我这是酿酒术,和你的烤牛肉并不一样,请不要相提并论。"

"怎么不一样了?牛肉配酒,天下难有,绝配啊。"叶鼎之舔了舔嘴唇。

百里东君低喝:"滚!"

叶鼎之看了百里东君那蒸笼一眼:"你这需要挺长时间的吧?"

百里东君看了看那炷香,微微皱眉:"差不多等它烧完的时候吧。"

叶鼎之点了点头:"那看来,我们是只能赶个末尾了。"

百里东君不耐烦地道:"能进就行了,第一第二有什么意义。"

"谁说没有意义,第一就是第一!"一个声音传来,百里东君和叶鼎之扭过头,只见那燕飞飞和三秦擦身而过,手轻轻一挥,一柄长剑回身,架在了三秦的脖子上。三秦右手急忙摸向自己的腰间,却发现已经空空如也。燕飞飞收了剑,转身对着高台之上的柳月公子挑了挑眉:"如何?"

"考生燕飞飞,过。"柳月公子传声道。

"谢公子!"燕飞飞笑着转身,在众考生的目光中慢慢地走出了大门。

尹落霞很不满地敲了一下桌子:"我的考官呢?!第一就这样被人拿走了!"

话音刚落,就见千金台的门再次被打开,有一个醉醺醺的男子

被几个大汉架着走了过来，那个男子不满地嘟囔道："谁让你们把我带回来的？再过两个时辰……风姑娘就要奏曲了……我得去占个好位置！"

大汉们不理会他，只是把他丢在了屠大爷面前的一张椅子上，屠大爷笑了笑："屠晚，这风姑娘的曲子……是有多好听啊，一日一日就这么听，还听不够。"

屠二爷一扬头："那怎么听得够，屠早你这种俗人，又怎么能明白呢。"

灵素看着虽然一身酒气，面目虽算不得多么俊美，但也有几分世家公子模样的屠二爷，又看了看一身肥肉摊在椅子上的屠大爷，忍不住说道："屠二爷和大爷长得真不一样啊。"

"以后会一样的，我年轻的时候也算俊秀，再过几年就不行了。"屠大爷摸了摸自己的肚子，对着屠二爷说道，"屠晚，这里有个姑娘……"

屠二爷眼睛一亮，醉意散去一大半："姑娘！"

屠大爷轻轻咳嗽了一下："有个姑娘，想要和你较量一下赌术。"

"赢了能干吗？"屠二爷的醉意又散去了一半。

屠大爷神色微微有些尴尬："不能。"

屠二爷又醉晕了过去："那不比了。"

"怎么说，是不是怕了？"尹落霞在下面看了半天，见那醉鬼一下起身，一下瘫软，终究是看得不耐烦了。

屠二爷又身子一颤，舔了舔嘴唇："声音倒是挺好听……"随机转过身，屠二爷的眼睛瞬间圆瞪。

一阵风吹过。

屠二爷坐在了尹落霞的面前，用手轻轻捋了捋鬓发，醉意也早就散在了那一阵风中，他温柔地问道："姑娘，请问要赌什么？"

"升官图、叶子戏、马吊、天九还是比大小，随便你选。"尹落霞说道。

"姑娘会的可真多，那我们就来比天九。"屠二爷笑道。

"大天九还是小天九？"尹落霞问道。

"此乃天启城千金台，天下第一城，天下第一赌坊，自然只有大。"屠二爷拍了拍手,"大天九。"

"什么是天九?"叶鼎之对赌术一窍不通,问百里东君。

他们的考桌恰好就在这尹落霞的身后,百里东君在等着糯米蒸好,手上无事可做,自然也从头到尾都在偷听,他解释道:"天九是一种赌法,用牙牌三十二张,二人至数人入局,牌分文武,文牌以天牌为尊,武牌以九点为尊,所以叫天九,也有地方就叫牌九。大天九一人四张牌,分两组,全胜全败为胜负,小天九一人两张牌,胜负立判。"

"听不太懂。"叶鼎之笑了笑。

"我坐庄。"屠二爷伸过手,立刻有人递上来一个烟杆子,他拿起来抽了一口,"那边两个小子,也过来玩。"

"我们要是赢了?"百里东君沉声道。

"也能入复试!"屠二爷笑道。

"若是输了呢?"叶鼎之幽幽地问道。

"你们一会儿的牛肉和酒,能不能分我一点?"屠二爷舔了舔嘴唇。

"好买卖,我来!"叶鼎之笑着走上前。

百里东君犹豫了一下才走了过去:"我也参加。"

尹落霞愣了一下:"有你们什么事?这是我的赌局。"

"姑娘错了,这是千金台的赌局。"屠二爷手一挥,一份黑色的骨牌已经落在了桌上,他整个人身上的气质陡然间便发生了巨大的变化。

从一个醉醺醺的败家子弟,变成了赌场中叱咤风云的大赌徒。

"出门,天门,末门,三位怎么挑?"屠二爷问道。

尹落霞没有犹豫:"末门。"

百里东君紧接着说道:"天门。"

叶鼎之一脸困惑:"那我就出门?好像不太吉利?"

屠二爷将骨牌飞速地洗了一圈,随后掷了骰子,看了三个数字后眉毛一挑,手上快速地动着,立刻就将面前的天九分出了八摞,速度之快几乎看不清楚,叶鼎之不解:"这是在做什么?"

"没错,他分得很对。"百里东君沉声道。

屠二爷又吸了一口烟,吐出一口烟雾,随后拿起烟杆,分别各推了一摞到几个人面前,动作一气呵成,没有半点拖泥带水:"看牌吧。"

叶鼎之拿过自己的四张骨牌,来来回回地看了几遍,笑道:"上面这些点子认得我,我却认不得这些点子。"

"有口诀,天地人和,梅板三,斧十猫高,下四烂。"百里东君眯着眼睛看着自己的牌,一副老赌徒的模样。

"没想到你年纪轻轻,倒一副赌鬼的模样。"屠二爷放下烟杆,"学这几年了?"

"没正儿八经学过,只是跟着人玩过几次。"百里东君一边回答着,一边低头配着牌,似乎颇有些犹豫。

"赌博可不是什么好东西,一旦沾上,轻则穷困潦倒,重则家破人亡,这么多年,我只见过一种人是靠赌博活得滋滋润润的。"屠二爷笑道。

"什么人?"叶鼎之胡乱配了几下,将手中的牌放到了桌上。

"开赌坊的人!"屠二爷终于拿起了自己的骨牌,眯着眼睛看了看,"开赌坊的人都是心比狗黑,杀人不见血。"

"大爷,他骂你。"灵素取笑屠大爷。

屠大爷轻轻咳嗽了一下:"不,他在骂自己。"

尹落霞手里快速地配着牌,头都不抬:"谁说只有开赌坊的人能赢?我就没输过。"

"姑娘这口气就像是赌王似的……"屠二爷笑了笑,放下了手中的牌,"各位可准备好了?"

"来吧。"百里东君擦了擦额头上的汗。

尹落霞也点了点头,将牌推到了前面:"来。"

"来来来,你看看我的牌如何?"叶鼎之的手在桌子上一拍,四块骨牌立刻翻了身,展示在了众人面前。

"好俊的功夫。"高台之上的灵素赞了一句。

百里东君走了过去,愣了一下。

"怎么样?我这牌怎么样?"叶鼎之好奇地问道。

"憋十。"百里东君直截了当地说道。

"憋十是什么？"叶鼎之不解。

"就是你配出了少有的……最小最小的牌，不管庄家是什么牌，都不会输给你。你……还是回去烤牛肉吧。"百里东君轻轻摇头。

"那你是什么？"叶鼎之一拍桌子，百里东君的牌也整个地翻了个面。

屠二爷眉毛一挑："牌不错。"

"天王和天高九，还真配你的天门。"尹落霞瞥了一眼牌面。

叶鼎之拍了拍百里东君的肩膀："你们这黑话我听不懂，但感觉名字很霸气，有机会吗？"

百里东君抹了一把手心的汗："你把我的牌翻了，庄家又没亮牌，我怎么知道自己有没有机会。"

叶鼎之"哦"了一声，手往桌子上一放，可才放下，一根烟杆子已经搭在了他的手上，屠二爷微微一笑："就不劳公子帮忙了。"他收回烟杆，轻轻一挥，四张牌仰面抬起。

"双地，孖梅！"百里东君一惊。

"好牌？"叶鼎之惑道，他虽然对赌术一窍不通，但是光看那两对牌分别是两对点数一样的牌，也知道必定不小。

屠二爷幽幽地抽了一口烟："还不算最好的牌。"

"不过，赢我是绰绰有余了。"百里东君叹了一口气，往后撤了一步。

"姑娘，你的呢？"屠二爷挑了挑眉。

尹落霞脸色平静，看不出喜色，也看不出忧色，她平静地长袖一挥，露出了其中的两张牌，是两张一模一样的红点八。

"孖人。"百里东君微微皱眉。

"好牌？"叶鼎之只有这一个问题。

"的确是好牌，但不如庄家的双地，也是输了。"百里东君望了一眼正得意地笑着的屠二爷，感慨道，"千金台不愧是天下第一赌坊。"

"姑娘这牌不错，只可惜……"屠二爷缓缓地说道。

"这是我的小牌。"尹落霞轻描淡写地说了一句。

屠二爷和百里东君都是一愣,随后尹落霞长袖一挥,另外两张牌也翻了过来。

两张牌一现,就连台上的屠大爷都站了起来,他低声喃喃道:"看来,真的是她……"

叶鼎之看了看百里东君和屠二爷的表情,这一次用十分肯定的语气说道:"好牌!"

"至尊宝!"百里东君看着那副牌,"赌徒们一辈子也不会碰上一次的至尊之牌,杀一切。我还是第一次看到有人能配出至尊宝。"

座辇之中的柳月公子微微侧首:"屠大爷为什么如此惊讶?"

屠大爷恢复了镇定的神色,重新坐了下来,挥了挥手中的扇子:"因为这位姑娘,她出千了。"

"哦?屠大爷你看到了?"柳月公子问道。

"我若是看到了,那么这位姑娘就算再貌美,今日这手,也得留在千金台了。"屠大爷回道。

"那就是没看到了,那屠大爷怎么认定这位姑娘出千了?"灵素问道。

"因为屠晚出千了,屠晚做的牌下面,不可能有人能摸到至尊宝。"屠大爷说道。

灵素一愣,随即带着几分嘲讽地说道:"屠大爷不是说千金台之内,绝对不会出现出千吗?"

"出千被抓到才叫出千,不然都是实力。"屠大爷神色不变,脸皮堪比城墙。

屠二爷脸色变换了几阵后沉声问道:"敢问姑娘尊姓大名?"

"刚不是说过了吗?尹落霞!"尹落霞不耐烦地回道。

屠二爷一愣,猛地转身望向屠大爷,屠大爷耸了耸肩:"我以为是个骗子,所以才叫你回来一探真假。"

"尹落霞,这个名字我似乎也在哪里听过。"柳月公子忽然道。

"是昔日赌王之女,那一年赌王在北离第三大赌坊——青州的逍遥城内输给了南诀来的连如烈,几十年身家一朝被洗空,但是第二日,他的女儿就坐上了千金台的赌桌,连胜三局,重夺赌王之位。那一年她才十岁，身子不够高，是坐在赌王的头上赌的。"屠大爷说道，"这在我们这一行是个传说，但是这位小赌王一直很少露面，今日一见，一时看不出真假，现在是看出来了。"

"还真的是赌王。"屠二爷苦笑了一下，"今日见到姑娘，也算是有幸了，我们下次再赌！"

"谁和你赌！"尹落霞转身问台上的人，"我过初试了吗？"

"出千也是本事，过。"柳月公子低声笑道。

灵素上前一步："考生尹落霞，过初试。"

百里东君回到了自己的考桌前，他打开了蒸笼，取出了其中的糯米，他在面前铺了一层竹板，随后在上面抹了一层糯米，之后从那个锦囊里拿出了一个小圆球，他放在鼻尖嗅了嗅，随后捏成了粉末，在糯米之上抹了一层，随后又在上面抹了一层糯米，再捏碎了一个圆球在上面抹了一层，他全身心地投入其中，心中再无杂念。

而另一边，叶鼎之左手抚摸着架在铁架上的牛身，右手则掏出了一把锋锐的小刀，他把那把小刀急速地在牛身之上划了上百下，随手伸手在牛头之处往后猛地一拉——竟将整张牛皮都撕了下来。无论是考生，还是一旁的监考官，看到此情此景，无不吓得背过身去，这画面着实太过于血腥了。而叶鼎之却只是笑了笑，随后从怀里拿出了一些香料，撒在了牛身之上，之后将生好的柴火放在了牛身之下。这么大的一只牛，若想要烤完，也许真的需要整整十个时辰吧。

百里东君完成了自己的工作，随后拿棉被将整个糯米都裹了起来，又拿出酒坛压在了上面，他长舒了一口气，随后转过头，发现叶鼎之正躺在桌上看着他。百里东君一愣："你完成了？"

"世间美味，需要的不是技巧，而是耐心。花了时间做出来的东西，才是好吃的东西。"叶鼎之打了个哈欠，"我就等着我的牛一点点地被烤熟便是了。"

两个人又到了等待的时间，便一起观察起千金台内的其他考生。

在尹落霞之后，越来越多的考生举手交卷，天启不愧是被称为

聚集天下风流之气的城池,考生们最多的便是考棋艺、乐器的,然而在棋艺上能过灵素那关的寥寥,几个时辰过去了只有贺军侯府的世子胜了灵素,而在乐器上,清歌公子洛轩忽然到访主考乐器,近四十名考生中,有弹古琴的,有奏玉笛的,有弹琵琶的,但最终能让洛轩点头的不过十余人。而剩下的一些,就可谓是各显神通了。

一个身形魁梧至极的壮汉裸露着上身,站在角落里汗如雨滴,不仅是他,就连离他近的那些学生大都也热得满头是汗,因为他在角落里搭了一个简易的铸剑炉。他用铁钳夹着一块烧得火红的剑胚,放在了旁边的水缸之中,随着"刺"的一声,一阵水雾腾起,壮汉从水缸中掏出了那块剑胚,随后给它安上了一把精致的剑柄,又拿出一把小刀在剑胚之上轻轻划过,划过之后,剑身发出一阵清透的光芒。

"我的剑打好了!"他大声说道。

柳月公子座辇右侧的一名美男子闻言走下了台,看了一眼那柄剑:"你是个铸剑师?"

"我是个剑客,我用的剑,都是我自己打的。"壮汉回答道。

那美男子拔出了腰间的剑,轻轻地碰了一下壮汉刚打好的那柄剑:"我可以试试?"

"我劝你最好不要,你手中的剑也不便宜,糟蹋了可不好。"壮汉笑道。

"还挺有自信。"美男子举起手中长剑,用力地挥了下去,"砰"的一声,手中长剑已经碎成了两截,他笑了笑,"很好。"

"散人剑客林在野,过初试!"

名为林在野的剑客将那柄刚打好的剑递给了那刚折了剑的美男子,随后背起了行囊,向门外走去,路过正坐在桌子上观察众人的百里东君时扭头望了一眼被他放在桌上的"不染尘",林在野幽幽地说道:"你有一柄好剑。"

百里东君警惕地按住"不染尘":"我知道。"

林在野笑了笑:"下次再见。"随后便走到门口,一脚踏了出去。他一转头,百里东君正看着他,且用手紧紧地按着"不染尘"。

"你对我的剑有想法？"百里东君问道。

林在野挠了挠头，吐了口口水在地上，骂道："大白天的，真是见了鬼！"他明明朝着门的方向走去的，也看着自己踏出了门槛，怎么一步之下，又回到了百里东君的旁边？

叶鼎之微微挑眉："在这里看了几个时辰，终于看到了……令人感兴趣的东西。"

出现问题的不仅是林在野，同时几个已经过关或者淘汰的考生，都开始绕着整个考场徘徊，明明门就在那里，可是就是怎么走，也走不出去。屠大爷坐在台上一脸迷茫："这大白日的，也能鬼打墙？"

"估计是这赌坊害死的人太多，冤鬼回来索命了。"屠二爷搬了条凳子坐在屠大爷的身边，冷冷地嘲讽道。

"那怎么不敢到台上来，只敢戏弄下面的这些人？"屠大爷笑着转头望向柳月公子，"公子，你说……嗯？怎么又是你？！"他明明转向的是柳月公子，可是看到的却依然是自己那讨人厌的弟弟。

"是奇门遁甲。"柳月公子淡淡地说道。

"什么是奇门遁甲？"屠大爷听到声音从左边传来，又转向左边，可看到的又是屠二爷，"乖乖的，可真邪门。"

"学会奇门遁，来人不用问。这可是通天之术，不邪，只是奇。我就不破阵了，有这等功力，可过。"柳月公子淡淡地说道。

林在野又是一步踏出，一边转身骂道："再说一遍，老子对你的剑没兴趣！"

眼前是一条宽敞的大道，路人纷纷侧目，望着这个当街喧哗的人，林在野愣了片刻，随后挠了挠头，往边上走去了。

千金台之中，在最不为人所关注的角落里，有一个穿着紫色斗篷的男子站了起来，他的帽子压得很低，令人看不清他具体的容颜，他的声音听上去倒是格外年轻："诸葛云，在公子面前献丑了。"

"谦虚了。"柳月公子少有地夸赞了一句。

叶鼎之看着诸葛云离去的声音，淡淡地说道："他姓诸葛。"

"姓诸葛，代表着什么？"百里东君问道。

"代表了很多,就像你姓百里,就代表了一些东西。"叶鼎之意味深长地说道。

百里东君从桌子上跳了下来,打开了那张棉被,只见糯米之上长出了一些细细的黑毛,他从锦囊里拿出一个瓶子,将其中的液体浇在了黑毛之上。

距离学堂大考的开始已经整整过去了九个时辰。

屠二爷坐了几个时辰终于忍不住偷偷溜了,屠大爷碍于面子,不得不陪着学堂的人就那么坐在那里,只是椅子让人换成了坐榻,一开始还靠在那里,最后就整个人都倒了下去,鼾声阵阵如雷,回荡在整个千金台中。就连灵素也连连打哈欠,抱拳道:"公子你这时间定得也太久了,十个时辰的考试,谁能受得了啊。"

下面的考生中,只剩下稀稀拉拉的几位,叶鼎之躺在书桌上睡得很是香甜,只不过每过一段时间就刚好一梦初醒,起来转弄一下烤牛,撒一些料粉,然后又躺回去睡觉。百里东君则自己掏出一根香,放在了那床棉被边上点着,之后便一直端坐在那里闭目养神。

"看来,大家都困了啊。"坐在中间的一名灰衣考生站了起来,他的脸色有些苍白无血色,笑起来的时候颇有些瘆人。

灵素揉了揉眼睛:"你要交卷?"

"配起来可真有点麻烦呢。"那人笑了笑,在自己桌上点起了一炷香。

灵素走了过去,打个哈欠道:"你叫什么名字?交什么……"他一开始是慢慢走过去的,随后步伐忽然变得极快,最后竟是一跃踏在了那人的桌子上。

考生笑了笑:"小考官的精神倒是不错。"

灵素望了一眼那炷香:"这香,有古怪。"

屠大爷忽然睁开了眼睛,缓缓道:"天明了?"

"屠大爷醒了?"柳月公子笑道。

屠大爷伸了个懒腰:"感觉有种说不出的精神……甚至想要出去打马球了,我已经很多年没有去打过马球了。"屠大爷站了起来,那张酒色过度的脸上,竟焕发出了红光。

叶鼎之翻了个身，使劲地打了个哈欠，随后拧了拧鼻子，低喝了一声："滚！"随后又翻过身去，继续睡了下去。

百里东君睁开了眼睛，身边的"不染尘"颤动起来，他使劲一吸鼻子，却只闻到了一股莲花香。

"你叫什么名字？这是什么香？"柳月公子问那考生。

考生答道："在下洛阳秦路，这是起魂香。"

灵素感觉自己浑身充满了力气，只想推门出去绕着天启城好好跑上一圈，他按捺着心中的激动，喊道："所以你文武之外，精通的是医术。"

"不，这是毒术。"秦路伸出两指，捻灭了那炷香，"闻到它，虽然再疲倦的人也会瞬间充满活力，但却是将体内剩余的力气强行给提起来，等药劲退去之后，身子中的损伤就再也无法挽回了。"

屠大爷重新坐了下去，又开始哈欠连连。

"不过我控制好了剂量，只闻了这一点，便不会有事。"秦路笑道。

"虽然是毒术，但对于仍有后事需要交代的将死之人来说，这一炷香却十分重要。医术可以做毒术，毒术也能起到救人之效。过！"柳月公子说道。

"多谢公子！"秦路回道。

"我也好了！"秦路的不远处，又有一名考生举起了手。

"何名？考什么？"灵素问道。

那人拿起了一个酒壶："在下李信，我酿了酒。"

百里东君瞬间睁开了眼睛，叶鼎之一个翻身从桌子上跳了下来。

"酒？"两个人同时念道。

灵素接过了那个酒壶，转头望向柳月公子："公子……我还没到可以喝酒的年纪。"

"拿下来吧。"柳月公子笑道。

灵素拿着酒壶走了上去，屠大爷打着哈欠道："给我也来一杯。"

灵素便倒了两杯酒，分别给屠大爷和柳月公子递了过去。

"怎么？现在觉得有点晚了吧。"叶鼎之走到了百里东君的身

边,"若这个人的酒比你酿的好喝,你就没有机会了。"

"没有人的酒会比我酿的好喝。"百里东君坚定地说道。

屠大爷接过酒杯一饮而尽,随后眼睛一亮,放下了酒杯,望向台下那名叫李信的考生:"真是好酒!比我们千金台的金银水来,都分毫不差。"

柳月公子接过了酒杯,轻轻地嗅了一下,随后微微蹙眉,最后将那酒放到嘴边饮了一口便将酒杯递了出去,灵素接过酒杯,问道:"如何,公子?"

站在台下的李信一副胸有成竹的模样,就连屠大爷这般见多识广的人都夸了他的酒,那么自然就不成问题了。

可柳月公子并没有直接宣布结果,只是冲着台下问道:"东君,你想不想也尝上一杯?"

百里东君一愣,随后点了点头:"东君冒昧,便求一杯喝。"

"给他一杯。"柳月公子对灵素说道。

灵素点了点头,走下高台,倒了一杯酒递给了百里东君。

百里东君接过酒,如果方才的人能够看到座辇中柳月公子的动作,就会发现他们两个人的动作竟然是出奇的一致,都是先轻轻嗅了一下,然后微微皱眉,最后喝下一口后就停住了。

"如何?"柳月公子问道。

百里东君犹豫了片刻,回道:"醇香,可口,好酒。"

那李信本来看柳月公子迟迟不做决定,神色有些紧张,此时立刻松缓了下来,并对百里东君微微一笑,以示感激。

"明白了,那么李信,你的结果是……"柳月公子停顿了一下,"不过。"

全场皆惊,唯有百里东君神色不变,李信怒道:"为何不过?屠大爷,还有这位兄弟,都说我的酒是好酒。"

"你的酒的确是好酒,可口感却是陈酒的丰满醇厚,这样的酒,就算是再厉害的酿酒大师,也需要花半年的时间等待其中味道沉淀,不过十个时辰,从哪里得来如此醇厚的口感?"柳月公子沉声道,"你名字中带一个'信'字,可为人却无信。灵素,查他的行囊。"

"得令。"灵素纵身一跃跑到了李信的身边,那李信正欲闪躲,却被灵素一掌打开,随后在他身上一摸,立刻掏出了一个酒壶,打开酒壶闻了一下,却是极淡无味,"果然是用偷偷带进来的酒换了自己酿的。"

"赶出去。"柳月公子淡淡地说道。

"滚!"灵素一脚将李信踢了出去。

叶鼎之扭头看了一眼百里东君:"你刚刚已经发现了。"

"是的,陈酒的口感,行家只要喝一口就能分辨出来。"百里东君说道。

"可你并没有拆穿他。"叶鼎之似笑非笑地说道。

百里东君转身看向自己酿的酒:"酒的确是好酒,我没有说谎。至于结果如何,自然有考官评判,我同是考生,若真说了我的想法,岂不让人以为是我惧怕于他?"

千金台内的香终于快燃到了尽头,考生们或通过或失败,大都有了一个结果,唯有叶鼎之和百里东君还各自坐在那里,不慌不忙。

"看来,你是要等到最后一刻才肯交卷了。"叶鼎之试探着问道。

百里东君看了一眼那已经被烤得分外诱人的整头牛:"那你呢?你烤的牛肉似乎已经好了。"

叶鼎之在上面撒了最后一道香粉:"快了快了,只等你的酒一好,便是美酒配佳肴了。"

"还剩最后半个时辰。"灵素高声提醒道。

"应在此时了。"百里东君将那棉被掀开,拿起那糯米团子,将余下的酒水倒入酒坛中,只见一股晶莹剔透若清水一般的酒水倾泻而下,落在酒坛之中,同时一股清香便散了开来,在那烤牛肉浓郁的肉香之中,硬是增添了几分清爽。

"考生百里东君,交卷。"他嘴角微微含笑,似乎满是信心。

屠大爷伸了个懒腰:"这位倒是豪爽,别人只给一盏酒,他起手就是一坛啊。"

"屠大爷要尝一尝吗?"柳月公子笑道。

屠大爷不好意思地甩了甩手:"方才让公子笑话了。"

"那酒的确是好酒,屠大爷也并没有说错。灵素,拿两杯上来。"柳月公子说道。

灵素点了点头,递了两杯酒上去,分别给了屠大爷和柳月公子,屠大爷这一次不敢显得太鲁莽,将那酒来来回回看了很多遍,低声道:"这酒晶莹剔透,也没有那么浓的酒味,你若不说,我还以为是水呢……"随后又嗅了一下,"倒是清香沁脾。"最后才拿起来一饮而尽,酒一下嘴,他就愣住了,随后舔了舔嘴唇,沉声道,"好……清甜。"

柳月公子倒没有那么多的动作,直接拿起酒就一饮而尽,他笑着问道:"这酒叫什么名字?"

"过早。"百里东君答道。

"过早?很奇怪的名字。"柳月公子喃喃道。

"因为它本可以酿很久,但这却是为了让别人提前喝到,而过早拿出来的酒。"百里东君缓缓道,"但是陈酒有陈酒的香,过早的酒,也有过早的清爽,这一杯酒,并不适合那些嗜酒之人,更适合温柔的女子和贪杯的小童……"

"酒有千百味,非一味是好。喝惯了烈酒,这一杯'过早',却是清甜。灵素,再给我一杯。"柳月公子笑着说道。

灵素舔了舔嘴唇:"公子,他说适合贪杯的小童……那我是不是也能喝上一杯?"

"只许一杯。"柳月公子无奈地说道。

屠大爷在此时却忽然站了起来,他的目光中透露出了几分不一样的光芒:"我可否……也再喝一杯?"

"予取予求。"百里东君笑着退了一步。

屠大爷立刻起身,三步并作两步,从高台之上跑了下去,倒比那灵素跑得更快,他身边的侍从眼尖,早就做好了准备,拿了他专用的酒杯在下面盛好了一杯酒等他,灵素看了看手中的瓷玉小杯,再看了看屠大爷的青龙高杯,愣了一下:"同样是一杯,屠大爷,你这有点贪心啊。"

可屠大爷没有理会他,只是举起酒杯,饮了一口,停了下来,又饮一口,最后终于仰起酒杯咕咚咕咚喝了个底朝天,他将杯子放下,长吁了一口气,垂首转身,在不经意间举起右手轻轻抹了一下眼角,他说:"好久没有喝到……这个味道了。"

百里东君愣了一下:"屠大爷,喝过这'过早'酒?"

"什么过不过早,我不知道。只是这酒中,有一股棉被的味道。让我想起了小时候在家乡,妈妈每年都会酿这个酒,虽然味道上远不如你,但那感觉却是一样的。"屠大爷望了望坛中之酒,"真是令人怀念啊。"

"东君你方才不是说,此酒绵柔,适合那贪杯的小童,还有不善酒的女子吗?可屠大爷这般的豪情男儿,似乎也爱你的酒。"柳月公子的语气中含着淡淡的笑意。

"酒中千味,谁知道恰好便选中了那一味呢?"百里东君笑了笑。

灵素将那酒杯放在了桌上,眼巴巴地望着百里东君,柳月公子传声道:"只许一杯,不能再喝了。"

"不能喝酒,吃一块肉如何?"叶鼎之拿出一柄小刀,从牛腿上割下了一块肉,放在了碗中,撒了一些粉末,递给了灵素。

那牛肉色泽鲜艳诱人,浓香扑鼻,灵素咽了口口水,却没有好意思吃,而是一溜儿小跑回到了高台之上,把那碗牛肉递给了柳月公子。叶鼎之又割了两片,一片递给了百里东君,一片递给了屠大爷。百里东君拿过来咬了一口,浓郁的汁水瞬间在口中流淌开来,这牛肉虽然肥美,却毫无腻感,百里东君一口咽下,才察觉到自己已经饿了许久,眼睛一转,盯着那只烤全牛,竟又偷偷咽了口口水。

叶鼎之侧身让开,将那小刀丢给了百里东君:"予取予求。"

屠大爷吃了一口,愣了愣:"你去过蛮国的地方?"

"北蛮吗?去过的。"叶鼎之笑道。

"的确是蛮国那边的味道。"柳月公子忽然说道,"我几年前去过那里,恰逢那边的祭神日,便有这烤了整整十个时辰的全牛。那一日不分尊贵,不看年纪,只要是部落里的住民,便能吃到一块,因为这是神的赐予。你年纪这么小,竟去过这么远的地方?"

"我最北去过蛮国,最南到过南诀,西面游过大小佛国,东边也曾出海游历,天下之大,只怕去得不够多,去得不够远。"叶鼎之回道。

"你不仅是去过,这烤牛肉的步骤火候,不是一个旅人所能掌握的。你在那里住过。"柳月公子说道。

"是,在我心中,游历一个地方,不是走马观花地看,而是真正融入那里的生活中去,没有几年的一起生活,怎能算真正地游历?"叶鼎之傲然道。

柳月公子点了点头,在那炷香燃尽之前,宣布了今年最后两位过初试的考生:"百里东君、叶鼎之,过初试。"

学堂初考终于落下了帷幕,一共八十名考生参加,最后三十二名通过了本次初试,就算学堂大考从来都是很严苛的,但像是本届这般一下子就淘汰了一半多人的情况,还是第一次出现……

"柳月啊柳月,你果然没有令为师我失望啊。三十二名,正好,正好。"一头白发的学堂李先生斜躺在竹苑之内,一手举着酒壶,一手玩着翩飞的蝴蝶。

柳月公子坐在亭内抚琴:"师父既然交给我这个任务,我自然要尽心完成。"

"那柳月,大考剩下来的事情,我就不劳烦你了。武试我就交给小雷和小黑吧。"李先生站了起来。

"不。"柳月公子轻轻拨了一下琴弦,"我要去。"

"哦?"李先生放下了酒壶,"这可真是破天荒,你什么时候对学堂大考这么感兴趣了?"

"因为这一次的学堂大考出现了很多有意思的人。"柳月公子继续抚琴,"年纪轻轻的女赌王,精通奇门遁甲的诸葛族人,酿酒百味的侯府公子,还有个四处游历的旅人。我有些期待,他们接下来还会给我们什么惊喜。"

"其实每年的学堂大考都很有趣。"李先生望了一眼亭内的柳月公子,"只是好奇他们接下来发生什么?"

"我也想收一个做弟子。"柳月公子淡淡地说道。

李先生先是一愣，随后瞬间站了起来，手中酒壶一甩，再将酒壶放下时就已到了柳月公子的面前："他们真的这么有趣？你想挑哪一个？到时候我们会不会抢起来？"

"不会，因为我肯定抢不过师父。"柳月公子面不改色，"而且里面有些人武功很高。"

"有多高？"李先生问道。

"高到……我并没有资格做他的师父。"柳月公子幽幽地说道。

"哪一个？"听到柳月公子的这番话，就连李先生都一下来了兴致。

柳月公子停下了抚琴的手，想起了那日一手就将燕飞飞按下的叶鼎之。

天启城，一处客栈。

此刻的叶鼎之早就洗尽了身上的尘土，换上了一身洁净的白衣，他从屋内走出，一副慵懒的翩翩公子模样，和昨日那一身尘土，脸黑身脏的模样，简直判若两人。他对着亭内坐着的那人微微垂首："青王殿下。"

"叶小童？"青王微微含笑，念出了这个有几分生分的名字。

"我现在叫叶鼎之了。"叶鼎之笑着回道。

"这个名字又打算用多久？"青王问道。

叶鼎之坐了下来："就这个名字，不打算换了，这一次我已经做好了准备，只等名扬天下的那一日。"

"那就留下来，帮我吧。"青王轻轻咳嗽了一下。

"青王殿下放心，既然我打算拜入学堂李先生门下，那么自然这些年不会再离开了。"叶鼎之笑道，"殿下若是有地方需要我帮忙，那么自然义不容辞。"

"好。既然你来了，那么我相信，李先生的最后一位弟子，必定是你了。"青王说道。

叶鼎之笑了一下："或许吧。"

学堂，雷梦杀的别院之内。

百里东君还躺在屋子里睡得天昏地暗,一连十个时辰的大考着实令他累得不轻,任凭雷梦杀在门外怎么唤他,就是不肯醒过来。萧若风来到院内,看到一个人坐在外面的雷梦杀,低声问道:"他还没醒?"

"醒了几次,又跟猪一样的睡过去了。"雷梦杀无奈地说道,"不过一个初试罢了,至于如此吗?"

"若认真地参加了大考,便真的会如此。初考对他这样的人来说,通过本就不是难事,初考过程中最重要的,是观察那些接下来有可能遇到的对手。"萧若风淡淡地说道,"一会儿学堂的武试签就会送过来了,三日之后,他的对手是谁……"

"是谁?"百里东君推门走了出来。

萧若风淡淡地一笑:"你希望是谁?或者不希望是谁?"

"有个叫叶鼎之的。"百里东君低声道,"我不想和他打。"

"还有呢?"萧若风追问道。

"那个诸葛云,奇门遁甲,邪门得很,我也不想和他打。"百里东君诚恳地说道。

萧若风敲了敲脑门:"看来的确是很认真地看了,柳月和我说了两个最难对付的考生,便是这两个人。"

"其他的也不好对付。"百里东君摇了摇头,"武试究竟是怎么个比试法?"

"文无第一,武无第二。武试是最直接的比试法,你们一共三十二个人,一个打一个,由学堂派出三名高手作为评判,最后胜出十六个人,进入终试。"雷梦杀抢先说道,"这是学堂大考最简单的一环,却也是很难做手脚的一环,赢了就是赢了,输了就是输了,你可能运气不好遇到最厉害的那一个,但你也只能认命。若风,这次的评判,师父定了谁吗?"

"你。"萧若风转过身,看着别院的门被缓缓推开,"墨晓黑,还有柳月。"

信使站在门口,恭恭敬敬地递上一块签牌。

雷梦杀一步掠出,将那块签牌拿在了手中,兴奋地退了回来:"让我看看,让我看看。最后你抽到了哪一个对手?欸,叶鼎之!"

你的运气不错啊！"

"什么？"百里东君一把夺过了雷梦杀手中的签牌，拿起一看，却哪里写着"叶鼎之"三个字，分明是"燕飞飞"。

"逗你玩的，这个燕飞飞是谁？"雷梦杀拿回签牌，看着上面的名字，"厉害吗？"

"学堂初考，第一个通过的人，你觉得厉害吗？"萧若风幽幽地问道。

百里东君皱起眉头，回想起那天燕飞飞在千金台内穿梭飞扬的样子，轻功之精妙，可以说和父亲百里成风能够不相上下，自己光凭三飞燕，一定追不上他的步伐，他思考良久之后点了点头："厉害。"

雷梦杀将那签牌丢到了一边："厉害从来都不是什么难题，因为你只要做到一点就够了。"

"那就是比他更厉害。"萧若风很默契地接了下去。

"这就是我们内院弟子的处世准则。"

第十三章 · 少年携手

月光正好。

正好可以就着月光，两人对饮。

学堂的别院之中，百里东君就和一人正在对饮，只是这个人是拿背背对着他的。桌上放着一个血红色的恶鬼面具，那人背对着百里东君，正一杯接着一杯不停地喝着酒，不多久，一坛酒就被两个人喝空了。但他似乎并不着急，因为百里东君这里，欠了他很多坛酒。

"今日之后，我便不会来传授你内功了。"那人放下酒杯缓缓道。

"落花流水，我已经练完了吗？"百里东君问道。

那人摇头轻轻一笑："哪有武功真的会叫落花流水，我胡编的，这门功夫是你师父创的，叫秋水诀。"

"秋水诀？"

"秋水时至，百川灌河；泾流之大，两涘渚崖之间不辩牛马。你师父云游天下，于秋日睡于大河之畔，是夜，梦入河川，与河伯、海神对话，第二日之后便创了这秋水诀，以自然为引，若江河般源源不断，是他记住了那一夜的梦和体悟，在多年后精学武艺时，想起那一日的情形，一气呵成创了秋水诀。"姬若风喝下一口酒，望着空中，"在我心中，天下只有三个半妙人。"

"哪三个半？"百里东君被勾起了兴趣。

"你师父儒仙古尘，书读万卷，能幻化万千，仿佛世间无其不能之事。还有就是学堂李先生，我这人很讨厌俗气，所以我一直很讨厌学堂李先生，因为太多的人敬佩他了，但是他撕了武榜，这可是好不俗气的一件事。至于国师齐天尘，他本事通天，若在野，是可能乘云登天的仙人，可是在朝，被一个国师的帽子压着，平白丢了一半的仙气。"那人叹了口气。

"还有一个呢？"百里东君惑道。

"是我。"那人拿起手上的棍子敲了百里东君一下。

"呸。"百里东君感觉被耍了，仰头喝下一口酒。

"这一次的考生中，你有两个人目前一定打不过，诸葛家已经很多年没有人入世了，这个诸葛云，是这一辈的翘楚，既然出山就是冲着第一来的。还有那个叶鼎之，一手按下轻功绝顶的燕飞飞，只是一个不经意间的动作，但其内功身法都可窥见一斑。至于剩下的，那个小赌王，那个打铁的，用毒的，虽然不好打，但可以试试。"那人说道。

百里东君点了点头，这和他的看法一样，但他忽然觉得有些奇怪，仔细想了一下才反应过来："学堂大考，闲人不得入内，你怎么知道得这么清楚？连叶鼎之一手按下燕飞飞的事，你也知道？"当时的场景，除了考生本人以外，也只有高台之上的几位考官，以及站在一旁的百里东君看清了，这人根本没入千金台，怎么可能知道？

"我本就是无所不知，无所不晓的。"那人轻叹一声，"你比我想的要笨，还没有猜出我的身份。"

"百晓堂。"百里东君一字一顿地说出了这三个字。

江湖百晓堂，无所不知，无处不在，无地可寻。

"对，我就是百晓堂堂主姬若风。"那人拿起桌上的面具，扣在了脸上，转身说道。

传说中百晓堂有史以来最年轻的堂主，划分出高手四境的天下武学境界，许多江湖人心中奉若神明的人物，也是只在传闻中出现，几乎没有真正露面过的人物，此刻就出现在了百里东君的面

前,并且与他坐着喝酒。若是其他人,此刻必定有满肚子的问题要问,因为百晓堂堂主不一定是武功最厉害的,但一定是武功理论最丰富的,得他一席话,胜练十年剑。但百里东君却只是停顿了一下,就问道:"你怎么和萧若风一个名字?"

姬若风虽然自称无所不知,也没有料到百里东君会是这样的反应,他只是愣了片刻,便回道:"我们虽然同名若风,可他是乘龙之风,有人要借他的风登临九天,破云化龙;而我是无影之风,无地可寻,无从可握,却又无处不在。我们并不相同。"随后足尖一点,真若那风一般飘到了百里东君的身边。

"这是什么轻功?"百里东君一惊。

"乘风踏云步。我知道你接下来的对手是燕飞飞,他的武功算不上一流,但是三步追蝉的轻功已经练到了第八重,你若纠结在轻功之上,那么便怎么都不可能打赢。轻功不代表武功,虽然轻功代表了你们之间的距离。但是……"姬若风一跃到了百里东君的身后,用棍子抵着他的背,"这距离,够不够一柄剑的距离?"

百里东君沉吟片刻,忽然道:"你是在提点我?"

"算了,若是连武试都过不了,还是回去继承家业吧。"姬若风冷笑了一下,"你只有一次机会,若不努力、不成功,便只能被迫回家继承亿万家产了。这句话倒是有趣。"

"这一点也不有趣。"百里东君伸手就要抓姬若风的长棍,可姬若风棍子一甩,足尖一点,连人带棍都退出了十步之远。姬若风摇头道:"你的这点小功夫,就别在我面前献丑了。"

百里东君看了看自己的手:"你刚说今日之后,你便不再来传我内功,那么是否我体内的内力如今已经被尽数释放出来了?我感觉这几日那股源源涌出的力量越来越弱了。"

"你太小看自己,也太小看你的师父了。你体内的内力就如同一潭不会干涸的秋水,只要你善于引导,那么永远都有泉水流出。你接下来需要的不再是闭门练功,而是需要真的和别人生死较量了。"姬若风一跃上了屋檐,"我期待你接下来在学堂大考中的表现。"

"学堂大考,也会生死较量?"百里东君问道。

姬若风纵身跃起："你太小看天启城，太小看学堂大考了。"

百里东君见他远去，低头笑了笑，腰间长剑瞬间出鞘，他接过剑，轻轻一甩，揽过一道月光："我太小看这天启城了吗？"

金武场。

天启城金吾卫们平时练兵的场所，而在学堂大考的日子里，就连金吾卫都将这里腾了出来，供他们武试所用。毕竟整个天启城，除了金武校场外，很少还有容纳他们武试的地方。最早的时候倒不是在这里，只不过这些考生一个个身怀绝技，随手就掀起几个屋顶不是难事，最后李先生挑来挑去，就挑中了这里。

距离正式开始还有一个时辰，校场里已经布满了守卫，评判台上，柳月公子的座辇已经早早地摆上了，墨尘公子墨晓黑也到了，两个人，一美一丑，本来站在一起倒挺新奇，可偏偏两个人都不将容颜展露出来，倒失了很多看热闹的人的兴致。

"你不是最讨厌这等场面的吗？"墨晓黑看着台下众人，问柳月。

柳月微微一笑："你一会儿就会知道答案了。"

百里东君跟着雷梦杀走入了金武场，百里东君看着一个个考生从身边走过，忽然问道："哎，梦杀兄，你说这里武试，谁会震惊全场？那个诸葛云，还是叶鼎之？"

"这个选择中没有你吗？"雷梦杀认真地问道。

百里东君心中一喜，心想果然还是自家兄弟，看得起自己，立刻回道："那好吧，我、诸葛云，还有叶鼎之，谁会震惊全场？"

"叶鼎之。"雷梦杀答得干净利落。

"我！"百里东君手按在剑柄上。

"要震惊全场，现在还早。"雷梦杀拍了拍百里东君的肩膀，纵身一跃，瞬间远去落在了评判台上，他对着墨晓黑和柳月抱了抱拳，"你们到得真早啊。没有我在，你们两个一定很尴尬，找不到话题聊吧。"

一旁的童子灵素开口道："那可不是，两位公子已经站了小半个时辰了，彼此就说了一句话。"

"正常,正常。"雷梦杀点了点头,"一会儿正式开始武试,我负责下场主持吧,你们两个人太没劲。"

"随便你。"墨晓黑语气冷漠。

"哟,这不是百里兄吗?"一个轻笑声响起,百里东君转身,只见一位一袭白衣的玉面公子冲着他迎风走来,身上还带着几分淡淡的蔷薇香,那公子满面春风,热情款款,"百里兄,今日这武试可有信心?"

百里东君上下打量了他一番,终于还是问道:"你谁啊?"

那玉面公子先是一愣,随后苦笑:"我,叶鼎之啊。美酒配牛肉,世间再难有,我们可是同时过的初试啊。"

"你?叶鼎之?"百里东君一脸狐疑地看着他,"你去抢钱庄了?"

叶鼎之终于反应过来,拍了拍自己的衣服:"我不过是换了身衣服,洗了个澡罢了,不必如此惊讶吧。"

百里东君淡淡地"哦"了一声,两个人继续往武场的方向行去,百里东君问他:"你今日的对手是谁?"

"还记得那天打剑的那位吗?林在野,我的对手是他。"叶鼎之语气轻松,"你呢?"

"我的对手是燕飞飞。"百里东君在人群中扫视了一番,却没有看到他的身影。

"燕飞飞?他的轻功不错,不知道武功怎么样。"叶鼎之耸了耸肩,"不过若是你,胜他必定没有问题。"

"刚才我问一位今日的武试考官,谁是今日最有可能震惊全场的人,他说是你。"百里东君看到了站在角落里的诸葛云,"你怎么看?"

"傻子才会在这一轮就震惊全场,我就问你,入这一轮的三十二人,你是否当日全部记下了?"叶鼎之问道。

百里东君摇头:"有几个人印象不深。"

"那便对了,真正的高手,并不会在一开始就暴露出自己的全部实力,在你不记得的那些人中,定有几个是你接下来必须要提防的。"叶鼎之沉声道。

"你说得头头是道,为什么自己让别人给一下子记住了?"百里东君惑道。

"我无畏,因为我实在太强了。"叶鼎之伸了个懒腰,"不管谁来,都不够看的。"他的声音不轻,周围的考生们都听到了,不少人都转头看了过来,叶鼎之偷偷伸出一根手指头,冲着百里东君指了指。百里东君感受到灼灼的目光扑到了自己的身上,急忙摆手:"不是我说的,不是我啊!"

"肃静!"一声怒喝传来,若泰山压顶而下,立刻就将人群中的喧闹给压了下去,一人踏地落在武场之中,正是那灼墨公子雷梦杀。

"在下雷梦杀,学堂李先生座下二弟子,在上面的是李先生的三弟子柳月,四弟子墨晓黑,今日由我等主持武试。根据先前的抽签顺位,两两对决,胜者可入终试。武试中需注意点到为止,不能痛下杀手,我会在旁观战,若我觉得此战不必继续,便会出手停止……"

"这就是传说中的北离八公子之一的灼墨公子?果然气度不凡,能见到这样的大人物,这一趟大考没有白来。"

"是啊,北离八公子中六位出自李先生座下,今日便得见其三,真是三生有幸。"

百里东君在旁边听得连连摇头,若他们知道雷梦杀在台下真实的面目,想必一定会失望说出这样的话来吧。

"那便按照我这册子上的顺序来了,请叶鼎之和林在野上台!"雷梦杀看了看手中的册子,高声喝道。

叶鼎之耸了耸肩,一跃到了台上:"没想到,第一个便是我。"

林在野则步伐沉重,一步一步缓缓走上了台,因为他扛着一柄玄铁重剑,以至于每踏出一步,就会有一个脚印陷下去,他走到台上后,将重剑搁下:"林在野,到。"

"是一柄好剑。"叶鼎之称赞道。

"刀剑无眼,若是不想受伤,就弃权吧。"林在野神色凝重。

雷梦杀往后撤了一步:"开始!"

林在野瞬间抡起玄铁重剑,在空中猛划起来,卷起猎猎长风,

看起来他不仅会铸剑,更是有天生神力,如此重剑,在他手中却像一根绣花针一般灵活。

"去!"叶鼎之向前冲去,一脚踏在了玄铁重剑上,林在野正欲回剑,却被叶鼎之又一脚踢中了胸膛,径直飞了出去……

全场哗然。场中有人已经大概知道叶鼎之的武功高强,但谁也没有料到,只是才一个照面,林在野就被叶鼎之打飞了。

"胜负已分?"雷梦杀低头笑了笑。

叶鼎之落地,长袖一甩:"我说过,我不在乎的。"

林在野一个翻身用力将剑插在了土中,整个人带着剑划了出去,在地上划出了一条长长的沟壑,他仰起头,却发现叶鼎之单脚踏在了他的剑柄之上。

"你比我想象中要能坚持,但是在绝对的力量面前,坚持,并没有太大的作用。"叶鼎之居高临下,傲然道。

"不要小看人了!"林在野怒喝一声,手中玄铁剑瞬间分裂成两柄。

"玄铁剑下还有玄机!"有人惊呼道。

只见林在野瞬间将玄铁剑一分为二,一柄朝着叶鼎之迎面甩了出去,一柄则握在手中,直逼叶鼎之的胸膛。叶鼎之一笑,仰身翻了一下,一手握住了那柄被掷出的玄铁剑,随后躲开了林在野的下一剑,再一剑劈下!

"可以了。"一个淡淡的声音响起。

叶鼎之的剑停在了林在野的咽喉一寸之处,被双指夹着,再也无法前进分毫,雷梦杀收回双指,朗声道:"叶鼎之胜。"

林在野叹了口气:"心服口服。"

场下响起了一片掌声,叶鼎之的这一战胜得干净利落,没有给林在野半点机会,即便初试的时候,并没有太多人注意到他,可现在,想必叶鼎之这个名字,再也藏不住了。

"接下来上场的是,尹落霞和苏礼。"雷梦杀说完后仰起头,随后咽了口口水,"好……好漂亮!"

尹落霞脱下了白色的长袍,里面是一件紧身的紫衫,勾勒出身上那近乎完美的线条,百里东君在台下看着,似乎就听到旁边的几个人一直在咽口水。

"很漂亮,不是吗?"叶鼎之已经走回了百里东君的身边。

"是很漂亮。"百里东君点了点头。

"不是你喜欢的类型?"叶鼎之又问道。

"我没有喜欢的类型,我只有喜欢的那一个。"百里东君拿起腰间的水囊,仰头喝了一口,叶鼎之闻到了一股清洌的酒香,想必水囊里装着的一定是酒,叶鼎之舔了舔嘴唇:"一会儿就等着你上场了。"

"在下苏礼,礼部尚书三公子,姑娘,冒犯了。"苏礼穿着一身锦衣,举手投足间竟是世家公子的贵气。

"尹落霞。"尹落霞漫不经心地答道。

墨晓黑朝下看着尹落霞:"这就是那位小赌王,她修的是什么武功?"

"我也正想知道。"柳月公子含笑道。

"美人如玉,切勿伤着了。"雷梦杀提醒了一句,便点足掠开了。

苏礼不愧是礼部尚书府的三公子,名字里更还带着一个"礼"字,很是讲究礼仪,伸手道:"姑娘,您先请。"

"磨磨唧唧,真麻烦!"尹落霞眉头一皱,一掌打了过来。

苏礼一笑,腰间玉剑瞬间出鞘,一剑直取尹落霞的腰间。

"你说要是这一剑把这姑娘的腰带给划了,那可多美啊。"一个轻佻的声音响起,百里东君和叶鼎之扭过头,看到燕飞飞走到了他们的边上。

"你信不信,我把你的脸给划了?"百里东君瞪他。

"放心吧,这个姑娘,会给你很多的意外。"叶鼎之笑了笑。

苏礼用的是天启世家公子们最爱习的公子剑,招式清秀隽永,起剑收剑间颇有风雅之气,而并无杀伐之意,可虽然不是江湖上那招招致命的剑法,但其实这套剑法极其精妙,寻常剑客根本招架不住。但尹落霞时而出掌,时而甩袖,动作灵妙无比,在苏礼精妙的公子剑下,不仅从容不迫,还时而会有精妙的反击。几十个回合过去之后,苏礼已经满头是汗了,尹落霞却依然是一副游

刃有余的样子。

"姑娘好武功。"苏礼沉声道。

尹落霞长袖一挥,将苏礼的剑打开了去:"公子的剑也不错。"

"竟然是袖剑。"墨晓黑看穿了尹落霞的武功套路。

"是仙霞峰的弟子啊。"柳月公子轻轻叹了口气。

"既然如此,得罪了!"苏礼长剑一甩,杀气猛增。

"礼崩!"场下有人低呼一声。

公子剑分三章,第一章称风雅,此章之剑讲究的是轻灵飘逸,招式秀美,乃是观赏或是友人间的试剑所用;第二章便是礼崩,此章之后,杀意陡增,其脱出礼法之外,论剑下生死,比起上一章,剑法更精妙也更凶狠了;第三章被称为天下,乃是沙场万人敌之剑,能修成的人少之又少。以苏礼的年纪,能修到礼崩,已是很难得的事情了。

"好一个礼崩!"尹落霞赞了一声,双袖齐飞,纵身跃出。她在台上整个人飘来飘去,一身紫衣加上两双长袖临风而舞,倒有几分彩霞齐飞的意境,台下有不少男子一瞬间看得竟有些痴了。

可苏礼没痴,苏礼身在剑中,感受到的只有浓浓的杀意,那看似曼妙的长袖,却藏着看不到的杀机,他一剑挥出,便划掉了一片袖子,紫衫在他眼前一晃,他猛退一步,却被人一手搭在了肩膀上。

"不要动了。"尹落霞淡淡地说道。

雷梦杀伸手接住了那从空中飘下来的一片紫袖,笑了笑:"尹落霞,胜。"

"好!"台下众人鼓掌高喝。

苏礼摇了摇头,收了剑,转身垂首道:"姑娘武功比我高。"

"无所谓啦。"尹落霞却已经走到台下了,只是挥了挥手,冲着身后的苏礼打了个招呼。

"接下来,赵玉甲对夏侯孟定。"雷梦杀看了眼手中的册子,夏侯孟定这个名字他很是熟悉,因为夏侯孟定的父亲夏侯力可是振武大将军,但是赵玉甲这个名字,他却是从没听过,他低声道,"今年,还真有好多新奇的事情。"

夏侯孟定率先走了上去，他穿着一身铠甲，拿着一杆长枪，颇有些将军府公子的气势，而赵玉甲则在第三次念到他名字的时候才摇摇晃晃地走了上去，一边走还一边打哈欠，一副很没精神的样子。

众人看着他的装束，也不由地发出了惊讶声："道士？"

百里东君则愣了愣："我怎么觉得……我在哪里见过他？"

夏侯孟定看了看道士瘦削的身材，不屑地笑了一下："就你这身板，也敢上来和我一战？怕不是我一枪下去，你骨头都断了。"

名叫赵玉甲的道士没有理会他，只是从背后拔出了自己的剑——一柄木剑。

道家多用桃木剑，本不是一件多么稀罕的事情，可是夏侯孟定却哈哈大笑："一柄木剑？就这木剑连我的苍凉甲都破不了！"

赵玉甲长吁了一口气，转头面向雷梦杀，指着夏侯孟定说道："考官，我现在可以揍他了吗？"

雷梦杀摆了摆手："您请便！"

"飞剑！"赵玉甲手一挥，手中桃木剑飞去，他右手猛地挥了一下，那柄桃木剑化作幻影白道，在那夏侯孟定的铠甲之上猛地划了几十道后飞回到了赵玉甲的手中，赵玉甲举起木剑，"破！"

声音刚刚落下，夏侯孟定身上的那副铠甲就瞬间崩裂了开来，他还没反应过来，只听得台下发出一阵嘲笑，才缓过神来，急忙拽紧了自己的里衣，刚刚那副少将军的威武气势瞬间荡然无存。

"这样的人，是怎么过初试的？将军府给你塞钱了？"墨晓黑冷哼道。

"这位小将军的武功的确只会些兵马之术，一对一的对决自然不是江湖人的对手，不过他过初试，倒的确还是有些过人的功夫。看着吧。"柳月回道。

赵玉甲懒洋洋地打了个哈欠："夏侯孟定是吧？还要打吗？"

"不要太嚣张了！"夏侯孟定忽然退了一步，打了一声呼哨后，怒喝道，"长空！"

只听一声鹰啸传来，一只苍鹰从空中直掠而下，扑向了赵玉甲的长剑，赵玉甲一惊，长剑一甩，一只袖子被那只鹰抓了下来，

苍鹰一击得手，飞回到了夏侯孟定的肩膀上，夏侯孟定得意地笑了笑："好戏才刚开始！山尊！"

只听一声怒吼从武场的角落里传来，有人立刻就辨出了这声音："是老虎！"

话音刚落，便有一阵浓重的腥味传来，人群中立刻散出来了一条路，一条纯白色的吊睛白虎快速地奔了过来，一步跃到了台上，站在了夏侯孟定的身边，四足张开，虎口猛张，魁梧的夏侯孟定在其旁边都显得十分渺小，更何况是瘦削的赵玉甲了，众人只觉得那老虎猛吐一口气，就能把赵玉甲给拍飞。

然而夏侯孟定却觉得这样还不够，又大喝了一声："追猎、雷鬼！"

又是两声狂吼，丝毫不逊色于刚才那白虎的一声吼，众人转头，只见两只和老虎长得颇为相像的猛兽一步一步缓缓地走了过去，比起老虎要多了那从耳根到肩膀又长又密、几乎竖起的鬃毛。

"这是什么野兽？"有人问道。

叶鼎之微微皱眉："这是狮子，佛经中的动物，竟然有人把它们从遥远的佛国带到北离了。"

"是狮子啊，之前只见过画上的，还第一次见到活的。"百里东君说道。

那两头狮子缓缓地走到了台上，与那只白虎一同站在了夏侯孟定的身边。台上的墨晓黑淡淡地说道："原来是驭兽术，这在战场上可是了不得的一门本事。"

"怕了吗？"夏侯孟定抚摸着身边那只白虎的脑袋。

赵玉甲笑了笑："又何惧？"

"牲畜无眼，若真伤了你，可别怪我！"夏侯孟定微微俯身，"起势！"

一虎二狮同时俯下身来，随后起身怒吼，若山雷震动！

赵玉甲忽然举起了桃木剑，手指在桃木剑上瞬间画出了一道符箓，随后抬起头，猛喝一声，他的身后在瞬间升起一道狮子幻象，足有两人之高，狮身周围有白光缭绕。

"太乙九狮诀？"雷梦杀一惊。

道家有真身太乙天尊，天尊座下有一只身具九头的狮子，名"九灵元圣"，这只九头狮子一声吼，能够打开九幽地狱的大门。赵玉甲用的太乙九狮诀请的便是这九灵元圣之力，乃道家极难修炼的法门之一，而赵玉甲一起手，就有狮首幻象而起，说明在此道家之术上已有小成。

"喝！"那狮首幻象仰天猛喝一声，瞬间就卷起一片飞沙走石，离台近的那些人更是被逼得往后退了几步，比起刚才的一虎二狮同吼，更加凶狠数倍！

赵玉甲笑了笑："不知道谁驭的兽更加凶猛一点？"

"山尊、追猎、雷鬼，给我上！那不过是假的！"夏侯孟定使劲踹了一下身边的白虎，示意它往前，可那只白虎却忽然趴了下来，整个头垂在了地上，一副受了惊的样子，而那两头狮子更是双腿颤颤发抖，头低低地垂着，不敢仰头看那狮首幻象。

"那我可来了？"赵玉甲将桃木剑放在面前，神色凛然。

"可以了。"雷梦杀拦在了赵玉甲的面前，他当然知道如果赵玉甲真的用出了太乙九狮诀，那么夏侯孟定就算不死也会重伤。雷梦杀自然不想看到将军府的公子在自己主持的这台上受重伤。

"开个玩笑。"赵玉甲收起木剑，狮首幻象瞬间消散，他耸了耸肩，"可以算我赢了吗？"

"当然，赵玉甲。"雷梦杀拍了拍他的肩膀，手上一股劲力猛地压了下去，可赵玉甲却整个身子一滑，从雷梦杀的手上脱了开去。而在台下的看来，不过是赵玉甲受了那一拍，整个人吃不住力道，向后滑了一步。随后赵玉甲冲着雷梦杀弯了弯腰，便走下了台。

百里东君心中微微有些震动，无论是刚才的叶鼎之，还是之后的尹落霞，以至于现在的赵玉甲，展现出来的实力都惊人的可怕，此刻的自己上去根本没有获胜的把握，这时他的心里不由生起一丝窃喜，看来抽到燕飞飞着实是一件幸运的事情。

"下一组，百里东君、燕飞飞。"雷梦杀往后退了一步。

百里东君一跃上台，台下响起一阵嘘声，不少人都是抱着看好戏的心情来的，因为谁都知道小先生带回来的这位考生，在武功

上不堪一击,能通过初试想来只是运气。可百里东君面前却空空如也,并没有燕飞飞的影子。

"你的剑不错。"一个轻笑声响起,百里东君猛地将手往腰间一按,可已经晚了,那燕飞飞的手已经握在了他的剑柄上。只是燕飞飞刚一握到就猛地抽回了手,他心惊于那一个瞬间剑身之上散发出来的恶寒之气,向后退了几步。

"这世上,不是所有的东西,都可以偷。"雷梦杀笑了笑,"而且我还没说开始,还请不要妄动。"雷梦杀的后半句话忽然变得很阴冷,让燕飞飞忍不住打了个寒战,他急忙低头:"是学生鲁莽了。"

"你有没有觉得,雷梦杀对这个百里东君,过于看重了?虽然有过携手御敌的情谊,但是也不至于日日都陪着他,连自己的家都不回了。"墨晓黑喃喃道。

柳月公子点了点头:"却是有些奇怪。"

"现在开始吧。"雷梦杀向后退了一步。

"也就现在结束吧!"燕飞飞瞬间掠出,手中闪过一道寒光,竟是一柄几乎透明的小刃。他之前或多或少也听说了一些关于百里东君的传闻,所以他很有信心,一击就把百里东君搞定。

可百里东君竟然一个侧身就躲开了,他纵身一跃,整个身体高高掠起。

"三飞燕?"燕飞飞笑了一下,也在意料之中,他跟着起身掠起,"但是比起我的三步追蝉,还是弱了。"

"话真多。"百里东君侧首避开了燕飞飞的又一击,整个人身子往下一滑,随后一转,竟来到了燕飞飞的身后。燕飞飞一惊:"这是什么?"

"三步追蝉?那现在你得清楚,谁是蝉,谁是追的那个人了。"百里东君一笑,挥起一掌直逼燕飞飞而去。燕飞飞一惊,往后一掠:"你……武功不该如此?"

"你没听过一句话,叫藏拙吗?"百里东君怒喝一声,忽然转身对着台下道,"那些平日里老想着拿馒头砸我的蠢货们!让你们看看,为什么小先生会选我!"

雷梦杀双手拢在袖中,挑了挑眉毛:"还真是解气啊。"

燕飞飞一边退，一边擦了擦额头上的冷汗："你这不是三飞燕！"

"谁说这是三飞燕了？"百里东君的步伐轻盈，整个追击动作一气呵成，说不尽的潇洒从容，"这是我自创的轻功——一醉千里。"

"好一个一醉千里。"柳月公子笑道，"很久没见过这般从容的身法了。"

"这的确是在三飞燕之上的轻功，但是这个一醉千里……我看出了一点别的步伐的影子。"墨晓黑沉声道，"或许这几日，在学堂之外，有人接触过他了。"

远处的高阁之上，正好能看清整个金武场的地方，戴着血红色恶鬼面具的人正坐在那里看着场中情形，他用手指敲了敲面具："果然不愧是天生的武者，我只在他面前展露过一次乘风踏云步，他就能够摸到几分门道了。"

"老板，这人最后真能拜入李先生门下？"高阁之中，有一个曼妙无比的声音传来。

"或许吧，如果没有那个叶鼎之的话。"姬若风缓缓道，"那个叶鼎之的资料，收集到了吗？"

"刚刚有弟子传来消息，说这叶鼎之行踪缥缈不定，第一次被人们看到时是在北边的蛮国，之后十几年行踪遍布蛮国、北离、南诀以及三十二佛国，但这是他第一次来天启城，不过来天启城后，青王殿下见过他。"

"青王……这个王爷，心有点急。"姬若风幽幽地说道。

场中燕飞飞已经冷汗淋漓，百里东君却依然穷追不舍，两个人就这样在场中转来转去，已经十几个来回了，却还没有一次真正的交锋。

"这是武试，又不是轻功比赛。"场下有人忍不住起哄道。

"你虽然轻功很好，但你内力不行，再跑下去，你连比试的力气都没了。"百里东君朗声道。

"好，但你可别后悔了！"燕飞飞忽然猛地回过身，手中撒出一把银针。百里东君急忙仰头躲过，脚下步伐一滑，几乎就要摔倒。

机会来了!

燕飞飞心中一喜,立刻变退为攻,可手中小刃才一出手,那刚才险些摔倒的百里东君却忽然正起了身子,对着他微微一笑。燕飞飞才恍然大悟。

原来这就是所谓的一醉千里。刚刚那一步滑倒,只是假装的,真正的意思是醉步。

百里东君腰间长剑瞬间出鞘,燕飞飞感觉脖子上微微一凉。两人错身而过。

长剑回鞘,百里东君转身,傲然道:"的确比想象中结束得要快。"

燕飞飞摸了摸脖子上那道淡淡的血痕,心中不禁一阵恐惧,他重重地喘了几口粗气后转身:"多谢手下留情。"

"这是他父亲百里成风的剑法——瞬杀。"墨晓黑望着走下台的百里东君。

"看来他还真是变聪明了,我还以为他会直接用西楚剑歌呢。"柳月公子说道。

"好剑法。"叶鼎之一边拍掌一边望着走下台的百里东君。

"还有更好的没用呢。"百里东君拿出腰间的酒囊,仰头喝了一口,"下次让你看看。"

"很是期待。"叶鼎之看着百里东君腰间的酒囊,"你今日喝的是什么酒?"

"灌的状元红,讨一个好彩头。"百里东君擦了擦嘴角,望着远方,长舒了一口气,"其实这是我第一次和人正儿八经的比武,一直担心会输呢。"

"哦?我一直以为你信心很足。"叶鼎之笑道。

"毕竟从这么远的地方过来,走的时候还是一副长别的样子,回头没几个月就回家了,丢人啊。"百里东君笑了笑。

千里之外的镇西侯府,在院中午睡的世子爷忽然惊醒了过来,坐在一旁绣着花的世子妃皱了皱眉头:"做梦了?"

世子爷点了点头:"嗯,梦到东君了。"

"梦到他什么了？"

"梦到他学会了我的瞬杀剑法，还把我交给他的三飞燕给提升了，创了一门新的轻功。"世子爷揉了揉自己的太阳穴。

世子妃莞尔一笑："那还真像白日里做的梦。"

经历了两个时辰的对决，金武场的武试已经过去了一大半，但是叶鼎之和百里东君都还没有等到他们想要等的那个人，他甚至都没有出现在场上。

诸葛家，诸葛云。

"我想看完他，就去喝酒的，怎么还没有轮到。"百里东君四处张望着。

"放心吧，就算他出现在了这里，你也找不到他的人。奇门遁甲之术，神鬼莫测，更何况是诸葛家的奇门遁甲术。"叶鼎之笑道，"不妨仔细看看台上，是不是另有值得注意的人。"

"在下洛阳秦路，多多指教。"秦路穿着一身黑衣，微微垂首，神色谦恭。

对面那人也抱拳："幻剑庄王天兴。"

"这个人用的是毒。"叶鼎之看了一眼百里东君，"毒和暗器，都是最难防的，所以这个秦路你也需要注意。"

"我可不怕毒。"百里东君耸了耸肩。

"你是罗汉金身不成？"叶鼎之撇了撇嘴。

"也差不离了。"百里东君得意的一笑，心中暗道，我可是温家家主的外孙，天下毒术，温家称第一，连唐门都只能称第二，这个什么洛阳秦路，在用毒上哪里排得上位。

台上王天兴已经拔了剑，而秦路则戴上了一双银丝手套，空手与王天兴对决。

"这双手套……"百里东君微微皱眉。

"你见过？"叶鼎之惑道。

"我听过。"百里东君想起了曾经母亲和他说过的话，虽然江湖上以门派来论，温家的确是用毒第一世家，但江湖上仍有许多独来独往的毒行客，其中有一名自称毒医仙的，便永远戴着这一

双银手套,这个毒医仙毒死过许多温家和唐门的人,后来被温壶酒击败后就隐匿江湖了。这个秦路,莫非就是那个毒医仙的传人?

"这……这是怎么回事?!"台上的王天兴忽然惊骇地吼了一声,随后手中的剑就跌落在了地上,他看着自己那变得乌黑的手掌,惊恐地望着秦路,"你……你下毒!"

"我赢了?"秦路不理会他,只是转头问雷梦杀。

雷梦杀问王天兴:"你若不认输,怕是这辈子都不能再用剑了。"

王天兴咬了咬牙,不愿说话。

"不服?"雷梦杀走了过去,伸手接过王天兴的手,随后王天兴手上的那阵乌黑渐渐褪去,却转移到了雷梦杀的手上,雷梦杀微微一笑,脸上忽然红了一下,随后头上冒出一股真气,手上的乌黑也消散不见,他拍了拍王天兴的肩膀,"天下间有人用毒,有人用暗器,有人用剑,不是每个人都愿意光明正大地对决,但只要把剑练好了,便什么也不怕了。"

"弟子受教,感激不尽。"王天兴拿起了剑,走下了台。

秦路默默地看着眼前发生的这一切,直到王天兴走下台后,才对雷梦杀说道:"你不喜欢毒术。"

雷梦杀狠狠地点了点头,想起了那外表貌美,却偷偷暗算自己的世子妃,恨恨地说道:"是的!我不喜欢!"

"接下来,最后两个人了。"雷梦杀拿起了册子,却发现眼前起了一阵风沙,急忙伸手揉了揉,揉完之后再看册子,却发现上面的字已经被隐去了。

"诸葛家,诸葛云。"有个人出现在了雷梦杀的身后。

"好身手!诸葛家很久没现世了,此次竟来加入我们学堂,也算有幸。但是……"雷梦杀抓住了诸葛云的肩膀,"不要试图在我面前卖弄。"原本诸葛云悄然出现在他的身后,但雷梦杀却已然在瞬间交换了两人的位置,此等功力,不愧是学堂李先生的弟子。

"公子……为什么拍我肩膀?"雷梦杀面前的"诸葛云"转过身,一脸无辜,只是那诸葛云颇为俊秀,可这个人却相貌平平……

"你……你是谁?"雷梦杀一愣。

"公子……我是最后一名考生,岭南谢家谢苍山。"谢苍山恭恭恭敬敬地回道。

雷梦杀猛地转头，只见不远处的诸葛云微微垂首："公子的话，诸葛云记下了。"

"诸葛家的移形换位。"墨晓黑看着那比武台之上，若隐若现的一个八卦之形，轻声说道。

"看来先生的魅力还真是大，连诸葛家都派出了如此厉害的传人来此。"柳月公子微微一笑，"就连灼墨，都被这么摆了一道。"

雷梦杀的腿在地上用力一蹬，那若隐若现的八卦之形瞬间散去，他瞪了瞪诸葛云："我还没说开始。"

"不过是考生，却能和考官平分秋色，诸葛家还真是不简单。"叶鼎之双手抱在胸前，"看来会有一番苦战了。"

"这是诸葛家的武功？"百里东君一愣。

"奇门遁甲，移形换位，自然是诸葛家的武功。"叶鼎之肯定地说道。

"但我见一个人用过，那个人却不姓诸葛。"

"谁？"

"我师父。"

"在下岭南谢家谢苍山，听闻你是诸葛家的传人，那可是传说中的人物，能与你一战，有幸。"谢苍山拔出了自己的刀，"我的刀法很一般，见笑了。"

"就算你的刀法很厉害，也是一样的结果。"诸葛云忽然出现在了谢苍山的身后，一拳打向了他的后脑。可谢苍山却扭头一下子躲开了，随后足尖一点，退在了三步之外，他笑了笑："但我的身法还不错。"他将手中的刀插在了地上，随后拿出了一块黑布，将自己的眼睛蒙住了。

"他……怎么把自己眼睛蒙住了，疯了吗？"台下有人不解。

百里东君点了点头："他想让自己看不见对方设下的那些障眼之术，全凭听觉作战。"

"这的确是一个办法，但是这必须有极强的听觉和反应能力，没有几十年的锤炼，达不到那个境界。"叶鼎之说道。

"喂……你们两个！"一个清脆的声音传来，两人扭过头，看

到了一身紫衫的尹落霞正站在那里。

"尹姑娘，怎么了？"百里东君问道。

"我说，你们两个是今天武试的讲解师吗？我在你们后面站了两个时辰了，你们你一言我一语，有完没完啊？"

叶鼎之和百里东君两个人在台下对着台上对决的讨论的确一直都没有断过，每一场两个人都会得出一些结论，只是两个人的状态太过于旁若无人……竟然没发现尹落霞一直就站在他们的身边。

"这……知己知彼，才能得胜嘛。"叶鼎之尴尬地笑了笑。

"我们也没让你听啊……"百里东君喃喃道。

"来吧，咱们赌一赌谁能赢。"尹落霞没有再纠结这个话题，忽然说道。

"赌？"叶鼎之一愣。

"为什么要赌？"百里东君也是不解。

"好玩啊。咱们一人一百两银子做赌注如何？"尹落霞双手分别搭上了两个人的肩膀，一脸坏笑，"最后一场了，再不赌就没机会了。"

叶鼎之笑了笑："我赌诸葛云赢。"

百里东君点头："我也压诸葛云。"

尹落霞挠了挠头："这不是没得赌了……我也压诸葛云。"

虽然谢苍山用出了蒙眼刀法，但是在众人心里，他仍然不会是诸葛云的对手，毕竟诸葛家的门头实在太大了，而岭南谢家，不过只是一个略有名气的江湖世家罢了。

"刷"的一声，谢苍山一刀划掉了诸葛云的衣袖。

诸葛云也一拳打在了谢苍山的肩膀上。

"他没有用奇门遁甲！"叶鼎之一惊，刚刚那一拳，分明就是实打实的一拳，没有半点虚招，并不像是诸葛家的奇门遁甲术。

谢苍山笑了笑，退后了一步，摘下了蒙在眼上的那块布："没想到诸葛家除了奇门遁甲之外，拳法也如此精湛，我的刀法果然还是很一般，见笑了。"

诸葛云收回了拳，点了点头："你的刀法很好。"

"那么，今日的比试就结束了。"雷梦杀轻轻咳嗽了一下，拿起册子念道,"叶鼎之、尹落霞、赵玉甲、百里东君、秦路、李泽西……诸葛云,你们这十六位,请到台上来。"

"怎么,今日还有事?"百里东君微微皱眉。

"你想喝的酒怕是一时半会儿喝不上了。"叶鼎之拍了拍他的肩膀,朝着台上走去。

而在比武台的另一边,那阁楼之上,有一人一直看着场上的情形,看完以后对着手中的册子点了点头:"果然和预想中的一样。"

学堂二考开始,两边的阁楼自然早就清空了,就连金吾卫统领都没有资格进入,那么能坐在这里的自然是学堂的人,并且地位非同一般。毫无疑问,自然就是学堂的小先生——萧若风。他走到床边,手指轻轻地敲着窗沿,似乎在等待着什么。

果然,片刻之后,身后的房门就被人轻轻推开了。

"小先生。"那人低声唤了一声。

"每次都以不同的身份参加学堂二考,真是辛苦你了。"萧若风转过头。

那人抬起头,赫然便是刚才在台下自称刀法一般的谢苍山,他笑了笑:"再过几年,人老了,听声音便听得出来了,就不方便了。"

"你能变脸,不能变声,我可不信。"萧若风打趣道。

"为何不信呢?"谢苍山的声音忽然变成了一个女子,娇媚无比,她挑了挑眉毛,神色间突然多了几分妖娆,然后忽然,那张谢苍山的脸就像蜡一样的融化在了地上,重新显现出来的,是一副绝美的女子容颜。

"这张脸叫什么?"萧若风问道。

"风华庄花魁柳惠。"女子盈盈一笑,尽是风情。

萧若风重新转过身,望着下方:"所以,刚才你试出来的结果是……"

"是诸葛家的门人不错,奇门遁甲之术没有尽显,看不分明,但想必是为了留后手,那游龙拳是诸葛家的另一套武功,只不过很少使用,外人不太了解。这人能用出来,那么应该是诸葛家的传人没错。"女子回道。

"好。诸葛家传人来入我学堂……看来先生的最后一名弟子,

可能真的不一定是百里东君。"萧若风幽幽地说道。

"比起诸葛云，那个叶鼎之似乎更为危险些，为何小先生并不派我试探一下他？"女子问道。

"不用试探了，青王召入京的人，他想在学堂有自己的势力也不是一日了，先生不喜欢朝堂纷争，不会选他的。"萧若风说道。

"但他很强。"女子提醒道。

"我看到了。"萧若风点头。

"不，你没有看到。"女子瞳孔微缩，神色严肃，"刚刚我离得近，所以看得分明，他自称没有留手，但事实上，若他用出全力，林在野一拳也挡不住。"

"这样吗……"萧若风喃喃道。

比武场上，雷梦杀朗声道："各位此时便算是进了我学堂的终试，那么按照规矩，你们需要以四人为一队，分成四队。每队都会分到一条线索，你们可以根据线索寻找一件你们需要寻找的事物。哪一队先找到了，哪一队便是可以入学堂的四人。但是一条线索要寻到那事物并不容易，若拿全四条，答案才会清晰明了。所以打败对方，夺取他们手中的线索，才是获胜的关键。"

墨晓黑忽然走下台，站在了雷梦杀的身边，他伸出手，上面有着四个锦囊："每队能拿到一个锦囊，锦囊不能销毁，也不能藏匿，必须由四人中的一人所持有。"

"那么，我们下一场比试会在哪里？"赵玉甲问道。

雷梦杀正欲开口，可张了张嘴，忽然闭上了。众人忽然觉得周围一瞬间变得无比的安静。风不再吹，鸟不再鸣，周围那嘈杂的人声也一瞬间安静了下去。只感觉一袭白衣从众人身边飘过，落在了那屋檐之上，背对着众人。可虽然看不到那人真切的容颜，却能感受到有一股强大的起势从此人的身上散发出来。有人试图张口说话，可是头顶像被蒙了一个罩子，只听得到嗡嗡地响。

那人转过身，只见一头白发之下，却是一张看不见苍老痕迹的脸，他微微一笑，手往下一放，那股强大的压迫感才终于散去，他望向赵玉甲，伸开双手："这下一场比试的地点，便是这……整个天启城。"

赵玉甲长吁了一口气，沉声道："学堂李先生。"

学堂李先生站在屋檐之上，长风吹起他的白发，他微微含笑，看着下方。

原来这就是学堂李先生！

那个撕了武榜，自称"天下无人可评定我"的绝世李先生！

原来他长这样，李先生成名已经几十年了，在很多人的心中，他便是一个白发苍苍的老者形象，可看屋檐那人，虽然一头白发，可面目不过中年，言语中、眼神里，更是流淌着一股风流之气。

"那么请问，终试是在何时呢？"唯有百里东君已经见过李先生了，所以心中并没有太大的震动，只是不耐烦地问出了自己最想问的问题。因为他想……去雕楼小筑喝那秋露白了。

但是现场其他的人都不这么觉得。

"是你说话的时候吗？"

"能不能不要打破我们瞻仰李先生的风采？"

"是不是有病！"

"……"

百里东君耳朵都快炸了，恼道："不也是个人吗？有什么了不起？"

"百里东君。"李先生忽然说道。

百里东君一愣："公子我在。"

"你这么急着走，是不是想去喝秋露白？"李先生又问道。

百里东君又是一愣："你怎么知道的？"

"秋露白一月只出一日，一日只出两个时辰，你再不去，就得等下个月了。"李先生声音中带着几分笑意，"所以，我猜你一定是为了去喝那秋露白。"

"是又怎么样？"百里东君反问道，虽然他知道自己来天启城的目的是拜入李先生门下，可是这并不意味着在他心中，李先生的地位会高过一壶秋露白。

"我方才刚好路过秋露白，便取了一盏。"李先生忽然从怀里掏出一个玉瓶，"便在此处。"

百里东君舔了舔嘴唇，咽了口口水。

李先生仰头便一饮而尽。

众人看得目瞪口呆。

百里东君手一把按在了剑柄之上。

柳月公子等三名弟子都不约而同地摇了摇头。

在学堂内院,雷梦杀有一个称呼,学堂第二活宝,至于第一……

李先生长长地"啊"了一口,发出了极为满足的声音,随后垂首再望向百里东君:"但不给你喝!"

"你!"百里东君纵身一跃,那轻功一醉千里运到了极致,竟比方才在武场之上比武时还要更加迅疾,他直奔李先生而去,看这架势,似乎是要动手了。

"给我停下!"一声怒喝响起。

又有一人起身跃出,那人比百里东君起身要晚,可却一步跃到了百里东君之上,一手抓住百里东君的肩膀,随后用出千斤坠的力道,一把将百里东君按回了原地。

尘土飞扬,众考生纷纷避让,唯有百里东君一脸茫然,只见面前的雷梦杀抬起头,眼神中隐隐有愠怒,他沉声道:"不得对先生无礼。"

"哈哈哈……"李先生忽然仰天而笑,"少年不惧江湖老,这很好,梦杀不必如此。只是在你打我之前,我把你刚才问题的答案告诉你。"

"你不是想问终试是在何时吗?我现在就告诉你!便是现在。"

全场鸦雀无声,唯有李先生和三位考官淡然自若。

"今日,此时?"叶鼎之喃喃道,"还真是不给人一点喘息的机会啊。"

"那么,我就静等诸君了。"李先生将手中玉瓶往上一挥,只见最后一滴酒水落了下来,李先生手指一勾,将那酒水玩弄于手中,他笑了笑,说道,"这里还有一滴。"

百里东君怒目而视。

李先生轻轻一点,那一滴酒水化作水汽消散,他纵身一跃从屋檐之上飞了出去:"还是不给你喝!"

李先生就这样绝世而来，任性而去。

众人纷纷感慨："这就是传说中的绝世李先生啊……"

"老匹夫！"百里东君骂道。

雷梦杀一巴掌拍在了百里东君的脑袋上："还敢乱说话。"随后转身回到了台上。

众考生立刻便安静了下来，因为李先生的那句"便是现在"，他们自然知道，接下来雷梦杀等人就会宣布终试的开始。

"听着，你们接下来有半个时辰的时间。"雷梦杀沉声道，"接下来的终试，以四人为一队，而这个分队并不是由我们决定的，而是由你们自己。你们自己选择接下来要并肩作战的伙伴，而最后能有资格加入学堂的，便是那获胜的一队。"

"自己选？可是我们并不认识啊。"

"怎么不是抽签决定？"

台下有人问道。

"你们，方才真的没有认识吗？"雷梦杀反问道。

众人一愣。

"谁是轻功最好的，谁是剑法最强的，谁是用毒最厉害的，谁是最难对付的，你们心中难道没有一个定论了吗？每个人的名字、来历，能查到的，难道还没有查到吗？"雷梦杀笑了一下，"都是精明的人儿，装什么单纯无辜。有这工夫来表达不满，还不如快点选择你们想要选的人……"

"灼墨，说太多了。"墨晓黑提醒道。

"那么半个时辰，开始吧。"雷梦杀朗声道。

话音刚落，百里东君便被一把推开，他愣了愣，刚想开口，却又被一把推开了，六七人同时围了过来，站在了叶鼎之的身边。

良禽择木而栖，叶鼎之轻而易举地就战胜了实力不俗的林在野，自然是他们中意的对象。而另一边，诸葛云的旁边也已经站了几个人，只不过比起看起来平易近人的叶鼎之，诸葛云总给人一种过于诡邪的感觉，所以并没有和叶鼎之那边一样声势鼎沸。

"你们两个不是一起的吗？"尹落霞用胳膊肘撞了一下被遗忘的百里东君。

"是什么给了你这样的错觉?"百里东君瞥了她一眼。

"既然如此,那我们两个结队吧。"尹落霞盈盈一笑。

"为什么?"百里东君惑道。

"因为我们都长得好看,长得好看的人才和长得好看的人在一起,这是自盘古开天辟地以来,自古不变的真理。我看了这考生一圈,我对你很满意!"尹落霞一本正经地说道。

尹落霞的声音掷地有声,神情严肃郑重,似乎是在说旧时夫子言论一般的不容置疑,以至于百里东君愣了好半响,回过神来之后——立刻就点了点头:"我觉得你说得对。"

一拍即合,两人已成功结队,然而百里东君猛然发现好几个人的目光都转了过来,他们有的一直在旁边沉默不语,有的则在叶鼎之和诸葛云的附近围拥着,但其实目光一直偷偷地盯着这边的尹落霞,此刻见尹落霞已然结队,心中一急,真正的目的暴露无遗。

"盘古开天辟地以来的真理还有一条,不好看的人,也想和好看的人在一起。"尹落霞低声对百里东君说道。

"各位,烦请让一让。"被人群中围拥着的叶鼎之忽然说道。

众人立刻向后退了一步,有人问道:"莫非叶兄,已有自己的人选?"

"是,我选……"叶鼎之伸出一根手指,指向了身边的一人。

那人笑道:"公子好眼光,我可是……"

"抱歉,你,让一下。"叶鼎之笑了笑。

那人脸一红,急忙侧身让开,露出了身后站着正东张西望的两个人,众人目光同时望去,那两人猛地回过头。

"他们干吗都望着我们?"尹落霞惑道。

"大概是因为你长得好看。"百里东君打趣道。

"我选他。"叶鼎之指着百里东君,沉声道。

"你为什么选我?"百里东君一惊。"你是不是喜欢我?"随即又脱口而出。

这是乾东城小霸王当年最喜欢说的句式,没想到时隔多年,竟然脱口而出,只是此时此地,面对此人此景,他没有了当年调戏乾东城正当豆蔻的姑娘们时的风流,只剩下石化了般的尴尬与无奈。

围绕着叶鼎之的人浑身抖了一下,然后往后撤了一步。

"我不是。"叶鼎之收回手指,急忙解释道。

"我没有。"叶鼎之望向众人,可众人以奇怪的目光回应之。

"别胡说啊!"叶鼎之只好又转向百里东君,怒喝道。

"好的,那你为什么选我?"百里东君长吁了一口气,问道。

"因为我强,所以我不在意选弱者,选了弱者依旧得胜才能证明我究竟有多强。"叶鼎之傲然道。

百里东君微微皱眉,心想我可是镇西侯府的小公子,乾东城小霸王,绝世儒仙留在世间的唯一弟子,西楚剑歌的神秘传人,以及未来酿出的酒能胜过秋露白的酿酒师,我这么多名号说出来,还不吓死你,说我弱?我……

"我不选……"百里东君淡淡地说道。

"我们选你。"尹落霞不愧善赌,竟然截和,抢先一步说出了答案。

"以后便是同门师兄妹了。"叶鼎之过去拍了拍尹落霞的肩膀。

比试还没有正式开始,但叶鼎之却已率先公布了结果。原本围着他的众人纷纷散开,嘴中颇有几分不满和嘲讽,便走到了一边另行组队,而另一边,围绕着诸葛云的人也开始散开了,看来诸葛云也选定了自己的队友。

然而四人成队,四人中如今究竟还是差了一人。

"那诸葛云长得倒是不错。"尹落霞叹了口气,"可惜似乎和我们不是一路人。"

"你这一路人的判断还真是只看容貌。"百里东君摇头。

"不然看什么?难道看才华?"尹落霞白了他一眼。

叶鼎之转向百里东君:"我们会一起赢的。"

"我这么弱,只能靠你一人了。"百里东君冷笑。

"我刚说这话是胡诌的,别人看不出你的能力,我相信我的眼光,你身上的气质就和他们不一样,你是天生就要做强者的人。"叶鼎之正色道,"我们是一路人。"

"呸,我百里东君走自己的阳光道,你们走你们的独木桥,怎么莫名其妙,才多一会儿,我就多了两个一路人?"百里东君连连摇头。

"那介不介意,再多一个一路人呢?"一个懒散的声音响起,三个人转身,便见一个浑身像是散了架一样耷拉着的懒道士正望着他们。

"赵玉甲。"叶鼎之意味深长地唤了一声。

"长得不行。"尹落霞很快就下了结论。

"凡有所相,皆是虚妄。若见诸相非相,即见如来。你所见之相,非我之相。"赵玉甲伸了个懒腰。

"你是个道士,为什么要对我们念《金刚经》?"百里东君皱眉道。

"佛教,道教,都是助人得道,说什么又有什么区别呢?"赵玉甲打了个哈欠,"怎么样?不选我我就走了。"

百里东君上上下下打量着赵玉甲,最后忍不住问道:"我是不是在哪里见过你?"

"是。"赵玉甲点头。

"在哪里?为何我对赵玉甲这个名字毫无印象?"百里东君皱眉不解。

"你选了我我就告诉你。"赵玉甲挑眉笑了笑。

在远处的高台之上,雷梦杀低头看着那聚在一起的四人,笑道:"没想到,最后这个姓叶的,会和百里东君在一队,这样一来,胜算可就大了。"

"胜算大了吗?我怎么觉得是小了。因为先生只会选一人为弟子,而若是他们赢了,你觉得先生会选叶鼎之还是百里东君?"墨晓黑问道。

"先生选的从来都不是最好的人,先生选的都是有趣的人。"柳月公子说完后顿了顿,"不过你除外,你是因为太过于无趣,无趣到非常的……有趣,所以才被先生选中的。"

墨晓黑冷哼了一下:"可我觉得,那个叶鼎之也挺有趣的。"

而台下,赵玉甲索性盘腿而坐,等待着对面那三人做决定,尹落霞看了赵玉甲半天最后终于还是放弃了:"我不决定了,你们定!"

叶鼎之点头："我觉得这位道长很不错。"

"怎么你就看出很不错了？"百里东君问道。

赵玉甲抬起头看着叶鼎之，叶鼎之神色忽然有些恍然，身子晃了晃："我觉得……"随后叶鼎之身子猛地一震，眼神重新凝聚起来，他愣了一下，随即笑道，"果然是很不错！"

第十四章 · 生死杀局

金武场的金锣忽然被敲响了，雷梦杀走上前："时间到了，想必各位已经选好了自己的队友。"

果然，武场之下的十六人已经自行分成了四队，正站在那里望着雷梦杀。雷梦杀挥了挥手，有侍从搬上来一张桌子，桌子上放着四个双鲤。古人有云："尺素如残雪，结成双鲤鱼。要知心中事，看取腹中书。"双鲤之中，往往藏着书信。可这个时候，拿上来四份书信，是做什么？

"莫非是让我们写遗书？"百里东君皱了皱眉，"终试不会真这么狠吧？"

"每队派一人上来选这四个双鲤，双鲤中分别藏着一张信纸，信纸上分别写着申、酉、戌、亥，这就是你们出发的时辰，一到时辰，到我身后的墨尘公子那里领取你们的锦囊，然后根据锦囊上的线索寻到你们需要找的东西。"雷梦杀伸手一挥，"来吧。"

"为何每个人的出发时间都不一样？"有人问道。

"每个人拿到的锦囊都是一个线索，共有四个线索，线索越多，你们得到的信息也就越多。如果你们同时出发，那么还比什么，在这武场里打一架，赢的人拿着四个锦囊去找答案不就好了。"叶鼎之说道。

"看来你已经对终试的规则了解得很透

彻了，正如这位叶公子所言，各队派出一人上来吧。"雷梦杀伸手抚过四个双鲤。

"我来！"尹落霞纵身一跃，已到了台上，其他三队，有两队慢了一些，唯有诸葛云抢先一步，比尹落霞更早地拿走了一个双鲤。

"马上就是申时了，抽到申时的人立刻就能出发，可抽到亥时的人却还要等三个时辰，这三个时辰间，很可能别人就已经寻到答案了。所以比试其实现在就已经开始了。"叶鼎之说道。

"尹落霞，她可以吗？"百里东君怀疑道。

赵玉甲笑道，一脸漫不经心的样子："她不是赌王吗？抽签亦是一种赌。"

尹落霞取走了第二个双鲤，剩下上台的人也分别拿走了余下两个双鲤，他们急忙打开了双鲤，抽出了其中的那张信纸。

"我是申时。"诸葛云拿起信纸一挥。

雷梦杀点了点头，侧身让开了路："对了，若有人已经寻到答案，鼓楼之上的金钟将会敲响，所有的人，去学堂集合。"

诸葛云和其他三名队友纵身一跃，墨晓黑将手中的锦囊丢给了诸葛云，诸葛云接过锦囊，从他们身边穿过。

"好可怕的对手。"柳月公子淡淡地说了一句。

"真是令人担忧啊。"墨晓黑也跟了一句。

"你担忧什么？又不是你参加比试？"柳月公子回道。

"胜了的人将会成为我们的小师弟，可我并不希望，和我做同门师兄弟的人，是这个人。"墨晓黑冷冷地说道。

"连我这样的师兄，你不都忍受这么多年了。"柳月公子微微一笑。

"我才是师兄。"墨晓黑语气依旧平静如水。

"酉时！"尹落霞转身，对着百里东君等人伸出了那张信纸。

"不错，率先出场，未免沦为众矢之的。酉时不失为一个更好的选择！尹姑娘，果然不愧是赌王！是个好签！"叶鼎之拍手道。

"你还挺会拍马屁的。"百里东君嘲讽道。

"你一定是单身吧？"叶鼎之回了一句。

"戌时。"洛阳毒士秦路抽到了第三顺位的签。

最后一人是西南剑庄的弟子,抽到了亥时,他无可奈何地摇了摇头,一脸失望。

尹落霞走了下来,得意地说道:"我就知道诸葛云那个是申时的签,但我就是不抽,有时候第二,才是最好的。"

"剩下的各位,我们准备了一些简单的酒菜,你们可以稍作休息,等待你们出发时刻的到来。"雷梦杀说完后便转身退了下去,柳月公子和墨尘公子也随即离开了,偌大的金武场,只剩下侍从们搬上来的三张小桌,上面摆了四道菜、一壶酒,还真是如雷梦杀所说的简单。

众人坐了下来,百里东君尝了一口酒,随后一口吐出,骂道:"这也配叫酒!"

"如果赢了,我请你去喝雕楼小筑的秋露白。"叶鼎之拍了拍他的肩膀,豪迈地一笑。

"赢了的事,等赢了再说。"百里东君将那酒壶里的酒一甩全倒在了地上,随后拿起了腰间的酒囊,将里面的酒一股脑儿地倒进了酒壶中,"接下来几个时辰,我们是并肩作战的队友,这杯酒,我先请你们喝。"

"这杯酒叫什么?"赵玉甲接过百里东君的酒杯,轻轻地晃了晃。

"得胜。"百里东君仰头,一饮而尽。

其余三人学着他的样子,举起酒杯一饮而尽。

天启城门处,有两人正站在城门口。

他们穿着大氅,风帽压下,遮住了面容。

"这就是天启城啊,这片大陆上集一切荣华于一身的城池,还真是和别的城池很不一样呢。"一人感慨道。

另一人却相对冷漠:"有什么不一样,不过是大一点,繁华一点罢了,住久了也就没意思了。"

"你这人才是真的没意思,出发吧,让他们知道,孩子的游戏应该要结束了。"那人仰起头,笑容阴冷。

天启瑾王府。

有两人正相对而坐，一边饮茶一边对弈。

其中一人自然是这瑾王府的主人瑾王，而另一人，则是七皇子殿下萧若风。

"弟弟，这一次学堂大考，谁能成为你的小师弟？"穿着紫衣蟒袍的瑾王问道。

"兄长也对我学堂的事情感兴趣了？"萧若风淡淡地一笑。

两个人分别以"弟弟""兄长"相称，而不在前面加上了皇子的位序，那是因为在他们的心中，只有彼此才是一母同胞，真正的兄弟。

"朝中很多人都对学堂有兴趣，但我知道你的心思，所以从来也不多问，只不过我查到，这一次的一位考生，是青王的人。"瑾王落下一子，提醒道。

"不管他是谁的人，入了学堂就是学堂的人。"萧若风也落下一子，"兄长，你输了。"

金武场。

考生们全都席地而坐，调理真气。

方才的武试才刚过去没多久，大部门人在那场争斗中已经受了不小的伤，此刻反正也出不去，索性坐下来调理真气。只有一人不一样。

这个人睡着了，还发出了不小的鼾声，这人便是道士赵玉甲。

"喂，别睡了，太丢人了。"尹落霞听了许久终于忍不住了，睁开眼睛丢了一个石子过去。

可谁知赵玉甲一个翻身，将那石子躲了过去。

"真睡还是假睡？"尹落霞怒道。

"应该是真睡，假睡发不出那么逼真的鼾声。"叶鼎之失笑道，"想必是什么道门心法吧，睡觉即是修习内功。"

"世上有这么好的内功心法？"尹落霞羡慕道，"那这边这位练得又是什么内功？"

百里东君盘腿而坐，紧闭双眼，呼吸绵长，已经许久没有说话

了,方才的讨论也并没有参与的意思。

叶鼎之皱了皱眉,对着他轻声唤道:"百里东君。"

百里东君依然静默不语。

"百里东君!"叶鼎之凑到了百里东君的耳边,大喊了一声。

"啊!什么?时间到了吗?!"百里东君身子猛地一震,瞬间就从地上蹿了起来,"那出发啊!赶时间!走!"

"看来,这位是真的睡着了。"叶鼎之挠了挠头。

百里东君这才反应过来:"叶鼎之!你是不是有毛病!平白无故吓什么人!"

赵玉甲这时忽然也翻身坐了起来,他伸了个懒腰:"时间到了!"

果然,站在上方的考官敲了下金锣:"酉时到。"

尹落霞大惊道:"你这睡觉的功夫还能定时辰的?"

"小门道,小门道。"赵玉甲笑了笑,领着众人往前走去。

"三个锦囊,选一个吧。"考官指着面前的三个锦囊说道。

"这个。"尹落霞向前一步,率先拿走了一个。

四个人随即便从考场之中走了出去,尹落霞打开了那个锦囊,只见里面藏着一张纸,纸上写着一首诗。

"君不见真武临世。"百里东君将纸条上的字读了出来。

"什么是真武?"尹落霞一脸不解。

"真武不难解,是真武大帝。"叶鼎之望向赵玉甲,"这个你应该比我们了解,这是你们道家的神。"

"真武大帝,即镇天真武灵应佑圣帝君,身长百尺,头发披散,身穿金锁甲胄,脚踏五色灵龟,临世之时,身旁有记录三界功过善恶的金童玉女撒花飞蝶,两边侍立着龟蛇二将,威猛凶狠,其拔剑而立,一剑就能削去泰山一角。"赵玉甲一扫方才的懒散模样,说起道家典故头头是道,"武当上供奉的主神就是真武大帝。"

"这么厉害?我怎么从来没听过?道家最厉害的不是三清祖师爷吗?"百里东君问道。

赵玉甲白了他一眼:"你有没有看过《西游行记》?"

"就算没看过,也肯定听过啊,孙悟空大闹天宫,茶馆里每月不得说上几回。"百里东君回道。

"那孙悟空上了天宫,直接就打上了南天门,对阵十万天兵天将丝毫不惧。但是你说,为什么孙悟空不从北天门打进去?"赵玉甲问道。

"我哪知道,可能南天门比较近吧。"百里东君摇头。

"那是因为北天门有真武大帝镇守,猴子不敢从那里上。"赵玉甲缓缓道。

"哦。"百里东君和尹落霞同时"哦"了一声,赵玉甲说千百遍道家典籍,他们也是一窍不通,但从《西游行记》这样的小说话本里讲起,他们就能瞬间领会了。

"所以,我们此刻应该去哪里?"百里东君问道。

"天启城有一座天下闻名的真武观,观中有一座九尺真武大帝像。或许去那里,我们能找到答案。"叶鼎之将那锦囊收起,放入了自己的怀中,"锦囊放在我这里吧。"

"那么便去吧。"赵玉甲率先纵身一跃,向前掠去。

在他们离去之后,有两人从暗中走了出来。

"看来不好对付,他的身边还有其他人。"一人说道。

"那个姑娘看着倒很是貌美。"另一人回道,"其他两个人,好像都不好对付。"

"急什么!学堂武试必有损伤,我们需要再等等。"

"跟上去!"

"两位,好久不见啊。"一声轻笑在两人身后,他们同时转过身:"谁?!"

"我!"来人摘下了风帽,露出了年轻的容貌。

"魂官钟飞离!"两人惊道,"你为何会出现在这里?"

"白发仙,紫衣侯,既然你们都能出现在这里,那么为什么我不能呢?"钟飞离笑道,"我受无相使之命,来这里寻找百里东君,无相使有句话托我告诉小姐。"

"什么话?"白发仙问道。

"无相使并无染指宗主之位的心,请小姐可以放心。但无相使此行一定要带走百里东君,也请小姐要留心了。"钟飞离微微含笑。

紫衣侯叹了口气:"此行我们二人前来,实不相瞒,并没有受到小姐的许可,不过是自作主张,为的也就是将百里东君带走。"

"那么看来,我们的目标是一样的了。"钟飞离仰起头,"只不过啊,可能我们都来得晚了一步。"

"还有谁来了?"白发仙惑道。

天启城,云启坊。

有三个人倒在了屋内,有一人胸口破了一个大洞,鲜血直流,已经当场死了过去,而另外两人,则也是身受重伤,退到角落里惊恐地望着眼前的人:"为什么?"

"因为,一个人就够了。"那人转过身,沉声道。

"就算是我们得胜了,一起被选入学堂,可是李先生的弟子只有一位,我们哪里会抢得过你,何必如此痛下杀手?!"躺在地上的一人怒道,而另一人则偷偷爬到了窗边。

"死吧。"站着的那人手一挥,一根凳腿穿透了正打算跳窗而逃的那人的脊背,他走过去,拔出了凳腿,随即转身走向最后一个活着的人,"学堂李先生的弟子,很了不起吗?"

百晓堂。

据说百晓堂无处不在,无所不知,分堂遍布天下,没有他们查不到的秘密,没有他们寻不到的人,而有一处总堂,汇集天下消息,但从没有人找到过这处总堂。世人有着三句传言,据说能够参透这三句话便能找到百晓堂的所在。

它在天下间最光明却也最黑暗的地方。

它是这尘世上最喧嚣也是最安静的存在。

它无处不在,也无处可在。

而掌握着天下传闻的六名铁面官,唯独有一个信息得不到,那就是其他五个人的容貌。

此刻,在一处灯火通明的房间内,那六名头覆铁面的铁面官正在快速地打开一个个盒子,随即取出纸条快速翻开,然后将纸条丢进暗格,然后很快地又有一个暗格自动推出。六人快速翻看着,嘴中喃喃有声。而在一旁，戴着恶鬼面具的百晓堂堂主姬若风则用手轻轻地敲着椅背，似乎在等待着什么。

"尹落霞，前赌王尹顺水之女，也是如今的赌王。她能来学堂大考是靠了母亲的关系，她的母亲是落扬侯的独女，当年跟了尹顺水远走高飞，可最后受不了好赌成瘾、四海为家的尹顺水而离开了他，回到天启后嫁给了如今尚书台的御史，此番她母亲向学堂举荐，才有了尹落霞入京加入学堂的可能。尹落霞的武艺一半是跟父亲学的，一半是跟父亲的朋友们，也就是江湖中的"吃喝嫖赌"四大邪徒中的其他三位学的，所学很杂，但功夫都不算上乘。尹落霞身份清白，平生跟着父亲很少离开，也未与天启城其他人接触过。"一名铁面官，起身走到姬若风面前，语气平静地说出了这段话。

姬若风点了点头："的确很清白，其他几人呢？"

"叶鼎之，江湖散人，四海为家。他的第一次行迹被发现是在北蛮，但他应该是北离人，并且很有可能是当年因叛国被灭族的大将军叶羽的第四子，当时将军府过七岁的男子皆被斩，七岁以下男童及女眷发配边疆，但是路途中叶羽的第四子淹死了，尸骨都没有找到，而他死的地方，刚好十里之外就是蛮国的疆土。他十三岁时从北蛮回到北离，其间与青王相识，青王对他很是赏识，随即召为幕僚。之后叶鼎之继续南下，游历南诀，回到北离边境，一待就是两年。之后受青王传召，入天启，参加学堂大考。他在北蛮时跟从蛮国铁沙蛇的首领拓跋越学习武术，拓跋越的武功算不上上乘，但叶鼎之天分极高，十岁时就能和拓跋越对战不败，后叶鼎之入南诀，他的师父是……"

"是谁？"姬若风问道。

铁面官微微停顿了下："南诀第一高手——剑仙雨生魔。"

"难怪了，南诀第一高手的弟子，如今来拜学堂李先生，这是要做天下第一高手啊。"姬若风笑道，随后问道，"那么他和叶羽的关系是如何推测出来的？只凭一个姓、一个地点的巧合，未免有些牵强。"

"当年大将军叶羽的案子是一桩冤案，而在背后陷害叶羽的人，就是那年刚被封王的青王。而叶鼎之和青王的偶遇，也是叶

鼎之的刻意为之。所以做此推测，但未能确认，因而只是推测，存疑。"铁面官说完后回到了那面墙，拿出一张纸，用笔写了一些字后丢了进去。

"赵玉甲呢？"姬若风接着问道。

可负责赵玉甲的铁面官似乎一筹莫展，一直在姬若风问完许久后才转身："没有。"

"没有？"姬若风一愣，"没有只能有两种可能，一是这个人是凭空冒出来的，另一个就是……这是个假名？"

"是。赵玉甲是假名，青城山掌教吕素真最小的弟子叫赵玉真，据说是青城山百年一遇的天才，但此生自从上山之日起，再也未曾下过山。而赵玉甲，很有可能便是真假的假——赵玉甲。而赵玉甲靠着一个假身份能入学堂大考是一件很罕见的事情，因为学堂的大考需要人的举荐，而就算被举荐了，学堂的人也会去找寻他的过往。但是赵玉甲的推荐人太不寻常了，所以学堂的人就算查到了一些不对劲，也不敢往下深究，因为……赵玉甲的推荐人，是学堂李先生。"铁面官说到学堂李先生的时候，语气也忍不住波动了一下，"不过既然是李先生推荐的人，那么很可能，李先生已经选定了自己的最后一名弟子。"

"好，最后一人，诸葛云呢？"姬若风扭头望向剩下的三名铁面官。

诸葛云不过是一人，但是却由三名铁面官同时查他的过往，仅仅是因为……诸葛一族，的确是很特别的一个家族。

他们精通奇门遁甲之术，结群隐居，很少有人能够找到他们的所在。据说若你历尽千山万水，找遍天涯各地终于寻到他们的时候，他们便会传授你诸葛一族奇门之术，但第二日当你醒来的时候，整个村子便会人间蒸发，从此之后再也找不到诸葛族人。

他们很少入世，但一旦入世，便必在世间掀起一阵风云。

上一次诸葛家的入世，还要追溯到北离一统西楚、北阙的时候，那个时候北离的军师就是诸葛家的家主诸葛柳，只不过功成之后，就再也没人见过诸葛柳这个人，据说他辞了太师之位便带着自己的族人继续开始了他们的隐居生活。

"诸葛一族的地方仍然无处可寻，并且种种迹象表明，诸葛一族很有可能已经灭族了。当年诸葛柳的消失并不是传说中的避世隐居，而是诸葛柳在帮助北离皇帝一统西楚、北阙之后，诸葛柳不愿再继续征伐北蛮和南诀，所以遭皇帝猜忌，同时皇帝也忌惮他们诸葛家的力量，所以派人剿杀他们，至于诸葛柳是否带着族人逃出了这场剿杀，卷宗里没有记录。而这诸葛云，他能来参加学堂大考是一位云游的长老书信举荐，但那位长老，根据我们的消息……"

姬若风微微仰头。

"死了。"铁面官沉声道。

"死了？怎么死的？"姬若风站起了身。

"死在了云游至北境域外的路上，但这个消息还没有传到学堂，所以学堂并不知道。我们也是刚刚查到的。"铁面官回道。

姬若风点了点头，拿起桌上的笔，在纸上快速地写下了一些字，然后拿给了铁面官："传给萧若风，这是他要的消息。"

"是。"铁面官接过纸条，丢入了墙上的格子中。

姬若风用手轻轻地扶了扶自己的面具："北境……域外……诸葛一族……"

真武观。

百里东君一行四人已经走到了道观的门口，但是整个道观在这黑夜之中格外的安静，没有半点星火，仿佛是一座死观一般。

"这里……真的有我们要找的东西？"尹落霞往百里东君身边挪了挪。

"去里面看看。"叶鼎之吹燃了一根火折子。

"道家法门奥妙万千，各位到时候还请小心，千万不要离开我一丈之外。"赵玉甲提醒道。

众人点了点头，他们都是从小就习武的人，光凭直觉就能够感到潜在的危险，而这座道观的味道……很不对。

"弟子赵玉甲，前来拜观，还请祖师爷不要见怪。"赵玉甲对着那真武大殿拜了拜。

"观中为何没有道士?"尹落霞问道。

"天启城道观无数,香火都很鼎盛。而真武观只有一处真武大帝像,相比其他而言,的确是冷清了点,而且如今被鸿胪寺所属,没有真人在此修行,一到夜间,人皆散去,大门一锁,也无人会来。"赵玉甲解释道。

"这座道观这么不值钱吗?就没有什么值得偷的东西?"尹落霞追问道。

"有,但得看有没有那胆子偷。"赵玉甲笑了笑,手上一挥,撒出一片金粉,只见金粉散去之后,透过火折子的火光,依然能看到一条条细细的丝线绑在入殿的门槛之上。

"鸿胪寺的盘龙丝?"叶鼎之微微皱眉。

赵玉甲俯下身,拿出一柄木剑轻轻敲了敲:"盘龙丝是精铁所铸,细到几乎肉眼无法分别,却也锋利到能削铁如泥,除了暗河的刀丝,世间没有比此还隐秘的武器了。鸿胪寺真是凶狠,若是小偷不注意直接踏进去,怕是这辈子也站不起来了。"

百里东君拔出了自己的那柄"不染尘",长剑猛地一挥,将那盘龙丝瞬间斩断,他笑了笑:"好像也没那么锋利。"

"你这可是仙宫品的剑,而这只是最普通的盘龙丝。"赵玉甲笑了笑。

"还有不普通的盘龙丝?"百里东君问道。

"这你就得去问问鸿胪寺卿夏大人了。"赵玉甲首先踏了进去。

"等等,你怎么知道我的剑是仙宫品的剑?"百里东君猛然醒悟过来。

赵玉甲脚步缓了缓,然后回答道:"本道阅剑无数,看一眼就知道了。"

"这就是真武大帝像。"尹落霞跟着走了进去,随后仰起头,"他这剑才是仙宫剑。"

只见那真武大帝像身高九尺,威严庄重,双脚之边站着手捧名册的金童玉女,身边两侧又有两名五尺之高的龟蛇二将,而虽然神像由泥土塑造而成,可那真武大帝手中抵地之剑却是真正的精铁所铸,足有七尺之长,此剑若是横劈斩下,定能将人拦腰斩断。

"我们已经到了,那么接下来应该做什么?我们的线索不过那一句诗罢了。"百里东君环顾四周,"我们到了这里,却完全不知道该寻什么。"

尹落霞仰起头,看着那真武大帝像,目不转睛。

"你在看什么?"叶鼎之问她。

"我总觉得……他在看我?"尹落霞惑道。

然后那真武大帝的眼珠子就那么转了一下。

尹落霞急忙揉了揉眼睛:"是我眼花了吗?"

"我也看到了,这真武大帝的眼睛,刚刚转了一下。"叶鼎之将手中的火折子递给了尹落霞,随即纵身一跃,一掌向那真武大帝像劈了过去。

"小子,此像历尽三代,价值连城,你若是毁了,就算最后成了学堂的弟子,也要赔银子!"一个纯厚如钟的声音响起,一道真气从神像上散出,震得叶鼎之重重落地。

"谁?!"叶鼎之怒喝。

"我是善男。"那金童雕像的眼睛转了一下。

"我是信女。"那玉女雕像的嘴巴朝上扬起。

"我是水龟。"那左侧龟将手中的枪晃了一下。

"我是火蛇。"那右侧蛇将吐了吐蛇信子。

"我是真武大帝!"真武大帝的嘴巴微张。

"世间万物皆我,我亦万物。"

"魑魅魍魉,装什么真神大帝!"赵玉甲伸手一挥,打下了那火折子,火星四射,瞬间点亮了大殿内的烛火。

那真武大帝像瞬间归于平静,只是殿内却有一个影子在急速地移动着。

"君不见真武临世,天下众魔何敢敌!"

声若洪钟,震得烛火猛烈摇晃。

"是那首诗,我们来对了!"尹落霞大喜。

那人飘然落地,穿着一身道袍,手执白色拂尘,一双眸子上下旋转,竟一目有两瞳。

"不,你们来错了。"双瞳道士微微笑了一下。

"双瞳。"叶鼎之沉声道。

"仓颉四目,为黄帝史。没想到世间真有双瞳之人。"百里东君惊骇道。

"凡人双瞳,半步神仙境。修道之人双瞳,一步登天。你是谁?"赵玉甲一反从前的懒散怠慢,面色凝重,如临大敌。

"我是你们的罚。因为你们走错了地方,所以该受到罚。"双瞳道人微微一笑。

"你是学堂的人?"叶鼎之问道。

"我说了,万物皆我,我亦万物。"双瞳道人轻甩拂尘。

"装神弄鬼!"百里东君一步踏了过去,拔剑就是一斩。

"是一柄好剑。"双瞳道人拂尘一甩,将那"不染尘"一把卷住,"可惜用剑的人差了些。"

"何为罚?"叶鼎之问道。

"打赢我,往下处真武去,打输了,便在这里静等天明。"双瞳道人挥手,"那么,请?"

"不请!滚!"赵玉甲起身跃出,背上桃木剑应声出鞘,剑身之处,红光闪耀。

"武当的真火剑诀,来得好!"双瞳道人的眼睛一转,起身一手握住了那柄桃木剑,"可惜徒有其表,辱没了武当的声名!"

这是什么妖怪,竟能徒手握住真火剑?赵玉甲心下一惊,长剑一翻,急速转了一圈。

"还不够,还不够!"双瞳道人用右手中的拂尘将百里东君推了出去,左手长袖一甩,怒喝道,"现真形!"

赵玉甲手中之剑被那长袖猛地压下,眼看就要折成两截,他长舒了一口气,长剑轻轻一抬,舞出一朵剑花。

然后便仿佛一粒石子掉入了静潭之中一般,涟漪荡开。

一朵剑花变成了十朵,十朵化成百朵,百朵再变千朵。

叶鼎之眼睛一亮:"这是……"

"一成一败,谓之一劫。自此天地已前,则有无量劫矣。"双瞳道人一笑,"是'无量'剑啊,你并非来自武当,你是青城山的人。你的师父是吕素真!"

"是又如何？"赵玉甲手持长剑，直逼双瞳道人而去。

"世人皆道，天启有齐天尘，在野有吕素真。我很好奇，他教出来的弟子有几分能耐，又如何要入我学堂学艺？"双瞳道人掏出一张黄符，轻轻一甩，黄符飞出，擦过那些烛火，熊熊燃烧起来，只是那些蜡烛被黄符划过，都瞬间熄灭了。黄符飞到了双瞳道人的手中，他轻轻一捻。

大殿归于一片黑暗。

赵玉甲急忙退到了其他三个人身边："小心，现在敌人在暗，我们在明。"

"如今大殿一片漆黑，我们看不到他，他也应当看不到我们才是。"百里东君低声道。

"双瞳道人，一瞳归日，一瞳属夜，此刻在他眼里，这大殿就如白昼一般，而我们则是四个瞎子。"赵玉甲头微微一侧，急忙往后一退，一张黄符从他额前擦过。

叶鼎之也转身一掌，将一张黄符震得粉碎。

"好功夫，你这武功就算是和雷梦杀那几个小子比，也差不了多少了。"双瞳道人的声音从大殿的四面传来，"要不要拜我为师？"

"此行所来，为求李先生座下一席之地，谢了这位道爷了。"叶鼎之冷冷地回道。

"世人皆知学堂李先生天下第一，可天下第一又如何？百年之后，谁不是一抔黄土？为何不随我，得道而登仙，长生则不老呢？"双瞳道人笑道。

"是鬼还是仙，还犹未可知呢。鬼才在暗处藏匿，神仙何惧光下见人？"叶鼎之说完之后，低声对着身后的其他三人说道，"我听风辨位也算修了几年，但我听不出他的位置。"

"是，我刚也追寻过了。他似乎……无处不在。"赵玉甲低声道。

"我不是说了吗？万物皆我，我亦万物。"双瞳道人朗声长笑，叶鼎之和赵玉甲的对话已经低声到细不可闻，可他却听得一清二楚。

"这里与我们要寻的目的无关,我们不必和他纠缠,往外跑就行了。"叶鼎之猛地望向门口的方向。

此时,有四道黄符瞬间落下!百里东君却猛地一转,面向了那尊威严庄重的真武大帝。

"我有办法了!"百里东君高呼道。

学堂之中。

萧若风正和雷梦杀相对而坐,慢悠悠地喝着茶。

"你说,他们去了真武观?"雷梦杀问道。

"是。他们的线索与'真武'二字有关,真武观是整个天启最接近这两个字的地方。"萧若风回道。

"可是那座观里,不是有我们学堂的一位道长终日住着……难道那位道长就是他们的考验人?"雷梦杀神色有些担忧。

"也只能说他们运气不好,偏偏抽到了这个锦囊,要过道长那一关,就算我们去,也没有必胜的把握吧。"萧若风轻叹一声,饮下了一口茶,"但是规则就是规则。"

"小先生,有人方才送来了一封信。"学堂的管家急匆匆地走了进来。

萧若风接过那封信,信封之上写着一个"晓"字。

"你问百晓堂买了消息?"雷梦杀惑道。

"对,花了我好大一笔银子。"萧若风叹道,随后打开了那张纸。

信上的字虽然不多,但每一行在这两个人看来,都显得有些匪夷所思。

雷梦杀皱眉道:"要通知停止大考吗?"

萧若风摇了摇头:"学堂的声誉不能受损,大考不能断。"

"但是……"雷梦杀急道。

"我们去找百里东君他们!"萧若风沉声道。

真武观。

百里东君转身,面向真武大帝像,忽然拔剑而起,冲着那真武大帝像怒斩而去，同时怒喝道："据说这个很值钱？"

"我给你劈个一干二净！"

"大胆！"一声怒喝响起，只见殿内烛火瞬间亮起，那双瞳道人自真武大帝像后掠出，冲着百里东君一掌打下。

"走！"叶鼎之等三人出掌打碎那三道黄符，瞬间穿出了大殿，落在了院中。以他们的轻功只要再起身个两三次就能出了真武观，彻底摆脱里面那位神不神鬼不鬼的双瞳道人了，但是百里东君却依然还在殿内，若他们走了，以百里东君一人之力，根本不可能对付得了双瞳道人。

三人互视了一眼，同时定住了身，随即转身，便望见百里东君被一掌打下。

"百里东君！"尹落霞高呼一声，将手中长袖一甩而出。

百里东君被双瞳道人一剑击落在地，那长袖正好卷住了他的腰，尹落霞往后一拽，立刻将他也拽到了院中。

"好一招声东击西，有你的。"尹落霞赞道。

"就是家里有钱，所以豁得出去！"百里东君笑了笑，朝地上吐了一口血痰，看来刚刚双瞳道人暴怒的那一掌威力不小。不过此时四人都退到了院中，虽然四周并没有烛火，但至少天上的星月今夜很是灿烂，所以勉强也能看清面前的景象。虽然错过了方才逃走的机会，但比方才在殿内一片漆黑也是好了很多。

"既然逃不了了，那就打吧。"叶鼎之笑了笑，"四个打一个，还怕我们拳头不够硬吗？"

百里东君骂道："你跟他对一掌，就知道谁的硬了！"

双瞳道人缓缓地从大殿中走了出来，一身道袍无风而舞，似是真气凝结，蓄势而发。

"刚刚那一掌很痛吗？接下来这一掌，会比刚刚那一掌更痛十倍。"双瞳道人仰起头，嘴角露出一丝冷笑。

"吹什么牛，放马过来！"百里东君喝道。

赵玉甲神情严肃："这恐怕，是真的。"

尹落霞往后退了一步："要不还是想个法子跑了吧？"

"跑是不可能跑的,这辈子都不可能跑的。"叶鼎之微微俯身,身上真气流转,"能与这样的高手一战,可难得。"

"死!"双瞳道人双袖一挥,空中竟闪起一道惊雷,震得尹落霞身子一晃,百里东君也是腿一软,以剑抵地才勉强不倒。

"叶鼎之,你先上,我随后!"赵玉甲再度祭起了那柄桃木剑。

"喝!"叶鼎之纵身一跃,一拳砸下。

"小子,不错。"双瞳道人忽然一笑,一身真气瞬间散去,他伸出手,一掌挡住了声势浩大的叶鼎之,将他那一身真气也瞬间卸去。

这是叶鼎之离开师门以后,第一次感受到了真正力量上的碾压,即便强大如他,也不得不承认,自己距离学堂长老级别的高手,还有很长一段路。赵玉甲持剑跃出几步,也停了下来。

"你们四个,走吧。"双瞳道人将叶鼎之震了出去,忽然道。

四人一惊,叶鼎之感道:"为何?"

"刚才你们有机会抛下那个用剑的小子,独自逃跑,但是没有这样做,我觉得很满意。所谓学堂的考核,不过是一个'我满意',若真的要你们打过我才能算通过,那你们还拜什么师,自己就可以当老师了。"双瞳道人一身杀机卸去,整个人也变得随和起来了,"以后你们需记住这一刻,不管何时,都不要放弃自己的同伴。"

叶鼎之垂首道:"鼎之记下了。"

赵玉甲也点了点头:"玉甲也记下了。"

"玉甲?真是个烂名字。"双瞳道人一笑,拂尘一甩,将赵玉甲打了出去。

赵玉甲在地上打了个滚,随后起身擦了擦嘴角的血迹,也不动怒:"前辈教训得是。"

"走吧,顺便告诉你们一件事。学堂留下的线索,只靠一条,根本无法找到你们想找的东西。所以要做的,只是去找到其他几队人,抢走他们的锦囊。不然离了真武观,再去玄武门,你们还会遇到一个大麻烦。"双瞳道人缓缓道。

"原来如此,多谢了。"叶鼎之转身,拉起百里东君、尹落霞,和赵玉甲一同纵身跃了出去。

双瞳道人看着他们的背影,幽幽地说道:"今年的这些年轻人,还真是不错。"

"你还好吗?"叶鼎之将百里东君放了下来。

"体内的真气在四处乱窜,刚才那道士大概真的怕我把真武像给砸了,所以用了狠力。我得调理一下气息。"百里东君站住了身。

"我帮你运气,很快。"叶鼎之走到了路边一侧隐秘处,盘腿坐了下来,百里东君也不推辞,点了点头,也坐了下来。

"需要多久?"赵玉甲问道。

"小半个时辰吧,这伤必须现在治好,不然一会儿就算遇到了诸葛云他们,我们少一人,也不好对付。"叶鼎之回道。

赵玉甲点了点头:"我为你们护法。"

叶鼎之将手掌抵在了百里东君的背后,一股真气传了进去,百里东君的脸色微微一变,先是变得煞白,随即慢慢泛红。

"你精通的东西还真多。"百里东君说道。

"因为死过很多次。"叶鼎之轻轻一笑。

赵玉甲翻身坐在屋檐之上,看着那头上的月光,感慨道:"真好。"

"什么真好?"站在下面的尹落霞惑道。

"年轻而绝世的少年相聚于这座集世间繁华于一世的城池,并肩而战,在一处屋檐之上相坐疗伤,这本是一件真好的事情。"赵玉甲站起了身,"如果,你们这些人不出现的话。"

"有意思,好像你知道我们会来一样。"一位白发持剑的年轻人从暗处走了出来。

"本来已经做好好好打一场的准备了,可没想到,这一次的运气还不错。"另一个紫衣持扇的年轻人跟着走了出来。

"白发仙,紫衣侯!"百里东君扭头,瞪着他们,"怎么又是你们!"

"放心,这一次以后,你会很久都见不到我们了。"白发仙轻轻叹了口气。

"你们好像……忽略了我的存在?"赵玉甲低头道。

白发仙轻轻一甩长剑:"我劝你不要插手。"

赵玉甲一跃而下,将手中的桃木剑一把插在了地上:"你们可以试试。"

白发仙微微仰起头,疑惑道:"我好像见过你。"

百里东君一愣,白发仙说了一句他深有同感的话。那么很有可能,这个赵玉甲真的是他们都见过的一个人。赵玉甲仿佛猜到了百里东君的想法,转身望向百里东君:"没错,我们的确见过。"随后他伸出手,在脸上轻轻一抹,便撕下一张皮来。

露出一张颇为俊俏的脸,只是眼角微微耷拉着,看起来似乎精神很不好的样子。他朝着尹落霞挑了挑眉:"我的这副皮囊还算不错吧?配得上和你一队吧?"

"是你!"百里东君一惊。

"是我,青城山掌教真人吕素真门下大弟子——王一行。"赵玉甲一脚将面前的桃木剑踢飞到了空中,而剑随后猛地砸下,一柄化作千百柄!

"青城山无量剑!"白发仙提剑一挥,被那剑气逼得连连退后。

青城山分为剑修和道修,往往习剑不修道法,学道术的不会修剑,但唯有一套剑法,即是世间最精妙的剑术之一,亦是蕴含了无上的道法,这一套剑法便是无量剑。这对习剑人的要求极高,非资质绝世无法学之,上一任青城山弟子中,便只有吕素真一人习之,而这一代,有王一行和赵玉真两人,已是百年来少见的。

"道法无量!"王一行接过桃木剑,猛地一甩。

明月当空。

一处僻静的山谷。

一间颇有些简陋的草庐。

一个落拓的少年就坐在那草庐的门口,面前是一张长桌,桌上是一碟咸菜和一小壶酒,少年一口酒一口咸菜,吃得小心翼翼,似乎那是世间最难得的美食一般。

"看你这么吃着,还真以为那是什么人间美食。但我不上当,我上次偷偷尝了下,不过是能咸死一头牛的腌白菜和那边镇上最便宜的烧刀子,真亏你吃得这么香。"在少年的背后,一个中年人坐在草庐之内正在慢悠悠地磨着药。

"如果你有过快要饿死的经历，你也会感激这世上任何一样食物。"少年冷漠地回答了他。

"你也有过快要病死的经历，怎么就不能感激感激这些草药呢？就这么忍心让为师在这里磨药？"中年人呵呵一笑。

这中年人和少年自然便是药王辛百草和浪客司空长风，自从那司空长风根据温壶酒的指引找到了药王谷，到如今也过去了小半年的时间，只不过虽然治好了心疾，可司空长风偏偏被辛百草看中了身上的医学才能，强行将他留了下来。这一学也学了好几个月，司空长风也算没有辜负辛百草的眼力，在医术上确实在短短几个月就掌握了常人需要数年才能掌握的医理，只不过虽有天赋，可那学医的兴致……

"我们说好了，日落月升，我便与医无关，不要和我提药草的事情。"司空长风喝了口酒，不耐烦地说道。

"我怕是世上最没有尊严的师父了。"辛百草继续捣着药。

"你在这谷里住了多久了？"司空长风忽然问道。

辛百草皱眉掐指算了算："我十二岁来的药王谷，如今也得有……二十六年了吧。怎么了？"

"不觉得很孤独吗？在这样一个僻静的山谷里，也很少有人会来，就算来的，也基本是快死的人，可你明明有那么好的医术，你应该去外面才对。"司空长风望着远方，说道。

辛百草笑了笑："世上有的人想要名扬天下，成就一番功业，但也总能容得下一些人，就愿意安安静静地一个人待着。我年轻时也出过谷，随着师傅游历过天下，但如今我只想留在药王谷中，白天采药，晚上磨药，偶尔看诊，救人性命。世上每天有多少人死去，多少人出生，都是命运使然，我又能救多少人？既然能走到药王谷，便是和我有缘，所以只要到了这里，不管出生，不管目的，我都救。"

"就打算这么过一辈子？每天都重复循环？"司空长风微微皱眉。

"在你看来，每天都是一样的，可在我看来，每天都是不一样

的。春风的早日悬崖边会长出诸王草,惊蛰的清晨露水能配百青丸,清明的蓬草能做药饼,怎么会是重复循环呢?"辛百草捣了捣木槌,笑着答道。

司空长风摇了摇头,表示无法和这个学医入了魔的药王交流,继续一口酒一口咸菜地吃了起来,时不时望着远处,似乎在思索着什么。

百里东君那个家伙,不知道在天启城混得怎么样了。

是不是还是那么嚣张,然后被人追着打,只能躲起来偷偷疗伤?

算了算了,那个家伙,就算遇到再大的危险,也会有能耐解决的。

辛百草见司空长风不再理会他,便一边哼起了曲子,一边加快了手上的速度。

两个人就这么静默无言相处了快半个时辰,司空长风拿起酒壶,轻轻晃了晃,往杯里倒了最后一杯酒,可那杯酒却被忽然丢下木槌起身的辛百草一把拿了过去,一饮而尽。

辛百草满足地"啊"了一声,放下酒杯:"其实总有一日我也会离开这里的。我也想去再看看那山川湖海,毕竟药王谷的药再多,也总有那么些是永远不会有的,也提着药箱悬壶济世一般,圆了我师父的遗愿。"

"什么时候?"司空长风心中一动。

辛百草拍了拍司空长风的肩膀:"在我找到我的传人之后!"

司空长风将他的手一把拍了下来:"那不好意思了,我学成你的一半医术就要出谷了,你的传人你自己再慢慢等吧。"

"小子还挺有信心。"辛百草重新坐了下来,继续捣药,"今晚我把这些药捣成丸子,放在你的行囊里。每日午餐后半个时辰记得吃一粒,一共一百粒,你包里放八十粒,还有二十粒等你回来吃。"

"等我回来?"司空长风一愣。

"是啊,我问青州沐家要了一味药材,但我不想让他们知道药王谷的所在,你知道的,有钱人家毛病就多还怕死,天天来找我不得烦死。所以我就想让你去取。"辛百草说道。

"青州？"司空长风一惊，"那么远。"

"去什么青州，沐家最珍贵的药房是秋庐，秋庐在天启城，你此行，去天启。"辛百草仰头冲着司空长风笑了笑。

"是的，你不是一直想着天启城吗？那便去吧，反正一百粒药丸，少吃一粒你就活不到明年。在天启城可以玩得开心，但也要记得回谷，好好学艺啊。"辛百草语重心长地说道。

但是司空长风已经听不到了。

他是天生喜欢游荡天涯的人，从来没有在一个地方待超过三个月之久，可如今他在这个僻静的山谷中已经待了太久了，他迫切地想要飞出去，太迫切了！

更何况是那座城啊！

集世间荣华于一体的天启城！

高手如云，竟是天境宗师的天启城！

以及，百里东君正在闯荡的天启城！

他可不想比这个家伙慢了太多。

司空长风纵身一跃，拿起了角落里的长枪，长枪银白，在月光之下像是一条安静的白蛇。

"喂喂喂，我这药还没有磨好呢！你要不要这么心急？"辛百草笑骂道。

可司空长风并没有理会他，他只是轻轻抚摸着手中的这杆长枪，随后轻轻一转，再猛地往前一挥。

白蛇化惊龙，游腾而起。

"要杀百里东君，这其他三个人不是关键，学堂的监视也不是关键，甚至于百里东君也不是关键，关键的人是……"躲在远处三个屋檐之外的钟飞离用笔快速地记录着眼前发生的一切，王一行的无量剑招被极为写意地描绘在他的小簿子上，他画得神采飞扬，毕竟这也是门极为罕见的功夫，能够在这里看见也算是运气，但这并没有干扰他的判断，只是，钟飞离四顾环视了许久，也没有见到那个最关键的人。

杀人王离天的兄长……会是个什么样的人？

钟飞离的笔在本子上轻轻地画出几笔。

"在哪里……"钟飞离转身。

"在哪里呢……"钟飞离低头思索。

百里东君身为镇西侯府的小公子，身份不同寻常，此次去了天启，自然有影子护卫随时陪伴，而钟飞离已经根据上一次的乾东城之战查出了他的来历，这个人在江湖上的名气并不大，但他的弟弟很有名，杀人王离天，那可是整个江湖上都畏惧的名字。

只是……为什么还不出现？

"还不是生死存亡的关头啊……"钟飞离放下笔，轻叹一声。

"无量剑，确实是世间难有的好剑法。"白发仙收了剑，右手衣袖已经碎成了一片，紫衣侯落在了他的身边，轻轻一甩折扇："现在可不是夸奖别人的时候，学堂的人很快就要过来了。"

王一行低低地喘着粗气，他没有想到面前的这两个年轻人武功竟然高得这么离谱，方才的真武观一战，他已经耗损了一些真气，刚刚这一番对战之后，气力竟然有些跟不上了，他咬了咬牙："不过是以多对少罢了。"

白发仙微微一笑："的确是以多对少，那又如何？我们又不是名门正派，也不是来此争个胜负，我们不过是来带你身后的那个人离开，道长若是愿意让路，我们连这一场都不用打。"

"你们，为什么对百里东君这么感兴趣？"王一行惑道。

"这就不是道长需要问的了。"白发仙持剑向前，"道长虽然剑术过人，但在我们二人的合力之下，还能撑多久呢？"

王一行微微皱眉，他很清楚白发仙说的是事实，若一直僵持下去，那么自己的气力跟不上，的确不是他们的对手，所以现在他要做的，便是一击即胜。

如果是小师弟在这里就不会有这个问题了吧，他虽然剑术还不如自己，但真气早已宽厚如同大海，怎么用也是用不尽的。

他笑了笑，木剑竖在面前。

"破！"他怒喝一声，真气暴涌。

白发仙和紫衣侯被逼得往后退了三步，白发仙惊诧道："这是怎么回事？！他应该快没有力气了才对！"

紫衣侯微微蹙眉："他想一击而胜。"

"谁说是以多欺少，不就是两个对两个吗？难道还怕了你们不成？"一个悦耳的声音响起，只见一直在角落里看着的尹落霞突然走向前来。

"你？"白发仙不屑地笑了一下。

尹落霞走到了王一行的身边，真气暴涨，长袖翻飞，她的眼神中闪过一道紫光，妖媚而冷艳："我！"

"王师兄，可随时出剑。"尹落霞轻声道。

王一行点了点头，他在武场上见过尹落霞的武功，算不上绝顶高手，却也不容小觑。

"一会儿……"王一行脑子里忽然冒出了一个想法。

"不必说，我懂。"尹落霞打断道。

王一行一愣："你真的懂？"

尹落霞点了点头："我很聪明的。"

"生死勿论，我就先当你懂了吧。"王一行怒喝一声，右手一掷，那桃木剑忽然掠起，幻化成白道剑影。

尹落霞原地转身，起惊鸿之舞，长袖飞起，紫霞翻腾。

剑影，紫袖，腾飞而起。

可临空而下之时，却再不见剑影。

"剑呢！"白发仙惊道。

那紫袖却已落下。

紫衣侯一步掠出："哪还能管这些！"

折扇打开，朝天一扇。

玉剑轻转，剑气如潮。

两个人都没有再犹豫，瞬间出招，将那紫霞之袖斩得粉碎。

紫霞纷飞，剑影乍现。

剑藏在长袖之下。

百道剑影，破风而出。

王一行手往下狠狠地一压，喝出了那道家真言："无量！"

"退！"白发仙和紫衣侯点足猛退。

可那百道剑影铺天盖地而来,又往何处退。

两人用尽全力退,用尽全力挡,可剑在眉前,寸余夺命!

"落!"有一高喝响起。

只见一人忽然从白发仙和紫衣侯身后掠出,将他们一把拉到身后,随后手中一根硕大无比的判官笔朝天猛挥,一笔一画将那些剑影画得一干二净。

"蓦语草书?"王一行微微一愣。

钟飞离将那些剑影悉数划落之后,望着王一行,咧嘴笑了笑:"你不错!"

"你也不错!"声如沉钟。

声至,人至。

钟飞离将判官笔往前一挡,挡住了那破空而出、从天而降的一拳,整个人往后退了十余步,在地上划出了一道浅浅的沟壑。

原来他在等离火,离火亦在等他。

"你是谁?"王一行问道。

离火没有回头,只是反问道:"你知道他们是谁吗?"

王一行摇头:"不知道。"

离火往前踏出一步:"所以,你也不需要知道我是谁。"他纵身一跃,又是一拳对钟飞离挥去。

钟飞离手中判官笔轻转,挡住了离火近乎霸道的攻势,他轻笑道:"前辈的拳法和我想象中一样霸道。"

"你的判官笔不错。"离火冷冷地说道。

"画人间百态,断阴阳是非,我的判官笔,前辈可小心了。"钟飞离一笔划下,贴着离火的胸膛而过,稍不注意,便是开膛破肚。

"就凭你!"离火一拳将钟飞离打了出去。

这一拳威力极大,钟飞离就像断了线的风筝一样飘落在地,而离火则一鼓作气,继续朝前追去,两个人便越退越远……

"前辈,你的拳法虽不错,但和离天前辈比,还是逊色了些!"

"你见过离天?!"离火怒喝道。

"对,他还没有死。"钟飞离纵身一跃,往后逃去,"他还会回来复仇!"

第十五章 · 不动明王

离火是个很冷静的人，所以他能够分析出在白发仙、紫衣侯的背后还有一个人的存在，所以能忍到此刻才真正出手，所以百里洛陈才会选择让他来作为小公子的影子护卫。但即便是离火，也会遇到让他不冷静的人与事。

世间仅此一件，那就是他的弟弟——杀人王离天如今的下落。

钟飞离微微一笑，手持判官笔已经掠出了三个街道，离火的一颗心也终于冷静了下来，他停步，转身，然而钟飞离却忽然折返，一笔冲着离火打了下去。

"你故意诱我离开？"离火一拳迎上了那根判官笔。

"我是故意诱你离开，也是真的知道离天的下落。"钟飞离身形鬼魅，轻而易举地躲开了离火的拳。

方才那条长街之上，王一行的桃木剑回到了他的面前，只是红光流转的桃木剑此时暗淡无光，就连王一行本人脸色也不太好看，似是刚才一剑已经用尽了气力。

"很厉害的剑。"白发仙望着他，神色中是由衷的敬佩。

尹落霞护在王一行的面前，她的紫袖方才已经用尽了，此刻持着一柄颇为秀气的长剑，神色凛然："还没有完。"

"已经完了。"那袭紫衣瞬间掠出,落到了尹落霞的身边,尹落霞正欲出剑,手腕却被那折扇轻轻一点,长剑瞬间脱手,紫衣侯伸手试图一把扼住她的喉咙,但王一行忽然站了起来,长袖一挥将紫衣侯打了出去。

紫衣侯退到了白发仙的身边,惊道:"你竟然还有一战之力?"

白发仙微微皱眉:"他……"

王一行抬起头,面色泛金,一双眸子中透露出了前所未有的杀意,而整个人身上也散发着一股和刚才截然不同的死意。

"王道长,就到这里了吧。"一个声音轻声唤道。

王一行闻言后脸色慢慢恢复平常,随后带着尹落霞往后退了几步,转身道:"好了?"

只见叶鼎之已经起身站了起来,百里东君依然还是盘腿坐在那里,紧闭双眼,静息运气。叶鼎之点了点头:"他再将真气运转一个周天就无恙了。"

王一行"嗯"了一声,随后也盘腿坐了下来,身上真气翻涌:"我可自行疗伤,前面那两个人,就交给你了。"

叶鼎之笑了笑,傲然道:"不在话下。"

"不要那么自信。我打了许久也没把他们打趴下,你过去要是随随便便几拳就结束了,我会很没面子的。"王一行打趣道。

"王道长你已经耗费了他们那么多精力,我此去不过扫个尾,有了功劳都是道长的。"叶鼎之随后看了一眼尹落霞,"也有尹姑娘的。"

尹落霞皱着眉看着他:"你这么有信心?"

叶鼎之转身:"是的,我很有信心,我这一生还有漫长几十年的规划,我的路可不会结束在这条小巷子里。"他看着白发仙和紫衣侯,喝道:"来!"

"再拖下去,学堂的人很快就会过来了,速战速决!"白发仙拔剑向前。

叶鼎之也拔出了他的武器。

从初试到武试,再从武试到方才的道观之战,他一直都只是用拳头对敌,从没用过兵器,但此时他的双手之中,赫然便有两剑。

长不过寸许，许是平时都藏在袖下的袖中剑。一寸短，一寸险。长而强，锋芒毕露，威力长而广。短则诡，杀机暗藏，险中求胜。世间凡是用短刃之人，无一不是招式阴诡，在险急之下，求得一线生机。所以用袖中剑这样兵器的人，往往都是亡命之徒。可叶鼎之不是，他的袖中剑用得很豪放，大开大合，纵横捭阖，不仅不阴诡，并且锋芒尽露。

"斩！"叶鼎之袖中剑横劈而下。

"立！"叶鼎之直刺而出。

"决！"叶鼎之落地，随即落地的还有白发仙的手中玉剑。

白发仙惊骇地睁大了眼睛："为什么？！"

"剑中有大道，这就是你和我之间的差距。"叶鼎之的袖中剑回落，眼看便要刺进白发仙的胸膛，但紫衣侯立刻起身一把拉过了白发仙和那地上的玉剑，毫不犹豫地往后退去。叶鼎之也不再追，只是收了两柄袖剑，笑道："搞定。"

王一行运气结束，站了起来："不是说好不要那么快的吗？"

"王道长方才用剑气封了他两处气脉，我不过是捡了个便宜罢了。"叶鼎之往回走了过来。

此时百里东君也运气完毕，脸色恢复如初，他站了起来："那两人呢？"

"被打跑了！他们是谁？为何要把你带走？"叶鼎之问道。

"我也不知道，这些人很久以前就盯上我了，可我并不知道他们的来历和目的。如果下次再遇到他们，一定要抓住他们问个清楚。"百里东君皱眉道。

"戌时快到了，第三队人马应该要出来了，我们继续去寻找线索吧。"叶鼎之说道。

"方才那道长说，只根据我们这一条线索，我们怕是很难找到答案，所以必须先去找诸葛云他们。"王一行走向前，"走！先四处寻觅一下有没有他们的踪迹！"

另一面，白发仙和紫衣侯已经退到了钟飞离的身边。

钟飞离和离火对战了近一百个回合也没有分出胜负，他也失了耐心，骂道："怎么又没有成功？"

白发仙摇头:"他们这个队伍很奇怪,另外有一个年轻人很强。"

"不在方才那个王一行之下。"紫衣侯回道。

"怎么可能?王一行是吕素真座下大弟子,如今也年近三十,他功力在你们之上是理所当然的事情,可另外那几个人,不过十七八岁,怎能有这样的能耐?"钟飞离微微皱眉,"他用的什么武功?"

"袖中剑,大开大合,很特别。"紫衣侯回道。

"好。"钟飞离点了点头,对着离火抱拳道,"前辈,今日就此别过,择日再战!"

"人可以走,把话留下!"离火怒喝道。

钟飞离笑了笑,袖中十三根银针一撒而出:"判官的话,可不轻易说啊。"

真武观。

双瞳道人坐在庭院之中,正在静思打坐,可道观的门却再次被打开了。

他睁开眼:"今日应该只有一队人来这里才对。"

萧若风和雷梦杀站在门口,两人一个在整个天启城备受尊重,被称为学堂李先生之下的小先生,另一人则在天启城对谁都不尊重,一口嘴炮连李先生都能够张口就骂,但是进了道观之后,两个人的神色却都是毕恭毕敬的。

"睦道人。"萧若风垂首道。

被唤作睦道人的双瞳道士神色中微微露出几分惊讶:"怎么来的是你们?"

萧若风苦笑一声:"我们探寻到了一些消息,似乎有一些人伪装了身份,混入了学堂大考。"

"是,那道士是吕素真的弟子,叫王一行,不是什么赵玉甲。不过以吕素真和李先生的关系,这件事应该是李先生的授意,不必大惊小怪。"睦道人却不惊讶。

萧若风却依然神色凝重,他摇了摇头:"不只是赵玉甲,还有其他人。方才他们已经来过了?"

"是的。"睦道人点了点头,"不知道李先生是什么意思,但若李先生愿意相让,我倒是想收一个弟子了。"

"他们能走,看来是通过了睦道人的考验,不过睦道人想要收徒,倒是第一次见。"萧若风笑道。

"你们都是绝顶之资,但还算不上天生武者,可今日我却见到了。"睦道人望着天上明月,感慨道,"还是两个。"

萧若风和雷梦杀相视一眼,心中都是一惑:两个?

"小先生。"有一名学堂侍从踏入了真武观。

萧若风扭头:"有消息了。"

"申时出来的第一支队伍,刚刚被发现在佟悦客栈中,四名考生,全部都死了。"那侍从沉声道。

"都死了?"雷梦杀一惊,"诸葛云呢?诸葛云也死了?"

"是的。死状很惨,一个活口都没有留下。"侍从正色道。

雷梦杀转头望向萧若风:"诸葛云也死了,那么我们的猜测不是也错了?"

萧若风微微皱眉:"我们去看看。"

"诸葛云?诸葛家的人?"睦道人忽然开口问道。

"是的。是柳长老推荐的诸葛家传人,可是刚刚得到消息,柳长老最近已经死了。而诸葛家……似乎早就灭族了。所以我们怀疑这个诸葛云是故意混进大考,另有目的的。"雷梦杀回道。

"诸葛家的人……我也去看看。"睦道人向前踏出一步。

佟悦客栈。

天启城至少位列前十的豪华客栈。此刻在那间天字号房间里的情形,却如同修罗地狱一般。满墙的鲜血,四散的肢体,以及死者在生前最后一刻流露出的狰狞面容,证明了当时他们是遭到了怎样残酷的虐杀。雷梦杀看到眼前的场景,忍不住骂道:"这是什么样的变态,杀人不就杀人,何必要杀得这么恶心?我的天,这不是平离君的三公子吗?这下可真是麻烦了……萧若风,我看还是……宣布大考停止吧。"

"来不及了。"萧若风摇了摇头,"当务之急是找到凶手,停止

大考并没有太大的意义了。"

雷梦杀闻言后走到了角落里,诸葛云正安静地躺在那里,他和其他几人不同,死状显得安详很多,似乎只是沉沉地睡了过去,身上也没有那么多的伤口。他俯下身,探了探诸葛云的鼻息:"他也真的死了。不过就算是凶手,对诸葛家的人也有优待吗?死都死得比别人漂亮些。"

"现在不是说垃圾话的时候。"萧若风对侍从说道,"赶紧派仵作过来验尸。"

"这就是你们说的诸葛云?"睦道人俯身,望着那张俊秀干净的脸庞。

"是。"雷梦杀点头。

睦道人眉头微微一蹙,双瞳上下一转,随后伸出手,在那诸葛云的脸庞上轻轻地抹了一下,然后那诸葛云的脸就变了,从一个俊秀的少年变成了一个相貌平平的中年男子,雷梦杀见状大惊:"不是诸葛云?他戴了人皮面具?难道诸葛云从一开始就是被人假扮的?"

"也有可能不是。"侍从忽然想起了一件事,急忙说道,"方才佟悦客栈的老板就说他们厨房一个帮工几个时辰前离奇失踪了,我猜测或许就是他。"

"替死鬼。"雷梦杀一愣。

"这不是人皮面具,这是幻术。"睦道人沉声道,他的手中空空,并没有从"诸葛云"的脸上摘下什么人皮面具,他微微皱眉,"这个人不是诸葛家的人,你们一直没有看穿吗?"

"没有。虽然对他的身份,学堂一直有所怀疑,但是他用的功夫的的确确是奇门遁甲之术。"萧若风回道。

"世上会奇门遁甲的,可不止诸葛族一家。"睦道人冷冷地回道。

"所以若风派人试了他的其他武功,他用了游龙拳。"萧若风沉声道。

"游龙拳?"睦道人微微皱眉,"诸葛家有多少年无人现世了?"

"六十年。"萧若风回道。

"那么世上还有什么人，见过真正的游龙拳呢？"睦道人起身问道。

萧若风一愣。

"我想，或许我猜到他是谁了。只是……如果真是他，那么事情可就麻烦了。"睦道人轻叹了一声。

戌时已经过去了小半个时辰了。

可秦路却觉得这小半个时辰有一年那么长……

他不停地往前跑着，跑着，用尽全力想跑出那条幽暗的小巷子，可是无论他试图跑多少次，都会回到原地，而他的队友……都已经倒在了血泊之中。

没有办法了……打吧……

可这是什么样的怪物啊……

对付怪物，便只能用怪物了！

秦路咬了咬牙，长袖一挥，黑衣之下，有一些细小的虫子爬了出来，片刻之后，他身旁那三个已经死去的队友忽然站了起来，身上的肌肉瞬间暴涨，只是瞳孔泛白，毫无生气。

"僵尸蛊，操纵死人的巫蛊术，不错，只不过比起西楚药人之术，还是逊色了点。"

蛊术是秦路压箱底的本事，此次临行前师父还再三嘱托千万不要轻易用蛊术，但此时已是生死存亡之际，他没有办法，于是一用就是僵尸蛊——他所掌握的最凶狠的一种蛊术。

三名死尸重新站了起来，向面前的人扑去。

他们都比死前的时候要高大强壮了许多，速度也是快了许多，然而那人却依然轻而易举地躲开了。他拉过一具死尸，将他的双手往后一扳，随后猛地一拉，将那死尸的两只手瞬间卸了下来。

秦路惊骇地看着眼前的这一切，咬牙切齿道："你究竟是谁……"

那人扭过头，对着秦路阴森地一笑："我是诸葛云啊。"

"诸葛一族，不是以侠义著称的吗……怎会是你这般的恶鬼？！"秦路左手伸出两指，运起全身真气。

"侠义。"诸葛云的双手按在了其他两具死尸的头上，只见两

具死尸瞬间干瘪了下去，身子也不再动弹，诸葛云提起手，两具死尸瘫倒在了地上，而他的手中握着两根正翻腾着的长虫，但没有动弹多久，两根长虫就化成了灰烬，散落在了地上。

"破！"秦路纵身一跃而前，冲着诸葛云吐出了一口浊气，那口浊气混含了他身上所有的毒气，他有信心，只要诸葛云吸入一分，就无法活着离开这里。

可是诸葛云却仰起头，猛地一吸，将那口毒气一股脑儿地吸入了嘴中。

秦路一惊，转身想撤，却被诸葛云一把扼住了喉咙。

"不……不要。"秦路惊慌地喊道。

"呼。"诸葛云慢悠悠地对着秦路吐了一口气，秦路脸色瞬间变黑，一双眼珠子不停地翻着白眼，扑腾了几下之后终于没了动静。

然而在三里距离之外的一处屋檐上，有人点起了一根香。

"魂官，为何点香？"白发仙站在他的身边，疑惑地问道。

钟飞离并没有理会他，只是看着那根香燃起就断，燃起就断，虽然四处无风，但却根本无法点燃，他皱了皱眉："有人在附近开了孤虚阵。"

"孤虚阵？"白发仙一愣。

"而且，我闻到了一股熟悉的味道。"钟飞离微微皱眉。

紫衣侯一惊："你是说……那位大人？"

"是的，那位大人来了。"钟飞离沉声道。

"他也是为了百里东君来的！"白发仙皱眉道，"如果真是那位大人来的……"

"即使魂官、魄官同时在这里，也无法从他手上抢下人，甚至于如今在整个天外天，只有无相使能够制住他。"钟飞离忽然转身，朝着前方疾步掠去，"我们需要人帮忙。"

"魂官大人你在天启城内还有人手？"白发仙惑道。

"没有，但是学堂可以拖住他。学堂内院高手如云，即便是那位大人，也招架不住。"钟飞离忽然朝着身后放出了一支响箭。

睦道人、萧若风、雷梦杀等人都看到了那支响箭，他们相视一眼，立刻朝着那个方向追去。

诸葛云仰起头，看着响箭在他的头顶炸开，微微皱眉："被发现了？"

百里东君等人自然也看到了那支响箭，他猛地回头："那里有动静。"

"恐是疑兵之计。"叶鼎之沉声道。

王一行摇头道："可是我们已经寻了一个时辰了，仍然没有半点踪迹，这样下去不是办法。"

"往武场的方向去。"百里东君忽然道，"我们都忽视了一点，如果真的需要四条线索才能找到答案的话，那么亥时出现的第四队手中的信封也必然是不可少的。所以我们不需要绕这么多弯子，所有的人最后都会到那里，等待最后一支队伍出来！"

"我才发现，你这么聪明啊。"叶鼎之笑道。

"小时候我可是一直打算考科举的。"百里东君得意地说道。

天启城西城角。

四具尸体支离破碎地倒在地上。

死状比起方才在客栈中还要更加惨烈，雷梦杀皱了皱眉头，差点一下子没吐出来："这人不仅是个冒牌货，还是个变态。杀人也就算了，还碎尸。"

睦道人看了看地上那具分裂的尸体，摇了摇头："不是碎尸，这手是硬生生被撕下来的。"

"不愧是有两双眼睛的人，看得可真准。"一声阴笑响起，只见诸葛云站在他们身后，眼神中满是狠戾之气。

"你就是诸葛云？"睦道人起身道。

"是。"诸葛云微微一笑。

萧若风微微皱眉："他和白天里那个诸葛云完全不一样。"

"一个人的容貌可以变，但气质却很难变化，白天里我见到的诸葛云，虽然沉默寡言，但是身上的气质却是温和有礼的，绝不是这般阴森鬼气的。"雷梦杀沉声道。

"你们话可真多。"诸葛云微微一抬手，一阵黑雾将整条巷子

笼罩了起来。

萧若风一愣:"这是……"

"你们师父一定曾告诉过你们,邪门阵法孤虚。"睦道人一双重目转了一圈,"与奇门遁甲的浩然正气不同,这个阵法很邪。"

雷梦杀纵身一跃,一指惊雷已经冲着诸葛云打了过去:"邪门阵法,一指破之。"

"妄言!"诸葛云冷笑道。

武场之外,百里东君等四人已经赶到。但是距离亥时却仍还有一些时间,四人正焦急地等待着的时候,却忽然有一人从长街那头走了过来。

"有人来了。"百里东君转身。

那人越走越近,四人终于看清了他的模样,百里东君微微一愣:"诸葛云。"

诸葛云微微一笑:"看来有人和我想的一样,与其四处奔走,不如就在这里守株待兔得好。学堂还真有意思,绕了这么一圈,却可以用最简单的方式解决。"

"你……你的队友呢?"百里东君四顾看了一眼,想是藏在别的地方。

"放心吧。他们方才抢锦囊时受了伤,现在在别处等我。"诸葛云回道。

"抢锦囊时受了伤?"叶鼎之的目光往诸葛云的腰间望去,那里果然有两个锦囊,"看来,你们已经解决了一支队伍了?"

百里东君冷笑一声,捏了捏拳头,发出"咔咔"的声音:"看来,这两个锦囊,我们要却之不恭了。"

在百里东君看来,诸葛云不过一人,而他们有四人,诸葛云决然不是对手,那两个锦囊当然是唾手可得的。可是诸葛云却神色轻松,脸上流露出的,倒似一副捕到猎物的神情。

"不对劲,小心点。"王一行沉声道。

叶鼎之点了点头:"是不对劲。"

"哪里不对劲了?"尹落霞困惑不解。

百里东君抬起头,缓缓道:"没有声音了。"

"声音？"尹落霞一愣。

百里东君点了点头，伸出手："虽然难以察觉，但方才我们耳边一直有风声拂过，但是现在，风停了。"

"那棵槐树上的乌鸦也不叫了。"叶鼎之仰起头。

尹落霞一愣："诸葛云也不见了。"

"是阵法。"王一行骂道，"我平生最讨厌的就是阵法，不好好打架，偏要搞些歪门邪道。"

"可是道士不是最会破阵吗？"叶鼎之笑道，"还请王师兄先上吧。"

"不不不，叶兄武功高强，还是叶兄先上吧。"王一行猛地摇头。

"王师兄请。"叶鼎之退了一步。

王一行也退了一步："不不不，还是叶兄请。"

尹落霞没说话，只是也往后退了一步。

于是只剩下百里东君一个人站在前面。

"还是百里兄勇敢啊。"王一行叹了口气，称赞道。

百里东君转身怒骂："为什么又是我？！"

"百里东君？"一只手搭在了他的肩膀上，声音空灵而阴森。

"滚！"百里东君怒喝一声，回身一剑斩去，只见诸葛云正在他的身后，被他这一剑直接就劈成了两半。

"啊！"尹落霞毕竟是个女子，吓得往后退了一步。

百里东君愣了一下，随后一脚踹去，把尸体踢了出去："骗谁呢？我剑法有这么厉害，还用得着在这里被你们这样欺负？"

那尸体摔在了地上，瞬间化为粉末，一个声音在四周回荡："乡关远，魂飞万里。行路难，就地升天。"

"他在说什么？"尹落霞不解。

"他说，他要送我们登天！"叶鼎之猛地回头，一拳挥出。

"砰"的一声，两人对了一拳。

叶鼎之猛退十余步，而那诸葛云却纹丝不动。

王一行见状，身上的桃木剑瞬间出鞘，一朵剑花舞出，百朵剑花砸下，可只见那诸葛云长袖一挥，将百朵剑花竟收于袖下，他

一个转身,手轻轻一扬,一朵花在他手中幻化而出。

"真美啊。"他摇头感慨。

"闪开!"王一行一惊,拉着尹落霞往后猛地一退。

只见诸葛云手轻轻一挥,那朵花幻化成百朵砸下,竟将他们原先所站之地砸出了一个小坑。

"这诸葛云的功夫也太高了。"王一行擦了擦额头上的汗,"这样的人,还用来考学堂?"

"是逍遥境。"叶鼎之微微皱眉,和王一行相视一眼。

金刚可登上品,自在地上无敌,逍遥天上纵横,神游可登仙宫。

百晓堂那位可称天才的年轻堂主少时与老堂主一同评定了这绝世四境,从此以后便是江湖人中衡量高手们力量的一个标准。一般的武夫纵然修习一生,也无法被称为高手,所以金刚境往往便能率领一下小门派,而自在境则已经在江湖上可以横行而走,难有敌手了,至于逍遥境,则是江湖人中神仙一般的人物了。而神游境,学堂李先生未曾称神游,世间便没有神游。

"逍遥境的高手还需要拜师吗?"百里东君惑道,他如今就算用尽全力,也不过摸到金刚境的门槛,哪里会想到自己的对手强得这么离谱,"我们几个金刚境,怎么和他打?"

"不,你错了。"王一行摇头。

"难道还打得过?"百里东君皱眉。

"不是,我说你说错了。我不是金刚境。"王一行忽然一俯身,真气暴涨,一身道袍狂舞而起,手中的桃木剑微微泛出一丝红光,"我是自在境。"

"那你来拜什么师?!"百里东君愣道。

"谁说我是来拜师的,我有师尊吕素真,乃是世上行走的真仙,不比李先生差。"王一行举起桃木剑,"我是奉命来天启城帮助学堂维护大考秩序的。"

"那你……此时对诸葛云出剑岂不是不公平?"百里东君问道。

"白痴!都这样了,你还真以为这个人是来拜师的?"王一行剑指那含笑站着的诸葛云,"逍遥境的高手,这个世上也没有几人,你究竟是谁？！"

"我……"百里东君还想再问。

"麻烦让一下。"叶鼎之拍了拍百里东君的肩膀，百里东君愣了愣："怎么了？"

"我也是自在境。"叶鼎之脚轻轻往前一踏，双手轻轻一转，两柄袖中剑在他手中飞速旋转着。

"你也是来维护秩序的？"百里东君吓了一跳。

"不是，我是来拜师的。"叶鼎之笑了笑，"这天下已无我可学，唯有学堂李先生，值得我来一见。"

百里东君退到了一边，与尹落霞四目相对，他退了一步："你不会也是自在境吧？"

尹落霞伸手敲了一下百里东君的脑袋，将他猛地往边上一拉："是个屁，我赌术上是神游境！让他们两个上，我们躲在后面！"

叶鼎之看了一眼王一行："这一次，还是王师兄请。"

王一行摇头："不不不，叶兄请。"

"还是王师兄请！"

"叶兄请！"

"不如我请吧。"诸葛云忽然掠到了两人的身前。

"请你们赴死。"诸葛云双掌挥下。

"那就一起吧，不求同年同月同日生。"王一行一剑挥去，一道红光斩碎了诸葛云的衣袖。

"但求同年同月同日你先死。"叶鼎之飞速旋转着两柄袖中剑在诸葛云身上一连划了十三刀。

三人错身而过。

赢了？王一行心中暗自道。

"不！还没赢！"叶鼎之像是听到了他心里的声音，猛地高喝一声，仰起头，只见诸葛云整个人已经掠在了空中。

他轻轻一旋，然后忽然化作了一道月光。

稍纵即逝。

明月当空。

有一个人正躺在树上喝酒,他左手举起酒壶,仰头将美酒倒入嘴中,随后轻轻地打了一个酒嗝,头一歪,仿佛就要睡了过去。

只是有一琴声忽然响起,惊走了他的睡意,引得他微微皱眉,似乎有些不满。

尽管抚琴的是个女子,还是个绝色女子。

女子已经算不上年轻了,但是眉宇间的风韵却足以让世间任何一位男子倾倒,她轻抚琴弦,琴曲悠扬,回荡在这寂静的小院中。

"你未来的弟子们正在生死关头,你却在这里喝酒打瞌睡?"女子轻轻摇头。

躺在树上的男子笑了笑:"能有多强的高手?在天启城,自在贱如狗逍遥遍地走,遇到多强的敌人,也不能算强。"

"因为最强的人是我。"

"我是天下第一。"

世间能放豪言的人不少,但能放豪言说自己是天下第一的,倒只有一个。

做天下第一很累,因为世上习武的人都想做这个天下第一,但是要一个个挑战过去拿到第一未免太累,直接把那个排在第一的人拉下马,一步到位就方便了。所以做天下第一,也就意味着要做万人敌,接受天下武人的挑战。

没有人有这样的勇气,除了学堂李先生。

但他有勇气,却不见得有耐心,于是就很不耐烦地把武榜的第一给撕了。

于是,百晓堂武榜中的冠绝榜首甲之位,已经空缺了很多年。

他倒了倒酒壶,才发现酒壶已经见底了,他将酒壶随手扔在了地上,双手往身后一挥,当作枕头靠了上去:"困了。这大考的时间也太久了。"

"怕是他们遇到的敌人并不是普通的敌人。"女子叹了口气。

"敌人就是敌人,哪分什么普通不普通。敌人只分两种,一种他要杀你,一种你要杀他。遇到你要杀的,就磨剑十年,殊死一击;遇到别人要杀你的,那就不管怎么说……能活下去就行。"李先生打了个哈欠。

"根据方才萧若风送来的消息,你能猜到那些人是谁吗?"女子问道。

李先生摇了摇头:"域外之地,天外之天,那是人间绝境,很少有人能走到那里。想到那里需要路过一片漫无边际的冰原,很多人都会死在那片冰原之上,如果找不到隐藏着的那条路,就连天境的高手也会被困在其中。而穿过冰原,是一片安静的土地,那里与世无争,终年落雪,虽然依旧贫瘠,但对域外其他地方来说,已经算是洞天福地了。很多年前,那块地方被人找到,并被那个王朝划定做了自己最后的退守之地。"

"那个王朝……"女子微微皱眉。

李先生闭上了眼睛:"那是世间最后一个盛天教的王朝,有人说他们早就已经绝迹了,但我想,他们应该是去了那片天外之天。当年我见过他们的皇帝,皇帝身边有五个侍从,分别叫无法、无天、无相、无作。每个都是绝世高手。"

"你说五个侍从,可却只说了四个名字。"女子惑道。

"对啊,是什么原因啊?"李先生揉了揉自己的太阳穴,"我怎么记不起来第五个人的名字了呢?"

天启城一处长街之外。

三人驻足而立,正是那方才一直在追踪百里东君等人的钟飞离、白发仙以及紫衣侯。

钟飞离伸手拦住了其他欲继续往前走去的二人,他摇了摇头,手中掏出一个罗盘,罗盘的指针急速地变幻着,他沉声道:"百里东君等人就在前面那条街,但我们却不能再靠近了。"

"为什么?"白发仙惑道。

"因为有人在前面布了孤虚阵,随意走进阵中,后果不堪设想。"钟飞离微微皱眉,"可是究竟是谁布下的阵?"

"四大尊使中,无作使最会奇门阵法,所以魂官你怀疑那诸葛云就是无作使所冒充的,可是诸葛云已经被萧若风等人困在了天启城的另一边。难道他还带了别的帮手来?"白发仙说道。

"无作使行事向来独来独往,门下连一位弟子都没有。而

且……这里的阵法，似乎比那边困住萧若风等人的……还要更强一些。"钟飞离收起罗盘，往后退去，"静观其变吧。只是……难道那个传言竟然是真的？"

孤虚阵中。

化作一道月光倾泻而下的诸葛云身法迅疾，然而一怒将境界提升至顶尖的王一行和叶鼎之却也不甘示弱。

王一行的桃木剑幻化万千，同时挥起数道黄符，道气流转，与诸葛云相抗。

平常道士只能剑修、道修择其一，而王一行却很分明已经入了大剑修的地步，除了剑法一流之外，在道法上亦小有所成。

而叶鼎之的两柄袖剑飞速旋转，和诸葛云对了一招，两柄袖剑瞬间变成了四柄，他手法干净利落，身形飘纵难测，将四柄袖剑运转得交错流转，如行云流水一般施展开来。

诸葛云一手对抗王一行的无量剑，一手对抗叶鼎之的四袖剑，却毫不慌乱，甚至借助着孤虚阵的鬼魅阵法，经常莫名消失，又出其不意地出现。

关于境界之分，很多人都问过一些问题，比如几个金刚凡境能够打过自在境，几个自在境能打过一个逍遥境。但其实这并没有一个统一的答案，因为在一个境界里也分三等，甚至也有过大自在境的高手，一指劫杀小天境的对决发生过。而两个自在境的他们，能否对抗这位逍遥境的高手，关键在于，他们是处于何等的自在境。

"才入自在境三年，已小有所成，但还未窥得大自在的门槛。"王一行的呼吸越来越急促，"你呢？"

叶鼎之一笑，那在他手中快速旋转着的袖剑变成了六把之多："和你差不多，但我觉得今日一战，我要入大自在了。"

"如果能活下去的话。"叶鼎之又补充了一句。

因为他看到诸葛云忽然两袖一挥，袖中是两道紫光剑气。

这一剑气，乃是真正的大逍遥！

每个人都想踏至顶峰。

因为只有在踏到顶峰时，才能俯瞰这世间众生，才能享受凌驾于这天下的傲然之气。

然而武学，何为巅峰？

百晓堂有云："大境逍遥，寸手摸天，不见众生，不见天地。"

只有到了大道遥境，才能谈谈那武道巅峰，甚至只要伸伸手，努努力，就能摸到那真正的巅峰。

"但是大家都忘了后一句，不见众生，不见天地。到了逍遥大天境的人，眼里却只剩下自己了。"学堂李先生从树上翻身跃下，随手折了一根树枝。

"你不是最不喜欢百晓堂了吗？怎么把他们的话这么当回事？"女子一曲作罢，抬头望他。

"百晓堂虽然讨厌，但是说的话还是有几分道理。"李先生将那树枝一甩，"苏礼，我这剑怎么样？"

"这也配叫剑？"苏礼嗤之以鼻。

"算了，和你说也说不通。"李先生甩了甩手，提着那树枝就往外行去。

"你要动手了？"苏礼语气中流露出了几分惊讶。

"不，我要起剑了。"李先生朗声长笑，飘然而去。

孤虚阵中。

王一行和叶鼎之同时摔倒在了地上。

王一行的木剑已经断成了两截，叶鼎之的六柄袖中剑上面沾满了血迹，却是他自己的血。

诸葛云飘然落地："你们本就不是我的对手，更何况是在我的孤虚阵中。"

尹落霞的声音微微有些颤抖："怎么办……"

百里东君手中按着剑，忽然闭上了眼睛。

"你也别放弃啊……"尹落霞急道。

百里东君没有理会她，只是垂首，剑柄之处真气弥漫。

"叶兄，还有压箱底的功夫吗？"王一行沉声道。

叶鼎之微微皱眉,回道:"不动明王。"

王一行一愣:"你会不动明王功?别是骗我?"

"骗你我就能跑路吗?"叶鼎之呼吸急促,"但我还不是很熟练,我需要一些时间准备。不动明王功,胜了便是胜了,输了我可就一点力气都没有了,只能任人宰割了。"

"放心吧,我也有压箱底的功夫呢。"王一行笑了笑,"这一次,我先上,然后你在后面运功完毕后再出手。"

"不会的,你一上,然后我转头就跑。"叶鼎之笑了笑,全身的伤口同时痛了起来,他龇了龇牙,"天启城果然是要吃人的地方,很多年没这么狼狈过了。"

王一行走上前,忽然俯身一掌打在了自己那柄断掉的桃木剑上,两截断成四截,四截变成八截,八截化作十六截,十六截再变三十二截,他怒喝一声:"起!"

三十二截碎木剑片腾飞而起。

王一行从怀里掏出三十二道符纸,挥散而出,包裹住了那三十二截碎木剑片,符纸之上散出暗红色的光芒,王一行双指放在指尖,闭上眼轻声道:"临、兵、斗、者、皆、数、组、前、行。"

诸葛云微微一笑,倒并没有打断他的打算,只是饶有趣味地看着他,轻声道:"九字真言?"

王一行蓦然睁开眼睛,推出一掌:"印!"

三十二道符剑瞬间飞去,直逼诸葛云而去。

诸葛云却也不退,迎风而立,他猛地一俯身,往地上狠狠一砸:"止!"

飞沙走石,尘土飞起。围绕着诸葛云的身子,竟忽然卷起了一阵旋风,那些符剑在旋风之中被撕裂粉碎摔落在了地上,红光微微一闪,随后很快变得暗淡无光。

王一行力气耗尽,整个人摔在了地上,他扭头:"如何了?"

空无一人。

真的跑了?

这也可以?

"人呢!"

诸葛云身边的风沙退去，他看着王一行，冷笑了一声，但那笑容戛然而止，因为他忽然感到了身后有巨大的危险袭来，无论是之前对战王一行和叶鼎之两人联手，还是刚刚对抗九字真言手印，他都没有感受到这么大的危险。他猛地扭头，忽然有一拳打了过来，他急忙挥手一接，随后整个人都被打飞了出去。

叶鼎之站在那里，金刚怒目，浑身火红。

诸葛云落地，擦了擦身上的尘土，皱眉道："不动明王功？"

尹落霞走上前把动弹不得的王一行背了下去，问道："什么是不动明王功？"

"就是能在瞬间爆发出自己身体里的所有力量，能逆境杀人，是世间最蛮横、最霸道却也是最容易伤人、伤己的武功。"王一行咬牙道，"运起此功时，呈金刚怒目相，邪魔皆畏惧！"

"你这么小的年纪，也能变不动明王？"诸葛云冷笑，一掌对着叶鼎之打下，是那仙人抚顶之势。

此刻的叶鼎之却怎能让人轻抚自己的顶，他怒喝一声，一拳挥去，又把诸葛云打退三步。

急追一步，再打！

又重重地捶在了诸葛云的胸口。

再进！

诸葛云口吐鲜血。

再进！

叶鼎之将诸葛云狠狠地砸在了地上，诸葛云袖中飞出三把飞刀，逼得叶鼎之往后一退，才勉强脱身退到了一边。此刻的他浑身血污，衣衫破碎，也终于不再是刚才那一副云淡风轻的模样了。

叶鼎之狠狠地瞪着他："破！"

那阵围绕着众人的黑雾散去，风声、鸟鸣，以及那秋夜里的微微寒意，都瞬间回来了。王一行笑了笑："真有能耐，孤虚阵破了。叶鼎之，再坚持一下，学堂的人很快就能到了。"

"坚持？不，我要赢！"叶鼎之一步一步冲着诸葛云走过去，每走出一步，脚下都是一个深深的脚印。

"不可！"王一行急道。

　　但已经晚了，叶鼎之的整个人忽然就像烧尽的蜡烛一般，一身气势随着他一步步地踏出逐渐消失殆尽，在最后站到诸葛云面前的时候，整个人的面目已经恢复如初，只是那一双瞳孔却空洞而迷茫。

　　诸葛云冷笑了一下，一只手已经伸出。

　　百里东君瞬间动了。

　　一剑即出——瞬杀剑。

　　诸葛云的手往回一收，退了一步。

　　百里东君将叶鼎之整个人往后一甩，退到了尹落霞的身边，随即身子轻轻一旋，高高跃起，剑落。

　　尹落霞瞪大了眼睛："这剑法？"

　　王一行摇头纠正："不，是这剑舞。"

第十六章 · 剑歌再起

"我有一剑,能称绝世。"

"何谓绝世?不过天上地下,过往明天,再无此一人,再无此一剑。"

"若再有此人,再有此剑。"

"当姓百里。"

百里东君起剑而舞,忽然闭上了眼睛,剑气横飞,他一跃而起,手中"不染尘"临月而挥。

于是那剑气,七分化作了月光,还有三分混杂了酒香,百里东君持剑一挥,就斩去了惊惶。

王一行此前在那名剑山庄也曾见过百里东君的西楚剑歌,可那日见到时,不过是感叹这传奇再现的惊喜,不过是感叹少年挥剑的意气风发,而今日,却见到的是真正的剑。

剑气如潮,若大海磅礴,喷涌而来,气势不凡。

剑不再有剑招,更有了剑意。

不过只有百里东君自己知道,这道剑意来自何处。

来自秋水。

秋水时至,百川灌河;泾流之大,两涘渚崖之间不辩牛马。

"落!"百里东君那一剑终于斩下,那诸葛云伸出一掌,手中真气拧成一个圆球,往那剑上一挡。

"凝气诀。"王一行沉声道。

但那凝气所成的球却被百里东君一剑斩破，诸葛云猛退，眉头紧缩。

王一行喜道："没有了孤虚阵，他此刻的境界，不是大逍遥境，并且身受重伤，随后会跌境！百里东君，进！"

"师父，你说的大道我还没有找到。"百里东君没有理会王一行的话，重新闭上了眼睛，"我还只能继续沿着师父你的路，走上这最后一段。"

"师父，让我想起那一天的剑术！"

白袍老人将手中的剑朝天一挥，长剑化作一条白龙，蹿入空中消失不见。

百里东君笑了笑："不过又是幻术罢了！"

他醉倒在了桌上，只透过一丝缝隙，看着眼前发生的一切。

那白袍老人也纵身而起，飞入空中，忽然与那白龙合为一体，白龙在空中飞转，化作了一团青光，直射而下。

"砰"的一声。

百里东君看着一柄剑插在了地上，而白袍老人则坐在不远处的地方一杯一杯地喝着酒，他笑了笑："原来真的是剑术啊。"

"就是这样的剑术。"百里东君睁开了眼睛，再度高高跃起，他笑了笑，心想：我是不是也化作了一条白龙？他垂首，傲然地俯身望去。

尹落霞和王一行抬头看着他，可却没有流露出多么惊叹的神色。

"我没有……变成龙吗？"百里东君惑道。

王一行骂道："快挥剑，你在等什么啊！"

"原来，这一段是幻术啊……"百里东君回过神来，无奈地笑了笑，随后身子一转，人与剑，随着一道青光直射而下。

也是"砰"的一声。

诸葛云听到了自己手骨断裂的声音，他冲着百里东君怒目而视：" 西楚剑歌！"

"是！"百里东君挥剑欲再度斩下。

"我们会再见面的！"诸葛云长袖一挥，百里东君一剑将他的衣袍劈成了两半，而诸葛云本人却已经闪到了后面的屋檐上，他看了百里东君一眼，随后转身掠走。

"别追。"王一行拦住了正欲向前的百里东君，沉声道，"最后一队考生马上就要出来了，而我们有一战之力，只剩下你了。"

"可我想知道一个答案。"百里东君恨恨地说道。

天启城另一侧。

双瞳道人道袍落地，衣袖上沾了一丝血迹。

雷梦杀和萧若风站在他身后气喘吁吁。

即便是他们，也已经很久没有经历过这么艰难的战斗了，更何况，这孤虚之阵，的确太过于诡异了。

双瞳道人看着黑雾一点点散去，轻声叹道："还是让他逃走了。"

天启城外，两个急速奔跑的黑影交会在了一起。

"如何？为何只有你一人前来？学堂的人明明已被我拖住！"

"那几个人……比想象中的要厉害很多，我轻敌了，孤虚之阵被破，他们合力我不是对手。"

"他们是什么境界？能破你的孤虚阵？"

"两人已到自在境，一人是青城山门下，会无量剑法；另一人……应是南诀来的，会不动明王功，他们二人合力破了我的孤虚阵，也伤了我。"

"那百里东君呢？为何不把他抢来？"

"百里东君……虽然武功还未到自在境，但是剑法精妙，我有伤在身，加上孤虚阵被破，一直制不住他，加上学堂随时会有人赶来，只能先退。"

"不行，回头。"

两人同时转身，竟然有着完全一样的面孔——诸葛云。只是一人神色狠戾，而另一人则要温和些。

"回什么头啊。"一个漫不经心的声音忽然在他们背后响起,他们又猛地转过头。

空无一人。

"这里呢?"声音又从身后传来。

这一次,两人学聪明了,一人原地不动,另一人忽然转身,却是两侧均无人。

"在上面呢。"

两人猛惊,急忙往两侧一退。

只见一人一步踏下,将他们方才所在之地一脚踏出了一个小坑,那人一头白发,面目却只是中年,提着一根不知何处折来的树枝,身子有些摇摇晃晃的,似乎喝了不少酒。

"学堂李先生。"神色狠戾的诸葛云微微皱眉。

"很好,这么多年过去了,你们还记得我。可我记性不好了,记不得你们了,就不打招呼了。你们侍奉的那人当年和我有过约定,我不帮这边的皇帝杀他,他也不来天启城给我找麻烦,可现在似乎规矩破了?"李先生微微仰头,看着前方。

"我们此行,与教主无关。"神色狠戾的诸葛云回道。

"我与他交情不错,可你们此次做的事过分了些,总得付出些代价。"李先生叹了口气,"走一个,死一个吧。"

神色狠戾的诸葛云愣了一下,随即冷笑:"学堂李先生,口气果然很大。"

"那么就你吧,你一直和我说话,不杀你也不行。"李先生微微侧身。

"那就来……"

"来了。"李先生纵身跃出,瞬间与诸葛云错身而过,他拍了拍手,手上的树枝已经不见了,他笑了笑,往前走去,只是对着身后那还活着的诸葛云挥了挥手,"尸体不能带走,记好了。"

一直没说话的诸葛云双腿微微有些颤抖,不敢再看李先生的背影,低头看着面前的那具尸体。

尸体之上,插着一根细细的树枝。

那处小院子中。

女子轻轻地抚着琴,望着天空,喃喃道:"为什么我好像觉得刚刚他来了?"

"他没有来。"一个声音回她。

飘然而去,而又飘然而回,唯一不同的是手中的那根树枝已经不见了,学堂李先生轻抚长袍:"他已经死了。"

女子叹道:"我知道。"

"不,你不知道。"李先生缓缓摇头,"他当年没有死,在乾东城里待了十几年,但是几个月前还是死了。只是在死前,留下了一个弟子,你刚刚感受到的,是那人传下的剑意。尘嚣不见,剑意永存,也算是慰藉了。"

女子愣了许久,终于还是缓缓问道:"那他会来这里吗?"

"兴许吧。"李先生打了个哈欠,意兴阑珊,"毕竟我帮忙做了点手脚。"

武场边,亥时已到。

百里东君转身,看着终于回过神来的叶鼎之和盘腿养气的王一行,缓缓道:"我忽然记起来一件事。"

"什么事?"王一行问道。

"方才诸葛云手上有两个锦囊。"百里东君笑了笑,露出一口大白牙,"但他跑了。锦囊没有了。"

"哈哈哈哈哈,真是件有趣的事情啊。"王一行长笑道。

"锦囊在这里啊。"尹落霞忽然举起两个锦囊。

其他三人都是一愣:"你从哪里弄来的?"

尹落霞抬起头,指着天:"刚刚从天上飞下来的!"

百里东君微微皱眉,迟疑了片刻后骂道:"你骗鬼啊!"

尹落霞一脸无辜:"这是真的啊。"

"真是踏破铁鞋无觅处,得来全不费工夫啊。"一个声音从武场那边传来,百里东君和尹落霞扭过头,发现有四人落在了他们的面前。

那是最后一队考生了,百里东君认得他们,是学堂外院今年参

考的弟子,这段时间没少找自己的麻烦。

"吴胜飞。"百里东君持剑走上前。

为首的吴胜飞仔仔细细地打量了这四人,他们公认武功最强的叶鼎之此刻面如土色,坐在地上一言不发,一看就是受了很重的内伤,而那神秘的道人赵玉甲也在运气疗伤,想必一时半会儿也动弹不得,至于尹落霞,长袖已碎,看来也是经历了一番苦战,四人中三人已废,对付一个百里东君,还不是手到擒来?

吴胜飞冷笑了一下:"百里东君,把你们手上的锦囊交出来,我们看在同门一场,不难为你。"

百里东君笑了笑:"你姓吴?镇西都督吴生化是你什么人?"

"是我大伯。"吴胜飞笑道,"怎么?怕了?"

"不是,我只是想起来,小时候我们似乎见过的。"百里东君提着剑一步一步地往前走着,"你抢了我表妹的糖葫芦,然后被我按在地上打了一顿。然后你把你大伯搬出来了,于是我就把你们带回了我的家。镇西侯府,还记得吗?"

吴胜飞如遭雷击,整个人顿时木呆在了那里:"百里东君……百里……你是镇西侯府的小公子!"

"看来你还没有忘记。"百里东君笑了笑。

吴胜飞冷汗淋漓,他在北离西面长大,自然比其他人更懂得镇西侯百里洛陈的可怕,他咬了咬牙:"如今是在天启,是学堂的大考,你不要以为凭借你爷爷的名号可以为所欲为,我不怕你。"

"我没有想用名号吓你,我只是想告诉你一件事。"百里东君笑道,"那就是小时候的你打不过我,现在的你依然打不过我。"

"闭嘴!你武功怎么样,我们这几天可全都看到了!"吴胜飞没有再多废话,战胜了所有的恐惧,一跃而起,手中长刀瞬间出鞘,抡出一个半月,便是劈斩而下。

瞬杀!

百里东君甚至都没有用西楚剑歌,只用了父亲所传的瞬杀剑,就一剑割破了吴胜飞的手腕,他左手接过吴胜飞的长刀,一个转身将吴胜飞一脚踩在了地上,随后将他的长刀一挥,狠狠地插在了地上:"放下锦囊,不然,杀了你们!"

他怒目圆瞪，身上杀气瞬间暴涨，手中"不染尘"一挥，又将那地上的长刀斩成了两截。

其他的三人也是吴胜飞的同门，武功却微微逊色于他，可眼看着吴胜飞被一招制服，眼前这百里东君的武功分别与他们不是一个境界，更何况镇西侯的身份不同于一般的王侯，他们相视一眼后终于还是点了点头。百里东君也点了点头。然后，相对无言。片刻之后，百里东君对着那三人骂道："锦囊呢？"

"锦囊……在这里……"被百里东君踩在脚下的吴胜飞挣扎地伸出了一只手，手里握着那最后一个锦囊。

"早点说啊。"百里东君收回了脚，从他手中拿起了那个锦囊，随后又踹了他一脚，"走吧。"

吴胜飞站了起来，看了一眼自己的断刀，叹了口气和其他几人转身离开。

尹落霞走过去，拍了一下百里东君的肩膀："不错嘛！"

百里东君被尹落霞一拍，只感觉全身骨头都要散架了，几乎就要摔倒，他急忙一把抱住尹落霞，微微一转身。

吴胜飞等人听到了身后的动静，转头一看，却只看到百里东君一把抱住了他们垂涎已久的尹落霞，只感觉人生更加凄惨了，加快了步伐头也不回地跑开了。

尹落霞正要发怒，却听到百里东君气若游丝地在她耳边说道："我也没有力气了。"尹落霞这才明白，方才百里东君一击制服吴胜飞已是用了最后仅存的力气，刚才的虚张声势只是为了吓跑别人，若是被其他几人发现，那么四人决然护不住这几个锦囊了。

而他们不知道的，远处还有三双眼睛在盯着他们。

"想不到他们竟然能逼退无作使。"白发仙叹道，"初遇百里东君的时候，他还是个废物。"

"镇西侯的孙子，怎么会是一个废物呢。"钟飞离手中的判官笔轻轻一旋，"不过还没有到化龙的时机罢了。"

"要动手吗？"紫衣侯问道。

钟飞离手中的判官笔急速地旋转着，他垂首望着下方的百里东君等人，留给他们的时间不多了，学堂的人很快就会赶到，可虽

然百里东君等人已无抵抗的能力,但是……

那方才被钟飞离引开的离火似乎已经赶回来了。

"再等等。"钟飞离沉声道。

百里东君盘腿坐了下来,三个男子全都开始运气疗伤,王一行笑道:"姑娘若是此时拿着这四个锦囊就跑,李先生的一名弟子,就是你了。"

"开什么玩笑,就算李先生最后因为我长得好看选了我,我也不会接受的。"尹落霞打开了锦囊,"我虽然脸皮厚,但我也知道,没有你们,我早就死了。"

四个锦囊按照"申酉戌亥"的顺序依次打开,将其中的四张纸条放在了地上。

"是一首诗。"王一行缓缓道。

天不出朱雀离泣。

君不见真武临世。

风中现白虎睥睨。

月不落待谁而起?

"青龙、白虎、朱雀、玄武,天之四灵,以正四方,王者制宫阙殿阁取法焉。这首诗以四灵兽为题,答案应该从四灵兽中找。"王一行沉声道。

"听着就挺玄乎的。不过你说四灵兽,青龙、白虎、朱雀、玄武,青龙呢?"尹落霞问道。

王一行略一思索,忽然拍了拍手:"我明白了!答案和青龙有关,月不落待谁而起?要去龙起之地!"

"龙起之地?"尹落霞一愣。

"青龙门!"王一行沉声道,"一定是青龙门,天启有四座门,坐镇四方,这青龙门……在皇宫之外!"

尹落霞点了点头:"那便去看一看。你们的伤如何了?"

王一行站了起来:"走路总是没问题的。"

百里东君长舒了一口气,也站了起来:"等不及了,虽然所有的人都已经被打跑了,但是我总觉得还有人在看着我们。"

只剩下叶鼎之没有说话。

方才运起不动明王功后，他就一直没有再说一句话，一度甚至神情恍惚，其他三人都颇为担心他的情况，百里东君叹了口气："再等等也没有问题。"

叶鼎之忽然睁开了眼睛，眼神中泛过一道金色，随后回归平常，他笑了笑："我明明是最厉害的那个，怎么好像是我拖了后腿似的？"

"你好了？"百里东君问道。

叶鼎之站了起来："也是那句话，走路总是没问题的。"

"出发。"尹落霞转身望着前方，"此行过去多久？"

"青龙门有点远，以我们现在的速度，小半个时辰总是要的。"王一行回道。

"小半个时辰后，咱们就是同门师姐弟了。"尹落霞纵身一跃。

百里东君也纵身跃起："怎么你就是师姐了？"

叶鼎之也很快跟上："到时候还是抓阄吧。"

王一行挠了挠头："我却有些遗憾，我只是个来帮忙的，成不了同门了。"

四人纵身跃出后，白发仙望了一眼钟飞离："魂官，就此放弃吗？"

"不。你们追上去，一定要把叶鼎之和百里东君打散，之后你们继续追百里东君，叶鼎之交给我。"钟飞离缓缓道。

"领命！"白发仙和紫衣侯转身追了上去。

百里东君等人很快就感觉到了身后的追击，百里东君无奈地说道："还真是没完没了了！"

话音刚落，一柄玉剑砸在了他们中间。

百里东君拉着尹落霞退到一边，叶鼎之和王一行也往侧边退去。

"没时间纠缠了，分头跑，往青龙门的方向！"王一行怒喝道。

百里东君回道："可以！但我有一个问题！"

"什么问题？"

"青龙门在哪？"

王一行拉着叶鼎之不停地退去，他这才发现叶鼎之受的伤比想

象中还要严重很多,刚才他们躲那一击就让叶鼎之整个身子都有些摇摇欲坠了,他一手拎住叶鼎之的衣领,向前猛掠而去:"东边,记着月亮的方向!"

百里东君一剑挡住白发仙的玉剑,整个人借势往后退去。

白发仙和紫衣侯纵身欲追,却被一掌打了回来。

"离火。"白发仙一笑,看来魂官大人猜得果然没错。

王一行携着叶鼎之急速往前奔行着,叶鼎之重伤复发,王一行也是身心俱疲,可他们的身后却有一个人紧紧地跟着。

"该死的。"王一行路过一处高大的府邸,纵身一跃,踏在了院墙之上。

"就留在这里吧。"钟飞离掏出一个飞轮,在手中轻轻一旋,随后就往前丢了出去。飞轮正中王一行的脚踝,王一行低呼一声,连带着叶鼎之整个的摔进了院中。

王一行最后一口真气终于被打泄了,头一歪,晕了过去。

叶鼎之吐出一口鲜血,推了推王一行的肩膀:"王师兄……王师兄……"

"你们……是谁?"一个似水般清澈动听的声音响起。

叶鼎之一愣,抬起头,只见一个穿着一身白纱长裙,肤色洁白如雪的女子坐在那里,也不知是他受了伤眼有些晕,还是那女子肤色太白,天上的月光又太亮,总觉得这女子的身上似乎笼罩着一层白光。

"姑娘……我们……"叶鼎之捂住胸口,没有办法再说下去。

"不好意思,这是我们的家仆,从府里跑了出来,我这就带他们回去。"钟飞离落在了院墙之上,垂首恭恭敬敬地对那女子说道。

"家仆?"女子站了起来,盈盈一笑,"世间哪有这么好看的家仆,又哪有功夫这么好的管家?"

钟飞离笑了笑:"姑娘,我劝你不必问那么多。"

女子走到了叶鼎之的面前,俯下身来,叶鼎之终于看清了她的面容。

他这十几年去过很多地方,见过王妃、公主,也见过江湖侠女,也遇到过诗书绝世的才女,邂逅过名扬天下的花魁,但都比不上这一刻见到的这个女子。

挂在天上的月亮，怎么就到了人间，化成了人形呢？

女子对着他笑了笑，随后站起身，对着钟飞离说道："你走吧。"

钟飞离歪了歪脖子，大概是觉得自己听错了。

于是女子又重复了一遍："你走吧。"

女子的话很平静，像是在说一件很正常的事情。这让钟飞离觉得有些好笑，也有些生气。他今日已经经历过很多次失败了，所以他的心情并不是很好，可是这女子又长得很美，所以他最后一次耐下心来说道："如果你坚持要救这个人，我会杀了你。"

女子竟又是笑了笑："终于还是装不下去了吗？只是要杀我，不是那么容易的事情。"女子的话刚说完，只见一个瘦高的男子从庭院外走了进来，那个男子腰间配着一把狭长的竹剑，面目秀气，也很年轻，看他与叶鼎之还有百里东君差不多大。

"师兄，他就交给你了。"女子先是背起了快要晕过去的叶鼎之，将他往屋子里背去。

叶鼎之在恍惚中想起了在北蛮的时候，荒漠之上飘起了大雪，他在雪中练剑，不惧严寒，也想起了在南诀的日子，闷热的夏日里一次又一次地挥拳，大汗淋漓。他不知道自己为什么会突然想起这些。他只是想起来，在那些时刻，他的心都是坚定的。

可此刻的心，为什么开始摇坠了？

瘦高的年轻男子走到了钟飞离的面前，手握在那柄竹剑之上，微微俯身。

"你叫什么名字？"钟飞离冷冷地问道。

男子没有回答，只是缓缓道："离开，或者死。"

"可以。"钟飞离笑了笑，疾步向前，手中判官笔猛地一扬。

男子眉毛一挑，竹剑一挥。

两人错身而过。

心中都微微一震。

一招之下，当然还未曾分出胜负，但两个人想必都能探到对方的实力。

钟飞离叹了口气："北离如今这是怎么了？一下子涌现出了如

此多的少年高手,这个时代的英才,多得有些太过于华丽了吧。"

"你的武功很高。"男子似乎并不擅长言辞,每一句话都简短而生硬,"打下去,我不一定能赢。"

女子又从屋子里走了出来,在地上背起了人事不省的王一行,她有些惊讶地望着瘦高男子:"师兄,你竟然还没打赢?"

瘦高男子摇了摇头:"他很厉害。"

"那等等,我去拿剑。"女子一边走一边说道。

钟飞离微微撤了一步,他这才留神仔细打量了一下这座府邸,才发现这不是一座普通的宅院,恢宏华丽,似乎是高官所有,他愣了愣:"这是哪里?"

女子从屋子里走了出来:"王府。"

"该死。"钟飞离暗道了一声,往后退了一步,他看着瘦高男子,缓缓道,"我还是想知道你的名字。我叫钟飞离。"

"我叫洛青阳。"瘦高男子回道。

"好,我记住你的剑了。"钟飞离往后一退,一步翻出了院外。

女子盈盈一笑:"明明是被吓跑了,却还装神弄鬼。"

洛青阳长舒了一口气,将那竹剑收了回来,摊开掌心,才发现上面已经全部都是汗了,他叹了口气:"师妹,你救下的,怕是两个麻烦。"

女子嘴角微微一扬:"我乐意,你可千万别说出去。"

"好。"

青龙门下。

灼墨公子雷梦杀、清歌公子洛轩、墨尘公子墨晓黑以及柳月公子柳月,和学堂一众长老都已到了青龙门下。而小先生萧若风则未到场,这次的学堂大考出现了前所未有的失误,不少考生丢了性命,而能参加学堂大考的身份必然不同寻常,他此刻便去处理这些麻烦了。可即便是学堂小先生,这一次想必也不会太过于轻松。

也正因为这样,所以最后能够走到这里的,也就更为难得了。

他们都到了许久之后,学堂李先生才姗姗来迟,他双手背在身后,腰间挂了一根不知何处折来的树枝,一边哼着小曲一边悠然地走了过来。

"先生。"雷梦杀等人行礼道。

李先生微微仰起头："还没到？"

"到了！"百里东君携着尹落霞从远处飞掠而至，两个人的衣衫上都沾满了血污，神色疲倦，似乎随时可能晕倒过去。

李先生摇头叹道："我当年拜师的时候，可是白衣如雪，风度翩翩的，你们这可真是差远了啊。"

百里东君苦笑："不知先生当年拜师的时候，有没有人追着要杀你？"

"那倒没有，当年是师父求着我拜他的。因为所有人都觉得他是个废物，只有我愿意跟着他。"李先生傲然笑道。

尹落霞忽然躬身跪拜："弟子尹落霞，愿拜入学堂座下，但此次大考，全仗其他三人所护，不求先生座下一席之地，只求能入学堂，此生无憾。"

百里东君一惊："为何？"

这是尹落霞早就打算好了的，四个人既然都走到这里，那么就算全部能进入外院，但拜入先生座下的毕竟只有一人，她是女子，很怕其他三个人把这个机会让给她，便急忙先推开了。

"那就可惜了。"李先生转身，"诸位可有谁愿意收此姑娘为徒的？"

"弟子愿意。"一顶轿子中传出了一个声音。

雷梦杀一转头："柳月？你还真的要收弟子了？你师兄我还没这个打算呢，要收也是先轮给几位长老，再之后也是师兄我啊。"

"我收她自有我收她的道理。"柳月公子笑道。

"你有什么道理？你能收得，我就收不得？"雷梦杀怒道。

"你可以收，但是嫂子可能会把你埋进剑冢里。"柳月公子缓缓道。

"这么好看，倒的确是不行……"雷梦杀点了点头，"那你为何收她？"

柳月公子傲然道："因为她长得很漂亮。"

雷梦杀"嘿"了一声："你选花魁呢？"

"我的武功,只有漂亮的人可以学,师兄又不是不知。"柳月公子用折扇微微推起一角幕帘,"尹姑娘,你可愿意和我学武?"

尹落霞问道:"为什么你的武功,只有漂亮的人可以学?"

"这天下间很多事是没有原因的,因为我的武功掌握在我手里,所以我说了算。以后,你说了算。"柳月公子回道。

尹落霞并没太听明白,只是觉得莫名的有意思,马上点了点头:"好!"

第十七章 · 先生门下

尹落霞已经找到了归处,但是今晚最重要的事情,还是属于李先生要收自己的关门弟子。所以,所有人的目光很快就都投向了百里东君。李先生也望向了百里东君:"你呢?"

百里东君长吁了一口气:"我在等人。"

"等人?王一行是吕素真的弟子,不会拜入我的门下。"李先生说道。

百里东君点了点头:"我知道,但还有叶鼎之,他应该很快就到了。"

李先生淡淡地笑了一下:"哦,我听好多人都提到了这个叶鼎之,他的武功似乎很好。"

"比我好。"百里东君诚恳地回道。

"那若是等他来了,我选了他怎么办?"李先生又问道。

百里东君叹了口气:"还能怎么办,虽然免不得被嘲笑一番,但我也只能骑着马,回我的乾东城去。"

"那你觉得,若你们两个同时站在这里,我应该选谁?"李先生问道。

百里东君想了许久,众人也都耐心地等着他,毕竟这是一个很难回答的问题。

似乎无论怎么回答都不合适。

"你应该两个都选。"百里东君给了一个出其不意的答案。

"为什么呢?"李先生又问道。

"因为我们两个都很优秀,错过了哪一个你都会觉得很可惜。"百里东君回道。

李先生笑了,在场的其他人也笑了。

只有别人因错过李先生而可惜,却从没有李先生错过别人而可惜的道理。

"世上优秀的人有很多,我已经有了这么多优秀的弟子。"李先生指着身后的众人,其余几人都面无表情,只有雷梦杀不停地点头应道:"对啊,对啊。"

百里东君没有理会他的话,反而是盘腿坐了下来,似乎做好了好好等一场的准备,他想了想,又说道:"学堂初试的时候,我酿了一壶酒,酒名过早。"

"嗯?"李先生示意他说下去。

"叶鼎之烤了一只牛,据说是从北蛮学来的。"百里东君又说道。

李先生的衣袍被风轻轻吹起:"所以呢?"

"叶鼎之说了一句话,美酒配牛肉,人间少有。我觉得,一口酒一口肉才是最配的,我是那酒,叶鼎之是那肉,我们在一起,才是先生你今日最好的收获。"百里东君缓缓道。

众人目瞪口呆。

他们很想钻进百里东君的脑子里,好好看一下这个人在想什么。

学堂李先生是很多人心目中的天下第一,他招自己关门弟子的时候,百里东君却在这里和李先生说着酒肉这样无关紧要的事情。

可李先生倒似乎真的听进去了,他点了点头,也盘腿在百里东君身边坐了下来:"美酒配牛肉,我也是极喜欢的。"

两个人就这么并排坐着,吹着凉风,望着前方,静静地等待着叶鼎之的到来。

"百里东君啊,你为什么想拜我为师呢?"李先生忽然问道。

百里东君愣了愣,回道:"我想一下这个问题。"

李先生失笑道:"你在马上要拜师的前一刻,才认真地想这个问题？"

"其实我是被迫而来的，我想来看一看乾东城外的世界，但似乎只有学堂能够让我爷爷和父亲低头。萧若风他们也劝我拜你为师，说你是如何如何传奇，说你是天下第一，而我一直在到天启之前，都以为自己是被选中的那一个，而不是来参加这天杀的考试的。不过时至此刻，如果真的要问问，我想不想拜你为师，我想，我是想的。"百里东君诚恳地说道。

"虽然你依然不了解我。"李先生笑道。

"我有过一位师父了。他是我见过世间更绝世的人，他希望我到天启来，还希望我酿一壶桃花月落，放在天启城最高的地方。"百里东君顿了顿。

李先生扭过头，望向了边上一处楼阁。

楼阁之上，有一抚琴的女子忽然流下了一滴泪水。

"他如今已经死了，不过我记得他生前，给我演练剑术时说，世间除了学堂李先生，再也找不到一柄比他还强的剑了。所以如果此生我有第二位师父，那么必然只能是学堂李先生，不然他就没有这个资格。"百里东君傲然道。

李先生长笑："看来，不是我选你，是你选了我啊。"

"是。选了我你不会亏的，因为总有一天，我会名扬天下。"百里东君笑道。

"如何算是名扬天下？你父亲那样的够不够？"

"不够。"

"北离八公子这样的呢？"

"不够。"

"唐门唐怜月这样的呢？"

"那是谁？"

"我这样的呢？"

"够。"

"哈哈哈哈哈。"李先生笑道，"有意思有意思，不管一会儿叶鼎之到了我满不满意，你这弟子我收下了。不过我有个条件。"

百里东君一挥手："但说无妨。"

"和我说说你师父的事情吧,我和他算是故交,不过很久没见了。"

"哦,我第一次见我师父的时候……"

一老一少就坐在那里,开始聊起了家常,身后众人就那么默默地站着,没有半句怨言。

只是一聊就是几个时辰。

尹落霞背靠着青龙门睡着了,雷梦杀等人眉头也越皱越紧了,就算是从天启城距离此处最远的地方赶来,此刻也应该到了。

一声鸡鸣响起,天色将明。

萧若风带着学堂的人马也匆匆赶至了,他的神色有些疲倦,从马上跃了下来,走到了李先生的身边,俯身道:"先生。"

李先生明白了他的意思,点了点头随后站了起来,拍了拍身上的尘土:"东君啊。"

百里东君也站了起来,神色中有些慌乱:"他们是不是出了什么事?"

"你知道拜师这件事,讲究资质,讲究运气,但最讲究的还是什么吗?"李先生问道。

百里东君摇头:"不知。"

"是缘分。"李先生拍了拍百里东君的肩膀,"今日恐怕我终究只能多你一个弟子了。"

百里东君心中一急,又向前迈了一步,可只感觉眼前一黑,终于支撑不住,整个人往前倒了下去。

百里东君再醒来的时候,已经是第二日的午后了,他挣扎着从床上爬了下来,推开门发现有一个小姑娘坐在门口吃糖葫芦。

"你醒啦?"小姑娘舔了舔糖葫芦,站了起来。

小姑娘长得白净粉嫩,像是一个瓷娃娃般惹人怜爱,百里东君也忍不住摸了摸她的头:"小姑娘,这……这是哪里?"

"这是我家啊。"小姑娘眨了眨眼睛。

百里东君直觉脑袋有点疼:"我知道这里是你家,可是……你是谁啊?"

"我叫李寒衣。"小姑娘眯起眼睛笑了笑。

百里东君有些无奈："所以我为什么会出现在这里？"

"我父亲把你带回来的啊。"李寒衣咬碎了一个糖葫芦，津津有味地嚼了起来。

百里东君一拍脑袋，恍然大悟："我明白了，你是学堂李先生的女儿！那老头到底多少岁了啊？女儿怎么这么小？"

李寒衣用看白痴一样的眼神看着百里东君，没有搭理他。

"寒衣，客人醒了吗？"一个女子的声音响起，百里东君转头，只见一个一身素衣、面容秀美的年轻妇人从另一处屋子里走了出来。

"哈，这李老头还真是老牛吃嫩草，媳妇这么年轻漂亮？"百里东君连连摇头，"罪过罪过。"

李寒衣喊了声妈妈，蹦蹦跳跳地走了过去："妈妈，这个叔叔好奇怪啊，是不是脑子不好啊？跟爸爸有得一比。"

"乖，可不能这样说叔叔。"年轻美妇人挠了挠李寒衣的脑袋。

"师……师娘。"百里东君犹豫了一下，还是恭恭敬敬地鞠了一躬。

"哈？"年轻美妇人嘴角微微抽搐了一下。

"在下百里东君，以后还请多多照顾了。"百里东君的腰又弯了一些。

年轻美妇人顿时乐得花枝乱颤，她连连摆手："糊涂了，糊涂了。"

"我就说这人脑子不好吧。"李寒衣咬着糖葫芦念念有词。

百里东君直起身，一头雾水，直到身后被人重重地拍了一下，那人朗声笑道："我咋不知道我自己多了个徒弟呢？"百里东君扭头，看到雷梦杀一脸嘲弄的表情。

"雷梦杀，你说什么呢？"百里东君皱眉。

"这是我家，这是内人，这是小女，你对着谁喊师娘呢？虽然按照辈分，我应该是你的师兄，但我也不介意升一个，要不以后就这么叫吧。也不用叫师父，直接叫爸爸吧。"雷梦杀越说越乐了。

百里东君这才明白自己闹了一个乌龙，微微有些难为情，但很

快就回想了一下,才惊觉不对,他打量了一下三个人:"这是你女儿,叫李寒衣,这是你内人……敢问嫂嫂名字?"

"剑心冢,李心月。"年轻妇人笑着回道。

百里东君意味深长地"哦"了一声,随后拍了拍雷梦杀的肩膀:"想不到雷兄原来家境贫寒……竟然是入赘的。"

在整个北离,子女都是随父姓,除非很少有的情况,就是贫寒子弟入赘有钱人家,那么子女才会随母姓,很显然百里东君已经帮助雷梦杀对号入座了。

"我呸,我们霹雳堂雷家在江湖上名气也是响当当的,和唐门、温家这百年来都平起平坐,什么家境贫寒,我们的火器卖多贵你知道吗?"雷梦杀怒道。

"那你女儿怎么跟她妈妈姓?"百里东君惑道。

"因为我父亲违背家命,被逐出霹雳堂了,子女没有资格姓雷,所以我跟我母亲姓。"李寒衣抢先答道,"谁想姓雷啊,听得就怪凶的。"

"嘿,还看不起姓雷的了?"雷梦杀转身就抬起了手。

"放下。"李心月淡淡地说道。

"得嘞。"雷梦杀立刻扭头。

"对了,雷师兄。"百里东君急忙改口换了个称呼,"叶鼎之!叶鼎之他去哪里了?最后他回来了吗?他拜入李先生门下了吗?"刚才被这小姑娘一打岔,他一时忘了自己最关心的事情,此刻想了起来,心情一下子变得焦虑了。

"没有,叶鼎之消失了,一整夜都没有出现。"雷梦杀摇头。

"怎么会这样……我出去寻他,一定是出了什么事。"百里东君作势就要往外面跑。

雷梦杀叹了口气,伸手拦住了他:"我劝你最好不要去找他。尤其是不要找到他。"

"为什么?"百里东君不解。

"因为,现在满城都贴满了他的通缉令。"雷梦杀沉声道。

稷下学堂。

萧若风和洛轩等人正坐在那里议事。

"大将军叶羽的第四子……这身份的出现，可比大考死了几个世家子弟要更严重百倍啊。谁都知道，这是皇帝心里的一根刺，也是天启城身上的一根刺。叶羽这个名字已经很多年没有人敢提了。"洛轩看着桌上的通缉令，幽幽地说道。

萧若风微微皱眉："这是百晓堂传来的消息，但是百晓堂也只是通过姓名、行迹等一些线索推测而出的，并不算实证。而且百晓堂的消息是昨夜才给过来的，我甚至都来不及告诉你们……可他们是怎么知道的？"

"你是说青王？"洛轩眉头微微一皱，"谁都可以问百晓堂买消息，只要价钱合适。青王也给得出这价格吧。"

"不会。对于有一些消息，百晓堂是择人而告的，有钱有势也不能让他们改变选择。"萧若风站了起来，"我总感觉，这件事没那么简单。"

"不管如何，学堂肯定无法将叶鼎之收入麾下了，青王那边此刻怕是吓得不轻，养了这么久的人竟然和自己有着杀父之仇，此刻必定是全城搜捕，杀之后快。甚至有可能借题发挥，问罪于我们学堂。此刻，我们应该怎么做？"洛轩问道。

萧若风思索了许久之后站了起来，毅然道："必须要比青王先找到叶鼎之！"

"找到叶鼎之之后呢？"洛轩低声道。

萧若风叹了口气："你相信当年叶羽大将军的谋反案吗？"

"我只知道，先生说过叶羽将军是个忠于国家的人。"洛轩回道。

"助他逃出天启城。"萧若风走出门去。

日照夕阳。

慵懒的道士坐在台阶上，望着落日幽幽地叹了口气："那晚不过是分了两条路走，可看来以后就要走两条不同的路了。"

"道长也是来学堂求学的考生吗？可刚刚学堂发榜了，看道长似乎一点也不着急的样子。"面容绝色的女子从院外走了出来，缓

缓问道。

"我是青城山来的,我有师父的,此行不过是师父派我来历练一番,那个榜上不会有我的名字。我感叹的是屋子里那个还没有醒的人。"王一行站了起来,拍了拍身上的尘土,"多谢昨晚搭救之恩。"

"不必谢我,谢我师兄就好。"女子微微一笑。

王一行挠了挠头:"我也想谢你师兄啊,可我和他说了几个时辰的话了,他却只回了我一句话,说等师妹来。看来你就是他说的师妹了?"

那位名为洛青阳的剑客站在角落里,腰间挂着那柄竹剑,微微侧首看着头顶,并没有理会他。

"师兄不爱与人说话。"女子在院子的石桌旁坐了下来,倒了一杯茶,"道长不妨坐下来与我聊聊。"

"好。那我就先问个最关心的问题,这里是哪里?"王一行坐了过去,拿起茶杯饮水。

"景玉王府。"女子回道。

王一行一口气差点噎住:"什么?景玉王府?那你是……"

"那自然就是景玉王妃了。"女子淡淡地一笑。

王一行长吁了一口冷气:"所以救我们……"

"放心,我救你们与王府无关。"景玉王妃摇了摇头,"只是恰好你们逃到了我的院中,我与那……"

"他叫叶鼎之。"王一行回答道。那日他先晕过去了,如果景玉王妃与他们有所交流,那么必然是和叶鼎之了。

"叶鼎之,倒是个挺威风的名字。"景玉王妃温柔地一笑,"我与那叶鼎之挺有眼缘的,所以就救下他了。"

"就这么简单?"王一行眉毛一挑。

"就这么简单。"景玉王妃点了点头。

王一行手指微微一翘。

风在瞬间变疾了。

地上的落叶轻轻飞起,又缓缓落下。

王一行微微抬头,刚刚伸出的一指,轻轻地碰到了竹剑。

那一直站在角落里的洛青阳不知何时已经来到了景玉王妃的身边，竹剑出手，瞬间就拦住了王一行的突袭。

"道长是不相信我？"景玉王妃神色不改。

王一行收起手指："因为我知道追我们的人武功很高，王妃说得如此轻描淡写，难免有些怀疑，只不过现在我算是懂了，这件事对你们来说，的确可以很简单。"

"我师兄的武功很高。"景玉王妃喝了一口茶。

"王妃的武功怕是也不弱吧。"王一行微微皱眉，"身居王妃之位，还有如此高的武功，我猜你们是……"

"够了。"洛青阳第一次开口，语气不善。

"明白了。"王一行立刻住了嘴，他回头望了屋里一眼，说道，"等我这朋友醒了，我就带他离开。"

"离不开了。"景玉王妃微微摇头。

"为什么？"王一行惑道。

景玉王妃从怀里掏出了一张折好的纸，随后打了开来，轻轻抚平放在了桌上："因为现在整个天启城都在找里面的这个人。"

"叛贼余孽，叶羽第四子？叶鼎之这么大来头？寻到者，赏金千两……倒是可以给山上盖几座观了。"王一行啧啧称奇，"昨日还是李先生座下弟子的不二人选，今天就成了全城通缉的叛贼要犯，人生的起起落落还真是难以估摸啊……"

洛青阳微微皱眉，手按在了竹剑之上。

"我身上有伤，打不过你。"王一行举起双手，"但我可是青城山吕素真掌教座下的大弟子，我师父也是朝廷封过四字真君的，和国师齐先生也是莫逆之交。我可不是叛贼啊，抓我没用。"

"放心吧，不会抓你们的。你们就在这里好好休息，天启城查得再严，也不会查到景玉王府里来。"景玉王妃站了起来，"尤其是师兄的别院，除了我，就连王爷也不会随便过来。"

"你家王爷可真放心啊，在自己的府邸里，还给王妃的师兄安排了一处别院……"王一行挑了挑眉。

洛青阳瞳孔蓦然缩紧，掌间发出一声轻啸。

"道长可别乱说话，我师兄马上就是连王爷都不能轻易得罪的

人了。"景玉王妃挥了挥手,踏入了屋中。

王一行扭头看着那面无表情的竹剑剑客,仔细琢磨了一下景玉王妃的话,忽然心中一惊,沉声道:"难道你……"

屋中,叶鼎之仍在沉睡。

不动明王功素来被称为"自损八百,伤敌一千",甚至传说中南诀第一高手剑仙雨生魔的师弟——雨柳陈就曾经用此功斩杀了平生宿敌,但是自己也因此而武功尽失,成为一个废人。

"看这架势,他不会醒来就废了吧?"王一行走了进来。

"不会。"景玉王妃坐了下来,"你看他的神情,似乎陷入了一场噩梦中,想要挣扎着醒来。他一定会醒来的,醒来之后武功还会比之前更好。"

王一行挠了挠头:"这你又是怎么知道的?"

"我就是知道。"景玉王妃取下了脖子上的一根吊坠,那是一个用翡翠雕成的小竹子形状的坠子,她伸手捏住了叶鼎之的脸,张开了他的嘴巴,随后将那坠子侧了侧,一滴露水就这样掉进了叶鼎之的嘴巴里,叶鼎之舔了舔嘴唇,神色慢慢安定了下来,原本火红色的皮肤也慢慢恢复到了正常。

"师妹。"洛青阳轻轻唤了一声。

"有一副好皮囊就是好啊。"景玉王妃轻轻感叹了一句。

王一行大概猜到了那露水可能是绝品药水,不禁问道:"王妃为何有此一言?"

"如果是你躺在这里的话,就喝不到这冰锋水了。"景玉王妃笑了笑。

王一行愣了一下,随后不满道:"我长得也还算……玉树临风吧?"

景玉王妃看着叶鼎之的脸,摇了摇头:"差远了啊。"

稷下学堂。

百里东君换上了一身一尘不染的白色大氅,跨入了学堂之内。与他一起的还是尹落霞,比起百里东君的愁眉不展,尹落霞似乎看上去要兴奋一些。

"先别想叶鼎之了,过了今日我们再想办法寻他。"尹落霞低声道。

百里东君点了点头:"好。"

学堂之内,所有外院弟子也都穿着一身白衣,见到两人踏入之后纷纷弯腰。

"迎。"有一长者朗声高喝。

"恭迎。"年轻弟子们齐声应道。

"这是什么架势?"尹落霞被吓了一跳。

百里东君嘴角微微一扬,他昔日在外院待过一些时日,也没少被馒头砸过脑袋,此刻却领着所有人的崇敬站在这里,却也没有多么飘飘然的感觉,毕竟在他的过往十几年中,别人的恭顺见得太多了,在学堂里这一段被白眼的日子,倒更值得怀念怀念。

有一长者走上前,手中捧着两枚玉佩:"请二位配上。"

"这是什么?"尹落霞问道。

"这是学堂的公子佩,学堂弟子都会随身携带,已示身份。"长者缓缓道。

百里东君接过那枚玉佩,只见玉佩上写着"稷下"二字,玉佩晶莹剔透,质地极佳。

"感觉能换不少钱。"尹落霞轻轻掂了掂玉佩。

百里东君点了点头:"咱们想一块儿去了。"

长者神色微微有几分尴尬:"这是学堂的信物,轻易还是不要卖了……"

"我是女子,不是公子。有钱自然多个装饰,没钱自然那还是得卖了。"尹落霞开心地将玉佩收入怀中。

长者轻轻叹了口气,虽然心中不忿,但毕竟是李先生门下的弟子,又怎么能希望会正常呢?他自己说服了自己,退到了一边。

百里东君和尹落霞急忙往前走着,外院的弟子和长老们都退到道路两旁,神色恭敬。直到他们走到了路的尽头,那里只有一扇小门,两旁也没有人站立着。

那是道很不起眼的小门。推开小门,才是真正的学堂。门虚掩着,留着一条细小的缝。

"百里兄,你先请吧。"尹落霞挥手道。

百里东君其实有点犹豫,但毕竟其他两个大男人此刻不在这里,也没办法推托,只能点了点头,走上去推开了门,然后一步踏了进去。

一盆水倾倒而下,将百里东君整个淋了个透,百里东君一脸漠然地抬起头,"当"的一声,一个木盆砸在了他的脑袋上。

"哈哈哈哈哈哈。"躺在远处屋顶上喝酒的白发人忍不住大笑起来。

站在下方的几名弟子连连摇头。

"摇什么头,我五岁入私塾,也是被这样淋了一身。"李先生呵斥道。

"这是师父你的童年阴影,与我们又有什么关系。"雷梦杀叹了口气,他当年被淋了一身后可是想要扭头就走,生生被其他几个长老给拉回来的。

百里东君大概愣了片刻,随后便转身,毫不犹豫地就要走回去。

"急什么。"一个宽厚的手掌抓住了他的衣领,往后猛地一拉,随后那手掌在他身上轻轻一拍,百里东君只觉得一股热气扑面而来,身上瞬间弹起一阵水雾,那刚刚还湿漉漉的衣服瞬间就变干了。

百里东君惊讶地抬起头,只见眼前那中年人身形巨大,几乎有两个自己那么高,整个手掌是火红色的,就连瞳孔也是火红色的,他拍了拍百里东君的脑袋:"学堂只有姓李的这么无聊,忍一忍就好了。"

尹落霞笑着走了过来,也拍了拍百里东君的肩膀:"走吧。"

两人继续往前走,两侧有零零落落的一些人站在那里,有的和他们微笑致意,有的过来拍拍他们的肩膀,而有的则目不斜视,似乎根本不是来看他们两个,而是让他们两个来看自己的。和外院的恭敬有礼不同,里面的这些人站着、坐着、躺着,笑着、骂着、面无表情着,似乎并没有半点规矩。

不过其中倒也不是没有熟悉的人。那个双瞳的道人就在其中,一双眸子上下转动着,微笑地看着他们:"欢迎来到学堂。"

这些人就是学堂内院的长老了,也是这所学堂真正的根基所在,每个人放在江湖上,都是能开宗立派的绝顶高手。

两个人再往前走,看到了一身白色大氅的萧若风,他腰间配着长剑,身子站得笔直:"我是萧若风。"

"我知道啊。"百里东君有点蒙。

萧若风却没有理他,自顾自地说着自己的话:"学堂李先生座下七弟子,以后你们可以叫我七师兄以及七师叔。"

"七师叔。"尹落霞急忙弯腰。

"七师兄。"百里东君也只能跟着唤道。

萧若风退到了一边,两个人继续往前走去,这次等在那里的是清歌公子洛轩。

"学堂李先生座下六弟子洛轩。"洛轩微微一笑。

"六师叔!"尹落霞立刻说道。

"六师兄!"百里东君也跟着说道。

两人继续往前走,可这一次候在那里的却有两人,一人通体着黑,戴着黑色斗笠,另一人通体着白,戴着白色斗笠,他们同时开口了。

"学堂李先生座下四弟子,墨晓黑。"

"学堂李先生座下四弟子,柳月。"

尹落霞对着墨尘公子行了个小礼:"五师叔。"随后又对柳月公子行了个拜师大礼:"师父!"

百里东君有些头疼,看来这两个师兄一直在争谁的排位高,自己得罪了谁都不好,犹豫了许久缓缓道:"柳月师兄,墨尘师兄。"

两人没有说话,没有表示满意,也没有表示不妥。尹落霞冲百里东君使了个眼色,百里东君立刻会意,急忙穿过两人,继续往前走去。

只不过前面空无一人,只挂着一幅画像,百里东君微微皱眉,仔细打量了一下这幅画,觉得似曾眼熟,随后恍然大悟:"这是凌云公子顾剑门啊。"

"对,顾剑门。他是你的三师兄。"雷梦杀从一旁走了过来,"而我是李先生座下二弟子,也就是你的二师兄。"

"滚。"百里东君挥手骂道。

江湖门派，最讲辈分。父亲不在身边，师父言便如父，而师兄，的确应以兄长之礼待之。但百里东君与雷梦杀实在相识有一段时间了，彼此品行已经了解得很透了，百里东君实在无法以恭敬的姿态对待这位话痨的二师兄……

雷梦杀倒也不介意，只是伸出一根手指弹了一下他的脑袋："以后不叫二师兄没关系，今日还是需要喊一声啊。"

百里东君白了他一眼，不情愿地喊道："二师兄。"

"师弟乖，师父就在前面，你去见他吧。"雷梦杀退到了一边。

"欸？"百里东君忽然心生困惑，"那大师兄在哪呢？"

"没有大师兄。"雷梦杀笑道，"反正我没见过大师兄，他们也没见过。但我一入门就是二弟子，师父也不说原因。"

"真是奇怪的人。"百里东君无奈道。

"师父说，人越奇怪，越能成绝世之才。所有我奇怪，柳月他们几个也奇怪，师父本人也很怪。你……也很奇怪。"雷梦杀缓缓道。

"我哪里奇怪了？"百里东君反问道。

"哈哈哈，要说你的奇怪，那可有的说了。你是镇西侯府小公子，含着金汤匙出生的贵胄公子，做官可以平步青云，从军身后也有千军万马，出来闯荡不成回去也可以继承千万家产。可你呢？却想着做一个酿酒师。你……"

正在雷梦杀说得津津有味的时候，有一个声音从院内传来："雷二，你话太多了。"

"雷二？"百里东君一愣。

"请吧。"雷梦杀走上前，抓住百里东君的衣领，一下子就把他丢了进去。

学堂李先生就坐在屋顶上，俯身望着摔入院内的百里东君，笑道："这个大礼可受不起，这是拜师，又不是拜堂。"

百里东君起身拍了拍身上的灰尘，神色恭敬："师父。"

"那日我在你面前把酒喝了，你不是气得要揍我吗？现在怎么变得如此恭顺了？没意思没意思。"李先生幽幽地说道。

百里东君硬着头皮回道："师父为尊，弟子不敢造次。"

"好的，东八。到为师身边来，为师备了从雕楼小筑里要来的酒，与你一同喝。"李先生拍了拍身边的位置。

"东八？"百里东君一愣。

"雷二、剑三、柳四、黑五、轩六、风七，到你这儿，可不是东八了吗？"李先生挑了挑眉。

原来刚才的"雷二"是这么来的，看来这学堂李先生喜欢给自己的弟子按照位次和名字取外号，可是"东八"这个称呼……

"有点难听吧。"百里东君小声道。

"雷二和剑三说什么了吗？你再不来，这酒我可要喝光了？"李先生掂了掂手中的酒壶。

百里东君叹了口气，足尖一点掠到了李先生的身边，也不再客气，一屁股坐了下来，伸手就去拿那酒壶，可李先生手一转，酒壶一个翻身，落在了屋顶上，百里东君再伸手去拿，却又见李先生手一挥，那酒壶又落在了他的肩膀上，李先生头一歪，猛地一吸，壶里的酒又到了他的嘴里。

百里东君这次也懒得动气了，对这个喜欢逗弄别人的所谓天下第一已经习惯了，他耸了耸肩，没有说话。

这次反而是李先生有些着急了，他皱眉道："你怎么不生气？不上来揍我？"

"第一，你是我师父，打你有违伦常。第二，我打不过你，只会被你打。第三，你为什么这么无聊？"百里东君冷冷地说道。

"唉。"李先生叹了口气，"因为我实在活得太久了，世间好多事都变得那么无趣，所以只能自己给自己找点乐子了。"

"师父，我刚进来时一直有个疑问，二师兄上面，还有大师兄吗？"百里东君忽然问道。

"有啊，就是脑子有坑。"李先生没好气地说道。

百里东君惑道："什么意思？"

"还有别的问题吗？"李先生反问道。

百里东君皱眉想了一下，随后问道："师父，大家都叫你学堂李先生，那你究竟叫什么呢？"

"我啊。"李先生站了起来,一身白袍无风自扬,配上那一头白发,有着说不出的仙气,"我叫李长生。"

"李长生?"百里东君低声重复了一遍。

"当年我一剑震天,引得仙人从九天落下,说我不是人间之才,应当天上逍遥,要把我带去天上,我不允,仙人就摸了摸我的头,说那便赐你长生,好好游历游历人间。"李先生笑道,"这一幕被诗仙看到,此后便有了那句诗'仙人抚我顶,结发受长生'。"

百里东君听得一愣一愣的,许久之后才道:"这是真的?"

"废话,当然是假的。"李先生叹了口气,摸了摸百里东君的头,"我的徒弟这么笨可真不行啊,都说江湖险恶,一个月后我带你去江湖游历一番。"

"为什么是一个月后?"百里东君问道。

"唉,你不是想喝雕楼小筑的秋露白吗?秋露白一月只供一日,喝了秋露白,咱们就上路。"李先生挥了挥衣袖,"今日你拜入门下,为师便送你个礼物,礼物现在刚到天启城,我去给你取一下。"话刚说完,李先生便点足一掠,向院外行去。

看到师父离去的身影,雷梦杀等人都走了进来。

"来来来,告诉我师父给你取了什么名字?我猜是百里八,洛轩非说师父那么懒,可能就叫两字,是里八。"雷梦杀急匆匆地问道。

百里东君怒道:"东八。"

"咦……"众人齐齐摇头,表示真的太难听了。

"今日小师弟好歹正式入门了,我在百品阁订了一桌宴席,我们现在过去吧。"萧若风笑道。

"哟,自己终于不是小师弟了,就如此兴奋?"雷梦杀打趣道。

百里东君摇了摇头:"师父说去给我拿个礼物,让我在这里等他一下。"

"有个屁礼物,他就是骗你的。"雷梦杀向前把百里东君拉了下来,"这种事情我们都见怪不怪了,你以后可要留点心眼啊。"

"啊?"百里东君被众人往门外推着,有些蒙,忽然问道,"师父说自己叫李长生,他究竟多少岁了啊?"

"他去年过了八十大寿,今年又过了七十大寿,明年估计是百岁宴了。师父这个人,出门一张嘴,张口就是吹,你别搭理他。"雷梦杀冷笑道。

天启城。

一个背着书箱的少年郎一手捧着书,一手玩弄着一根不知何处折来的柳枝,晃晃悠悠地往前行着。路上撞到了不少人,众人骂他,他也不恼,只是抬头微微歉意地一笑。

"书就这么好看?"一个温和的声音响起,少年郎停住了脚步,微微抬头,他收起了书,恭敬地说道:"李先生。"

来人正是学堂李先生,不过李先生在平日时不是姿态太高,高到无人敢接近,就是身段太低,低到弟子也不忍直视,像此般温和儒雅的先生,倒是很少一见。

"宣儿,我的问题还没回答呢。"李先生笑道。

少年郎微微垂首:"天下藏书万千,我就算从今日看,看到死时,一日不停,一刻不歇,也看不完这世间藏书,此乃我人生最遗憾的事,为了少一些遗憾,便只能多看一点书。"

"有的人看书看多了,就成了书呆子。但如果看的书多到一百个书呆子加起来也比不上的话,那就可以成为儒仙。你这小子,以后能成为儒仙。"李先生转身,"走,我带你去百品阁,给你接接风。"

李先生就领着那少年郎慢悠悠地朝着百品阁行去,那少年郎嘴中念念有词,似乎在回味着刚才所看的书,李先生已是见怪不怪,时不时还和他探讨几句,倒真有几分先生的意味了。

"要说宣儿啊,本来这次我收关门弟子,这位置是给你留着的。你说你师父哪里比得上我,要武功不会武功,要名气没有名气,跟着我才是正道啊。"李先生循循善诱道。

少年郎摇头,言简意赅:"你的书读得不如他多。"

李先生愣了一下:"谁说的?我年纪至少是你师父的两倍之多,我过的桥比他走过的路还多,我看过的书,比他……"李先生顿了顿,想了想那每日睡在书海里的老先生,叹了口气,"比他二十

岁时看过的要多一点……但,我武功好啊。"

"武功,从书上学就行了。"少年郎淡淡地说道。

李先生有些脑袋疼:"你大概是天下间唯一一个会拒绝我收作徒儿的人。"

"李先生此言差矣了,你问那田间的庄稼汉,你问那青楼的花魁女,你问那千金握的富家翁,都不愿意做先生的弟子,每个人都有自己的生活,不是每个人都想要席卷天下。"少年郎正色道。

李先生笑了笑:"我说不过你。对了,你此行东西没有忘带吧?"

少年郎点头:"那是自然,先生此刻就要?"

"不必,等一会儿再拿出来。"李先生仰起头,百品阁的招牌就在头顶。

一脸歉意的小二走了出来:"二位客官,实在不好意思。今日百品阁已经被包下了。"

"谁这么豪气啊?"李先生打了个哈欠。

"是……几位不方便说名字的公子。"小二依然一脸歉意地笑着,但说到"公子"两个字的时候加重了语气,若是在天启城里混得比较久,稍微有点眼力见的人,想必就该转身走了。但面前的这位白发先生却塞了一个银锭给他,然后道:"你去问问里面的几位公子,先生没到,应该开席吗?"

"这……"小二犹豫了一下,最后将银锭收入怀中,咬了咬牙跑了进去。

酒菜刚刚上齐,百里东君好奇地看着墨晓黑和柳月两个人戴着斗笠在那里喝酒,忍不住感叹道:"这也真是奇观了……"

雷梦杀见小二走了进来,微微皱眉:"不是说了,没有喊你,不要进来吗?"

小二咽了口口水,鼓起勇气道:"门外有位客官让我传句话。"

众人相视一眼,雷梦杀觉得有些好笑:"什么话?"

小二学着李先生的语气,懒洋洋地说道:"你去问问里面的几位公子,先生没到,应该开席吗?"

厅内鸦雀无声。

众人又相视了一眼，除了百里东君外，同时扭头望向角落里的那几个窗户。

"跑！"萧若风大喝一声。

众人立刻起身，一跃而出，打算破窗而出。

可窗户却提前被打碎了，白发白衣的李先生从窗外跃了进来，长袖一挥，将那些个什么北离八公子一袖子打回了原位！李先生落地，衣袖一振："一起喝酒啊，跑什么？！"

那背着书箱的少年郎则一步步地从台阶上走了上来，略带同情地看了众人一眼。

雷梦杀微微一愣，唤道："谢宣。"

少年郎点了点头："各位，好久不见。"

百里东君听到"谢宣"二字，也是愣了一下，随即转身望去，只见背着书箱一脸书生气的谢宣也望着他，那神态气质，和小时候初见他时一模一样，百里东君笑了笑，垂首道："我是百里东君。"

谢宣也笑了笑："所以我说的是，各位，好久不见。"

"你们认识？"雷梦杀用胳膊肘撞了一下百里东君。

百里东君瞥了他一眼："比认识你的时间久。"

"来来来来，为师好久没有和你们一起喝酒了。今日你们的小师弟入门，故交谢宣回京，应当好好庆祝庆祝！"李先生坐了下来，拍了拍萧若风的肩膀。

平常山崩于前而面不改色的萧若风此刻却只剩下满脸苦笑："好的，师父。"

"对了，东八，不是让你在那里等着我，我给你带礼物来吗？"李先生望了百里东君一眼，又看向雷梦杀，"一定是雷二说我骗人吧？来来来，背后妄议为师，罚一杯。"

一开始，百里东君还不知道为什么李先生要来的时候，众人如此惊慌失措。

半个时辰后，百里东君就明白了。因为不胜酒力的柳月公子和墨尘公子已经倒下了。清歌公子洛轩摇摇欲坠。萧若风和雷梦杀还勉强保持着淡定。百里东君自然不惧，和李先生一杯接着一杯，谈笑风生。他甚至在此刻，才真正地喜欢上自己的这个师父。

"百年不忘人间梦,千杯不醉李长生。"李先生仰头饮下一杯,"当年诗仙可是为我写了这首诗啊。"

"啪"的一声,洛轩已经倒在了桌上。

萧若风的眼神开始变得有些迷离,雷梦杀开始不停地说话,但是像是咬到了舌头,一句也听不清。

只有谢宣不理会李先生的劝酒,自己一个人在角落里喝酒吃菜,一双眸子越喝越亮。

终于萧若风和雷梦杀也醉晕了过去。

李先生笑着望向百里东君:"为师说要送你礼物,不是骗你的。宣儿。"

谢宣从书箱里找出了一本书,丢给了李先生,李先生接过后,递给了百里东君。

书的封面上写着两个字:"酒经"。

"'小白连浮三十杯,指尖浩气响春雷。'这可不是一般的书,也不是酿普通的酒。你之前的师父也看过此书,今日我便送给你。"李先生缓缓道。

"借。"谢宣沉声道。

"收好了。"李先生微微一笑。

百里东君点了点头,将此书郑重地收入怀中。

"哈哈哈哈哈。今日尽兴了。"李先生伸了个懒腰,随后吐出了一口浊气。

是浊气,亦是剑气。

"该打一架了。"李先生收起了怠懒,眼神里亮如北辰,他纵身一跃,一头撞破了屋顶,落在了百品阁的屋顶上。

他长袖一挥,没有剑,却尽是剑气。远处天启城城门之处,有一道紫光泛起。

第十八章 · 剑仙对决

景玉王府。

一直躺在床上昏迷不醒的叶鼎之忽然睁开了眼睛，坐在一旁看书的王一行见状一惊，上前道："你醒啦。"

叶鼎之摸着犹然隐隐作痛的脑袋，皱眉道："我们这是……在哪里？"

"这说来可就话长了。"王一行苦笑了一下。

叶鼎之努力回想了一下："我记得……我们被一个仙子救了？"

"什么仙子！"王一行笑骂道，"人家姑娘长得好看你就叫她仙子，人家是王妃。"

"王妃？"叶鼎之从床上爬了下来，艰难地走到了门口。

门外，持着竹剑的洛青阳望着远处，不知在发着什么呆，对久睡初醒的叶鼎之视若无睹。

"你在看什么？"王一行走过去好奇地问道。

洛青阳沉默了许久，才缓缓道："我感受到了一股……好强的剑气。"

百品阁。

一脸困惑的百里东君与谢宣也跃到了屋顶之上，一开始还以为李先生是喝多了开始耍酒疯，但望着远处，才心中一冷。

那道紫光,不简单。

四个紫衣人从天启城头越过,踏着那高高的屋顶,急速地向着他们跃来。

所过之处,行人皆惊。

这里是北离皇城,世间最繁华的地方,也是世间律法最严的地方,什么人胆敢在这样的白日里无视这皇城秩序,肆意行走?

当然,李先生不算。

"放肆!是谁在天启城撒野?!"寻街校尉怒喝道。

一名紫衣人随手一挥,就将追上来的一队校尉掀倒在地。

大理寺内,一名持着斩罪刀的壮汉一边咬着鸡腿一边骂骂咧咧地出门,身后跟着十几名精锐的大理寺少卿。

皇宫之内,肤若凝脂的中年人伸手落下一子,嘴角微微一扬:"这天启城,又得热闹一番了?"

"大监,陛下那边传召了。"一名小太监在旁轻声道。

"有李先生在,还没有谁能威胁到陛下,无碍的。"被称为大监的中年人站了起来,摸了摸手中的玛瑙戒指。

钦天监。

仙风道骨的国师甩了甩拂尘,微微皱眉:"这妖怪怎么忽然来了?"

四名紫衣人最终落在了百品阁前面的四处楼阁之上,四人中一人手握长笛,一人怀抱琵琶,一人捧着二胡,还有一人拿着一管玉箫,他们分别拿起手中的乐器,吹奏了起来。

乐曲阴诡低沉,在这白日之中,仍能听出一身恶寒。

李先生无奈地指着这四个人说道:"你们看看,你们看看,比轩六还要做作的人登场了,出个场还要四个人给演奏乐曲,生怕别人不知道他是谁似的。"

"可是师父,他是谁啊?"百里东君惑道。

李先生看了一眼谢宣。

谢宣摇头:"书上可没说这是谁,我也不知道啊。"

"剑仙雨生魔啊。"李先生哀叹道,"当年的南诀第一高手啊。"

李先生特地加强了"当年"两个字。

那怀抱琵琶的紫衣人眉头一皱,手猛地一挥弦,一股真气朝着李先生三人袭来。

"你就别来丢人现眼了。"李先生冷笑一声,手一挥,将那真气十倍打了出去,怀抱琵琶的紫衣人连人带琵琶被整个打飞了出去,那人提起浑身真气抵御却仍在三座楼阁之外才止住身,琵琶上的弦却也全部断了。

乐曲终了。一人缓缓落在了其他三名紫衣人的前方。

天没有下雨,那人却撑着一把雨伞,伞面是紫色的,绣着一条张牙舞爪的恶龙。他的身形高大,似乎是一个男人,可面容秀雅,却又似乎是个女子。

"这人是……"百里东君忍不住问道。

"男的。"李先生似乎猜出了他想问什么,直截了当地回道。

"那为什么……"百里东君有好多疑问想问,却又不知从何处问起。

"他练的武功是魔仙剑,这本是只有女子才能练的剑,但他为了赢我,强行学会了,以至于虽然依然是男儿身,可面容却越来越像女子。那把伞不是伞,是他的武器,伞柄是玄风剑,伞面是恶龙罩,都是厉害的玩意儿。"李先生解释道。

"哦。"百里东君似懂非懂地点了点头。

雨生魔将伞微微往后一撤,面无表情地说道:"学堂李先生。"他的声音竟也是男女难辨。

"剑仙雨生魔。"李先生也微笑着打招呼,"从南诀远道而来,所为何事啊?"

雨生魔言简意赅:"找人。"

李先生也回得简略:"不在我这儿。"

雨生魔摇头:"我不信。"

"找人……"百里东君微微皱眉,"莫不是找叶鼎之?"

他的声音很轻,可雨生魔却听到了,他望向百里东君:"你知道?"

"我也在找他,我们当日一同……"百里东君话还未说完,只

觉得一股阴冷的寒气扑面而来。

"闪开!"李先生将百里东君猛地往后推了一把,随后一掌截下了那阴寒的掌气。

"他在哪里?"雨生魔看向李先生,他似乎很不喜欢说话,每句话最多只用几个字。

李先生叹了口气:"我是真不知道啊。"

雨生魔脸色越来越冷,握着伞柄的那只手泛出紫气。

"来来来,还是打一架再说吧。你这南诀高手大闯天启城,我不好好出力把你打一顿,皇帝那边我学堂的脸挂不住啊。得罪了。"李先生长袖一挥,在腰间摸了个空,他愣了愣,"今天出门没带剑。"

"李长生。"雨生魔纵身一跃,那伞瞬间被收了起来,那块绣着恶龙的伞面整个地冲着李先生罩了下来。

"借剑。"李先生怒喝一声,只见百里东君腰间的"不染尘"瞬间出鞘,飞到了他的手中,他抡起长剑一挥,一道剑气散出,将那恶龙罩狠狠地打飞了出去。

雨生魔左手接过恶龙罩,手一挥,将它收入袖中,右手那玄风剑也是一抡。

风中响起呼啸声,如万鬼齐鸣。

百里东君忍不住捂上了耳朵:"这是怎么回事?!"

"哈哈哈哈哈。"李先生朗声长笑,"这就是剑仙的对决啊,不是一招一剑,而是绝人世之华,与天地共鸣!"

天启城内。

几十个人正在同时奔向百品阁。他们其中有皇族贵胄们私下招揽的江湖名客,有坐镇天启深藏不露的大内高手,亦有云游至此,恰逢此战的散人游士。天下间有很多的对决,那些都可以错过。可这一场,却决然不能错过。公认天下第一的李先生,和一直以来北离人心中的南诀第一高手雨生魔,这样的对决,此一生都有可能再遇不到一次。

"李长生,雨生魔,此一生对决过三次。"

"第一次,李长生已是天下闻名的剑客,雨生魔初出江湖,李长生一剑而胜，第二年，雨生魔在江湖之上便声名鹊起。此一战，几乎无人知。"

"第二次，李长生依然一剑而胜，雨生魔剑折，从此苦练魔仙剑。"

"第三次，无人得知结果，但是其后八年，雨生魔再也没有踏足过北离。"

与李长生一样一头白发，脸覆恶鬼面具的年轻人落在了百里东君的身边，缓缓说道。

百里东君扭头："姬若风，你怎么来了？"

姬若风掏出一个簿子、一根毛笔："此乃绝世对决，自然是来记录的。"

"李长生，这一战，你必输。"雨生魔点足后撤，长剑之上紫气环绕。

李先生笑着挽了个剑花："你上次也是这么说的。"

雨生魔冷笑一声，长剑挥落，竟一剑扫去了百品阁的屋顶！

百里东君等人急忙后撤，李先生叹了一声："学堂可要赔好多钱了。"

雨生魔的下一剑，落在了李先生的头上。势若雷霆！风中有万古嘶吼。李先生却只是懒洋洋地抬起了剑。"当"的一声，只是很细微的两剑相撞的声音。声音乍止。"落！"李先生微微一扬剑，就将雨生魔整个地砸了下去。整个百品阁都在瞬间被洞穿。

睡得正香的雷梦杀歪了歪脑袋，嘟囔道："谁啊？这么吵！"

"胜负已分？"百里东君没料到这场对决会结束得如此之快。

"没那么容易。"姬若风的笔急速地在纸上写着什么。

"破！"雨生魔持着剑再度从百品阁中跃出，那股紫气变得更加浓郁妖冶，雨生魔的头发散落开来，瞳孔之中也泛出一抹紫色。

"瞳泛紫色，走火入魔了。"谢宣淡淡地说道，"我在一本书上看过这种说法。"

"的确是走火入魔了。"姬若风望着雨生魔，缓缓道，"不过和普通人练功的走火入魔不同，雨生魔这是自愿入魔，他练得就是魔仙剑，以身入魔，得无上剑法。"

"这是套好剑法,但是练邪了就麻烦了。"李先生仰头,低声道。

雨生魔整个人凝滞在空中,身上剑气越聚越拢,天空之中瞬间乌云密布,似乎是被那剑气引来,雷声阵阵,仿佛顷刻就有大雨落下。

"好像不闹出点大动静就不像是高手似的。"李先生冲着空中的雨生魔举起了长剑"不染尘",长喝道,"天震!"

雷声轰鸣若千万战鼓擂,整个天启城的民众都被惊动了,纷纷走到街上见那天生异象。

"剑落!"雨生魔咬牙切齿地怒喝一声,只见那闪电从天而降,落在了雨生魔的玄风剑上,他猛地一挥,剑气混杂着雷光冲着李先生直袭而去。

"这就是传说中的天打雷劈啊。"百里东君感慨道。

谢宣摇了摇头:"这个成语用得可真是不好。"

"来。"李先生淡淡地说了一句,起身跃起,冲天而去。

带着那天落惊雷,轰然炸响,乌云退散,化作一场秋雨,飘然落下。

众人扬头,李先生已经不见,那四个奏曲的紫衣人也已经不在,剑仙雨生魔也已经不见。

雨落纷纷,雷梦杀从梦中惊醒过来,仰起头,喃喃道:"这屋顶怎么没了?"

百里东君看得一头雾水:"这就打完了?"

姬若风收起了纸笔,转身打算离开。

"姬若风,刚才……是谁赢了?"百里东君问道。

"你没看清吗?"姬若风问道。

百里东君愣了愣:"你看清了?"

姬若风纵身跃出:"那自然看得一清二楚。"

那藏在暗处观战的几十人也纷纷离去,神色间不免有些遗憾,这场对决结束得太过猝不及防,那最后一剑,究竟是如何,他们也都并没有看清。

姬若风离去的时候,打开了自己的簿子,簿子上的最后一刻画着李先生持剑飞入云霄,可下一张却是空白的。

"果然是天下第一啊……"

在附近不远处街口的一个角落里,一把伞忽然打开了。伞面上画着一条张牙舞爪的恶龙。只不过撑伞的是学堂李先生。他微微垂首,看着坐在地上脸色煞白的雨生魔,叹了口气:"早就说过,魔仙剑一不小心就会反噬剑主,怎么这么多年依然不肯放下呢?赢我就这么重要?你其实只要回去好好修养,锻炼身体,再过几年,我也就老死了。你再争天下第一,岂不是容易了很多?"

雨生魔苦笑:"谁都不知道你活了多少岁,我怕是等不到那一天。"

李先生抬头望着那落雨,笑了笑:"放心吧,那一天不久了。"

雨生魔从地上站了起来,从李先生手中拿过自己的伞:"其实我也知道我依然不是先生的对手,但是我听闻我那弟子来了天启城,我知道他的身世,怕他在天启城会被为难。"

"你且离去,三日之后,我自然会让你徒弟安然无恙地回去。"李先生笑了笑,"有我的承诺,够不够?"

雨生魔神色阴冷:"我看不透先生。"

"看不透就对了,我是天下第一,哪是那么容易被看透的。"李先生走入那雨帘之中,"但你再不走,我就不留你颜面了。当着众人打你一顿怎么样?"

雨生魔望着李先生离去的背影,沉默不语。

"放心吧。叶鼎之是天纵之才,不会折在这天启城。"李先生离去的时候,缓缓说道,"你这辈子是不可能打过我了,好好培养你这个徒弟吧。以后你的徒弟打赢了我,也算你赢。"

景玉王府。

叶鼎之感受到那股熟悉的剑意,沉声道:"是师父来了。"

洛青阳一步跃在屋檐上,望着远处那稍纵即逝的一场绝世对决,淡淡地说道:"都是绝世的好剑。"

王一行抱起双拳,幽幽地瞥了叶鼎之一眼:"你会不动明王功,我猜你的师父是南诀第一高手雨生魔。"

叶鼎之没有否认,点头:"是。"

"你可真有意思,千里迢迢赶来拜自己师父的死敌为师,有你这样的徒弟,雨生魔怕不是会气死。"王一行打趣道。

"我这次来拜李先生为师只是一个幌子,虽然我也很好奇,一直让师父无法超越的他,是个怎么样的存在。但是我并不会真的拜他为师,我来天启另有目的。"叶鼎之诚恳地说道。

"我们知道了。"王一行叹了口气。

叶鼎之一惊:"你怎么会知道?"

"不仅是我,全天启城的人都知道了。"王一行从怀里掏出一张纸,展了开来,叶鼎之的画像赫然便在上面,正是这几日满城张贴的通缉令。

叶鼎之拿过通缉令,苦笑了一下:"不过是睡了一觉,起来后这天启城怎么就变了样。"

"哎,上面说的是不是真的啊?"王一行用胳膊肘撞了一下叶鼎之。

叶鼎之瞥了他一眼:"怎么?你还要去报官不是?"

王一行长叹一声:"倒也不是没心动过,可我毕竟还是个讲情义的人啊。"

"是真的。"叶鼎之淡淡地说道。

王一行一愣,他没想到叶鼎之真的会回答这个问题。

"我一直在找机会杀死青王,甚至有很多次都接近那个机会了,这次若真的拜入李先生门下,我自信他对我的倚重会加强,到时候我就会有更多的机会。"叶鼎之摇了摇头,苦笑一声,"可惜功亏一篑。"

王一行不知该如何把话接下去,抬头看向洛青阳,洛青阳却只是看着远处,然后挥了挥手中的竹剑,表情已然痴了,似乎根本无意理会那两人的对话。

叶鼎之也仰起头,笑道:"没关系,只要我还活着,他也还活着,就有讨还一切的那一天。我去寻我师父了,王道兄,有缘再见。"叶鼎之说完后,纵身一跃,踏在了院墙之上。

"说走就走?"王一行挥手欲拦,却已经来不及了。

可一条白袖却瞬间卷在了叶鼎之的腰间，将他一把给拽了回来。叶鼎之心中一惊，立刻运起真气，一掌打断白袖，一个回身，一掌拍去。

"怎么？要杀你的救命恩人？"一声轻笑响起，叶鼎之看清了眼前人的面目，急忙收掌，但重伤未愈，这猛地一挥一收间难免再度真气大乱，差点就直接晕了过去，好在王一行及时来到了他的身后，伸掌为他平复了一下。

叶鼎之急忙抱拳道："姑娘，抱歉抱歉。"

"人家可不是姑娘，要叫王妃。"王一行笑道。

景玉王妃眉毛微微一皱，神色竟有些不悦，她哼了一声："就叫姑娘，叫什么王妃，我不喜欢。叶鼎之，你就叫我姑娘。"

叶鼎之愣了一下，垂首道："姑娘姑娘。"

王一行走上前瞥了一眼叶鼎之，惑道："叶鼎之，你的脸，怎么这么红？我刚明明帮你把真气压下去了啊？难道伤势比我想象中的重？来，你给我看一下。"

叶鼎之急忙往边上撤了一步："没事。"

"怎么没事！脸色泛红，是真气暴乱之相，不要小看它，弄不好会死人的。"王一行凑过去，语气焦急。

叶鼎之一掌把王一行打开："王道兄，我说了没事。姑娘，大恩不言谢，叶某的师父来寻我了，就此告辞！"

"告辞？"景玉王妃冷笑了一声，直接道，"不行。"

叶鼎之一惊，头却依然低着："为什么不行？我师父千里而来，找不到我，怕是会在这里闹个天翻地覆。"

"大恩不言谢，我救你的是个什么恩？是救命之恩，这个还不言谢？拍拍屁股就走了，你喝了我府里最名贵的药，还让北离皇帝日后的一品护卫为你日夜看守，就想这么走了？不行。"景玉王妃语气坚决。

叶鼎之急切中仰起头，看了景玉王妃一眼，随后就感觉脸整个地烧了起来，又立刻低下了头："这些恩情，叶某以后赴汤蹈火，也会来偿还的！"

王一行在一旁看得一头雾水，叶鼎之和百里东君两人，他在这次学堂大考中也算将他们的性格摸得一清二楚了，都是心高气傲的少年郎，虽然一个懒散，一个嗜酒，但都是很难降伏住的人，就算是遇到厉害数倍的高手也不畏惧，可为什么这一刻的叶鼎之……这么的厌……呢？

"莫不是经历了生死，脑子开窍了？"王一行摸了摸叶鼎之的额头，被烫得往后一缩，"果然发烧了。"

"以后？我等不来以后，只争朝夕。"景玉王妃笑了笑，"所以在我没有同意之前，你不能走，你要留下来报恩。"

"怎么……怎么报恩？"叶鼎之惑道。

景玉王妃皱了皱眉头，一双玉手在下巴上挠了挠："我也没想好，所以先留下吧。"

"荒唐！"叶鼎之怒道，指着院墙之外，"我师父此刻……"

"师兄，他师父怎么样了？"景玉王妃抬头问道。

洛青阳回过神，收了剑："已经走了。"

"走了？"叶鼎之难以置信。

"师兄！"景玉王妃低斥一声。

洛青阳纵身一跃而下，一把竹剑在叶鼎之的后脑勺上敲了一下，叶鼎之顿时就晕了过去，洛青阳收了剑，冲着景玉王妃点了点头，可谓默契十足啊。王一行在心里感慨了一声。

"王道长。"景玉王妃忽然唤道。

王一行急忙回道："本道在。"

"你伤好了吗？"

"我没有伤到内里，已经无大碍了。"

"外面在追捕你吗？"

"怎么可能？我青城山，皇帝陛下御赐过至清牌匾，可从来都是清清白白的，去了外面走到哪儿都是上宾以待。"

景玉王妃点了点头，随后很认真地问了一句："那么，你为什么还不走呢？"

李先生一剑飞入云霄，再未归来。

北离八公子中的五位公子在百品阁醉倒，一觉睡了一整个白日,醒来后发现头顶漫天繁星,身上的衣服还有点湿漉漉的。

谢宣就着星光在看书,百里东君一杯一杯慢慢地喝着酒。

一脸丧气的百品阁掌柜小二们痴痴地等候在那里,希望能够管事的学堂小先生快点醒来。

但即便是这位人人尊敬的小先生多么的机智多谋,可看到眼前此情此景仍然是一头雾水,萧若风揉了揉隐隐作痛的脑袋:"这是怎么回事?"

"大概就是我们的师父和人打了一架,一开始就是师父撞破屋顶的一个洞,可后来他的对手把一个屋顶都给掀了……"百里东君平静地说道。

萧若风愣道:"啥?"

"公子……这是账单。"掌柜的手颤颤巍巍地递了过去。

萧若风接过账单,头更疼了:"我师父不是只撞了一个洞吗?上面怎么要我们赔整个屋顶的钱?东君,谁胆子那么大,敢和师父打架,还把这屋顶给掀了?"

百里东君简短地回答道:"剑仙雨生魔。"

"雨生魔又是从哪里冒出来的?"萧若风揉了揉太阳穴,最后还是拿起笔,在账单上画了个符,"明日拿着这个单子去景玉王府里领银子吧。"

"得嘞。"掌柜的舒了口气,急忙接过账单,带着小二们退了下去。

"都醒醒,醒醒了。"萧若风踹了他们几脚,抬头看了看星空,摇头叹道,"这要被人看到,还称什么八公子啊。"

百里东君在心里默默地念了一遍那首关于北离八公子的偈子。

风华难测清歌雅,灼墨多言凌云狂。

柳月绝代墨尘丑,卿相有才留无名。

风华公子萧若风,清歌公子洛轩,灼墨公子雷梦杀,凌云公子顾剑门,柳月公子柳月,墨尘公子墨晓黑。这六个人他都已经见过了,至于传说中才学多识的卿相公子,百里东君好奇地看向谢宣,忽然道:"你是卿相公子?"

谢宣收起书,点了点头:"那你是无名公子?"

"我不是。"百里东君摇头。

一直在那里装睡的雷梦杀站了起来,过来一把搂住百里东君的脖子:"哎,谢宣,忘了告诉你。明年公子榜可能就是北离九公子,我们给这小子都起好名号了,九公子酒公子一语双关如何?"

"凑合。"谢宣淡淡地回道,"你方才醒了一直在装睡,是不是怕最后掌柜把账本拿给你?"

"可别说出来,我这人虽然话多,但从来不说不该说的话。谢宣你这人虽然话少,但总说伤人的话。"雷梦杀伸了个懒腰,"走,回学堂歇息了。"

"师兄,有王一行和叶鼎之的消息了吗?"百里东君眉头微微皱着,似乎仍然有些忧虑。

雷梦杀耸了耸肩:"回学堂就知道了。"

学堂虽然名义上只是一个读书、学艺的地方,但是门下设有专门的情报机构"蝶影",天启城里一点微小的动静都在他们的监测之下。雷梦杀和萧若风对于叶鼎之之事的上心程度可不在百里东君之下,这几日的搜查一刻都未曾停过,可却一点消息都没有。他们甚至猜测,叶鼎之早就已经偷偷离开了,可是王一行呢……青城山的大弟子若是在天启城就此失踪,那么可也是件麻烦事。

然而,这个大麻烦却已经走到了百品阁的楼上。

王一行站在那里,没好气地冲着楼上喊道:"李先生的高徒们,喝得可还尽兴?"

百里东君闻言猛地转身,一个纵身从百品阁上跳了下来,欣喜地一把握住王一行的肩膀:"王道长,你没事,这可太好了!"

王一行本来心情就不好,这时被百里东君激动地晃得更是心烦意乱,敷衍道:"死不了死不了,托你的福,还睡了两天好觉。"

"那叶鼎之呢?"百里东君往王一行身后看了看,却没有其他人的身影了,"他是不是出了什么意外?"

王一行冷笑一声:"意外?怕不是软玉入怀,蝶舞飞扬,上得九天云霄,不愿回此凡间了……"

百里东君皱了皱眉:"王道长你在说什么?"

"反正你放心,叶鼎之这家伙,这个时候过得很好,至少比你我都好。你也不要急,过几日,他就会出现在你面前了。"王一行懒洋洋地回道。

百里东君急道:"可是他拜师的事情……"

"拜什么师,他的师父刚刚不是来过了吗?李先生的南诀死对头,同时拜这两人为师,怕不是被天下人一人一口唾沫淹死。更何况如今天启城到处都是悬赏令,叶鼎之一出来就会被拉去砍头的,学堂这事,莫提了。快带我找个地方休息一下,我明日也要回青城山了。天启城真不是人待的地方。"王一行叹道。

百里东君不知道这几日这位王道兄是受了什么重创,变得如现在这般愤世嫉俗,甚至废话多到能和雷梦杀不相上下,不过至少确认了他们二人都算是平安,心里一块石头也落了地。百里东君点了点头:"王道长说得是,先回学堂休息。"

百里东君拉过王一行往学堂走去,谢宣背起书箱走在他们身后。雷梦杀和萧若风则坐在百品阁上,默默地听完了他们所有的对话。

"王一行不肯说叶鼎之在哪里,每一次百里东君问道他都避开了。"雷梦杀沉声道。

萧若风微微皱眉:"王一行应该是信任百里东君的,看来是叶鼎之如今藏身的这个地方,并不能让人知晓。"

"蝶影的人来了,正好问一下。"雷梦杀看着一名刚刚落在他身边的黑衣人,"王一行,方才是从哪里出来的?"

"属下第一次见到王道长,是在观晨街。"黑衣人回道。

"观晨街?"雷梦杀和萧若风相视一眼,心里都闪过了一个地方。

景玉王府。

难怪他们一直都找不到两个人的行踪,的确,就算萧若风搜遍了整个天启城,也不会想到那里……因为那是他兄长的府邸,世间唯一的一个一母同胞的兄长。

叶鼎之再次醒来的时候,又是一夜过去了,他又从床上挣扎着爬起来,走到了院子中。

院落里依然是那个佩着竹剑的年轻剑客,他似乎每日就站在那院落里每日不停地看着天空,世间的事都与他无关,他也与这世间无关。

"兄台……"叶鼎之开口唤道。

"我叫洛青阳。"年轻剑客转过身,打断了他的话。

叶鼎之愣了一下,回道:"我叫叶鼎之。"

"何事?"洛青阳问他。

叶鼎之叹了口气,犹豫了许久,最后还是摸着肚子无奈地说道:"我……饿了。"

洛青阳淡淡地"哦"了一声,回头走进了自己的屋子里,从里面拿出了一碟三个馒头,放在了石桌上,又拿出了一壶热茶,说道:"吃吧。"

叶鼎之走到了石桌旁,拿起了那馒头,坚硬如铁,叹了口气,又喝了口热茶,寡淡无味,然后望了望院外的天空——

归心似箭。

"我练的心法叫清净气,只能喝淡茶,吃粗食,抱歉了。"洛青阳看出了他的不满,难得地解释了几句。

叶鼎之心想你这好歹也是王府,美食应是取之不尽才对,可考虑到自己的身份,还是无奈地摇了摇头,狠下心来咬了一口馒头。毕竟是饿了几天了,虽然是粗粮馒头,但嚼了几下也嚼出了点滋味,喝下一口热茶,竟也有几分满足之感……

落拓也有落拓的滋味啊……

可叶鼎之刚准备咬第二口,手中的馒头就被人一把抓走了。叶鼎之仰起头,就看到那容貌绝世的女子掂了掂手中的馒头,对洛青阳说道:"师兄,人家好歹也算是做客,你就请人家吃这个?"

洛青阳破天荒地笑了笑:"师妹你明明知道的,我这里只有这个。"

景玉王妃冲着叶鼎之挑了挑眉:"想不想吃好的?"

叶鼎之心想我都快饿死了,赶紧把馒头给我吧,但看着面前这姑娘充满期待的神情,只能点了点头:"想。"

"那就坐着等等。"景玉王妃站了起来,走进了偏屋。

"那是厨房，她有时候会来我这里做些吃的。你有口福了，师妹的手艺很不错的。"洛青阳坐了下来，拿起桌上的馒头，自己吃了起来。

"好。"叶鼎之苦笑了一下，摸了摸肚子。

然后便足足半个时辰过去了。三个馒头已经被洛青阳吃得干干净净，叶鼎之只跟着喝了三杯热茶，已是饥肠辘辘。厨房内倒是时不时传来阵阵香味，弄得叶鼎之坐立难安。我好歹也是南诀第一高手雨生魔唯一的弟子……我好歹也是这次学堂大考差一步就夺魁的少年英才……却在这里等着一碗饭？

"唉。"叶鼎之叹了口气，脑袋趴在石桌上，觉得自己要晕过去了。

"好了。"洛青阳忽然道。

只见景玉王妃双手各捧着一盘菜，快步走到了石桌前，将它们放了下来。

"好香。"叶鼎之猛地蹿了起来。

只见眼前摆着两盘菜。一盘是红烧乳鸽，只是乳鸽之外，还特地用小木签搭了一个架子出来。

"这道菜，叫笼中鸟。"景玉王妃笑道。

另一道菜则是一盘野珍，汇集了各色或珍贵或平凡的野菜，绿绿葱葱，很是好看。

"这道菜，叫江湖远。"景玉王妃又说道。

"给我米饭。"叶鼎之伸手道。

虽然等了半个时辰，但将面前的这些菜一扫而空，却只花了叶鼎之一炷香的时间，他最后又喝下一杯热茶，长舒了一口气，感慨道："活过来了。"

景玉王妃捂嘴一笑："看来真是饿坏了。"

叶鼎之伸了个懒腰，浑身真气流转了一圈，发现使用不动明王功后留下的内伤竟然已经痊愈，而且整个人感觉气明心净，似乎功力又上了一个台阶。他嘴角微微一扬："既然活过来了，那么就没有人能拦得住我了！"

"是吗？"景玉王妃微微一笑。

叶鼎之往后撤了一步,沉声道:"我叶鼎之也不是忘恩负义的人,姑娘说要我报恩,那我报恩便是了,只是如何报,何时报,还请姑娘明示。"

景玉王妃摇了摇头:"我还没想好呢!"

"那等想好了再来找我吧,我给姑娘留个地址如何?"叶鼎之笑着问道。

"不行呢。"景玉王妃还是摇头。

叶鼎之右足在地上一踏,震得石桌都颤了颤,同时挥出右手对着洛青阳说道:"那就请赐教吧。"

洛青阳看了景玉王妃一眼,景玉王妃耸了耸肩,没有说话。

"让路!"叶鼎之纵身一跃,冲着洛青阳一掌打去,洛青阳的竹剑瞬间出鞘,一剑就刺穿了叶鼎之的掌气。叶鼎之大惊,身子微微一侧,但袖子仍被那竹剑削去一角,他伸手想要挥剑,却发现袖中剑一柄也不在了,想必是早早就被人收走了。他愣了一下,长袖一甩。

手中无剑,便造一把剑。

袖剑!

洛青阳竹剑一挥,又与叶鼎之对了一招。

两个人心中都是一惊。

洛青阳第一次见到叶鼎之的时候,对方就已经是重伤状态了,见识到他真正的实力还是第一次。叶鼎之则是更惊,眼前这剑客出剑随意,分明没下狠意,可却已经成功压制住了自己。他还以为在这个年纪,他已经难逢对手了,可这洛青阳,绝对不在自己之下。

不好对付。

两个人同时在心中下了这个结论。

"算了算了。"一声叹息响起,只见景玉王妃用手捂着眼睛,便是眼泪流了下来,"不过是好心救了他人一命,最后却落得刀剑相向,最后伤了谁也不好。走吧走吧,就当你我从未见过。"

洛青阳收了剑,退到了一边。

叶鼎之看了看院墙,又看了看哭得梨花带雨的景玉王妃,实在是有些为难，他叹了口气，走到了景玉王妃的身边："姑娘，并非是我一定要走……只是……"

景玉王妃忽然一个转头，一个手刀就把叶鼎之敲晕了。

"师父啊，我就要去游历天下了，天下间何人最可怕？"

"剑客？杀手？魔头？不对，师父你就是魔头啊。"

"师父？"

"鼎之，天下间最可怕的，是漂亮的女人啊。"

学堂。

李先生坐在榻上，听着萧若风和雷梦杀说出了对叶鼎之行踪的猜测后思索了片刻，而后点头："明白了。"

萧若风皱眉："七哥与青王素来不和，但他允诺过我，不会将学堂拖下水。我觉得此事或许和七哥无关，不如就让我去问一下？"

雷梦杀此刻反而静默不语，因为他知道萧若风很信任自己的兄长，自己的那些猜测最好还是不要说出来为好。

"不必。景玉王府很安全，而我们现在，不就是想让叶鼎之有个安全的地方吗？"李先生笑道，"就不必添麻烦了。"

萧若风点头："先生说得是，可是他一直这么留在那里，却也不合适。"

李先生起身，嘴角微微一扬，朝着门外走了出去："放心吧。既然知道他在那里，那么我会把他带走的。这件事，你们便不用管了。"

李先生走到门口，看见百里东君坐在门边，似乎是一直就躲在那里偷听。百里东君听到动静，仰起头望向李先生，似乎也不介意被发现，却也没有开口问什么。

"这几日好好休息休息。三天之后，我带你去见你的好朋友，送他离开。"李先生语气温和。

百里东君笑了笑："其实也算不上是朋友。"说起来，他们认识也没几天，一开始百里东君还总是看不惯这个和自己年龄相仿，却总是一股子高手气派的家伙，但是那一夜之后，叶鼎之在他心中的分量，却是说不出的重了。

"一起经历过生死,还不算朋友?"李先生笑了笑,"多经历几次,就是兄弟了。"他在百里东君的脑袋上敲了敲,随后转身离去。

百里东君耸了耸肩,站起身,拍了拍身上的尘土,也转身走了。"兄弟?"他喃喃地念了一句。

景玉王府。

叶鼎之猛地睁开了眼睛,手往前一伸,发现自己碰到了一块冰冷的铁,起身一看,才发现自己被收走的袖剑却都放在了他的身边,他急忙长袖一甩,把它们都收了回去,他警惕地往四处看了一眼,随后一步踏到了院落之中。

拿着竹剑的年轻剑客不在,只有绝色的王妃坐在石桌前,自斟自饮。

叶鼎之警惕地看了她一眼:"你又耍什么花招?"

景玉王妃面色潮红,似乎饮了不少酒,她放下酒杯,头趴在石桌上,转向叶鼎之,眼神中带着几分委屈:"就不能不走吗?"

叶鼎之只感觉那一刻,心都要化了。

他默念内功心法,强行让自己镇定下来,叹了口气走到了景玉王妃的身边:"你为什么不肯让我走呢?"

景玉王妃伸手抹去了眼角的一点湿润:"那你走吧。"

叶鼎之愣了一下,抬头看了看院墙,又看了看垂首的景玉王妃,心中天人交战了许久后道:"那我……晚几日再走也行。"

景玉王妃立刻破涕为笑,又将脸转了回来:"晚几日是几日?"

叶鼎之顿时感觉又掉入了陷阱里,头疼道:"总也不能太长吧。"

景玉王妃想了想:"反正由我说了算。"

叶鼎之在景玉王妃身旁坐了下来:"我想问姑娘,那么我留下来,到底需要做什么呢?"

"和我说说外面的故事吧。"景玉王妃笑道,"我很久没有离开过天启城了,师兄也没有,我又不喜欢同别人说话,你就与我讲讲吧。对了,你该不会也没去过多少地方吧?"

叶鼎之闻言,眉毛一挑,傲然道:"若说武功,我叶鼎之如今还算不上绝顶高手，若说文采，也不过是差强人意。可若论去过的地方，怕是姑娘找遍天启城也找不到一个如我这般的人了。"

"哦？你去过哪里？"景玉王妃眉开眼笑。

"我十三岁以前都在北蛮长大，去过北蛮最北面的城市碎叶，碎叶过去就是万丈冰原，据说穿过冰原就是另一片大陆，但是谁都没有成功过。所以北蛮的巫师说，那里就是这天下的尽头了。我往西去过三十二佛国，佛国的人生活简朴，却虔诚善良，我在那里还拜过一名高僧为禅师，学过几月的佛法。往南去过南诀，见过南面的烈风之海，但我没有上船，我上船还是在去南诀之前，在北离东面出海，想要访一访仙人的岛屿，可惜半路风浪太大，就回来了。那么多地方，每个地方都有不同的故事，王妃想听哪里的？"叶鼎之笑道。

景玉王妃也给叶鼎之倒了一杯酒，推给了他："就从你最开始的地方听吧，听说北面的蛮国很凶悍啊，谁赢了别人，就能抢走别人的帐篷和老婆，然后等待着下一个人去抢走。"

"不是的，北蛮的人其实都很善良，你说的那是饥荒的时候。北蛮的土地没有北离肥沃，收成不好的年份，整个草原上只有一半的人可以活下去，那种时候就会爆发战争。但在没有战争的时候，北蛮……"

叶鼎之说得认真，因为那些故事离他也很久远了，说起来的时候，他就像回到了那些地方，重新见到了那些故人。

景玉王妃听得也很认真，一开始用手托着下巴听，后来累了就趴在桌上听，一双眼睛一直盯着叶鼎之，最后耳边那些有趣的故事却变得慢慢有些模糊了，只剩下那神采飞扬的叶鼎之。

天渐渐黑了。

可从午后说到天黑，也只才说完了一个北蛮的故事罢了。

"姑娘，姑娘。"叶鼎之发现了景玉王妃的异样，轻声唤了几句。

景玉王妃反应了过来，盈盈一笑，心想反正喝了酒，你看不出我的脸有多红，只是说道："天黑了，可才说到北蛮，明日你和我说佛国和你出海的事情吧。"

"好。"叶鼎之应道。

"对了,你饿不饿?我去给你煮碗面吃。"景玉王妃站了起来。

叶鼎之诚恳地点了点头:"有点饿了。"

于是堂堂北离景玉王府最尊贵的王妃,就这么兴高采烈地跑向了厨房,似乎在这个时候做一碗面,是最幸福的事情。

第十九章·折柳相送

喜欢一个人,是一件漫长甚至永久的事情。

可喜欢上一个人,却是一件短暂甚至瞬间的事情。

叶鼎之躺在床上,看着天花板,心已经乱了。

我是誓要复仇,屠尽青王府的大将军后人!

我是起剑风云,魔头剑仙雨生魔唯一的弟子!

我是要大仇得报,一人一剑一马醉天下的浪客!

我为什么现在要在这里给一个陌生女人讲故事,然后讲饿了吃一碗面就心满意足地躺下了?

算了算了,不想了。不如好好睡一觉。叶鼎之翻了个身,咂巴了一下嘴。明天还要继续给人讲故事呢。

又是一夜过去,叶鼎之走出屋子,闻到了一股饭菜的香味,他愣了一下,便看到石桌上已经摆了两碗粥,几碟小菜,几个包子。

简单的,家常的,却也是最温暖的搭配。

景玉王妃坐在石桌边,冲着他微微一笑:"起了?"

叶鼎之点了点头坐了下来,接过景玉王妃的筷子,却只感觉还在梦中……

"上次听王一行说,你是王妃……"不知道怎么的,叶鼎之一开口就说了这句话,可一说心里就懊悔了。为什么要问这些呢……

景玉王妃却似乎不在意,拿起一个包子嚼了一口:"不是说了吗?叫姑娘。虽然很多人已经叫我王妃了,但我还没过门呢,我的婚期是在九个月后,只不过暂时住在了王府中。不然你以为我真成了王妃,还能每日往这里跑啊。"

"哦,是这样。"叶鼎之淡淡地应了一声,低头喝了一口粥,又咬了一口包子,悠悠然地还哼起了小曲。为何一下子心情就变得这么好了?叶鼎之猛地回过神来,立刻正了正神色,低头喝粥,可嘴角又咧了开来。

"可我不想做王妃啊。"景玉王妃长叹了一声,"做王妃好无趣,这辈子怕是都只能被困在这天启城的牢笼里了。"

"那王爷……你不爱他吗?"叶鼎之试探着问道。

景玉王妃摇头:"不爱不爱,谁喜欢他啊。长得又不好看,为人又严肃,无趣。"

"那你为什么还要做他的王妃呢?"叶鼎之又问道。

景玉王妃用手托着脑袋:"因为我父亲让我嫁给他啊,不知道哪天不小心被他撞见了,就跑去和皇帝说要娶我,皇帝还以为这是对我家多大的恩惠呢,没过几天就赐了婚。皇帝赐的婚,我一个女人怎么退啊。"

"是这样。"叶鼎之七岁之前毕竟生活在将军府中,对这王孙贵族之间的婚事倒也有一些了解。感情是其次的,利益才是最重要的。

两个人便不再言语,安安静静地吃完了这一顿早饭,景玉王妃将碗筷端回了厨房后又沏了一壶茶走回了院中。

"开始吧,继续讲你去过的那些地方。我决定了,等哪天你讲完了,我就让你走。"景玉王妃笑道。

叶鼎之傻傻地笑了一下:"好。"

"要去西边的三十二佛国,需要过境,必经的城市叫毕罗城,而去毕罗城的路上有一座小城叫三顾城。所谓美人三顾,一顾倾人城,再顾倾人国,再顾倾我心。这座三顾城中……"

景玉王妃忽然打断道:"美女很多。"

叶鼎之愣了愣,回道:"多的。"

"不想听了,换一个。"景玉王妃脸色一沉。

"哦,这三顾城其实是一些商人们建起来的,因为那一块是边境,也是北离的自由贸易城市,在那里产生的交易,不必产生税负,所以每年都有大量的商人涌入毕罗城,必经之地的三顾城也就从几家客栈变成了一座小城。城中赌局很大很多,最大的赌庄叫美人庄!"叶鼎之说得兴奋。

可景玉王妃又打断了他:"怎么又来美人了?过不去了是不是?"

叶鼎之辩解道:"我说的是赌庄……"

"可为什么赌庄叫美人庄?"景玉王妃追问道。

"因为里面的美人很多,负责最大赌局的是花魁娘子,以天女为名……"叶鼎之解释道。

"花魁都出来了!"景玉王妃一拍桌子,喝道。

叶鼎之急忙调转话题:"算了,不说了,我这也是听别人说的,我没去过美人庄。三顾城穿过,就去了毕罗城。毕罗城有座大寺,叫九龙寺……"

好在景玉王妃没有再纠结这个问题,叶鼎之的后背却是湿透了,他顿了顿,长吁了一口气,才继续说了下去。

佛国的故事才说了一半,就到了该吃午饭的时辰了。

景玉王妃揉了揉脑袋:"我有点累,不想做饭了!"

叶鼎之"哈哈"一笑:"姑娘,你可知我叶鼎之在北蛮时有个绰号?"

"你昨日说了啊,你是草原小食神。"景玉王妃笑得眼睛眯成了一道月牙。

叶鼎之眉毛一挑:"你记得啊……"

景玉王妃笑眯眯地点了点头:"所以……你快去做啊!"

一道菜是炒牛肉,一道菜是炖土豆,还有一碗牛杂汤。

"浓浓的草原风情。"景玉王妃夹起一块牛肉,咬了一口,随后眼睛一瞪,脖子一伸,将牛肉咽了下去,"好吃啊!"

"这里的牛肉不好,草原上的牦牛肉做起来才好吃呢。"叶鼎之说道。

"可惜吃不到。"景玉王妃夹了块土豆到碗里。

"那就去吃啊。"叶鼎之忽然道。

景玉王妃的筷子停在了那里,仰起头:"你说什么?"

"你想吃草原的牛肉,那么就去草原吃。你想拜佛国的菩萨,那么就去佛国拜。你想喝南诀的凉茶,那么就去南诀喝。你想乘船东游,那么就去东面的大港登船。"叶鼎之放下碗筷,一口气说道。

景玉王妃叹道:"我去不了的。"

"你去得了。"叶鼎之郑重地说道。

景玉王妃望着叶鼎之,没有说话,或许,是在等叶鼎之说话。

"因为我,会带你去的。"叶鼎之一字一顿地说道。

他们相识不过数日,不过一起吃过几顿饭,一起说过几个过往的故事,彼此的了解仍然停留在表面。

可,那又如何呢?

"我等了许久,都在等一个人说带我走。"

"等了几年都没有等到。"

"我快放弃了,还好现在等到了。"

景玉王妃仰起头,伸手抹去了眼角的那滴泪水,轻叹道:"可是啊,你会不会有点太冲动了?"

叶鼎之嘴角微微一扬,此刻的他,重新变成了那日意气风发,千里踏马奔入天启城的少年郎,他笑道:"可我现在,不就是在应该冲动的年纪吗?"他走过去,转身望着院外的天空,"今日顺风,宜出行,远游,不归!"

景玉王妃一笑:"你这是要拐走王妃啊?不怕被追捕?"

叶鼎之挠了挠头:"可我不就是被通缉的要犯吗?要杀头的那种。"

"也是。"景玉王妃点了点头,"可你为什么要带我走啊?"

"你有没有听过一个词,叫一见钟情。"叶鼎之很认真地问道,"那晚我在晕过去的那一刻见到你,我以为自己见到了月亮化身的仙子。"

景玉王妃依然笑着："可你前几日总说着要走啊，似乎对我没什么兴趣。"

"我那时候嘴硬，而且觉得像我这样的少年郎，总该有些姿态，可现在想通了，喜欢就是喜欢，一见钟情就是一见钟情。"叶鼎之拉过景玉王妃的手，"走吧，带你去看东面的离海，北面的草原，西面的佛国，南边的大山。海阔天空，不在这笼中天启。"

可他刚往前踏了一步，就感觉一股强烈的气息压迫而下，他抬起头，发现许久没有现身的洛青阳正站在院墙之上。

景玉王妃往后退了一步，摇了摇头，低声道："果然还是来了。"

叶鼎之望着站在那里的洛青阳，终于明白了这个人一直住在王府中的原因，原来景玉王妃是笼中鸟，而这个洛青阳就是看笼人。

"师兄，我等了许久才等来这么一个愿意带我离开的人。"景玉王妃叹道，"为何不肯让步呢？"

洛青阳垂首："过了我这关，也走不出天启城。师妹你应该知道的。"

"不试试怎么会知道呢？"景玉王妃眉毛一挑，"不试试就认命，我不服。"

洛青阳面无表情，一言不发。

"我一个人做不到，或许加上叶鼎之也做不到，可若是师兄也愿意出手，是不是就能做得到了呢？"景玉王妃追问道。

叶鼎之一愣，他抬头看了一眼洛青阳，忽然就明白了什么。

洛青阳，也是喜欢着这个景玉王妃的！

可是洛青阳犹豫了许久之后，还是摇了摇头："做不到的。"

景玉王妃似乎并不意外，轻叹一声："师兄你总是这样，太会权衡，也太过于谨慎。有时候世间许多事，虽然知道试过是什么结果，可仍然想试一试啊。"

叶鼎之右手轻轻一甩，袖剑已经握在了手中："那就来吧，谁的剑更快，谁来决定去留。"

"你很强，但还不够强。"洛青阳淡淡地说道。

"那就试试。"叶鼎之一跃而起，袖剑继续旋转，冲着洛青阳

劈斩而下。

洛青阳竹剑一转，迎了上去。

叶鼎之四柄袖剑在手，剑速极快，剑风凛冽。

可洛青阳的剑却很慢，一落一起，似乎都经历了周全的考虑，完全地挡住了叶鼎之近乎疯狂的进攻。

叶鼎之嘴角微微一抽搐，他能感受到腹部的伤口似乎又裂开了，看来身上的伤并没有他想象中好得那么快。可面前洛青阳的竹剑却一时根本无法攻破……

"再来！"叶鼎之手中的袖剑已经增到了六柄。

洛青阳竹剑一划，接着又一划，布成一道难以攻破的剑网。

叶鼎之的瞳孔忽然泛出一道金光。

金刚怒目，浑身泛红。

洛青阳眉头微微一皱："你疯了？"

"我也觉得我似乎疯了。"叶鼎之微微一笑，"可又有什么办法呢？"

"我听师父说过你的这门武功——不动明王功。在瞬间爆发出自己身体里的所有力量，能做到逆境杀人，是世间最蛮横、最霸道却也是最容易伤人伤己的武功。你那日受伤就是因为这门武功，今日再用，你不怕死？"洛青阳缓缓道。

"那就死吧。"叶鼎之怒喝一声。

可此时景玉王妃忽然一跃而起，落到了叶鼎之的身边。

叶鼎之看了她一眼："怎么？"

景玉王妃一笑："我与你一起。"

"好！"叶鼎之扭回头，双足一蹾，真气暴涨，可正准备起身，后脑勺却被硬生生地挨了一掌，真气还没提上来就整个人晕了过去。他在晕过去的那一刻转头看了一眼景玉王妃："为……为何？"

王妃上前扶住了他，摇了摇头，没有说话。等到叶鼎之彻底失去神志的时候，她将叶鼎之扶回了屋内，等到再走出来的时候，洛青阳也已经消失不见了。

"师兄……"景玉王妃低声念道。

在她看不见的地方，洛青阳伸手入怀，拿出了一份地图，是天启城的地图，上面画满了大大小小的标记，他看了许久之后还是将那地图收入了怀中，叹了口气："做不到的。"

学堂之内，萧若风和雷梦杀相对而坐，正在讨论着叶鼎之的事情。

"虽然师父让我们不要管了，但我还是有一种猜测，你说可不可能是那位你还没过门的王妃嫂嫂把叶鼎之藏起来了？"雷梦杀问道。

萧若风微微皱眉："为什么猜测是她？"

"她的身份不一般啊，影卫宗宗主之女，身旁还有陛下以后的金剑侍卫守护，王府之中，除了她和你兄长，没有别人有这样的能力。"雷梦杀说道。

"不会是她的。影卫宗自开国之初就忠心于皇室，不会傻到去藏一个叶鼎之。"萧若风摇头道。

"好吧。"雷梦杀跳过了这个话题，随即道，"不过你兄长倒是神奇，怎么会选择影卫宗的人做自己的妃子？按照他的习性，不应该找个位高权重的将军或者尚书的女儿结亲吗？"

"你若是见过我的那位王妃嫂嫂，大概就会明白了。"萧若风笑了笑。

第二日，景玉王妃没有再来这处别院，叶鼎之也一直没有醒。洛青阳坐在院落里的石桌旁，一个人咬着馒头。

师兄弟们都说他是个生性凉薄的人，可他自己知道，他不过是不喜欢说话罢了。之前叶鼎之说故事的时候，景玉王妃静静地听着，他也躲在他们看不见的地方听着，听得兴起的时候，他也会心向往之。

可今日的院落安安静静，他的心也有些空落落的。

"还有六个月，应有更好的时机的。"洛青阳低声喃喃道。

"天启城高手无数，我眼里看得上的不多，但像你师父这么废物的，我觉得还是只有一个。"一个慵懒的声音响起，洛青阳一惊，猛地一把按住竹剑，站了起来。那人的出现悄无声息，他方才竟一点都没有注意到。

"别按剑了,我若想杀你,你早就死了。"洛青阳只觉眼前一闪,一个人已经坐在了他身旁的位置上,那人还拿起桌上的馒头掂了掂,叹了口气,"真是无味啊。"

洛青阳终于看清了眼前人的面目,他愣了愣:"李先生?"

学堂李先生放下馒头,饶有兴致地看了洛青阳一眼:"你认得我?"

洛青阳点了点头:"认得,师父与你相见时,我就在他身旁。"

"哦,你师父虽然是个废物,但徒弟还不错。你以后是能成大才的人。"李先生笑道。

洛青阳微微有些怒意,毕竟很难有人能接受自己的师父这样三番五次被侮辱,可对面的人又毕竟是学堂李先生,不把天下任何人放在眼里的李先生,他微微退了一步:"不知李先生来此,有何贵干?"

"我来带人离开。"李先生往屋里瞥了一眼。

叶鼎之从屋子里走了出来,李先生踏入院子的那一刻,他就已经醒过来了。他摇了摇头:"我不走。"

李先生身形一动,瞬间掠到了叶鼎之的身后,伸手就拍了他的脑袋一下:"美人屋里也已经待够了吧!你师父都已经提着剑杀到天启城了,你还能舒舒坦坦地在这里与美人相伴?还好我没收你做徒弟,不然我得被活活气死。"

"可我……"叶鼎之瞪了李先生一眼。

"瞪我也没用,你想带那个姑娘离开,可是你连眼前这个拿竹剑的人都不一定打得过。就算打过了,王府之外,还有影卫宗四大护卫、影卫宗大宗主,每一个人都比这个人还要强,你能打得过?告诉你吧,在这天启城,只靠一个人的力量,要想带走你心里的那个姑娘,只有一个可能。"李先生冷笑道。

"什么可能?"洛青阳和叶鼎之同时问道。

李先生长袖一挥:"那就是我出手。"

"除了我以外,就连宫里的那个坏太监和钦天监里的大国师,也做不到。"

叶鼎之微微皱眉:"先生的意思是……"

"我的意思自然不是我要出手，而是说，若想要做到心中所想，那就变得强一些，变得再强一些！"李先生转身，绝色的景玉王妃就站在院门之处，"小美人，你说我说得对不对？"

景玉王妃脸色苍白，点了点头："先生说得有理。"

"果然是国色天香，我要是再年轻个一百岁，怕是也忍不住拔了剑就要带你远走高飞了。"李先生挠了挠叶鼎之的头，"眼光不错。"

叶鼎之望向景玉王妃，犹豫中向前走了几步："我昨日还有一个问题忘记问你了。"

"你说。"景玉王妃回道。

"我说想要带你离开时，你说好。那么你是因为想要离开呢，还是想要和我一起？"叶鼎之问道。

"矫情！"李先生低声骂了一句。

景玉王妃神色认真："当时是因为想要离开啊。"

叶鼎之的脸色沉了一下。

李先生轻声叹了叹。

人间百年，世间女子的套路还真是屡试不爽啊。

只见那景玉王妃盈盈一笑，接着说道："但一想到带我离开的人是你，就不由自主地开心起来了。"

叶鼎之眼神忽然一亮。

景玉王妃接着说道："若是别人带我离开，只要出了天启城一百里，他这辈子都不会再见到我。你体会过的，我很会暗中下手的。"

叶鼎之笑了笑，还欲说话，却被李先生一把按住肩膀。李先生打了个哈欠："说了这么多也该够了，我与你师父有约，今日你必须得走。"

景玉王妃向前道："可他答应与我说的故事还没有说完。"

"那是他的事。"李先生抓起叶鼎之，叶鼎之运起真气想要反抗，却一点气力也使不上来，就像一个废人一般。李先生一笑，纵身一跃带着叶鼎之飞到了院墙之上，他说道，"叶鼎之，再给你说一句话的机会。"

"姑娘,你……"叶鼎之慌忙道。

"我叫易文君。"景玉王妃还没等他问出口,就已经回答了。

"我会回……"叶鼎之急忙道,但这句话后面的那几个字却终究还是没有说出口,因为李先生已经抓着他一掠而出,李先生低声骂道:"不是说了只剩下一句话的机会了吗?"

叶鼎之没有理会他,只是扭头望着景玉王府的方向,喃喃道:"我会回来的。"

天启城内,无数的暗探开始奔走。

京兆尹府、大理寺、青王府、稷下学堂,他们的暗探都看到了叶鼎之的出现,因为他太过于光明正大地被人带着在天启城里奔走,但谁也不敢出手抓他,只因为带着他的那个人,是学堂李先生。不过不仅是不敢抓,也是因为抓不到,因为他们的速度实在太快了。

各府的消息刚拿到,还没有送到能做主的人手里,李先生就已经带着叶鼎之出城了。

城外六里,易水河畔。

一身青衣的年轻公子正在那里等候,一匹白马在他的身边饮水。

他在出城前折下了一根柳枝,因为那个爱读书的卿相公子说,故人远行,折柳相送,意惜别怀远。

"真是有点矫情啊。"年轻公子甩了甩柳枝,低声道。

年轻公子等了一个多时辰,略感无趣,从地上捡了块石子,手一挥,石子打了三四个漂儿最后还是落了下来,他有些气恼,又拿起一块石头,运起秋水诀,再一挥,石头飞掠而出,一鼓作气就飞到了对面。

他拍了拍手上的尘土,有些得意。

"秋水诀,原来还有这样的用法。"一个清雅的声音响起,年轻公子一愣,转过头,发现白马之后,有一个中年书生正慢慢地走了过来。

年轻公子微微一惊:"你认得秋水诀?"

"我还认得你呢，你叫百里东君对不对？"中年书生微微含笑。

眼前这人来得莫名，且一眼识破了他的武功，喊出了他的名字，不过百里东君却并没有对他产生敌意，或许是因为这个中年书生身上的感觉太过于温和，让人有一种莫名的好感。

书生看了一眼百里东君方才插在腰间的柳枝，笑道："今天是送别好友？"

百里东君上下打量了一下他："你是算命的？"

"以前算过，不太准。"中年书生回道，"'柳'即'留'，表示留念，一为不忍分别，二为永不忘怀。你在这里折柳而等，自然是为了送别。不用算。"

百里东君笑了笑，转过头："有个朋友要走了，来这里送送他。先生气度不凡，一见面就猜到了三件事情。那我也猜一猜，先生此行是要入天启？"

"这个不难猜，此去自然是天启。"中年书生回道。

"那我再猜，先生与我不久之后还会再见。"百里东君幽幽地说道。

"能被先生收为关门弟子，的确是有几分意思。"中年书生望了望远处，"你要等的人到了，我先走了。"

"哪里到了？"百里东君一脸茫然。

中年书生点足一掠，飘然远去："天子看相，望气寻龙。你们那先生，人还未到，气就先行了。我还不想与他相见，先行避之吧。"

百里东君看着他的背影，喃喃道："天下间有意思的人还真多。"

中年书生的身影刚刚消失在眼前，身后就传来了水花声，百里东君扭头，只见叶鼎之和李先生已经踏浪渡河，来到了他的面前。

"百里东君。"叶鼎之笑道。

"叶鼎之。"百里东君走上前，伸出掌和叶鼎之用力地打了一下，"没死啊。"

"要死你先死，实在不行一起死。"叶鼎之嘴角微微一扬，"可惜没缘分做你师兄了。"

百里东君无奈："就那么喜欢占我便宜？"

"没办法，我以后可是要成为天下第一的人，怎么能让天下第

二做我师兄?"叶鼎之傲然道。

李先生轻轻咳嗽了一下。

百里东君看了李先生一眼,低声道:"你把我师父放在哪里?"

"等我们当上天下第一的时候,你师父已经老了,打不动了。"叶鼎之拍了拍百里东君的肩膀。

李先生沉声道:"君子道别,三言两语就够了,不要婆婆妈妈的,絮絮叨叨个没完。"

"此去一别,不知何时,希望再相见时,你我都已名扬天下。"叶鼎之抱拳道。

百里东君点了点头:"江湖再见,你我仍少年。"

"矫情。"李先生暗自呸了一声。

叶鼎之翻身上马,百里东君将手中的柳枝递了过去,叶鼎之笑着把玩了一下,随后插在了衣襟下:"折柳相送,还只是在书上看到过。"

"叶鼎之,此行去哪儿?"百里东君问道。

"一路向南,去南诀。"叶鼎之说道。

"保重!"

"保重!"

叶鼎之用力地一扬鞭,绝尘而去。

百里东君看着叶鼎之远去的身影,心中尽是感慨。

"这是你生命中第一个有着生死之交的朋友?"李先生走到了百里东君的身边。

"第二个吧。但那个没准已经死了,许久没收到他的信了。"百里东君说道。

李先生一愣:"看来这个朋友你也不是很看重。"

百里东君转过身,朝天摆了摆手:"说笑的,他命很大,别人都死了,他也不会死。"

百里之外的山路上,有个风尘仆仆的枪客猛地打了个喷嚏,他一拉马缰绳止步,从山巅之上朝下望去,已经能看到那天下闻名的天启城。他笑道:"我来啦。"

在回去的路上,百里东君和李先生并肩慢步而行,百里东君自然问了叶鼎之这几日的去向，李先生所知也不多，但根据一些合理的猜测，硬是说出了一个完整的故事。

反对婚事而被宗门禁足的绝色女子，在某个夜晚邂逅了从天而降的英才少年郎，对其悉心照料，助他恢复功力。

相处间两人产生了感情，英才少年郎决定带着绝色女子离开天启城，却遭到女子同门阻拦，最后只能忍痛别离，却也立下再见之约。

"这事不要和你小师兄说。"李先生最后提醒道。

百里东君点了点头。

"你有喜欢的女子吗？"李先生忽然问道。

"有的。"百里东君笑了笑，"我与她也有再见之约。"

"何时？"

"我名扬天下之时。"

"为什么喜欢她？"

"因为她很漂亮。"

"你不知道她的身世，不知道她的年龄，不知道她的性格，就喜欢上她了？"

"是啊，喜欢一个人，需要那么复杂吗？长得漂亮不够吗？"

"可是长得漂亮的人很多。"

"可是之后遇到再漂亮的人，我也只能告诉自己，我有喜欢的人了。"

李先生朗声笑道："你说得好有道理，我竟无法反驳。"

"那师父呢？师父有喜欢的人吗？"

"有啊。"

"在哪里？"

"都死了啊。我活得实在太久了，所以她们都死了。"

"她们？"

"对啊，我第一个妻子去世的时候，我本发誓此生不再娶，可后来想了想，世间如此多的姑娘钟情于我，我若不采花几朵，岂不是暴殄天物？于是我就只能舍身了。"李长生忽然驻足，长叹了一声。

　　百里东君转头,在李长生故作忧愁的神色中,竟然看到了一丝真的忧愁。

（未完待续）

番外·枪起风陵

像是被一把野火烧尽一般,风陵城外十三里的草原没有了春日里该有的杂草野花丛生的春意,而只有一片黑乎乎的焦土。林九策马慢悠悠地在这片了无生机的土地上前行着,他的衣衫上尽是血迹,不知是他自己的还是别人的。

"风陵城啊,竟是行到了这里。"林九掏出了腰间的酒壶,饮了一口酒,抬头看了看天,良久之后叹了一口气,"物是人非啊。"

"终于等到你了。"突然响起的声音和弥漫开来的杀气让林九脚下的马不安地开始躁动起来。林九眯起眼睛,看着面前突然出现的六名黑衣男子,他们手中都拿着刀,背上挂着一把羽弓。

林九握住了背上的长枪,低声道:"又是你们这些人,追了我这么久还不放弃吗?"

"追墟枪林九,你和我们清刀门结下的可是死仇,但凡我们清刀门中还有一人活着,便要追杀你到天涯海角!"为首的刀客怒喝道。

"那便如你们所愿。"林九拔出长枪,银光一闪。

风陵城,无清道观。

这座道观已经废弃了许久,曾经道观之中还有三清之像,但后来就算是三清像都被

附近的乞丐给悄悄偷走卖了,三清观也就变成了无清观。林九此刻便躺在道观的门口,他的左腹之上有一个硕大的伤口,正是那日被那清刀门的刀客给捅的,虽然那六个刀客最后全都死在了他的长枪之下,但其中刀法最厉害的那一名刀客,临死之前的这一击仍是重伤到了自己。

　　天空中忽然之间乌云密布,一声惊雷乍响之后,滂沱大雨便这般落了下来。

　　林九的身子瞬间就被浇得湿透,他努力想要站起身,至少爬到屋檐下面也好,可试了几次后都失败了。身旁时不时有赶路的人步伐匆匆地经过,但没有一个人愿意多看他一眼。林九苦笑了几下,放在江湖之上,他也是赫赫有名的人物,多少江湖大派想要招他前去做供奉,就连天下无双城都曾经招揽过他,可没想到,今时今日他林九重伤倒在一间破道观门口,路过的人连看都懒得看他一眼。

　　纵横江湖半载,就要这么窝囊地死去吗?

　　此时,一个穿着破布衣,双手撑着一张芭蕉叶,赤着脚的少年郎从他身边经过,少年郎看了他一眼,跑出几步后停下了脚步,喃喃道:"这里怎么躺了一个人?"

　　"你若救我⋯⋯"林九正准备开出自己的条件。可还没等他说完,那少年郎便直接将手中的芭蕉叶放到一旁,然后俯下身拖起林九的身子往道观里挪。少年看年纪不过十三四岁,身形还有些瘦削,可林九身形魁梧,他拖起来颇有些吃力,费了好久才将林九彻底拖进了道观之中。外面大雨滂沱,少年郎甩了甩脸上的汗水和雨水,看向身旁的林九:"大叔,你还好吗?"

　　林九被少年郎这一顿拖,本就受了重伤的身子,现在更是只剩下了半口气,他张了张嘴想要骂人,可最终还是压下了怒火,没有说话。

　　"赶紧烤烤身子吧。"少年郎倒很是热情,从内堂之中抱出了一堆柴火,随后用火石打起了火,过了一会儿道观之中便暖和了起来,林九感觉僵了的身子也终于慢慢恢复了知觉,努力用手撑了一下,总算是坐了起来。少年见状喜道:"你能起来了?来,喝碗热水。"林九接过了少年递过来的破瓷碗，勉强喝了一口，他用沙哑的声音问少年："这是你的家？"

少年挠了挠头："说是也不是。"

林九不解："什么意思？"

"你说这里若是我家，那这道观的地契可不在我手上，我也没有交过房钱，你要说这不是我的家，那我司空长风四海为家。"少年朗声道，"这天下无论何地，都是我的家。"

林九又喝了一口热水："司空长风？这名字倒是不错。那你是一个人住在这里？"

司空长风从怀里掏出一个馒头，随手捡了一根地上的树枝，插进馒头放在火上烤了起来："还有一个酸臭书生，不过他这几日去李员外家给人抄书赚钱去了，得过些日子才回来了。"

林九看了看那馒头："馒头还能这样吃？"

"不然呢？这馒头我捡来的时候跟砖头一样硬了，方才泡了水，又发出一股馊味，不烤一烤，怎么吃？不过烤馒头其实比普通的馒头好吃，再撒点辣椒面，香。"司空长风从怀里掏出一个小纸包，掏出一些粉末撒在了馒头上。

林九皱了皱眉头，他是不缺钱的，但他方才重伤躺在道观外的时候，除了手中死死握住的银枪外，身上的银两包裹早就被人给拿走了，他在怀里掏了掏，却一两银子都掏不出来，他轻叹一声，然后半个烤得焦黑的馒头被递到了他的面前，他一转头，便看到了司空长风诚恳的笑容。

"真的很好吃，你尝尝。"司空长风笑道。

林九犹豫了一下，还是接了过来，他撕了一小半，放进了嘴里。

带着一股焦炭味，硬硬的，但努力嚼了几下后，还是有股淡淡的甜味在嘴巴里弥漫开来。林九没有再犹豫，用力地嚼了一口馒头。

司空长风也撕了一片馒头丢进嘴里："我就说味道不错吧。"

很快，那半个馒头就被林九整个的吞入了腹中，林九又拿起旁边的破瓷碗，喝下了一口热水。一口热水下肚，浑身上下便是说不出的舒坦。但那种舒坦过后，却有一阵悲凉涌上心头，林九突然垂下了头，开始哽咽起来。

破败道观,英雄末路。

若是当年接受了无双城的招揽,今日也不会沦落到这种地步吧。

司空长风沉默地看着林九在那里痛哭,没有说话,只是拿起了手中的破瓷碗喝了口水,一直等到林九哭完之后,他才小心翼翼地问道:"是被家里给赶出来了?"

"我和你一样,没有家。"林九抹去了脸上的泪水。他纵横江湖多年,从未有过如此失态之时,若放在平时,早就一枪杀了这看到自己丑态的少年了。但这少年毕竟救了自己,而且现在的他,若是再一运功,怕是随时会死在这道观之中。

"唉,人生在世,总有很多不如意的事情。"司空长风长叹一声,想要继续说下去,却停住了,他挠了挠头,"那酸臭书生的后半句怎么说来着?忘了忘了。总之就是,开心也是一天,不开心也是一天,那不如开开心心的。只要活着,总有希望在!"

"活着。"林九微微垂首,看了看自己的左腹。

司空长风看向林九,琢磨着他话中的意思:"大叔,你该不会快死了吧?"

"我需要一个大夫,城里医术最好的。"林九沉声道。

"南城神医华大夫,出诊一次三百两银子。"司空长风想了想又说道,"西城妙手扁先生,一剂药十两黄金。这是风陵城最好的两个大夫了。"

林九低喝道:"我没钱,但他们若是不医我,我便杀了他们。"林九想要起身,可浑身上下一阵剧痛传来,直接仰头摔在了地上。

"大叔你得了什么病?让我看看。"司空长风凑上前,"或许我能医得好。"

林九咬了咬牙:"你会医术?"

司空长风想了想:"我这应该算不得医术,只是这么多年,我能一直好好地活下去,总该琢磨出一些土法不是?"

林九心想此刻自己没钱,更何况就算是有钱,也不敢真去那什么神医家中,清刀门的门人应该还会源源不断地赶来,此刻躲在这小破道观中才是最好的选择,既然已走投无路,那就死马当活马医吧。林九努力起身，将自己的上衣脱去。

"这！"司空长风惊呼一声，只见林九的上身到处都长满了烂疮，一看便是前几日被人用利器伤了，但是没有及时医治，还在水里泡了许久的缘故。这虽说不是什么大病，但若不及时医治，也活不过几日。

"你能不能治？"林九问道。

司空长风看了许久："你能不能忍？"

"废话，我当年行走落霞山，刀林我都能过，你说我能不能忍。"林九喝道。

"能治。"司空长风点头道。

"何时能治？"林九又问道。

"现在便能治。"司空长风回道。

林九不解："不需要去买些药物吗？"

司空长风摆了摆手："唉，哪有那钱啊！"

话音刚落，只见司空长风从怀里掏出了一把小匕首，放在火上轻轻烤了烤，随后对着林九招了招手："大叔，你过来一些。"

林九往司空长风那边挪了挪。司空长风拿起那被火烤得火热的匕首，对准了林九身上的烂疮开始小心翼翼地剜起了里面的烂肉，一边剜一边感慨："大叔，你和这仇家结了多大的怨啊？给了你这么多刀。"

林九强忍着疼痛，回道："我把他们门主的儿子给杀了。"

司空长风摇头道："果然，大叔你是江湖人。江湖上仇怨太多了。不过大叔你也是能忍，挨了这么多刀还能够活着。"

"有人就有江湖，仇怨多的不是江湖，是人。"林九额头上豆粒大的汗珠一个个地掉了下来。

司空长风点头："此言也有理。"

"不过江湖，也不只是仇怨，有很多美好的事物。"林九长吁了一口气。

"金子？美人？"司空长风问道。

"不是这些代表着欲望的事物，而是真正美好的事物。很难形容，只有真正经历才懂。"林九双拳紧握，浑身上下都已大汗淋漓，

他本不是个多言的人,但只有不停地和司空长风说话,他才能转移自己的注意力。

司空长风将匕首轻轻一甩:"差不多了。"

林九擦了擦额头上的汗:"这么简单?"

"当然没有这么简单,这只是第一步罢了。"司空长风笑道,"大叔,你叫什么名字?"

"林九。"林九回道。

"你在家中排行老九?"司空长风一边问着,一边四下翻找着整片的树叶。

"你问这么多做什么?"林九不耐烦地回道。

"我怕你死了。"司空长风看了林九一眼,"若是死了,我会给你立碑。"

只见司空长风拿起一个小铲子,铲出了一些被炭火烧得滚烫的草灰,铺在了那些树叶之上,一共十九片叶子,林九身上大大小小的烂疮也正好有十九个。林九预想到了司空长风接下来要做的事情,即便勇猛如他,都不由地咽了口口水。

"还差最后一样东西,舍不得啊。"司空长风轻叹一声,最后摇了摇头,"算了,反正那酸臭书生马上就要赚钱回来了,到时候敲他一笔。"

"什么东西?"林九问道。

司空长风没有回答他,而是拿起那铲子走到了屋子的角落里,在地上挖了片刻,最后掏出了一个小坛子,司空长风打开了上面的纸封,道观之内顿时酒香四溢。林九吸了吸鼻子,闻出了这不过是最便宜的烧刀子,神色略有些不屑。但司空长风却很沉醉,虽说酒还未入喉,但只是那酒香,就让他眯起了眼睛,细细品味起来。最后他提着酒坛来到了林九面前:"喝一口,只能一口,不然就不够了。"

林九拿起酒坛,喝了一小口,浑身都舒爽了起来,他没忍住,想喝第二口,但司空长风立刻抢了回去,自己仰头喝了一口。

"你!"林九怒道。

但司空长风却没有将那酒咽入肚中,而是转头对准了林九身上的烂疮一口喷出。

"喝啊！"林九立刻发出一声怒喝。司空长风便趁此机会，从地上拿起了一片沾满了草灰的树叶，一把按了上去。随即又仰头喝下一口酒，再度喷出，再次拿起一片树叶按上。一套动作一气呵成，行云流水，直到将十九片树叶全都按在了林九的烂疮之上。

最后酒坛中只剩下了最后一口酒，司空长风仰头喝下，咽入腹中，擦了擦额头上的汗，发出了一声无比满足的声音。

而林九，则已经躺在了地上，昏死过去。

司空长风俯身，伸出一根手指在林九鼻子边探了探，最后放下酒坛，整个人也瘫坐在了地上："累死我了。"

林九再醒来的时候已经是次日清晨了，司空长风正躺在他的身旁呼呼大睡，他站了起来，那些伤口虽然依旧隐隐作痛，但多年刀口舔血的经历告诉他，这一关他应当是过了，这个流浪少年并没有骗他，他确实在医术方面有些自己的法子。司空长风听到身边的动静醒了过来，他揉了揉眼睛："大叔你醒了？"

林九点了点头："嗯。"

"大叔你别乱动。"司空长风也站起身，伸了个懒腰，"你这还需要好好养上几日，不然伤口一崩，再次流血就不好治了。"

林九走到了自己的长枪旁，摸了摸枪身："几日是多久？"

"至少也得五六天吧。"司空长风摸了摸肚子，"饿了，大叔你在这里等着，我出去找些吃的。"说完，司空长风走到院子里，舀了一瓢水抹了一把脸就走了出去。

林九盘腿坐在了地上，开始运功，真气在体内缓缓流淌起来，他终于确信自己已无大碍，他也自然不会在这里待上五六天，风陵城这个是非之地，还是越快离开越好。就当他运功走完一个周天，起身准备离开的时候，司空长风扛着一小袋米走了进来。

"今日运气好，城里李员外赈粮，接下来的几天有粥喝了。"司空长风兴奋地将那袋米放下，开始在道观里找煮粥的铁锅。

林九不能理解司空长风脸上的快乐，问道："喝个粥而已，能有这么开心？"

司空长风找到了铁锅，倒了一把米进锅里，又舀满了水，点头

道:"那当然开心啊,这么一袋米,一直到你可以离开前都够吃了。而且我熬的粥,那绝对比城里秀水铺里的粥可好喝多了,那个穷酸书生都赞不绝口。若不是租不起铺子,我开的粥店,生意一定比他好。"

林九坐到了司空长风的身边:"等我从这里离开,找到银子后给你送过来,你拿去开粥铺,你的恩情我也算是还上了。"

司空长风一愣,随即笑道:"好!"

林九看到了司空长风的眼神,微微皱眉:"你不相信?"

"不是不相信,若到时候真能开起粥铺,自然是好。"司空长风开始打火,"只是到时候的事,到时候再说嘛,现在有粥喝,有地方睡,就挺好的了。"

"你那日为什么救我?难道不想得到我的回赠吗?"林九冷冷地说道。

"得了吧,大叔。你那日看上去比我还惨,比我还穷,就像是被人从家里赶出来的。其实我从你身边走过再回去的时候还犹豫了一瞬间呢。"司空长风耸了耸肩,"我好容易才搞到一个馒头,不舍得分你一半。但是没办法啊,再把你放在那,你就死定了。"

林九不再说话,看着司空长风在那里起火、烧水、煮粥,最终道观里慢慢弥漫开来一股淡淡的粥香,他忽然改变了主意,他拍了拍身边的长枪:"我的这杆枪,叫银月枪。"

司空长风舀了一碗粥放在了林九的身旁,瞥了一眼那枪,咽了口口水:"纯银的?值不值钱?"

"这杆枪在江湖上很有名。"林九没有理会司空长风的话,白了司空长风一眼后自顾自地说了下去,"你若是闯过江湖,也应该知道我的名字,我是追墟枪林九。"

司空长风摇头:"不知道。"

林九被噎得一时无言,无奈地撇了撇嘴。

司空长风笑道:"那书生走的地方比我多,等他回来问一问,想必是知道的。"

"我传你追墟枪的枪法,一共三日,你能学多少便学多少。三日之后,我从这里离开,你靠着我传你的枪法,至少接下来的日子里自保不是问题，去镖局做个镖师保以后衣食无忧也不难。"林九拿起长枪轻轻一挥，"这样就不必等了。"

司空长风眼睛一亮："真的？"他一直想要学一些武功，但是风陵城中的武馆都要交了钱才能去，他凑不出钱来便只能作罢。

"不过也得看你的天赋如何。"林九挑眉道，"追墟枪可不好学，多少人穷极一生也练不出什么门道来。"

司空长风捧起了瓷碗："好。但还是得先喝粥。"

喝完粥以后，司空长风便开始跟着林九练起了枪，出乎林九的意料，司空长风虽然一看便没有练过枪，但是却有着极强的天赋，只用了一日，便学会了三式。

而当年林九做到这一步，花了整整一年的时间。

世上真有武学天赋如此惊人的人吗？林九越教越是惊叹，后来他才发现，司空长风这并不是在枪法上天赋过人，而是他生来就是该用枪的。他是为枪而生的！林九纵横江湖多年，一个徒弟都没有收过，可没想到在这破旧道观之中，竟遇到了一个天生枪者。这样的天赋，难道他只是一个普通的流浪少年？

夜晚，两人再次坐在道观里喝粥的时候，林九开始试探司空长风真正的身份。

"你叫司空长风，司空这个姓并不普通，比如岭西的司空世家，便是雄霸一方的大门派。"林九幽幽地说道。

司空长风练了一天的枪，食欲大振，仰头喝粥，嘴里含糊地说道："是吗，我不知道啊，我自小无家，四处流浪，生来空空，去也空空，便取姓司空了。我不认识什么司空世家，我本来也不姓这个。"

"那长风之名？"林九惑道。

"愿化作长风，一去不归！所以我叫司空长风！"司空长风朗声道，这一句介绍可谓充满了气势。

"这个介绍倒是有点江湖气，"林九难得地对司空长风夸奖了一句，"不过世上不会有人出生就是孤儿，你长到这个岁数，总有人抚养你长大的吧？"

"好多人都说过这个事。"司空长风放下了瓷碗，看着上方陷入了思考,"可我就是一点都想不起来了。从我有记忆的那一天起,我就在流浪,之前发生的一切都不记得了。"

"你是失忆了?"林九愣了一下。

"或许吧,不记得就不记得了呗,现在这样不也挺好。"司空长风笑了笑,"那书生怎么说来着,没有过去,就没有烦恼。"

"你的出身应该不简单,这样的武学天赋,我行走江湖这么多年,都没有见到过一个。"林九沉声道,"或许你应该想办法想起之前的那些事,你的家门绝不简单。"

"无所谓啦。对了,大叔你说我天赋好,那你的天赋呢?你能到达今日的成就,天赋也很不错吧?"司空长风问道。

"我?"林九摇了摇头,"我的天赋很普通,就算是在当年的那个小武馆里,都算不上出色。师父待我不错,但也算不上太好,他更喜欢二师兄和七师弟一些。"

"可是你不是说自己在江湖上很有名吗?"司空长风一惊,"骗我的?你这追墟枪说不定是街上三文钱一本的强身健体的枪法呢?"

"我虽然天赋不好,但是我的枪是日日夜夜不停地训练出来的。而且当年我住在心远镇,在那个小武馆中当然练不出名堂,后来我去了山西枪林会,遇见了后来的师父。"林九身子往后一仰,脑袋枕着双手躺在了地上。

"心远镇?"司空长风觉得这名字有些耳熟,想了一下才反应过来,"心远镇?那不就在这附近吗?出城再过去三十里地就是了。"

"是。"林九点头道,"心远镇,有个虚引湖,我拜师的武馆就在虚引湖的旁边。那时,每日清晨,常有一个女子坐在湖边梳头。那女子很美,是整个镇上最美的女子,我和师兄弟们常常偷偷去看她,有时候又故意在湖边练枪,想要引起她的注意。当然,她从未和我说过一句话,毕竟她不仅长得漂亮,还是镇上大户的独女,而我,只是个一无所有的穷小子罢了。我想,若我一生都待在心远镇,那么就算枪练得再好,能继承武馆,也配不上她,所以我拿上枪离开了心远镇,一走便是三十年。"

"三十年不曾回去？你后来不是已经成为江湖有名的枪客了吗？既然完成了自己的目标，还不快些回去找那女子？"司空长风问道。

"来不及啦。出来的第三年，我刚刚拜入枪林会的门下，便有心远镇的师弟送来了消息。女子嫁人了，嫁给了她的表哥。"林九走到院外，看着天上的月亮，"不过这么多年过去了，我都不记得她的容貌了，只记得那片湖，湖面如镜，倒映着她梳头的样子和我练枪的样子。不过这一次既然来了，便回去一次吧。"

林九一连教了司空长风五日的枪，五日之后，司空长风已经学会了追墟枪的第八式。林九对司空长风练枪的速度除了震惊以外再无别的话可说，因为他能够教给司空长风的也只有这八枪。

"你叫林九，是因为你的枪法有九式？为何不把这最后一式教给我？"司空长风放下了手中的长枪，甩了甩头发上的汗水。

林九从司空长风手中拿过长枪："追墟枪确实有九式，不过这第九式并不是普通意义上的，前八式代表形，我已经教给你了，第九式代表意，由你自己去感悟。"

"要告别了吗？"司空长风听出了林九话语中的临别之意。

"看来不得不告别了。"林九仰头看着院墙之上突然出现的人影，那里站着十三个人，每个人都拿着一柄金环砍刀。

司空长风顺着林九的目光看过去，那十三个人身上散发出来的杀气震得道观中的麻雀惊飞而起："他们就是你的仇家？"

"在这里等着我，不管听到什么声音都不要出去。"林九拿起长枪走了出去。

很快，外面便不断地传来兵器碰撞的声音和人惨叫的声音，甚至司空长风都能听到血肉被兵器割开的声音。但他真如林九所说，并没有冲出去。这么多年来，经历过无数次的凶险，但司空长风依旧艰难地活了下来，便是因为他很明白，什么时候的帮助是有用的，什么时候的帮助是无谓的。

整整过了一个时辰，外面的声响才渐渐消失。不过林九并没有推门走进来。司空长风犹豫了许久，最后走进屋子里，拿了一根接近于长枪长度的木棍，推门走了出去。外面躺满了刀客的尸体，

一共十三具,一个都没有逃走。林九手持长枪站在中间,一身衣衫已经被鲜血浸湿了。司空长风走过去,只看了一眼便知道,这一次没救了。

上一次还未完全愈合的伤口全都撕裂了,另外又多了大大小小几十处伤口,现在的林九活不过一炷香的时间。

"还说想去心远镇坐坐的,没这机会了啊。"林九轻叹一声。

"现在去找华大夫,或许还有机会。"司空长风虽然说了这句话,可他自己心里却也是不信的。

"罢了,选择了这条路,便总有这么一天。"林九将手中的长枪一甩,丢给了司空长风,"银月枪,送给你了。"

司空长风接过银月枪,犹豫道:"有个问题这些天一直想要问你,你这样算不算是我的师父?"

"你以后若是名扬天下,成为举世无敌的枪仙,再说我是你的师父吧。不然别提我的名字,丢不起这人。"林九转身,朝着道观里走去,"还有粥吗?想再喝一碗。"

"还有,你等等。"司空长风抢先跑进了道观中,立刻生起了火,熬之前剩下的半锅白粥。

"你带着银月枪去山西枪林会,就说是我家乡的人,来拿我的遗物。里面应当还有一些值钱的东西,把它们都卖了换些银两,不过别去开什么粥铺了,你的天赋是我生平仅见,不要浪费了。去走江湖吧,你适合江湖。"林九坐在了地上,鲜血不断地从身上涌出。

"走入江湖,便是这永无休止的打打杀杀吗?"司空长风摇头,"我不喜欢。"

"走入江湖,有很多条路可以选,我选了最不该选的这一条,但你不一样。"林九接过司空长风递过来的一碗粥,喝了一口便放了下来,"我觉得你可以做到不一样。"

司空长风看着林九的伤,无可奈何地摇头:"看着你的模样,还真是对这江湖没什么兴趣。"

"其实当你方才握住银月枪的那一刻,你就已经踏入江湖了。"林九的气息慢慢变得微弱起来,"罢了,一切都随他去吧。我死之后，你把我的尸体烧了，带着我的骨灰去心远镇，把它抛进虚引湖中。"

"好。"司空长风没有犹豫便答应了，"要不要替你去见见她？"

林九想了想，犹豫了许久还是摇了摇头："不了吧，就算你说起我，她也不会有印象的。"

司空长风点头："好，那便不去见她了。"

"你说她今年也快五十了，还会到虚引湖旁梳头吗？"林九问道。

司空长风自然不知道这个问题的答案，不过也不需要他回答了，林九闭上了眼睛，再也没有了呼吸。司空长风伸手抹了抹眼泪，没有再说话。

若不是林九要教他学枪，他早就离开了，或许就不会死了。

"这是怎么了？"一个困惑的声音从院外传来，司空长风转过头，便看到了一身穿着破旧灰衣的书生站在那里。

"书生你回来了。"司空长风有气无力地说道。

书生走进来，惊讶地看着林九的尸体，又看了一眼司空长风身旁的银色长枪，惑道："这是银月枪？此人是追墟枪林九？"

"哦？你认识他？"司空长风有些讶异。

"这可是山西有名的枪法高手啊，他怎么会在这里？外面那些人是他杀的？"书生走过去探了探林九的鼻息，"他也死了。"

"看来大叔你没有骗我啊，你果然是个天下闻名的高手啊。"司空长风低头苦笑了一下。

三日之后，司空长风扛着长枪，背上行囊，走出了那个他已经待了几年的破旧道观。书生也背上了书箱，和他一同走了出去。

"去城里找个武馆或者镖局，你现在的枪法混口饭吃不是太大的问题，但是要走江湖，前路凶险，再相见怕是很难了。"书生说道。

"那你去城里的私塾当个教书先生也不是太大的问题，又为什么要长路漫漫去赶考呢？"司空长风问道。

"也是这个道理，那就大路朝天——"书生挥了挥手。

司空长风扭头往另一边走去："各走一边。"

心远镇。

"请问虚引湖在哪里?"司空长风问路边的小童。

小童舔着糖葫芦,晃悠着脑袋:"虚引湖,没听说过啊。我们镇上只有一个湖,叫陈安湖,这里就是了。"

"据说是很大的一片湖,湖水如镜,旁边有很多武馆。"司空长风笑着看了看旁边的这处小池塘。

"阿娘。"小童唤正在池塘旁洗衣服的娘亲,"你听说过虚引湖吗?"

"虚引湖?"正在洗衣服的中年女子放下了衣裳,擦了擦额头上的汗,"不是就在你外公家的门口吗?"

"啊?那个就是虚引湖啊,可是湖里怎么就没水呢?"小童惑道。

"因为湖水干了啊。"女子站了起来,看着面前的司空长风。女子年纪不小了,眼角都是皱眉,头发也有些微微发白,但依稀还是能看出年轻时的美貌。

"这位大娘,还烦请为我指一下路。"司空长风垂首。

"虚引湖啊,从这里直行,到前面看到一棵大榕树,然后左拐,再往前走一会儿就能看到了,以前是一片很大的湖,但是已经干涸很久了。"女子见少年相貌俊秀,不由地多了几分好感,"你去那里做什么?"

"受故人所托,去那里看一看。"司空长风冲着女子鞠了一躬,拉了拉身上的包裹。

"我自小就住在虚引湖边,那里曾经是很美的,只不过后来旱了几年,湖水干了。"女子缓缓说道,"你去那里,怕是要失望了。"

"不管怎样,都会失望的。"司空长风笑了笑,转身离去。那个瞬间,司空长风忽然有一个想法,或许面前的这个中年女子,就是当年那个在湖边梳头的女子,只是时过境迁,女子早已结婚嫁人,生了几个孩子,在湖边梳头的年轻女子也变成了在池塘边洗衣服的妇人。他很想回去问一下,可又不知道从何问起,便就只能作罢。

走了没多久,司空长风便来到了那干涸的虚引湖旁。湖旁的树全都枯死了，湖水也都已经干涸。人已经不是当年的人了，景也不再是当年的景了。林九希望自己死后能够将他的骨灰撒入虚引湖中，但即便是这个愿望都无法实现了。司空长风拿下长枪，在虚引湖边挖出了一个小坑，然后打开行囊，从里面取出了装着林九骨灰的坛子，将坛子埋了进去，最后填上了土。

或许某一日，这片虚引湖就会被人彻底填平了，又或许某一日，它会再次蓄满湖水，重新成为清澈明亮的镜湖。谁又知道呢？

司空长风在干涸的湖边坐了许久，望着眼前略有些苍凉的景色看了许久。

恍惚中，他仿佛看到一个气质温婉的女子坐在湖边梳头，在湖的对岸，有一个身形健硕的少年在不停地挥舞着长枪，一动一静，二者似乎毫无关系，可摆在一起，又成了一幅异常和谐的画面。

"唉，就送你到这里了，愿你长眠于此，能重新遇见那个心爱的姑娘。"司空长风站起身，转身离开，"等有空了，再回来看你，在此之前——"

"我先去江湖看看。"

图书在版编目（CIP）数据

少年白马醉春风之少年有酒 / 周木楠著. -- 北京：中国广播影视出版社，2021.9（2024.8重印）
ISBN 978-7-5043-8565-9

Ⅰ．①少… Ⅱ．①周… Ⅲ．①侠义小说－中国－现代 Ⅳ．①I246.5

中国版本图书馆CIP数据核字(2020)第257365号

少年白马醉春风之少年有酒
周木楠　著

图书策划	王　萱
项目统筹	王晓赞
责任编辑	王　萱
责任校对	张　哲
装帧设计	南大古

出版发行	中国广播影视出版社
电　　话	010-86093580　010-86093583
社　　址	北京市西城区真武庙二条9号
邮　　编	100045
网　　址	www.crtp.com.cn
电子信箱	crtp8@sina.com
经　　销	全国各地新华书店
印　　刷	鸿博昊天科技有限公司
开　　本	880毫米×1230毫米　1/32
字　　数	378（千）字
印　　张	13.875
版　　次	2021年9月第1版　2024年8月第5次印刷
书　　号	ISBN 978-7-5043-8565-9
定　　价	48.00元

（版权所有　翻印必究·印装有误　负责调换）